台灣新文學史（下）

陳芳明◉著

A History of Modern Taiwanese Literature

十週年紀念新版

目次

第十七章

台灣女性詩人與散文家的現代轉折

女性意識的覺醒，在戰後台灣文學史上是非常遲晚的。至少在一九六〇年代，女性作家還未自覺地觸及到女性主義的議題。當時她們對現代主義的偏愛，遠超過對女性意識的體認。不過，縱然女性意識尚未抬頭，表現女性特質的文學在這段時期已陸續誕生。女性特有的美學思維一旦與現代主義結合時，那種碰撞出來的火花，顯得燦爛而奪目。

如果與前行代的女性作家比較，一九六〇年代女性詩人與散文家的現代主義轉折，確實大大改變了文學景觀。五〇年代女性作家的書寫大多呈現了母性的傾向，母性題材的小說、散文、詩，在五〇年代之所以蔚為風氣，與當時文藝政策的主導有著微妙的關係。小說家孟瑤、潘人木、林海音，散文家琦君、張秀亞、鍾梅音、艾雯等人的作品，是典型的母性書寫。她們筆下的母親形象，基本上是懷鄉、祖國、家族、苦難的隱喻，而這樣的隱喻與文藝政策所尊崇的以中原為取向的思維方式是相互呼應的。具體而言，五〇年代女性作家所塑造的母性，可能是出自她們自主性的思考。然而，在大環境的文化影響之下，她們作品中的母性，在很大程度上還是配合了男性美學的要求。

這種母性題材的盛行，大多在於闡揚人格的提升，人性的昇華，以及善的追求與惡的貶抑。對母性的肯定，也正是家國想像無可分割的一環。過於偏向母性的推崇，並不能使女性作家注意到女性議題或女性特質的存在。民族情感與政治信仰，基本上在於泯滅個人欲望與想像。因此，在民族主義塑造下的母性，其實是沒有欲望的母親。欲望一旦受到壓抑，女性與男性的身體並未有任何差異。在反共時期，男女是平等的，因為所有的女性都變成男性了。所有華麗騷動的文字，浮花浪蕊的篇章，在一九五〇年代都絕跡未見。這說明了那段時期，女性意識為什麼還未獲得覺醒空間的原因。

現代主義運動的擴張，對於女性美學思維的衝擊極為巨大。被捲入運動漩渦的女性作家，伴隨著現代小說、現代散文、現代詩的大量崛起，也開始把注意焦點從民族情操轉移到個人情感之上。這並不意味著一九五〇年代沒有愛情小說的創作。比較值得一提的是，愛情加反共，或戀愛加懷鄉等等公式一般的小說或詩，俯拾即得。個人情感逐漸與政治書寫分離的現象，必須等到現代主義思潮湧現之後才鮮明起來。

女性詩人與散文家於一九六〇年代的成就，全然毫不遜色於男性作家的藝術造詣。當男性作家孜孜於語言改造之際，女性的詩與散文也展開細微與枝節的美學建構。腐敗的白話文之所以能夠注入全新的生命，能夠獲得翻轉的契機，並不能完全歸功於男性作家的努力。女性詩人與散文家在這段時期投入現代主義運動的洪流，可以說刷新了文壇的視野與格局。

台灣女性詩學的營造

女性詩人在一九六〇年代之所以受到矚目，主要是因為她們不受「傳統」的沉重包袱所束縛。她們出發時，便是屬於現代了。相對於男性詩人而言，她們無須為了現代詩的定義而掀起論戰；她們也無須為了語言的鍛鑄，而與五四以降的白話文傳統進行對決；她們無須為了迴避政治的干涉，而在隱喻象徵的技巧上掩飾自己的思考。女性詩人沒有太多的包袱，所以能夠勇敢面對情緒、情愛與情欲。這種書寫方式，與男性詩人的思維方式全然迴異。她們的作品不刻意追求歷史意識，不偏向尊崇民族主義，不強調承擔時代使命。惟其如此，她們才能避開「大敘述」（grand narrative）那種虛構的大理想與虛構的烏托邦。她們真正是從生命體驗與生活經驗中提煉詩的語言，她們的語言，就是她們的感覺與世界。

在一九六〇年代出現的重要詩人如蓉子、林泠、敻虹，都是在五〇年代就已經參與了現代詩運動。她們出道較早，因此成熟也較快，在六〇年代台灣現代詩壇已卓然成家。與她們同時出發的，還有較為資深的作家張秀亞、李政乃、彭捷等。不過，在詩齡上與藝術成就上，蓉子等人的韌度與廣度較受肯定。

張秀亞（一九一九—二〇〇一），河北平原縣人，北平輔仁大學西洋語文學系畢業。她的創作較集中於散文藝術的經營，是台灣女性散文家的先驅之一，也是美文典範的建構者之一。不過，她也出版過詩集《水上琴聲》[1]，是最早的代表作。在現代派詩人紛紛發聲之際，她的詩集無疑是一九五〇年代稀罕的獨唱者。又過三十年，她才出版第二冊詩集《愛的又一日》[2]，她在散文書寫方面的收穫遠遠超過詩的造詣。不過，由於她的詩集誕生最早，自有文學史的特殊意義，幾乎後人討論五〇年代詩壇時，張秀亞是不容缺席的。

她使用詩的語言，仍然不脫五四白話詩傳統的餘緒。然而，在反共時期戰鬥詩與政治詩非常氾濫時，她的抒情姿態大約已預告了詩的另一種可能發展。她開發出來的想像，由於大環境的局限，都被後來的女性詩人超越。但是，她追求情感的純粹，音色的澄明，以及節奏的控制，都為台灣的抒情傳統奠下了穩固的基礎。她的抒情，既有五四遺風，也有古典韻味。〈夜正年輕〉正是這種風格的展現，以詩的第二節為例：

夜正年輕
夜正寒
還撥那小爐中的灰燼嗎
鬢已星星
更怕見夢也星星
回憶中的江干有殘燈無數

在一九五〇年代澎湃的時期，張秀亞背對著她的時代，勇敢審視自己的灰暗情感。這種古典的愛情，暗暗透露著自我的嚮往。然而，她獲得的卻是「灰燼」與「殘燈」。詩的格調可能是柔軟的，但女性詩人以這種姿態婉拒了政治性的口號，卻更能反映出她對藝術追求的堅持。她的愛情世界也許並不明亮，詩風卻是誠實而真摯。建立這樣的美學，並非是自覺性、有意識地抗拒當時的文藝政策。女性作家真誠袒露自己的情感，而不虛偽而虛矯地附和反共標語，完全沒有逃避現實。男性作家所書寫的戰鬥詩、反共詩，虛擬一個美好的理想，虛構一個從未到來的樂園，反而是徹底逃避了台灣的現實。

蓉子（《文訊》提供）

同樣在一九五〇年代出發的蓉子，早期語言營造的技巧仍然不脫五四遺風。她的語齡不斷加長加深，使得詩風日益成熟，在六〇年代昇華成為重要的女性聲音。蓉子（一九二二—二〇二一），本名王蓉芷，江蘇吳縣人，政治大學公共行政企業管理教育中心結業。她專注於詩的經營較張秀亞還深刻，出版詩集《青鳥集》[3]也比張秀亞還早，最初的詩作，完全不迴避夢幻與愛情的主題。對於自己的第一冊詩集，蓉子日後回憶說：「『最早的星光最寂寞』，我當然不是最早的星光；但如果星辰也有性別的話（笑），或許我可以勉強湊數。」在這段時期，她的女性意識尚未覺醒。不過，女性身分使她的作品與男性詩人劃清界線。詩集的最後一首詩〈樹〉，她公開宣稱：

1　張秀亞，《水上琴聲》（彰化：樂天，一九五六）。
2　張秀亞，《愛的又一日》（台北：光復，一九八七）。
3　蓉子，《青鳥集》（台北：中興文學，一九五三）。

我是一棵獨立的樹——
　不是藤蘿。

藤蘿是一種攀附的植物，隱喻著傳統女性的依賴性格。因此，蓉子驕傲於「我是一棵獨立的樹」時，顯然已為後來的台灣女性帶來了無窮的想像。這種無須依附於男性的自主精神，在更早的一首詩〈為什麼向我索取形像〉更是表露無遺：

為什麼向我索取形像？
為在你的華冕上，
鑲嵌上一顆紅寶石？
為在你生命的新頁上，
又寫上幾行？

這是素樸的女性意識之醒轉，清楚聲明詩人不再以男性眼中的「他者」來自我定義。詩的語言縱然簡約，卻極其深刻地揭露長期以來父權文化是如何把女性陰性化（feminization）。所謂陰性化，便是把女性視為空白的主體，肆意填補男性的欲望與幻想。女性變成了靜態的、被動的身體，只被用來榮耀、提升男性的主體。這首詩抗拒了女性被陰性化的文化傳統。尤其在詩的最後，她更是說出真正的心聲：「歡笑是我的容貌／寂寞是我的影子／白雲是我的蹤跡。」如此自我表現特立獨行的風格，在現代詩運動的初期階段頗引人側目。

進入一九六〇年代以後，蓉子捨棄具象的描述，轉而投向抽象的思維，啟開她成熟而動人的現代主義時期。她的重要詩集陸續問世，包括《七月的南方》[4]、《蓉子詩抄》[5]、《維納麗沙組曲》[6]、《橫笛與豎琴的晌午》[7]、《天堂鳥》[8]、《雪是我的童年》[9]、《這一站不到神話》[10]、《只要我們有根》[11]、《千曲之聲》[12]、《黑海上的晨曦》[13]。豐碩的創作，建立了她在詩史上的穩固地位。蓉子的經典詩作〈我的粧鏡是一隻弓背的貓〉，頗能顯示她的現代轉折：

我的粧鏡是一隻弓背的貓
不住地變換它底眼瞳
致令我的形像變異如水流[14]

4　蓉子，《七月的南方》（台北：藍星詩社，一九六一）。
5　蓉子，《蓉子詩抄》（台北：藍星詩社，一九六五）。
6　蓉子，《維納麗沙組曲》（台北：純文學，一九六九）。
7　蓉子，《橫笛與豎琴的晌午》（台北：三民，一九七四）。
8　蓉子，《天堂鳥》（台北：道聲，一九七七）。
9　蓉子，《雪是我的童年》（台北：環球書社，一九七八）。
10　蓉子，《這一站不到神話》（台北：大地，一九八六）。
11　蓉子，《只要我們有根》（台北：文經社，一九八九）。
12　蓉子，《千曲之聲：蓉子詩作精選》（台北：文史哲，一九九五）。
13　蓉子，《黑海上的晨曦》（台北：九歌，一九九七）。
14　蓉子，〈我的粧鏡是一隻弓背的貓〉，《千曲之聲：蓉子詩作精選》，頁二一七。

靜態的鏡子，幻化成具有生命的貓，是現代主義美學中潛意識的再浮現。變異多端應是壓抑在內心的情緒流動，然而，詩人並不直接揭露，她以迂迴折射的方式，把潛意識深層的幻象，描寫成現實世界中的鏡象。因此，幻象與鏡象立即構成一種辯證的關係，使讀者的想像在虛實之間產生斷裂與銜接。女性的多重面貌，絕對不是傳統塑造女性角色的手法能夠輕易掌握的。蓉子以貓瞳的詭譎反射女性形象的變異，代表了女性詩人借用現代主義技巧之成熟。尤其這首詩的最後一節既是現代主義的，也是女性意識的：

捨棄它有韻律的步履　在此困居
我的粧鏡是一隻蹲居的貓
我的貓是一迷離的夢　無光　無影
也從未正確的反映我形象。[15]

隱喻與轉喻的交互運用，使得幻象在千折百迴的複眼中投射出重疊而又歧異的影像。粧鏡搖身成為一隻貓，弓背的貓翻轉成一個夢，而在夢裡映現的又是定義

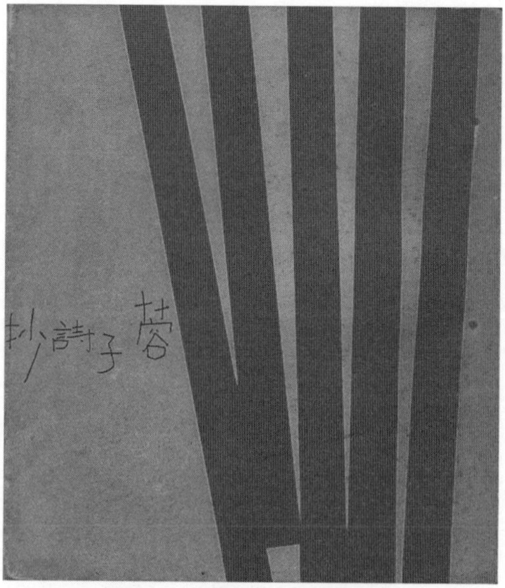

蓉子，《蓉子詩抄》（李志銘提供）

蓉子，《橫笛與豎琴的晌午》

不明的自我。參差交錯的投射、反射、折射，構成女性身分的複雜面貌。被困縛的女性豈只能使用一種定義來確認的？粧鏡本身足以道出女性內心世界的幽微與無限，其中潛藏的思維與想像，絕對不是任何人能夠輕易觸探的。這種內心的自我省視鑑照，到了〈維納麗沙組曲〉時就更為鮮明。維納麗沙是為了詩的節奏而創造出來的名字，卻又是詩人潛意識所分裂出來的另一個自我。因此，詩中對維納麗沙呼喚之際，也正是兩個分裂的自我展開對話的時候。詩中雖只出現一種聲音，卻成功地創造了詩人的雙重視野（double vision）。當她說：「靈魂原是抽象的／祇是隔著藝術的絳帳／透露點滴星光」（〈邀〉），或者說：「夢和現實的雙轡並馳　卻非美好的伴侶／時相牴觸而擊撞　掩沒了季節之晴朗」（〈維納麗沙的星光〉），都在在顯示無盡止的對話，其實都是詩人內心不停的獨白。

誠如蓉子在《這一站不到神話》的〈自序〉所說：「世界並非如年少時所想望的，充滿了美、秩序與和諧——現實本來就不是那樣圓滿的。」這樣的體會由一位女性詩人道出，尤為真切。唯其身處一個殘缺而不完整的現實世界中，她的詩透露出來的矛盾衝突才更深刻。藝術的存在，絕對不是在幸福生活中誕生，而必須在粗礪殘酷的現實裡千錘百鍊才得以鑄成。蓉子的聲音，發抒了台灣社會未曾受到尊重的族群的細微心情。她的藝術之受到肯定，是經歷了多少時間的無情考驗。

與蓉子幾乎同時登場的另一位詩人林泠，也是現代主義詩學的重要締造者之一。林泠（一九三八—），本名胡雲裳，四川江津人。台大化學系畢業後，又獲美國維吉尼亞大學博士學位。雖然在一九五〇年代之初就已展開詩藝的追逐，卻在八〇年代才結集一冊作品，亦即《林泠詩集》[16]。冷雋的沉思，清脆的音色，疏

15　同前註，頁二一八。
16　林泠，《林泠詩集》（台北：洪範，一九八二）。

離的情感，構成她詩風的重要特色。她最擅長的書寫策略，便是營造詩的言外之意，她的象徵手法，置諸同時期的其他詩人之中，絕對是顧盼自若，從容自得。

從第一首詩〈不繫之舟〉開始，就是不同凡響的演出，寫於她青澀的十七歲。不受繫縛的小舟，自然也不受岸旁的「玫瑰」、「綠蔭」與「寧靜的港灣」的誘惑。她的自由自在，獨來獨往，一如詩的最後四行概括的：

啊，也許有一天——
意志是我，不繫之舟是我
縱然沒有智慧
沒有繩索和帆桅

智慧啟開了眼睛與思想，但也窺見了人間的罪惡與煩憂。詩人暗示不願受到這種束縛與監禁，她寧可依照自己的意志，解開繩索，卸下帆桅，展開浩瀚而空曠的宇宙航行。意在象外，她的文字往往領著讀者進行想像的探索，語言本身囚禁不住她豐碩的思維。

音樂性的注重，使她的詩適合朗誦。尤其每一行的字數較短，詩的發展必須不斷換行，使閱讀的節奏因換行而緩慢下來，造成抒情的音樂效果。她的抒情並非濫

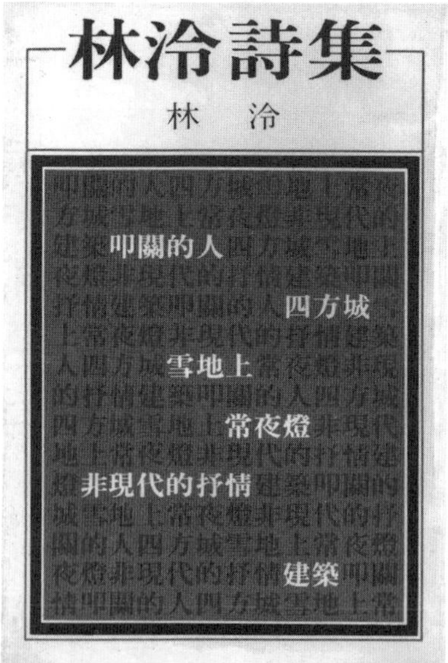

林泠，《林泠詩集》

情，由於每個文字的置放都朝向情感的過濾在安排，使得情緒不致過剩而溢出。她的詩風冷靜，但掩不住奔放的熱情。在喜悅裡，暗藏些許哀愁；在憂鬱裡，則又帶著樂觀的期許。如果有所謂抒情傳統的話，林泠放射出來的影響，毫不遜色於鄭愁予與楊牧。事實上，林泠的有些詩題在早期葉珊、近期楊牧的作品也可找到回應。例如〈崖上〉，葉珊也有同樣的詩題；林泠有一首短詩〈星圖〉，楊牧則有一冊散文集《星圖》。文學傳統的建構，往往經由不同的作者，在相近的想像與類似的風格之傳遞中緩慢累積起來。台灣抒情詩，特別是帶有疏離意味的抒情，誠然是在一九六〇年代開拓出版圖的。

林泠的詩很冷，因為詩行往往漫開了一股莫名的孤獨。例如：「在我高築的城垛之上」（〈一張明信片・一九五五年〉）；「每一方門牆都緊鎖了」（〈叩關的人〉）；「這麼細的繩索，能栓住一個城市麼？」（〈女牆〉）。她的孤獨，帶有一種決斷，就像她的詩行，在恰當的地方就勇於切斷，留下更為廣闊的想像。她的詩也是熱的，因為詩行洶湧著不可抑制的戀愛憧憬。而這種憧憬，盡在不言中。例如，以下這首情詩〈微悟——為一個賭徒而寫〉，愛情被形容彷彿是一場火災：

在你的胸臆，蒙的卡羅的夜啊
我愛的那個人正烤著火
他拾來的松枝不夠燃燒，蒙的卡羅的夜
他要去了我的髮
我的脊骨……[17]

17　林泠，〈微悟——為一個賭徒而寫〉，《林泠詩集》。

燒得如此旺盛的喜悅，有她心甘情願的奉獻，詩中卻沒有提到隻字片語。在愛中，災難有多嚴重，喜悅就有多深刻。這種反面的書寫方式，正是她在詩裡建立起來的內在邏輯，既反常，又合理。她的邏輯，簡直不可理喻，就像〈送行〉其中的兩行，刻劃著情人離去後的心情：

真奇怪啊，為甚麼冬天竟會不冷
為甚麼，一份聯想永不能被分割[18]

利用兩行平行的句子，道出別離並不是真正的別離。情人送別，感覺應屬寒冷，尤其是在冬天，謎底在下一行揭開，只因為兩人的思念仍牢牢結合在一起。在這裡，全詩並未提到「溫暖」，她的寫法近乎羚羊掛角，無跡可求。如果只停留在字面的意義，反而窄化了詩的想像。

你喜愛踐踏麼？哦，是的
想起在高處，因你滑過而留下水痕
我有毀傷的愉悅，
倘使你帶著長銹的冰刀來到。[19]

情愛裡總是帶來自虐式或虐待式的快感。被踐踏、被毀傷的愛，完全不能用常理推斷；特別是期待情人「帶著長銹的冰刀來到」，更是不近情理。但是，世界末日式的相愛，或玉石俱焚式的互戀，恐怕才能測出情感的深度。價值判斷的全然顛倒，才可能是愛情的正常狀態吧。

林泠為讀者啟開另一種閱讀愛情的方式，等於是在挑戰傳統的、講求倫理的思考狀態。她的語言潔淨清澈，她的節奏起落有致。她的思維，則完全顛覆傳統的邏輯。她的象徵就像她自己承認的：「野生而不羈」（〈紫色與紫色的〉）。許多相互衝突的意象刻意銜接在一起時，不免使讀者感到錯愕。不過，突兀的詩行最後都被讀者歡喜接受。畢竟，錯誤的邏輯有它的道理，讀者咀嚼她的詩行時，自然會有合理的安排。錯誤並不是錯誤，而是藝術創造的一種逆向操作。林泠詩作之所以迷人，就存在於她的反向思考。

較為晚出的敻虹（一九四〇—），也是參與抒情傳統營造的另一位重要詩人。原名胡梅子的敻虹，台東人，屬於藍星詩社的成員。她的詩幾乎篇篇都可朗誦，是非常注意音樂性的作品。從一九五七年發表第一首詩後，就未嘗停止創作。詩集包括《金蛹》[20]、《敻虹詩集》[21]、《紅珊瑚》[22]、《愛結》[23]、《觀音菩薩摩訶薩》[24]。最後一冊詩集，頗近佛學哲理，反映了她對人生的參透。

青春時期的敻虹，敢於寫出自己的私密幻想，敢於表露對情愛的渴望。她的勇氣，純然基於對生命的擁抱與頌讚。〈如果用火想〉的最後四行，頗具遐思，是另外一種意在言外的表達：

---

18 林泠，〈送行〉，《林泠詩集》。
19 林泠，〈雪地上〉，《林泠詩集》。
20 敻虹，《金蛹》（台北：純文學，一九六八）。
21 敻虹，《敻虹詩集》（台北：大地，一九七六）。
22 敻虹，《紅珊瑚》（台北：大地，一九八三）。
23 敻虹，《愛結》（台北：大地，一九九一）。
24 敻虹，《觀音菩薩摩訶薩》（台北：大地，一九九七）。

我怔怔地站著
觀望一個人
如此狂猛地想著
另外一個人[25]

這種聲東擊西的思念，究竟是夢醒還是夢毀，或是另一場夢即將開啟？一九五〇年代的女性詩人，大多是從個人、最祕密的私情營造起詩的世界。那種虔誠與專注，較諸家國情操還更深刻。敻虹以著十餘首系列作品，反反覆覆歌吟自己擁有的愛情，在她的時代，頗為罕見，當她說：

叩開我的金殼，伸出我的彩翅
以微微的驚歎，以心跳——呵，如此美
難道夢中對夢早被窺知，而石膏像
睜開了眼，當一切都被給以靈魂[26]

一場戀愛已經向世人預告，猶蝶之破蛹，石像之睜眼，她不隱藏內心的歡喜，更要與人分享愛情之美。從此，她進入了生命中的「藍色時期」，幾乎每首詩都是寫給一位名字是「藍」的情人。藍色，是具象，也是隱喻，更是愛情的同義詞。

你立在對岸的華燈之下
眾弦俱寂，而欲涉過這圓形池

涉過這面寫著睡蓮的藍玻璃
我是唯一的高音[27]

無論是以「蛹」或「蝶」自我隱喻，藍天，藍光都是她終極的嚮往。她放膽寫下的情詩，為一九六〇年代台灣現代詩創造了無窮的想像，也為詩壇構築了美麗的神話。這樣的神話，不是虛無縹緲，而是可以實踐的。「必然是一行詩寫在發光的草地」（〈贈蕭邦〉），恰如其分地可以拿出來作為她的作品的詮釋。她是「唯一的高音」，是「發光的詩」，因為愛使她擁有信心。對於凡夫俗子而言，愛情是刻骨銘心。敻虹並不是這樣表現，而是代之以〈詩末〉的語言：

愛是血寫的詩
喜悅的血和自虐的血都一樣誠意
刀痕和吻痕一樣
悲滄或快樂
寬容或恨
因為在愛中，你都得原諒[28]

25　敻虹，〈如果用火想〉，《金蛹》。
26　敻虹，〈蝶蛹〉，《金蛹》。
27　敻虹，〈我已經走向你了〉，《金蛹》。
28　敻虹，〈詩末〉，《紅珊瑚》。

愛與傷害都是見血的，一針見血的，敻虹並不酷嗜象徵，卻完全向浪漫傾斜。即使過了中年，浪漫想像也未嘗稍止。《紅珊瑚》是她鬢髮微霜的見證。之後，所有痛苦人生的鑑照，全部都收在《愛結》之中。不再激情的詩人，寫的是生活中的苦與淡。苦是生命的累積，淡是情感的稀釋，唯詩的音樂性並未改變。她的詩仍然適合用來朗誦，仍然節奏舒緩，仍然心地善良。她的心逐漸偏向出世，她的詩則留在塵間成為傳說。

台灣女性散文書寫的開創

散文書寫在文學史上一直受到忽視，這是因為散文長期欠缺美學理論的基礎。在傳承上，也很難成為流派。更重要的原因，散文很少出現大家，不若小說與詩兩種文類往往能夠形成主要的風格與風氣。文學史家很少對散文進行批評性的閱讀，就像一般讀者那樣，大約只是做消費性的閱讀。這種偏頗的態度，使散文被迫處於邊緣的位置。

不過，偏見並不能夠取代歷史事實。小說與詩的構成要素，仍然需要以散文書寫為基礎。白話文在台灣能夠繼續保持活潑的生命力，主要應歸功於散文家不懈地予以反覆錬鑄。台灣女性散文家在一九五〇年代大規模誕生，對於白話文的試驗與提升具有不容低估的貢獻。白話文的疲態，在反共文學時期已經呈露出來。那種淡如水的文體，雖然一度為文字革命者胡適尊崇過。但是，包括胡適在內的白話文書寫，終於也淪於膚淺、腐敗的命運。女性散文家在台灣的「在地化」與「現代化」，重新振作了白話文的生命。

在第一代女性散文家中，最講求修辭藝術的，當推艾雯。本名熊崑珍的艾雯（一九二三－二〇〇九），江蘇吳縣人，是一九五〇年代最早出版散文集的女性作家。她早期的四冊散文集《青春篇》[29]、《漁港書簡》[30]、《生活小品》[31]、《曇花開的晚上》[32]，幾乎每篇作品都在描寫她的生活。艾雯的散文藝術之值得注意，就在於她持續不斷地在抒情傳統建構純美的想像，而這種想像卻是從艱苦的生活中提煉出來的。她擅長的「書簡體」散文，帶動日後女性散文家的風氣。她偏愛獨白的方式，使讀者彷彿在閱讀中接受作者的傾訴。其中的典型代表便是《漁港書簡》，從陌生人的眼中，觀察台灣漁民如何在貧困的環境裡掙扎奮鬥。艾雯的美文，在五〇年代就受到肯定，一九五五年曾經被選為「全國青年最喜閱讀作品及作家」。她的在地化書寫，等於是偏離官方文藝政策所尊崇的以中國為中心的思維方式。在七〇年代以後，艾雯出版的《浮生散記》[33]、《不沉的小舟》[34]、《倚風樓書簡》[35]、《綴網集》[36]，漸趨哲理的思維。她的美文追求，仍然充滿生命力。由於創造力的持久，影響力特別深遠。

艾雯（《文訊》提供）

另一位同樣專注修辭的散文家張秀亞，也是對抒情傳統的鍛鑄頗具貢獻。她的創作技巧值得注意的地

29 艾雯，《青春篇》（台北：啟文，一九五一）。
30 艾雯，《漁港書簡》（高雄：大業，一九五五）。
31 艾雯，《生活小品：主婦隨筆》（台北：國華，一九五五）。
32 艾雯，《曇花開的晚上》（台中：光啟，一九六二）。
33 艾雯，《浮生散記》（台北：水芙蓉，一九七五）。
34 艾雯，《不沉的小舟》（台北：水芙蓉，一九七五）。
35 艾雯，《倚風樓書簡》（台北：水芙蓉，一九八四）。
36 艾雯，《綴網集》（台北：大地，一九八六）。

方，並不是在地化，而是對於「想像」的不懈追求。她在一九五〇年代出版的五冊散文集《三色菫》[37]、《牧羊女》[38]、《凡妮的手冊》[39]、《懷念》[40]、《湖上》[41]，相當出色地掌握了文學的音樂性。她的主要特色在於運行緩慢的節奏，使情緒與想像同步釋放出來。這種營造手法，成為後來許多作者爭相模仿的對象，喻麗清便是典型的例子。張秀亞寫過一篇〈創造散文的新風格〉，頗能顯現她個人的特質：「新的散文喜用象徵、想像、聯想、意象以及隱喻，因而極富於『言在此而意在彼』的味道，企圖重現人們心中上演的啞劇，映射出行為後面的真實，生活的精髓，並表現出比現實事物更完全、更微妙、更根本的現實。」[42]這種審美原則，其實與現代主義的美學思維完全吻合。這是女性散文書寫的一個重要突破。張秀亞所要挖掘的，無非是被壓抑在內心底層的無意識世界。具體而言，現代主義者常常要觸探的，便是所謂的「政治無意識」（political unconscious）。張秀亞散文建構的記憶、懷舊、思親、念友等等圖像，無非是在政治大環境中被壓抑下來的。她的抒情、頌讚、哀傷、喟嘆，可以說都是來自內心的

張秀亞，《三色菫》（舊香居提供）

張秀亞，《牧羊女》（舊香居提供）

呼喚。而張秀亞認為，這些都是比現實事物「更完全、更微妙、更根本的現實」。

在記憶建構方面的另一位高手，當推琦君，她是一九五〇年代以來最富有母性的散文家。琦君（一九一七—二〇〇六），本名潘希真，杭州之江大學中文系畢業。自六〇年代初期出版第一冊散文集之後，便展開日後產量豐富的寫作生涯，是女性作家的一個重鎮。重要作品包括《琦君小品》[43]、《紅紗燈》[44]、《煙愁》[45]、《三更有夢書當枕》[46]、《桂花雨》[47]、《細雨燈

琦君（《文訊》提供）

37 張秀亞，《三色菫》（台北：重光文藝，一九五二）。
38 張秀亞，《牧羊女》（台北：虹橋，一九五三）。
39 張秀亞，《凡妮的手冊》（高雄：大業，一九五六）。
40 張秀亞，《懷念》（高雄：大業，一九五七）。
41 張秀亞，《湖上》（台中：光啟，一九五七）。
42 張秀亞，〈創造散文的新風格〉，《人生小景》（台北：水芙蓉，一九七八）。
43 琦君，《琦君小品》（台北：三民，一九六六）。
44 琦君，《紅紗燈》（台北：三民，一九六九）。
45 琦君，《煙愁》（台中：光啟，一九六三）。
46 琦君，《三更有夢書當枕》（台北：爾雅，一九七五）。
47 琦君，《桂花雨》（台北：爾雅，一九七六）。

花落》[48]、《留予他年說夢痕》[49]、《燈景舊情懷》[50]、《淚珠與珍珠》[51]、《母親的書》[52]、《永是有情人》[53]等二十六冊。她的條條思緒，幾乎都可以與她的童年、故鄉、家族、親情、師情銜接起來。琦君的散文〈髻〉，頗為讀者廣泛傳誦。短短的篇幅，容納了母親、姨娘、女兒三位女性之間的複雜情感。她寫出母親與姨娘之間的情感矛盾，而這種矛盾則由兩位女性的髮式差異呈現出來。散文鋪陳出來的情感，幾乎可讓讀者觸撫。琦君說，她自己的風格乃是建立在「親」與「新」之上。親，是指真誠；新，則是指創造。前者在於平易近人，後者則在於推陳出新。以這兩種準則來檢驗琦君作品，當可獲得印證。

女性作者的努力營造，可能並未意識到她們追求的方向已漸漸與文藝政策悖離。然而，也正是通過這種無意識的開發，才使得女性散文能夠在男性思維之外另闢全新的美感。同時期的蕭傳文、林海音、鍾梅音、小民等，又何嘗不是在重塑新的感覺。這群作家既是在地化，也是最能夠表現散文的母性特色。在某種意義上，母性的特質也許未能脫離父權文化的論述。也就是說，

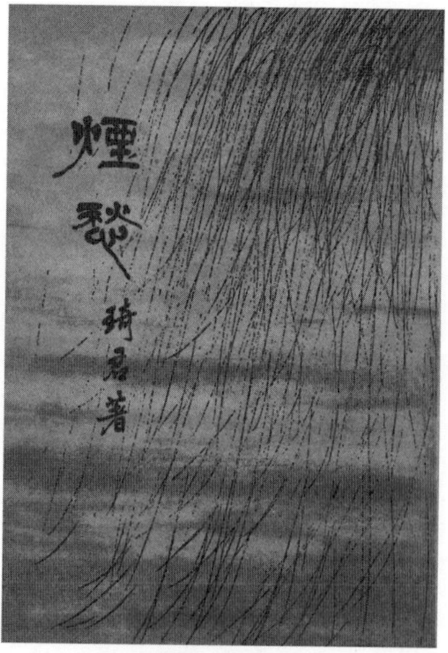

琦君，《煙愁》

鍾梅音（《文訊》提供）

她們扮演的角色正是傳統文化規範出來的。尤其在反共的年代，女性更被要求遵守這樣的規範。無論她們是否有一份正常的工作，「賢妻良母」的角色是無法推卸的。但是，從另一方面來看，母性的產生既然是從生活中孕育的，她們一旦從事文學創作時，就無法不注意到生活的各種細節。這種細節政治的刻劃，使她們反而越來越與男性大敘述拉開距離。蕭傳文的散文〈訪〉、鍾梅音所寫的〈阿蘭走了以後〉，都是在描寫女主人與下女之間的關係。蕭傳文的作品，描寫她去採訪下女的家時，發現這位下女在自己的家裡所表現出來的「女主人」風範，使她產生尊敬。鍾梅音筆下的下女，則頗有台灣女人的身段。這種在地化的題材，細節化的內容，絕對不是男性作家樂於一顧的。然而，也是經過這種無止無盡的書寫，終於使女性散文走出了男性政治的陰影。

台灣女性散文的現代主義轉折

張秀亞的現代抒情散文，大約已經預告了日後女性作家的走向。她在一九五〇年代從事美文經營時，並未意識到現代主義的風潮即將席捲台灣。她的書寫方式，也不必然與現代主義思維契合。不過，她哲理式的

48 琦君，《細雨燈花落》（台北：爾雅，一九七七）。
49 琦君，《留予他年說夢痕》（台北：洪範，一九八〇）。
50 琦君，《燈景舊情懷》（台北：洪範，一九八三）。
51 琦君，《淚珠與珍珠》（台北：九歌，一九八九）。
52 琦君，《母親的書》（台北：洪範，一九九六）。
53 琦君，《永是有情人》（台北：九歌，一九九八）。

沉思，透過內心意識的活動而浮現出來，頗多與現代主義美學不謀而合。潛意識的開發，可以使文學創作者的主體更加清晰地獲得確立。因為，每個人的內心世界都是獨一無二的，這種個人特殊的精神層面，與每個人的獨特生活經驗與生命軌跡有不可分割的關係。因此，台灣作家開始與現代主義結盟時，其實已經使台灣新文學史的發展發生劇烈轉變。

一九三〇年代以後出生的女性散文作家臻於成熟時，都不能免於受到現代主義的影響。這種影響最顯著之處，莫過於語言的改造。台灣的散文書寫終於與五四傳統的白話文產生決裂，其中最大的因素便是現代主義的切入。從一九六〇年以後，台灣社會逐漸見證另一批新崛起的女性散文家，這樣那樣地追逐新的美學思維。她們是趙雲（一九三三—二〇一四）、林文月（一九三三—）、徐薏藍（一九三六—）、程明琤（一九三六—）、張菱舲（一九三六—二〇〇三）、簡宛（一九三九—）、李藍（一九四〇—）、劉靜娟（一九四〇—）、羅英（一九四〇—二〇一二）、丘秀芷（一九四〇—）、張曉風（一九四一—）、曹又方（一九四二—二〇〇九）、杏林子（一九四二—二〇〇三）、謝霜天（一九四三—）、席慕蓉（一九四三—）、三毛（一九四三—一九九一）、蔣芸（一九四四—）、黃碧端（一九四五—）、季季（一九四五—）、愛亞（一九四五—）、喻麗清（一九四五—二〇一七）、方瑜（一九四五—）、鍾玲（一九四五—）、洪素麗（一九四七—）、呂大明（一九四七—）、李黎（一九四八—）、心岱（一九四九—）。這份陣容整齊的名單，批判性地接受第一代散文家開拓出來的藝術成就，也創造性地改寫女性身分與文學版圖。她們並不是每位都接受現代主義的思維，但至少感覺到現代主義的氛圍。

現代主義曾經被稱為文化上的一次「橫的移植」。對於愛國主義與民族主義的立場特別鮮明的作家而言，橫的移植無疑是殖民文化的侵略。從一九五〇年代以降美援文化在台灣滲透的事實來看，這誠然是殖民文化又一次的變相入侵。但是，文學思潮並不能只從政治層面去評估。畢竟文學思潮在人文方面所發生的作

趙雲（《文訊》提供）

鍾玲（《文訊》提供）

劉靜娟（《文訊》提供）

用，還必須從作家的創造性思維去觀察。面對現代性浪潮的襲擊，即使是男性作家也自覺性地發生語言的焦慮。

一九六三年，余光中出版《左手的繆思》時，就已經不斷逼問自己：「創造性的散文是否已經進入現代人的心靈生活？我們有沒有『現代散文』？我們的散文有沒有足夠的彈性與密度？我們的散文家們有沒有提煉出至精至純的句法和與眾迴異的字彙？最重要的，我們的散文家們有沒有自〈背影〉和〈荷塘月色〉的小天地裡破繭而出，且展現更新更高的風格？」[54]非常明顯的，余光中企圖擺脫五四陰影的努力，正是一九六〇年代所有台灣作家必須面對的。破繭而出的台灣新世代作家，也在語言鍛鍊方面提出嚴格的自我要求。這種要求，同樣又是由余光中提出來：「……我嘗試把中國的文字壓縮，搥扁，拉長，磨利，把它拆開又併攏，折來且疊去，為了試驗它的速度、密度、和彈性。我的理想是要讓中國的文字，在變化各殊的句法中，交響成一個大樂隊，而作家的筆應該一揮百應，如交響樂的指揮杖。只要看看，像林語堂和其他作家的散文，如何仍在單調而僵硬的句法中，跳怪淒涼的八佾舞，中國的現代散文家，就應猛悟散文早該革命了。」[55]在文學史上，有所謂的小說革命與新詩革命，余光中則特別提出散文革命的主張。他的說法，毋寧也反映了同時期現代作家的內心鬱悶與焦躁。他們已經無法接受五四以來白話文勢力的支配。即使是白話文，也是需要重新改造的。

詩人白萩在同一時期也對語言危機有了警覺。一九六九年出版詩集《天空象徵》[56]時，他幾乎說了余光中提過的主張：「我們需要檢討我們的語言。對於我們所賴以思考賴以表達的語言，需給予警覺的凝視與解剖，我們需要以各種方法去扭曲、捶打、拉長、壓擠、碾碎我們的語言，試試我們所賴以思考賴以表達的語言，能承受到何種程度。」加速遠離五四的影響圈，似乎已成為當時作家的共識。從這個角度來看，以「橫的移植」的姿態進入台灣的現代主義，在某種程度上也帶來散文家心靈的解放。它是一種權威的抗拒，也是一種傳統的背叛，更是一種文化的批判。在男性作家紛紛揭竿起義之際，女性散文也桴鼓相應地產生強烈變化。她們也許沒有具體的文論主張，甚至也沒有深刻的語言檢討，但是書寫的實際行動就足以道盡一切了。在這群新興的女性作家中，張曉風代表了一個重要的轉折。她在一九六〇年代後半期出版的三冊散文集《地毯的那一端》[57]、《給你，瑩瑩》[58]、《愁鄉石》[59]，穩固地建立了她的文壇地位。這位散文作者大膽寫了這樣的第一段：「藍天打了蠟，在這樣的春天。在這樣的春天，小樹葉兒也都上了釉彩。世界，忽然顯得明朗了。」如此一行文字，充滿了節奏、韻律、想像，帶給讀者錯愕與喜悅。文字的速度是可以控制的，語言的色調也是可以鬆上的。張曉風以實踐的方式，使余光中的散文革命主張獲得了響應。

白萩（《文訊》提供）

從一九六〇年代出發的張曉風，把散文技巧的各種可能推到了極限。她筆名包括曉風、桑科、可叵

54　余光中，《左手的繆思》（台北：文星，一九六三），頁一七二。
55　余光中，《逍遙遊》（台北：大林，一九七〇），頁二〇八。
56　白萩，《天空象徵》（台北：田園，一九六九）。
57　張曉風，《地毯的那一端》（台北：文星，一九六六）。
58　張曉風，《給你，瑩瑩》（台北：台灣商務，一九六七）。
59　張曉風，《愁鄉石》（台北：晨鐘，一九七一）。

等，東吳大學中文系畢業。她的散文書寫極為廣闊而多產，女性散文的現代轉折，以張曉風為起點，並不為過。畢竟，她是帶起風氣的一位大家。重要散文集還包括《黑紗》[60]、《再生緣》[61]、《我在》[62]、《從你美麗的流域》[63]、《這杯咖啡的溫度剛好》[64]、《你的側影好美》[65]等等。她能夠寫出幽默的散文，如《桑科有話要說》[66]、《幽默五十三號》[67]；她也可以寫報導散文，如《心繫》[68]。她探索各種值得探索的題材，是散文家中最為豐收的。余光中曾經批評她的散文無「閨秀氣」，反而有一種「勃然不磨的英偉之氣」。這種評語，仍然還是以男性審美的標準來決定藝術高低。不過，從另一角度看，張曉風的散文，其實也是在實驗中國文字的速度、彈性與密度。她勇於創新句法，敢於扭曲文字，這樣做，反而豐富了散文的可觀。語言文字的更新，是由於想像與感覺已經異於從前。陳腐的語言豈能呈現新穎的思考？張曉風的想像過於豐富而敏銳，當然會求諸於文字的不斷刷新。她懂得使用「超現實主義」（王文興語）的技巧，也懂得後設的手法。從《全唐詩》的一首小詩，她竟能憑藉想像，渲染成篇，而寫出〈唐代最幼小的女詩人〉。張曉風的重要性，絕對不是因為她捨棄「閨秀氣」，而是因為她在保有女性的特質之外，又兼能吸收男性的英偉之氣。格局既擴充了女性的視野，也超越了男性的局限。

張曉風

張曉風這一世代的散文家，出現不少知性思考的作者，例如趙雲，能夠恰到好處地把人生哲理與情緒流動緊密結合起來。又如黃碧端，永遠保持冷峻的語言進行清醒的觀察，在批評最嚴厲處釋放恰當的溫情。又如李黎，知道在濫情的地方盡量濫情，在絕情的地方刻意絕情。這種知性的寫法，其實是現代主義思維中的主要特色。女性散文家在冷靜鑑照這個社會時，很少採取咄咄逼人的態度，而是以寫實與包容來看待事物。其中值得注意的作家，便是早已遭到遺忘的張菱舲與李藍。張菱舲在一九七〇年代初期離台前，出版三冊散文集：《紫浪》[69]、《聽．聽那寂靜》[70]、《琴夜》[71]，還有另外一冊《行吟的時光》，只見預告而未見出版。這位藝文記者，擅於捕捉動態的肢體，使文字一如舞蹈那樣翩然演出。她也擅長把握流淌的聲音，使散文像音樂那樣在空氣中飄揚。她是一支快筆，往往能把精采的表演速寫成散文，第二天發表於報端。這位散文作者，只因離台而無聞於國內讀者。久未創作的李藍，完成兩冊散文集《在中國的夜》[72]與《青春就是這樣》[73]。她對於顏色與氣味特別敏感，讀她的文字常常會帶動視覺與嗅覺，有一種奇異的臨場感（sense of

60 張曉風，《黑紗》（台北：宇宙光，一九七五）。
61 張曉風，《再生緣》（台北：爾雅，一九八二）。
62 張曉風，《我在》（台北：爾雅，一九八四）。
63 張曉風，《從你美麗的流域》（台北：爾雅，一九八八）。
64 張曉風，《這杯咖啡的溫度剛好》（台北：九歌，一九九六）。
65 張曉風，《你的側影好美》（台北：九歌，一九九七）。
66 張曉風，《桑科有話要說》（台北：時報，一九八〇）。
67 張曉風，《幽默五十三號》（台北：九歌，一九八二）。
68 張曉風，《心繫》（台北：百科，一九八三）。
69 張菱舲，《紫浪》（台北：文星，一九六三）。
70 張菱舲，《聽．聽那寂靜》（台北：阿波羅，一九七〇）。
71 張菱舲，《琴夜》（台北：阿波羅，一九七一）。
72 李藍，《在中國的夜》（台北：晨鐘，一九七二）。
73 李藍，《青春就是這樣》（台北：華欣，一九七四）。

immediacy)。

然而，這段時期的重要轉變，恐怕就是母性特質在女性散文中漸漸為女性特質所取代。這並不意味著女作家的母性已經式微，相反的，女性作家已經開始意識到如何重新為自己定義命名。也就是說，從前散文中流露的母性，有很大程度是藉由父權文化來界定的。母親的角色是依照傳統規範來形塑，而不必然代表女性的主體。女性意識初醒後，散文中的母親是由女性作者來自我形塑、自我表現。最具體的例子便是林文月。她的溫婉風格，絕對不能以傳統的「柔弱」來詮釋。她的溫婉乃在於介入社會、介入人間之際，頗能展現個人的意志，但又不致流於倨傲。她的關懷帶有淡淡的母性，文字之間滲透著異樣的暖意。劉靜娟與席慕蓉的散文，也可做如是觀。她們未曾放棄過去女性書寫的細膩，然而表達情感時則充滿了一份特有的自信。席慕蓉的想像力往往能夠與現實做完美的結盟。因此，她在寫許多對蒙古原鄉的憧憬時，也不斷回眸台灣社會現象。她客觀而不疏離，溫暖而不濫情，構成散文的重要特色。

曹又方與蔣芸的散文，在一九六〇年代台灣女作家群中，表現出罕有的特立獨行的書寫。曹又方是少數女性作者中，勇於觸探身體，也勇於干涉情欲，是現代主義中的異數。蔣芸係政治大學中文系畢業，在一九八一年推出七冊散文集，包括《低眉集》[74]、《一百二十個女人》[75]、《一百二十個男人》[76]、《心頭是滴著昔日的雨點》[77]、《離家以後》[78]、《小心眼》[79]、《港都夜雨》[80]。又於一九九二年出版三冊散文集：《我想念，我愛》[81]、《相見也無事》[82]、《從前月光》[83]等。蔣芸所寫的《遲鴿小築》[84]，是散文、小說合集，寫了六〇年代的台北城市，可是讀來卻具有特殊的夢幻風味。她神祕的筆觸既深入女性內心，又抒發城市的憂傷。這兩位作家的女性意識，開啟了散文書寫的新方向。

女性作者在一九六〇、七〇年代接觸現代主義的過程中，有一令人驚異的共同現象，便是張愛玲的幽靈處處可見。長久以來，台灣小說傳承中有「張腔」之說。依照王德威的說法，張腔的系譜包括白先勇、施叔青、朱天文、朱天心、丁亞民、蔣曉雲、蘇偉貞、袁瓊瓊、林裕翼等[85]。這種說法提出後，作者的影響焦慮立即蔓延開來。不過，小說中的張腔並非獨有的現象。在女性散文中，張愛玲流域之廣，超出想像之外。她的散文集《流言》[86]，對台灣女性散文的影響並不亞於她的短篇小說集《傳奇》[87]。她的清貞絕決與蒼涼手勢恐怕不止見於小說裡，在散文中表現出來的淡漠、疏離、暗

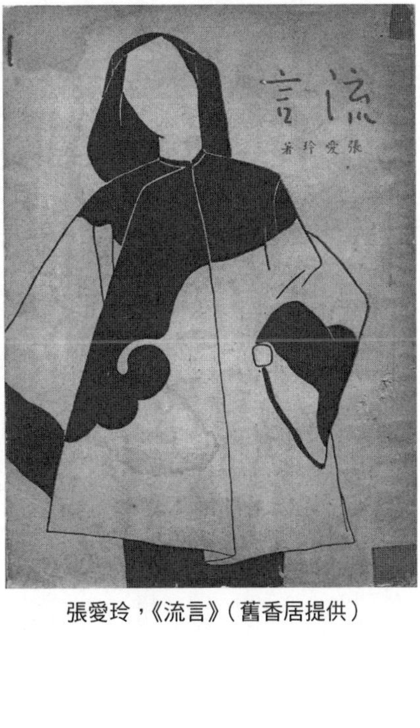

張愛玲，《流言》（舊香居提供）

74　蔣芸，《低眉集》（台北：遠景，一九八一）。
75　蔣芸，《一百二十個女人》（台北：遠景，一九八一）。
76　蔣芸，《一百二十個男人》（台北：遠景，一九八一）。
77　蔣芸，《心頭還滴著昔日的雨點》（台北：遠景，一九八一）。
78　蔣芸，《離家以後》（台北：遠景，一九八一）。
79　蔣芸，《小心眼》（台北：遠景，一九八一）。
80　蔣芸，《港都夜雨》（台北：遠景，一九八一）。
81　蔣芸，《我想念，我愛》（台北：遠景，一九九二）。
82　蔣芸，《相見也無事》（台北：遠景，一九九二）。
83　蔣芸，《從前月光》（台北：遠景，一九九二）。
84　蔣芸，《遲鴿小築》（台北：仙人掌，一九六八）。
85　王德威，〈張愛玲成了祖師奶奶〉，《小說中國：晚清到當代的中文小說》（台北：麥田，一九九三），頁三三七—四一。
86　張愛玲，《流言》（台北：皇冠，一九六八）。
87　張愛玲，《傳奇》（上海：山河圖書，一九四六）。

刺、嘲諷，也同樣揭露了人性的幽暗。女性意識漸漸抬頭的台灣散文家，不可能沒有注意到張愛玲作品傳達出來的信息。

在散文中最早提到張愛玲的，恐怕是李藍。她的文字對顏色、聲音、氣味表達得那樣真切，即使未受張腔影響，至少也非常偏愛張的情調韻致。她閱讀張愛玲小說時，竟是如此自我況味：「就近坐在楓樹下的白漆靠椅上翻來看（她的小說），那麼熟悉的一些人，米堯晶、敦鳳、白流蘇、葛薇龍、聶傳慶，一個個都走到跟前來，打我身邊擦過。」[88]李藍的錯覺並不止於此，她還看到從公共汽車下來的振保和篤保，也看到幽魂歸來的曹七巧。讀書能夠到達如此鬼氣森森的地步，方可反映出李藍對張愛玲之著迷。在另一篇散文裡，她描寫的蘭花，簡直就是張愛玲的再書寫：「開得不好的蘭花，尤其邋遢喪氣，髒兮兮地，像沒有洗乾淨的絨線衫，也像白頭宮女。」[89]這種語法與感覺，無異就是張腔的翻版。這裡特別指出了張腔在散文中造成的影響衝擊，主要在於強調台灣女性作家的現代主義轉折過程中，張愛玲誠然居有推波助瀾之功。一九六〇年代現代主義在台灣的傳播，原是透過多重的管道。紀弦的現代派，夏濟安的《文學雜誌》，創世紀詩社，藍星詩社，都是現代主義引進台灣的重要據點。張愛玲僅僅依賴她個人作品的流傳，就造成廣泛的影響。從文學史的角度來看，這種現象不可能不予以重視。

對於張愛玲的接受，可以在其他女性散文中也發現到蛛絲馬跡。洪素麗寫過一篇散文〈印度人〉，就是把她所認識的印度人拿來與張愛玲的〈傾城之戀〉相互比較，而認為「張愛玲當時太年輕，並不真了解印度人」[90]。熟讀張腔作品的洪素麗，終於也不經意流露出影響的痕跡：「有一天，也許世界會大亂一場，文明毀滅，玉石俱焚，又回到太古洪荒。」[91]這真正是〈傾城之戀〉的複製句法。

與洪素麗同齡的李黎，也寫過一篇〈四十年前的月亮〉，是非常張愛玲的題目。這篇散文記錄著張去世四年後，李黎前往舊金山去尋訪這位孤獨作家的故居。為了營造張派的感傷氣氛，李黎使用這樣的筆調來憑弔：「我們也許沒有趕上看見四十年前的月亮。四十年前，舊金山的月亮曾經照過那條街，那幢房，那個人……」[92]以張腔的語氣來懷念張愛玲，足以顯示散文作者對這位傳奇作家的迷戀與疼惜。

然而，最能表現張愛玲幽魂早已進駐散文血肉之中的，非戴文采莫屬。她對張的崇拜，已經到了必須變成張愛玲鄰居的地步。以著窺伺的眼睛，注意張的一舉一動，第一次看見張時，戴文采說：「我終於見著張愛玲時，幾乎有一種震動的不安。」她不僅緊緊追隨張的腳步，而且也承認她是如何模仿張腔：「其實許多丟失的從前的文字中，充塞著極多想見她的渴望及拾盡她的牙慧。」[93]印證她自己的文字，不時可以看見張的魂魄在字裡行間若隱若現，那種鬼氣較諸李藍毫不遜色。例如，「夢想與現實中間隔著人世」，顯然就是出自張的〈更衣記〉。她後來又寫了一篇散文，敘述自己重回張愛玲公寓的經驗，而有了這樣的喟嘆：「張愛玲不是一朵自開自落的、柔艷的、絕美的花。」「她是一隻獅子，孤僻至絕頂的獅子。」[94]

被王德威劃入張派小說的袁瓊瓊，也同樣在散文中寫出張腔句法。在描寫台北的杜鵑花時，她說：「兒童樂園的杜鵑花給我印象太壞了，爛塌塌的到處開著，到處，擠在一塊，垂頭喪氣的，蓬著頭，花瓣軟

88 李藍，〈某種感覺〉，《青春就是這樣》，頁二四—三〇。
89 李藍，〈我們看花去〉，《青春就是這樣》，頁三—八。
90 洪素麗，〈印度人〉，《浮草》（台北：洪範，一九八三），頁六九—七一。
91 洪素麗，〈浮草〉，《浮草》，頁一四六。
92 李黎，〈四十年前的月亮〉，《玫瑰蕾的名字》（台北：聯合文學，二〇〇〇），頁一三五。
93 戴文采，〈《女人啊！女人》篇首自序〉，《女人啊！女人》（台北：圓神，一九八九）。
94 戴文采，〈涼月隨筆〉，《我最深愛的人》（台北：九歌，二〇〇一），頁一六二。

答答的全展開來。」[95]這種影響，當然不會止於袁瓊瓊。張讓早期的散文，〈寒盡之年〉[96]、〈世事逐塵照眼明〉[97]，都可聞到張腔。張讓說得非常深刻：「她（張愛玲）大概是這一代創作者逃不出的魔障，文字太有魅力，簡直有毒。」[98]受到張腔毒化的台灣女性散文家，在追求現代主義的過程中，在女性意識覺醒的過程中，已經走出一條與男性散文全然不同的道路。她們的空間性書寫，極其纖細地寫出隱藏在體內的敏感、脆弱與哀傷。然而，也因為她們能夠寫出那種幽微的感覺，縱然是藉由張腔吐露出來的，女性散文建立起來的美學，就再也不是男性尺碼可以輕易衡量的。女性現代主義，絕對不同於男性現代主義。當男性專注於語言的改造時，女性已更深一層在挖掘潛意識裡從未被探勘過的感覺。

95 袁瓊瓊，〈花之聲〉，《紅塵心事》（台北：爾雅，一九八一），頁六五。
96 張讓，〈寒盡之年〉，《當風吹過想像的平原》（台北：爾雅，一九九一）。
97 張讓，〈世事逐塵照眼明〉，《當風吹過想像的平原》。
98 見王開平，〈在知性高塔堆化石積木——訪作家張讓〉，《聯合報．讀書人》，一九九八年三月十六日。

第十八章

台灣鄉土文學運動的覺醒與再出發

台灣鄉土文學運動在一九七〇年代洶湧衝擊整個文壇之際，也正是國際形勢嚴酷挑戰台灣社會的一個危機時期。大環境的逆轉，迫使知識分子必須嚴肅思考國家命運與歷史走向。在七〇年代之前，台灣「代表中國」的身分乃屬一種虛構與假象。但是，由於拜賜於美國與蘇俄對峙所構成的全球冷戰體制，遂使這種虛假的政治結構在台灣取得長期支配的優勢。一九七〇年爆發釣魚台事件，一九七一年台灣被迫退出聯合國，一九七二年美國與中國簽訂「上海公報」[1]，都持續不斷在挑戰中國體制在台灣的合法性。以中原文化為取向的戒嚴統治，一旦發生龜裂與鬆動時，蟄伏在社會內部的本土文化力量遂突破政治缺口而沛然釋放出來。

最後一批美援物資是在一九七〇年運抵台灣的，這是一個終結的開始。美國為了解決援外經濟的龐大負荷，也為了解決武器競爭所帶來的危機氣氛，決定改變全球的軍事戰略。以對話代替對抗的策略，逐漸使資本主義與社會主義兩大陣營之間的緊張關係朝向解凍的階段。以反共為職志的國民黨政府，顯然未能察覺一個新的時代就要到來。它仍然以反攻大陸的口號鞏固其合法統治的基礎，仍然還在實施一九五〇年代就已形塑的文藝政策。然而，台灣知識分子已經預見到客觀形勢即將發生劇烈的改變。面對國際環境的變化，社會內部次第出現改革的聲音，各種不同的政治主張也跟著鮮明地提出。在政治方面，戰後台灣史上首度產生以「黨外」為名的民主運動。在文化方面，則浮現了以本土精神為依歸的鄉土文學運動。黨外民主運動與鄉土文學運動的雙軌進展，帶來深刻的歷史意義。第一，這兩個運動在思想血緣上都可與日據時代的抗日運動銜接起來。第二，這兩個運動都在於針對封閉的戒嚴體制進行抗拒與批判。第三，這兩個運動都同時納入了新生代的力量，使整個運動更為蓬勃可觀。沒有一個時期像七〇年代那樣，新舊世代的交替能夠如此契合地完成歷史的傳承；也從來沒有一個時期像七〇年代那樣，文學運動與民主運動能夠達到並駕齊驅的境界。共同關心的社會議題，使兩個運動之間的距離更為接近。一度被視為思想禁區的重要議題，包括人權問題、生態問題、外資問題、性別問題，以及意識形態問題，都同時在文學運動與民主運動中引發廣泛討論。

然而，兩股運動力量的崛起，也使不同政治立場的知識分子高舉豔麗的旗幟。民主運動有左右之分，文學運動有統獨之分，當以一九七〇年代為濫觴。台灣文學的本土化奠基在這個時期，而文學的分殊化也在這段時期埋下因素。對於台灣文學史的發展而言，七〇年代是一個完整的時期。它見證了資本主義的轉型，工業生產的升級，農業社會的隱退。台灣文學開始邁向後內戰與後冷戰的時期，作家的創作技巧與審美原則也相應地到達一個自我調整、自我反省的階段。

就海峽兩岸的內戰結構而言，中國正陷入瘋狂且封閉的文化大革命風潮之中，台灣則處於從輕工業經濟轉化為加工出口經濟的過渡時期。雙方的緊張關係猶存，但兩種不同的生產方式與生活模式從此劃清界線。確切而言，兩岸的社會性質是在一九六〇、七〇年代之交正式有了區隔，軍事上的鬥爭逐漸轉化成為政治、經濟、文化上的競爭，從而內戰結構也開始跟著轉型。就全球格局的冷戰結構而言，美國改變對社會主義陣營的圍堵政策，而嘗試改採對話與談判方式減緩軍事上的緊張，希望使用和平演變的策略對共產國家進行資本主義的滲透。因此，就內戰與冷戰的兩個層次來看，所謂反共抗俄的口號已經不能說服台灣知識分子了。再加上外交上的節節失敗，更使台灣作家無法坐視政治形勢的大轉彎。充滿政治危機與改革契機的七〇年代，極其堅定地開啟了台灣文學的新思維與新氣象。

1　為一九七二年由毛澤東與美國總統尼克森（Richard M. Nixon）共同簽訂。公報中，中國方面特別強調自己的立場，指出台灣問題是阻礙中美兩國關係正常化的關鍵所在，而「中華人民共和國」政府是中國的唯一合法政府。台灣是隸屬於中國的地方行省，早已歸還祖國。解決台灣問題是中國的內政，別國無權干涉，因此美國的武裝力量和軍事設施必須從台灣撤守。中國政府堅決反對任何旨在製造「一中一台」、「一個中國、兩國政府」、「兩個中國」、「台灣獨立」和鼓吹「台灣地位未定」的活動。美國方面則首肯只有「一個中國」的立場，並且回應將會逐步撤出在台的軍事設備和武裝力量。

《台灣文藝》：日據時代與戰後世代的傳承

如果一九六〇年代是專注於現代主義美學追求與個人內心世界挖掘的現代文學時期，則七〇年代便是強調寫實主義與反映社會的另一個重要的鄉土文學時期。這並不代表在六〇年代期間還未產生過鄉土文學，也並不意味著七〇年代已不存在現代文學。因為，在六〇年代現代主義臻於成熟之際，鄉土文學已經具備發軔之勢。同樣的，在七〇年代鄉土文學蔚為風氣時，現代主義還是以顯性隱性的不同形式在滲透擴張。畢竟文學思潮與藝術美學的發展，往往是以犬牙交錯的方式出現，只是各個不同的時期總會有其文學主流在領導。

因此，鄉土文學的形成絕對不是在一九七〇年代之後才產生的。五〇年代的鍾理和在描寫高雄美濃的客家生活時，已經為日後的鄉土文學立下典範。與他同時期參加《文友通訊》的作家陳火泉、李榮春、施翠峰、鍾肇政、廖清秀、許炳成，也不斷在努力學習中文。其中的鍾肇政、李榮春、廖清秀正是日後鄉土文學的締造者。六〇年代中期，現代主義作家孜孜於開發潛意識時，一群本土作家也正默默在集結會盟，釀造風氣。

一九六四年四月一日，以《亞細亞的孤兒》奠定文壇地位的吳濁流正式創辦《台灣文藝》，在籌辦刊物之前，他曾兩度邀請日據作家與戰後世代作家分別舉行座談。他的企圖是很清楚的，似乎是希望發生斷層的台灣文學傳承能夠銜接。第一次受邀的日據作家，包括林佛樹、林衡道、陳逸松、王詩琅。除此之外，當時卓然有成的企業家如吳三連、朱昭陽、辜偉甫也都在受邀之列。第二次受邀的作家則屬戰後世代，逐漸在一九六〇

吳三連（《文訊》提供）

年代嶄露頭角，包括鍾肇政、陳映真、白萩、薛柏谷、林鍾隆、鍾鐵民等人，而且也包括跨越語言一代的作家如陳千武、張彥勳。

吳濁流的用心良苦於此可見。前行代的王詩琅、中生代的陳千武、新生代的鍾鐵民，都在《台灣文藝》的旗幟下結盟，以顯示台灣文學的傳承又再度銜接起來。這種策略與吳濁流的歷史意識有密切的關係。他不樂於看到日據文學的薪傳發生斷裂，更不樂於接受當時文藝政策的權力干涉。他堅持以《台灣文藝》為自己的刊物命名時，既是在繼承一九三四年台灣文藝聯盟未曾完成的歷史使命[2]，也是在強調台灣文學有其固有的特殊性與自主性。當情治人員以各種有形無形的方式來威脅他辦刊物時，吳濁流仍然不放棄《台灣文藝》的命名。

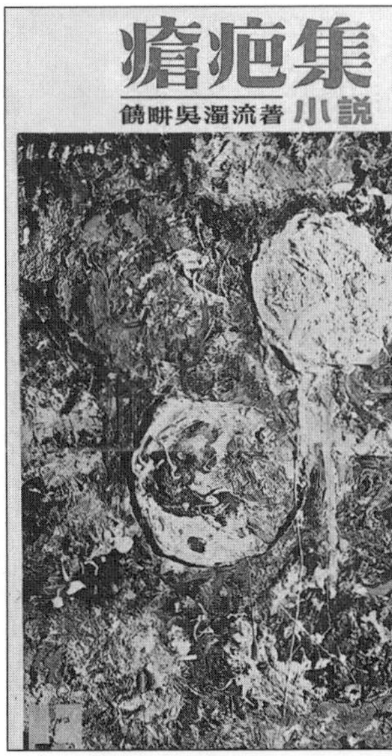

吳濁流，《瘡疤集》（上卷）

從繼承日據時期《台灣文藝》的企圖來看，吳濁流創辦這份刊物是有深刻的文化意識。一九六三年，他在《瘡疤集》（上卷）的〈自序〉[3]表達心聲，認為日據作家正處於「青黃不接」的時期，也停留在「虛脫狀態」的苦悶。對於戰後的文壇，他也感到強烈不滿：

> 他們現在仍然不是做法就是做俄，不是做德就是做英，所以未免帶有奶油味，都是忘卻自己的文

2 《台灣文藝》為一九三四年由黃純青、巫永福等人創辦的台灣文藝聯盟所發行的刊物。吳濁流以此為名，有傳承當年台灣文藝聯盟「台灣文學立足台灣一切真實的路線上，與台灣社會、歷史一起進展」之理念的意味。

3 吳濁流，〈自序〉，《瘡疤集》（上卷）（台北：集文，一九六三）。

學靈魂，因此也不能產生偉大作品了。他們做法卻沒有法人的知性，做俄又無俄人的追究到底的深刻性，做德也無德人幽玄幻想的神祕性，做英也無英人典雅的現實性，所以他們所能模倣的東西，不過也是手法和形式而已。

吳濁流的深入觀察，已經指出文壇的一些弊病；亦即法國的象徵主義、俄國的寫實主義、德國的存在主義、英國的浪漫主義，都不足以概括台灣文學的真實與台灣社會的現實。他在《台灣文藝》發表〈漫談台灣文藝的使命——答鄭穗影君的詢問〉[4]，清楚地指出：「……現在我們在台灣特殊環境下掙扎，其文學也在這樣環境苦悶，若是不承認這樣特殊環境，也無法創造有生命的作品，其作品一切變為虛空，或是虛偽的。怎麼也談不起文學的價值……」這種見解，一方面是在強調台灣的歷史條件，另一方面則是在關注台灣的社會現實。不僅如此，他對政治介入文學活動的事實，也予以強烈的抨擊。在《台灣文藝》第四十六期，他勇敢批判了所謂的文藝政策。在〈對文學的管見之一二〉[5]一文中，他提出自己的文學立場：「文學就是文學，要有絕對自由意境才能產生好作品，拍馬屁不是文學，喊口號也不是文學，文學是藝術，不能拿來做工具，像日本當作商具也無成就，戰前拿去做政具也不行。」凡此，都可顯示他創辦《台灣文藝》的態度與識見。他提供文學園地，便是希望年輕世代作家能夠耕耘，使香火延續下去。

在這樣的理念主導之下，《台灣文藝》創刊後產生了兩個重要的影響：一是本土作家的創作實力不斷展現，一是寫實主義的美學思維受到高度尊崇。這也等於為日後的《台灣文藝》路線定下了基調。吳濁流為了使這條路線能堅持下去，特別設立「吳濁流文學獎」。他在〈我設文學獎的動機和期望〉[6]一文中有如此的看法：「我們的固有文學，不消說須要近代化，但近代化不是西化，亦不是日化，所謂近代化要將固有文學的優點及其特質繼承下來，不能拿西日文學來代替，須要自主自立的。」朝向自主自立的目標去追求，正是後來鄉土文學運動的主要精神之一。「吳濁流文學獎管理委員會」的主任委員，是由發揚吳濁流文學精神最為積極的作家鍾肇政來負責，而擔任委員的則有廖清秀、鄭煥、張彥勳、葉石濤等十餘位作家。

最能表達吳濁流的寬容態度與民主精神的，莫過於他又另外設立新詩獎與漢詩獎。對於現代詩到了末流所發生的弊病，他已較諸同時代的許多批評家更早有了警覺與批判。他在一九七一年完成〈再論中國的詩——詩魂醒吧！〉[7]的長文，為一九七〇年代初期的新詩論戰開啟了先聲。在這篇文字裡，他已觀察到當時的詭異現象，亦即詩人的理論往往勝過創作本身。他指出：「原來詩是由自己的宇宙觀、人生觀，或日常生活的感觸，率直地表現出來的，不是由詩的理論產生的。詩論是由詩的作品來的，所以，詩的理論越盛，詩就越發不振，請看詩史就可以證明，神韻說及性靈說盛行的時代，那時所產生的詩，比唐詩遜色得多。」他認為新詩若是要獲得生命力，必須拒絕模仿，必須改造語言，必須放寬視野。這些論點，都是針對本土詩人發出的。縱然他對新詩的批評態度非常嚴苛，卻仍設立新詩獎鼓勵全新的嘗試與實驗，吳濁流設立的文學獎、新詩獎、漢詩獎，成為本土文學復甦過程中的一種鼓舞，金額有限，卻具有高度的象徵意義。

在現代主義主導的年代，《台灣文藝》並未受到廣泛的注意，卻成為本土作家集結的大本營。復出的日據作家陸續在這個刊物發表作品，包括張文環、楊逵、黃得時、王詩琅、龍瑛宗、吳瀛濤、林衡道、巫永福等。在太平洋戰爭期間出道的作家，後來被命名為「跨越語言的一代」，也在《台灣文藝》大量發表文字，如《文友通訊》的成員鍾肇政、張彥勳、文心、廖清秀等，以及葉石濤、黃靈芝、林鍾隆、陳千武。至於能夠以

4　吳濁流，〈漫談台灣文藝的使命——答鄭穗影君的詢問〉，《台灣文藝》一卷四四期（一九六四年七月）。
5　吳濁流，〈對文學的管見之一二〉，《台灣文藝》一二卷四六期（一九七五年一月）。
6　吳濁流，〈我設文學獎的動機和期望〉，《台灣文藝》六卷二五期（一九六九年十月）。
7　吳濁流，〈再論中國的詩——詩魂醒吧！〉，《台灣文藝》八卷三〇期（一九七一年一月）。

流暢中文書寫的新世代作家，都在這個時期紛紛崛起，如鄭清文、李喬、林宗源、許達然、東方白、丘秀芷、七等生、鍾鐵民、黃春明、張良澤、黃娟、劉靜娟、魏畹枝等，戰後初生的世代，如林瑞明（林梵）、洪醒夫、彭瑞金、高天生、宋澤萊、吳錦發等，也都在此刊物發表傑出作品。在一九七〇年代鄉土文學運動發軔之前，在《台灣文藝》發行過程中顯然已經有萌芽的現象。

這些集結在《台灣文藝》的作家，大多專注在兩個題材的經營，一是歷史記憶的重建，一是現實社會的反映。這兩種題材也正是一九七〇年代鄉土文學作品的重要特色。對照於現代主義的潛意識開發與個人欲望的挖掘，《台灣文藝》所重視的反而是外在事物的描繪，尤其是鄉土景物與人物的關注。因此，許多作家的思維與其說是本土化，倒不如說是在地化。黃春明的宜蘭、鄭清文的新莊、鍾肇政的桃園、李喬的苗栗、鍾鐵民的美濃，都成為這段時期文學創作的全新版圖。如果現代文學是作家浪子時期，則鄉土文學是作家的回歸時期。《台灣文藝》無疑是提供一個回歸的管道。每位作家回家的方式可能不一樣，國族或家族記憶的建構容或不同，《台灣文藝》確實預告了文化認同的議題就要成為文壇焦點。吳濁流逝世於一九七六年十月七日，享年七十八。在去世之前一個月，仍然寫信給鍾肇政討論《台灣文藝》第五十三期（一九七六年十月）的內容。為這份刊物，他奉獻了最後的生命。之後，接掌主編的有鍾肇政（第五十四期至七十九期（一九七七—一九八二））、陳永興（第八十期至一百期（一九八三—一九八六））、李敏勇（第一〇一期至一二〇期（一九八六—一九九〇））、林文欽（第一二一期至一四〇期（一九九〇—一九九三））、李喬（第一四一期至一五二期（一九九四—一九九五））。他們繼承

張良澤（《文訊》提供）

吳濁流未完成的志業，使鄉土文學運動開拓更大的領土。吳濁流在晚年寫成的《無花果》與《台灣連翹》，都在自己的雜誌連載，幾乎可以說，沒有吳濁流，鄉土文學運動就不可能提早出發，他完成了世代交接的任務，也完成了台灣文學主體重建的初步工作。

鍾肇政：台灣歷史小說的創建與擘劃

《台灣文藝》出版的最大衝擊，便是將文化認同的問題提上了文學發展的日程表，這份雜誌的兩位重要作家鍾肇政與葉石濤，在思想上也隨著本土文學的復甦產生了巨大的改變。在文壇上有「北鍾南葉」之稱的兩位作家，堪稱鄉土文學奠基時期的雙璧。這並不意味著在此之前台灣鄉土文學毫無淵源可言，而是說戰後鄉土文學能夠蔚為風氣，這兩雙推手的重要意義是不能忽視的。鄉土文學在台灣文學史上有其特定的意義，它萌芽於一九三〇年代，係指針對日本資本主義、帝國主義與現代化等擴張之下而產生的文學回應。日本殖民體制以其權力意志企圖改造台灣社會的歷史條件與生產方式之際，台灣作家提出振興鄉土文學的主張予以回應。藉由鄉土文學的建立，台灣作家一方面揭露日本殖民者的統治本質，一方面維護台灣文化的主體。因此，在日據時期，鄉土文學是以寫實主義的手法反映台灣客觀的現實，尤其是以農民與工人的生活為主調的作品。這種富有台灣特色與性格的文學傳統，先是終止於四〇年代太平洋戰爭期間，後又斷層於五〇年代反共文藝政策時期。因此，吳濁流在六〇年代中期提出建立特殊而自主的台灣文學時，距離三〇年代的鄉土文學已有三十年了。

鍾肇政與葉石濤的文學志業，並非始於《台灣文藝》的創辦。鍾肇政最早的小說發表於一九五一年，他與吳濁流的認識，則在一九六二年創作大河小說《濁流三部曲》之際。由於小說的命名與吳濁流的名字相同，遂使兩人有了訂交的機會。葉石濤的文學生涯始於太平洋戰爭時期，並且活躍於戰後初期一九四五至一九四九年之間。稍後以思想犯入獄，遂中斷對文學的追求。葉石濤的復出，是經過了將近二十年的中文學習。重登文壇時，適逢《台灣文藝》的出版。鍾肇政的長篇歷史小說與葉石濤的本土文學理論，對後來一九七〇年代的鄉土文學發展具有深遠的影響。這兩位同庚的作家，其歷史意義因台灣文學研究的日盛而越加獲得了彰顯。

鍾肇政（《文訊》提供）

鍾肇政（一九二五—二〇二〇），桃園龍潭人，畢業於龍潭公學校、淡江中學、彰化青年師範學校。直至一九七八年退休前，他始終是一位認真的小學老師。他是少有的小學老師創作者，可能是台灣作家中產量最多的一位。在他之前，台灣長篇小說的嘗試在同輩作家之間頗為稀少，除了吳濁流的《亞細亞的孤兒》與鍾理和的《笠山農場》之外。鍾肇政的出現，使後來的許多作家更加勇於投入長篇小說，特別是大河小說的經營。這方面的開拓，改變了日據時期只專注於創作短篇小說的現象。在短篇小說方面，鍾肇政的格局較為有限。在一九六〇年代期間，他有意把現代主義的技巧融入短篇小說的創造，但並不成功。早期的短篇小說集《輪迴》[8]、《大肚山風雲》[9]、《中元的構圖》[10]，似乎都企圖在壓縮的篇幅裡容納龐大的故事。他不擅長精練的語言，也很難掌握明快的節奏。他比較偏愛緩慢的語言，也比較耽溺於迂迴的思維。因此，他的短篇小說大多成為朝向長篇小說建構的基石，他的短篇小說技藝，具體顯現在《鍾肇政自選集》[11]與《鍾肇政傑作選》[12]。其他的作品還有《殘照》[13]、《靈潭恨》[14]、《大龍峒的嗚咽》[15]等。

他的藝術成就，全然展現在大河小說的渲染；通過家族歷史的著墨，而暈開了整個台灣人命運的輪廓。鍾肇政在台灣文學史裡受到的肯定，無疑是因為他完成了兩部鉅構，亦即《濁流三部曲》[16]與《台灣人三部曲》[17]。前者屬於自傳體小說，後者則屬於家族史小說，二書都同樣在於建構台灣的歷史記憶。對照於當時文藝政策所強調的反共復國口號，台灣人的自傳體與家族史之歷史記憶重建，顯然是與官方所期待的方向背道而馳。在強勢文化的宰制之下，台灣的語言、記憶與歷史都刻意遭到邊緣化。官方政策以中原文化為唯一的政治認同時，鍾肇政的歷史書寫顯然帶有抗拒的意味。即使在創作過程中，作者並非有意識地要顛覆官方的歷史教育，這兩部小說在傳播時就已另闢一種新的國族想像。也就是說，鍾肇政在小說中所描述的歷史經驗，竟是官方教育未曾涵蓋的。他的作品使讀者發現，原來台灣土地上發生過的歷史事實，並未得到當權者的尊重。

鍾肇政刻劃的，可能不是一種歷史的現實（reality），但是小說中穿梭的情感與記憶卻是屬於一種歷史的

8　鍾肇政，《輪迴》（台北：實踐，一九六七）。
9　鍾肇政，《大肚山風雲》（台北：台灣商務，一九六八）。
10　鍾肇政，《中元的構圖》（雲林：康橋，一九六四）。
11　鍾肇政，《鍾肇政自選集》（台北：黎明文化，一九七九）。
12　鍾肇政，《鍾肇政傑作選》（台北：文華，一九七九）。
13　鍾肇政，《殘照》（彰化：鴻文，一九六三）。
14　鍾肇政，《靈潭恨》（台北：皇冠，一九七四）。
15　鍾肇政，《大龍峒的嗚咽》（台北：皇冠，一九七四）。
16　鍾肇政，《濁流三部曲》（台北：遠景，一九七九）。
17　鍾肇政，《台灣人三部曲》（台北：遠景，一九八〇）。

真實（truth）。他的小說，讓許多被壓抑的日據殖民經驗釋放出來；亦即異族統治下的苦悶、羞辱、損害是如此真切地發抒於故事情節中，縱然作品並非完全依據事實，甚至還滲透了許多虛構，但他的發聲竟是強悍而充滿自信。鍾肇政歷史小說的文化意義，放在封閉的戒嚴時期來檢視，自然就得到彰顯。《濁流三部曲》由《濁流》（一九六一）、《江山萬里》（一九六二）、《流雲》（一九六四）三部小說所組成。這三部作品基本上還不能稱為大河小說，而只是自傳小說的巨型演出。所謂大河小說，必須以英雄式的主角為中心襯托時代的抑揚頓挫。至少小說中的時間橫跨數個不同的歷史階段，從而顯示主角如何與他的時代進行互動或互拒。《濁流三部曲》並非如此，它只集中在太平洋戰爭與皇民化運動的最後三年期間。小說主角陸志龍是一位自卑、膽怯的知識分子，即使對於愛情也從未表達過果決與自信，遑論對時代浪潮的投入與干涉。如此退縮的青年，在動蕩時局裡成長，毫無自主地捲入歷史轉型中的風雲，自然不會表現積極進取的作為。陸志龍的個性，近似吳濁流《亞細亞的孤兒》中的胡太明，是時代的畸零人，也是歷史的旁觀者。論者恆以陸志龍的懦弱深引為憾，然而這樣的人物不也是歷史發生轉彎時典型的台灣人面貌嗎？他們的內心積鬱著憤懣，卻又患有嚴重的行動未遂症。鍾肇政極其細微而周密地描寫戰爭期間台灣青年的徬徨、怔忡、猶豫、掙扎，如果不是親身從那樣的歷史迷霧中走出來，絕對不可能有如此深刻的體會。《濁流三部曲》的成功，就在於精確掌握了一個卑微的知識分子如何困惑於日本人的認同，又如何在歷史流轉中追索自己的新認同。那種認同的幻滅與再生，正是戰中戰後知識分子思想上精神上的一種凌遲。整個過程是那樣緩慢，那樣痛苦，又是那樣無可遁逃。倘然鍾肇政塑造了另一種英雄典型，勇於接受時代的挑戰，並主動介入政治運動，而在國族認同上也未發生苦惱，小說若是這樣創造，讀者絕對無法體會戰爭期間知識分子的精神折磨。鍾肇政並未採取製造國族神話的捷徑，反而選擇在粗礪的現實裡，安排陸志龍經歷種種的試探考驗。小說主角的脆弱情緒與畏縮情感，才是具備了真正的人性。塑造這種反英雄式的形象，更為貼近歷史的真實。

相形之下，《台灣人三部曲》的結構就沒有《濁流三部曲》那樣緊密而完整。建基在原有的歷史小說創作技巧之上，鍾肇政企圖把個人的生命經驗擴充到全體台灣人的歷史經驗。他捨棄自傳體的書寫，轉而訴諸家族式的歷史建構。全書的氣勢與格局，較為符合大河小說的結構。《台灣人三部曲》以陸家三個世代為中心，時間橫跨的長度正好與日本殖民統治相始終。透過一個家族史的跌宕流轉，鍾肇政有意對整個殖民地的歷史做濃縮式的描繪。歷史記憶的建構，往往也是文化主體重建的重要一環。台灣歷史與台灣文學受到戒嚴體制的貶抑之際，這部小說縱然不是有意識地挑戰思想禁區，至少也在很大程度上挖掘台灣人的「歷史無意識」與「政治無意識」。重新開發被壓抑的欲望與記憶，在某種程度上，與現代主義作家是雷同的。不過，現代主義者較側重個人內在的情緒流動，而鄉土文學作家則較注重家族或國族的集體記憶與外在現實。

不過，《台灣人三部曲》並非是一氣呵成的作品。鍾肇政首先在一九六四年開始撰寫第一部《沉淪》，而在一九六六年完稿出版。然後，於一九七三年完成第三部《插天山之歌》，最後，才於一九七六年出版第二部《滄溟行》。以超過十年的時間擘劃大河小說，其耐力與毅力極為可觀。這三部小說有意構成史詩型的演出，以陸家三個世代的歷史經驗，作為日據時期台灣人殖民地生活的縮影。

《沉淪》是台灣人的移民開拓史與鄉土保衛史，時間背景設定於一八九五年乙未戰役的前後。小說的中心人物以信海老人為支柱而發展出三條軸線，既有兒女私情，也有時代轉折，而主要重心放在一個家族是如何建立起來，以及這個家族如何與台灣土地建立起密不可分的情感。家族史與鄉土史的交織，譜出台灣移民落地生根的曲折與執著。

第二部《滄溟行》，則是以陸維棟、陸維樑兄弟為中心，時間背景為一九二〇年代政治運動的萌芽與擴展，蜿蜒寫出近代台灣抗日史的軌跡。小說中大量引用歷史事實與人名，使故事虛實相間地進行。這種書寫方式，頗能反映他當時寫史的雄心。書中的愛情故事，以維樑之依違於日本女子松崎文子與台灣女子玉燕之

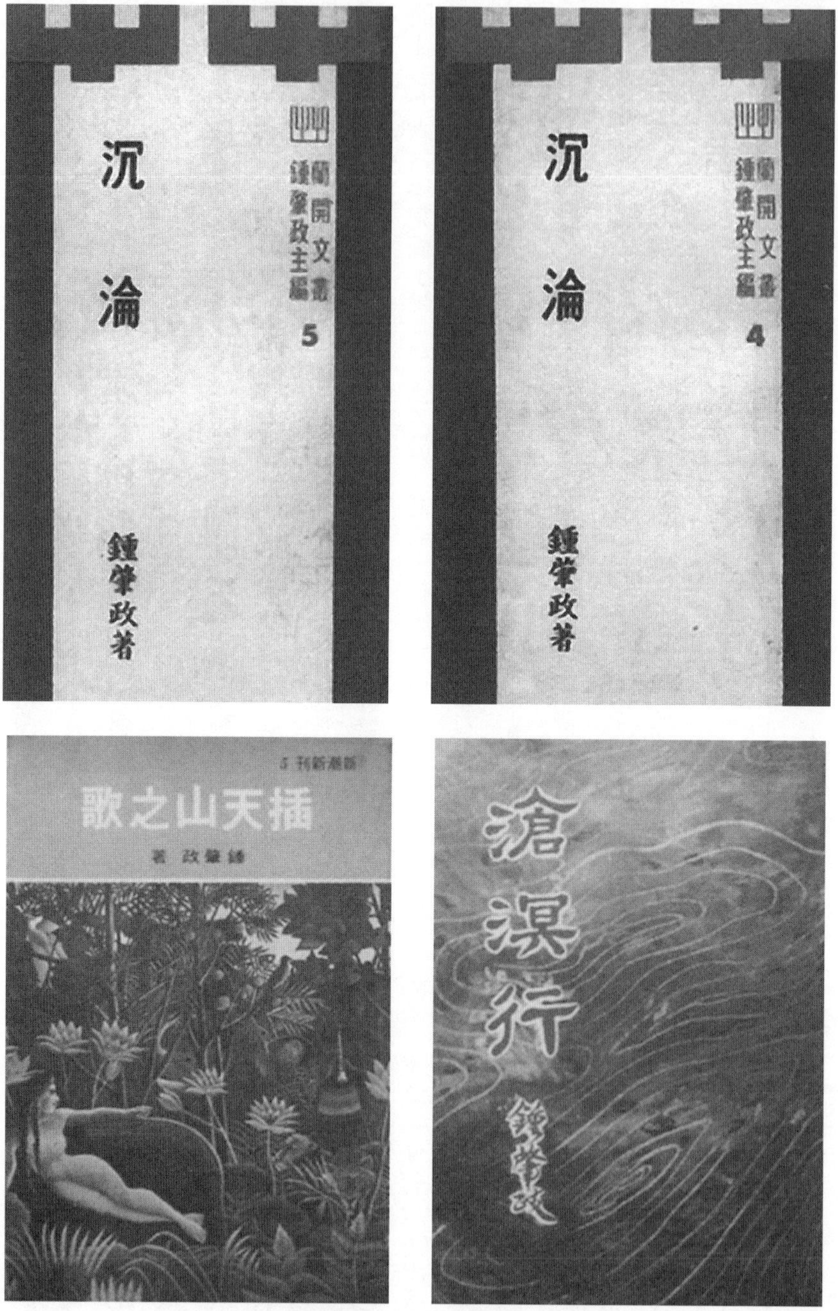
沉淪
蘭開文叢
鍾肇政主編
5
鍾肇政著
沉淪
蘭開文叢
鍾肇政主編
4
鍾肇政著
新潮叢刊5
插天山之歌
鍾肇政著
滄溟行
鍾肇政

鍾肇政，《台灣人三部曲》

間的掙扎，來隱喻最後對鄉土的抉擇與擁抱。不過，其中穿插一些具體政治人物的姓氏，反而削弱整部小說的虛構性與說服力。

第三部《插天山之歌》，時間僅跨越一九四〇年代的太平洋戰爭（一九四一—一九四五），以陸志驤的逃亡、日警桂木的追捕為故事重心。小說旨在點出日本殖民者在瀕臨瓦解的前夕，對台人的監視控制更加嚴苛。桂木的緊追不捨與志驤的不斷閃躲，反映了殖民地社會強弱形勢的鮮明對照。論者對於志驤的逃亡甚以為病，不過，那才是對殖民主義的最大控訴。志驤被捕之際，也是日本宣布投降的時刻；這更可顯示日本人對台人的掠奪羞辱，即使到殖民體制的最後階段也未嘗有絲毫鬆弛。在藝術成就上，《插天山之歌》可謂高於《滄溟行》。鍾肇政畢竟是在戰爭年代成長的，最能夠體悟那段蒼白時期台灣人的深層心理結構。

在撰寫大河小說期間，鍾肇政在文學活動方面並未稍有懈怠。自一九六四年以後，他就積極輔佐吳濁流編輯《台灣文藝》，兩人的過從與合作，具體見證於雙方的書信往來。這段時期的重要史料，顯現在日後錢鴻鈞編、黃玉燕譯的《吳濁流致鍾肇政書簡》[18]。更值得注意的是，一九六五年「台灣光復二十週年」時，他為文壇雜誌社編輯《本省籍作家作品選集》[19]十輯，共收入小說與詩的作者達一百六十八家。幾乎當時資深、資淺的本地作家都已有作品收入這套選集。鍾理和、陳火泉、楊逵、林衡道、吳濁流、許炳成（文心）、廖清秀、鄭煥、張彥勳、林鍾隆、鄭清文、張良澤分別編入第一至第三輯，而現代主義作家季季、林懷民、黃春明、陳若曦、歐陽子、七等生，以及鄉土寫實作家李喬、鍾鐵民、黃娟、邱淑女（丘秀芷）、劉靜娟、李篤恭、余阿勳、陳恆嘉、馮菊枝則收入第四至第九輯。這可能是本地作家最整齊的一次總展現，

18　吳濁流著，錢鴻鈞編，黃玉燕譯，《吳濁流致鍾肇政書簡》（台北：九歌，二〇〇〇）。

19　鍾肇政編，《本省籍作家作品選集》（台北：文壇社，一九六五）。

也是對戰後中文書寫的文學作品做了一次總驗收。鍾肇政也同時為幼獅出版社編輯一套《台灣省青年文學叢書》[20]共十冊，收入十位作家的小說，包括鄭煥、鄭清文、李喬、鍾鐵民、陳天嵐、黃娟、魏畹枝、劉靜娟、劉慕沙、呂梅黛等，都是第一次結集出版。這兩個系列叢書，是台灣鄉土文學運動的重要出發點。日後在一九七〇年代嶄露頭角的作家，都可在這兩套叢書中窺見端倪。

鍾肇政之所以成為鄉土文學運動的巨擘，不僅在於他擁有旺盛的創作力，並且也在於他具備了文學活動的高度參與感。他的歷史小說與自傳小說還包括《馬黑坡風雲》[21]、《八角塔下》[22]、《望春風》[23]、《馬利科彎英雄傳》[24]、《高山組曲》（包括第一部《川中島》、第二部《戰火》）[25]、《卑南平原》[26]，以及《怒濤》[27]。傲慢的意志使他展現了豐饒的文學想像，在同世代作家中，足堪睥睨。他的大河小說，在精神上是吳濁流《亞細亞的孤兒》的延伸，但在創作規模與技巧層次上遠遠超越了吳濁流，並且也為後來的李喬、東方白投射深長的影響。在文學史上，他的地位穩如磐石。

丘秀芷（《文訊》提供）

葉石濤：本土文學理論的建構

葉石濤的文學軌跡，最能顯示台灣知識分子從日文書寫過渡到中文書寫的苦惱與痛楚。不像他的前輩吳濁流，始終以日文從事創作；也不像他的同輩鍾肇政，在戰後都是以中文創作。葉石濤在戰後初期

（一九四五—一九四九），曾經有過活躍的時期，並留下大量的日文小說與評論。也正是在這段時期，他接觸了社會主義的刊物書籍，在思想上有了左傾的跡象。台南地主階級出身的葉石濤對於新時代的到來，有過美麗的憧憬，但始終沒有勇氣介入現實中產生行動。他的性格，頗似鍾肇政《濁流三部曲》中退縮的主角。然而，沒有任何政治理念遂行的這位左翼青年，竟然在一九五〇年代因思想犯而入獄三年（一九五一年九月至一九五四年九月）。這段被凌遲被損害的經驗，後來都寫入了他的回憶錄《一個台灣老朽作家的五〇年代》[28]與自傳小說《台灣男子簡阿淘》[29]。

戰後第一位提出「台灣鄉土文學」主張的作家，當

葉石濤（《文訊》提供）

20 鍾肇政編，《台灣省青年文學叢書》（台北：幼獅，一九六五）。
21 鍾肇政，《馬黑坡風雲》（台北：台灣商務，一九七三）。
22 鍾肇政，《八角塔下》（台北：文壇社，一九七五）。
23 鍾肇政，《望春風》（台北：大漢，一九七七）。
24 鍾肇政，《馬利科彎英雄傳》（台北：照明，一九七九）。
25 鍾肇政，《高山組曲》（台北：蘭亭，一九八五）。
26 鍾肇政，《卑南平原》（台北：前衛，一九八七）。
27 鍾肇政，《怒濤》（台北：前衛，一九九三）。
28 葉石濤，《一個台灣老朽作家的五〇年代》（台北：前衛，一九九一）。
29 葉石濤，《台灣男子簡阿淘》（台北：前衛，一九九〇）。

推葉石濤。他在一九六五年《文星》雜誌發表〈台灣的鄉土文學〉時，距離日本投降已有二十年。後來在他的自傳散文集《不完美的旅程》[30]，寫下如此回憶的文字：「從一九六五年的四十一歲到現在的六十八歲，我的所有心血投入於建立自主獨立的台灣文學運動中。」這個證詞足以說明〈台灣的鄉土文學〉一文的重要性，他的文學史觀與政治理念可謂表露無遺。從這篇文字出發時，他已具備了濃厚的歷史意識與台灣意識。因為，他在文中已經粗略為台灣文學做了三段分期的工作，亦即從賴和到呂赫若的「戰前派」，陳火泉、王昶雄等人的「戰中派」，以及鍾理和、鍾肇政以降的「戰後派」。即使是如此簡約的文字，就已富有複雜的文化意義。第一，他在官方文藝政策所尊崇的中國圖像之外，另塑一個符合社會現實的台灣圖像。第二，他企圖為斷裂的台灣文學傳承重新建立歷史聯繫的關係，以證明戰後台灣文學並非始自於國民政府於一九四五年的接收。第三，更為重要的是，他特別揭示台灣文學具有自主的性格，並非任何強勢文化可以肆意詮釋或收編的。第四，基於這樣的信念，他表達了一個深藏的心願：「我渴望蒼天賜我這麼一個能力，能夠把本省籍作家的生平作品，有系統的加以整理寫成一部鄉土文學史。」

當他立誓要撰寫台灣文學史時，就已同時著手從事評論的工作。他在這段時期，既嘗試小說創作也積極在報刊雜誌發表書評。創作短篇小說的成果結集為《葫蘆巷春夢》[31]、《羅桑榮和四個女人》[32]、《晴天和陰天》[33]與《鸚鵡和豎琴》[34]等。在評論方面，他也有了豐收，包括《葉石濤評論集》[35]與《台灣鄉土作家論集》[36]。他的小說有浪漫主義傾向與現代主義技巧，但是文學評論的思維卻全然側重在寫實主義精神的闡揚。這種矛盾而又和諧的雙軌美學，暗示了葉石濤在戒嚴時期的內心衝突。也就是說，對台灣文學發展的方向，他寄以寫實主義的厚望，但在他的內心深處，卻暗藏著追求個人徹底自由解放的強烈欲望。尤其是他的短篇小說，處處沾染著情欲的性幻想與性飢渴，更可以印證他在潛意識的自我挖掘上的苦悶。

不過，從文學評論的努力方向來看，他一直沒有偏離寫史的決心。在一九六〇年代鄉土文學與台灣意識的覺醒過程中，歷史記憶的重建是極具關鍵性的一個課題。鍾肇政是以文學創作來寫史，葉石濤則是以文學評論來寫史。兩人採取的途徑縱有不同，卻都同樣在戒嚴文化下開啟新的思想空間。葉石濤一系列寫出的〈吳濁流論〉、〈鍾肇政論〉、〈林海音論〉、〈季季論〉等，都是以個別作家的創作為主，但每篇文字都透露了他的歷史觀點與美學詮釋。這些散論式的文章都成為後來構築台灣文學史的基石。

受過馬克思主義訓練的葉石濤，在思索台灣文學史建構的問題時，往往特別重視台灣文學的社會性質與物質基礎。他與空想派的馬克思主義者最大不同的地力，就在於他從未抽離台灣文學的主體內涵。因此，在一九七七年發表的一篇重要論文〈台灣鄉土文學史導論〉[37]中，非常清楚地劃出台灣文學的歷史座標。也就是說，孕育台灣作家的誕生，有其一定的空間與時間。在空間意識上，他認為：「在台灣鄉土文學上所反映出來的，一定是『反帝、反封建』的共通經驗以及篳路藍縷以啟山林的、跟大自然搏鬪的共通記錄，而絕不是站在統治者意識上所寫出的，背叛廣大人民意願的任何作品。」他尊崇的文學，便是在台灣土地上與強權對決、與大自然搏鬥的批判文學。離開台灣這個主體，台灣文學就不存在。在時間意識上，他認為台灣文學的發生，應該是與荷鄭以降的三百餘年的殖民經驗有密切關係。官方的歷史觀，無論是以鴉片戰爭為起點的

30　葉石濤，《不完美的旅程》（台北：皇冠，一九九三）。
31　葉石濤，《葫蘆巷春夢》（台北：蘭開，一九六八）。
32　葉石濤，《羅桑榮和四個女人》（台北：林白，一九六九）。
33　葉石濤，《晴天和陰天》（台北：晚蟬，一九六九）。
34　葉石濤，《鶺鴒和豎琴》（高雄：三信，一九七三）。
35　葉石濤，《葉石濤評論集》（台北：蘭開，一九六八）。
36　葉石濤，《台灣鄉土作家論集》（台北：遠景，一九七九）。
37　葉石濤，〈台灣鄉土文學史導論〉，《夏潮》二卷五期（一九七七年五月）。

葉石濤，《晴天和陰天》

葉石濤，《羅桑榮和四個女人》

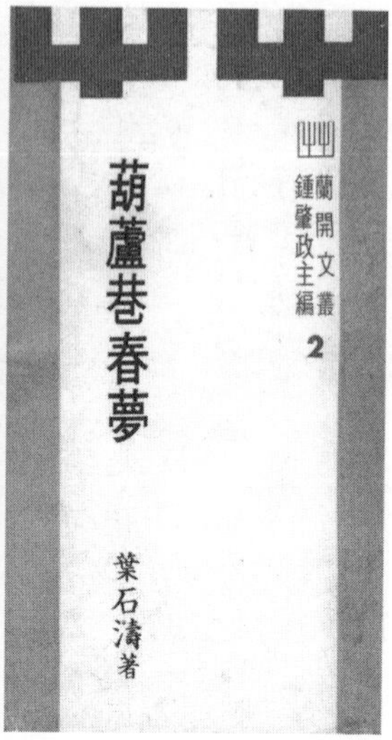

葉石濤，《葫蘆巷春夢》

葉石濤，《台灣文學史綱》

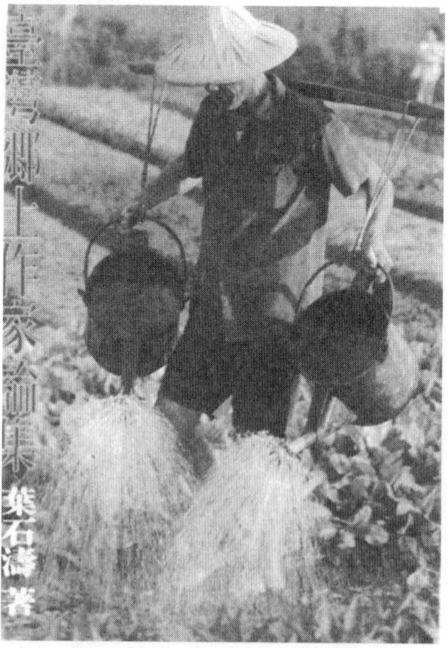

葉石濤，《台灣鄉土作家論集》

中國近代史，或是以明治維新為起點的日本近代史，都無法概括台灣文學的歷史經驗。建基在這兩條重要的軸線之上，他的文學史觀至此已臻於成熟。

葉石濤開始動筆撰寫《台灣文學史綱》，是在一九八四年，距離最初立下誓願時將近二十年。這部史綱是以左翼史觀為基礎，以寫實主義為審美原則，對於自日據時代以降的文學做鳥瞰式的描述。書前的序文頗能反映他撰寫的動機：「我發願寫台灣文學史的主要輪廓（outline），其目的在於闡明台灣文學在歷史的流動中如何地發展了它強烈的自主意願，且鑄造了它獨異的台灣性格。」[38]他又說：「從日據時代到現在，台灣知識份子莫不一致渴望，有部完整的台灣史出現，以記錄在這傷心之地生活的台灣民眾血跡斑斑的苦難現實，特別是最能反映台灣民眾心靈的文學，要有一部翔實的紀錄，以保存民族的歷史性內心活動的記憶。」[39]他寫史的嚴肅心情，在這短短的文字中全盤呈現。維護台灣文學的自主性格，建立歷史紀錄的民族性格，正是他追求的目標。

《台灣文學史綱》全書共分七章，包括第一章〈傳統舊文學的移植〉，第二章〈台灣新文學運動的展開〉，第三章〈四〇年代的台灣文學——流淚撒種的，必歡呼收割！〉，第四章〈五〇年代的台灣文學——理想主義的挫折和頹廢〉，第五章〈六〇年代的台灣文學——無根與放逐〉，第六章〈七〇年代的台灣文學——鄉土乎？人性乎？〉，與第七章〈八〇年代的台灣文學——邁向更自由、寬容、多元化的途徑〉。每章的結構以政治發展與經濟背景作為敘述的起點，然後討論作家的生平與作品，書寫策略完全符合左翼的思維。他的時代分期方式，亦即每十年作為一個歷史階段，受到一些負面的批評。不過，作為台灣文學史書寫

38　葉石濤，《台灣文學史綱》（高雄：文學界，一九八七），頁二。

39　同前註。

的奠基者，在後結構主義與新歷史主義的思潮還未產生正面影響之際，他撰史的用心良苦及其時代限制自是可以理解的。這部史綱出版於一九八七年的解嚴前夜，正好可以代表戒嚴時期文學思考的一個總結。《台灣文學史綱》問世時，國民黨政府堅持的文藝政策已經變得零落不堪。這部文學史無異是一個雄辯的歷史證詞，等於是在宣告政治權力干涉文學的時代已經一去不復返。

葉石濤能夠成為本土論述的發言者，主要是由於他孜孜不倦閱讀當代的文學作品，包括同輩的與新世代的。他熟悉文壇的生態與動態，也熟悉各種思潮的演進。縱然他堅持寫實主義是台灣文學的主流，卻從未拒斥各種文學的實驗與翻新。他的包容甚為寬廣，而視野也極開闊。他的文學知識隨著時代的變化而不斷累積，並且他的書寫速度也未嘗稍有懈怠。即使邁入七十歲後期，仍然堅持文學批評的專業。他的評論集包括《沒有土地，哪有文學》[40]、《小說筆記》[41]、《走向台灣文學》[42]、《台灣文學的悲情》[43]、《台灣文學的困境》[44]、《展望台灣文學》[45]、《台灣文學入門》[46]等。

一九八九年，葉石濤的自傳體小說《紅鞋子》[47]獲得行政院新聞局的金鼎獎。這件事情並未得到重視，不過，它代表了一個時代的轉型。因為，這冊小說是在揭發國民黨白色恐怖時期的生活實相，而竟然得到官方的肯定。這說明了解嚴後的台灣社會，思想空間已經得到擴張。更值得注意的是，這篇小說的〈序〉道出了葉石濤長期受到壓抑的心聲：

> 這兩種異質的教育（編按：日本的皇民化教育與國民黨的黨化教育），縱令有兇暴的力量，控制一部分民眾性靈，但是這些教育以整個廣泛的台灣社會而言，充其量只是發揮了工具性的效用。台灣民眾只是為了求學、就業的方便而被迫接受而已。在廣大的台灣社會的每一個「家庭」裡，透過傳統的生活方式，台灣民眾自幼吸收了根深蒂固的「台灣是一個共同命運體」的這個傳承。這

種傳承在日據時代和光復後的時代都一直跟制式教育背道而馳，締造了台灣民眾「台灣是台灣人的台灣」這個共識。縱令承認台灣人中的大部分是漢族系移民，他們的思想文化淵自中國大陸這個事實，也改變不了台灣和台灣人在三百多年的歷史中的共同記憶，以及適合此地風土的共同形態。

《紅鞋子》的系列小說，乃在於批判戰後反共政策的濫用與誤用。寫在這冊書前的序言，則更進一步把國民政府與日本殖民政府相提並論，揭露兩個不同政權所具有的相同殖民統治本質。葉石濤以「台灣是台灣人的台灣」這樣的信念，對抗長期以來的中華民族主義的黨化教育，如此強烈表達台灣意識的態度，在葉石濤文字中尚屬僅見。

誠如前述，葉石濤在戰後初次重登台灣文壇時，走的是脫離現實的浪漫主義路線。從表象來看，這好像是屈從於中華民族主義，但是，在內斂的精神層次裡則暗藏對此民族主義情緒持否定態度。直到台灣社會解嚴之後，他才認真致力於個人歷史記憶的重建，系列式的虛實相間的自傳體回憶錄，又回到一九四〇與五〇年代之間的歷史情境裡。到達這個階段時，他的文學理論與文學創作終於合而為一。自年少以來，作為文學

40 葉石濤，《沒有土地，哪有文學》（台北：遠景，一九八五）。
41 葉石濤，《小說筆記》（台北：前衛，一九八三）。
42 葉石濤，《走向台灣文學》（台北：自立晚報社文化出版部，一九九〇）。
43 葉石濤，《台灣文學的悲情》（高雄：派色文化，一九九〇）。
44 葉石濤，《台灣文學的困境》（高雄：派色文化，一九九二）。
45 葉石濤，《展望台灣文學》（台北：九歌，一九九四）。
46 葉石濤，《台灣文學入門：台灣文學五十七問》（高雄：春暉，一九九七）。
47 葉石濤，《紅鞋子》（台北：自立晚報社文化出版部，一九八九）。

葉石濤，《台灣文學的困境》

葉石濤，《走向台灣文學》

葉石濤，《異族的婚禮》

葉石濤，《展望台灣文學》

作家的葉石濤，通過自傳體作品的書寫，才好不容易達到了主體重建的目標。

為了追求主體重建，他在一九九〇年代以後集中於經營兩個系列的小說，一是以「辜安順」為主角所寫的四〇年代的歷史虛構小說，一是以「簡阿淘」為主角所建構的五〇年代之政治小說。對於這兩個不同系列的故事，葉石濤有他的解釋：「小說的主角都叫辜安順。辜安順不是我，他是四〇年代，也就是太平洋戰爭時期到終戰這個階段的台灣人的取樣，表示和《紅鞋子》的時代不同。《紅鞋子》是寫白色恐怖的五〇年代，那個階段我都用簡阿淘做主角。簡阿淘不是寫我，你知道，我是不寫自傳性小說。辜安順不是我，那是一個許多人都苟且偷安的時代，小說要捕捉的是那個時代的風貌而已。」

從《紅鞋子》、《台灣男子簡阿淘》到《異族的婚禮》[48]，他不停地把自己帶領回到那個鑄造創傷的年代，似乎是為了完成兩個目的，一是對抗殖民者的國族論述，一是透過去殖民化而達到個人主體的重建。就對抗殖民者的國族論述而言，葉石濤深知透過國家機器所擴散出來的民族主義宣傳，其力量是巨大無比的。在制式教育裡，大敘述的文本充塞於官方教材之中。這樣的大敘述往往側重於國家的苦難與重大歷史事件的描述。由於那種敘述方式過於龐大，因此人民的細微生活枝節便輕易被犧牲了。在重大歷史事件的紀錄之前，人民變得非常渺小而不能得到恰當尊重。個人回憶的自傳書寫，可以從局部的、細微的地方仔細經營，並且使用反覆的敘述使記憶不致被忽略遺忘。重複的個人敘述，可以滲透官方大敘述的許多縫隙。以葉石濤的辜安順系列故事為例，就可以填補大東亞戰爭期間台灣人民被忽視的生活實況。當時民間的生活，與大東亞戰爭幾乎是相互隔閡的兩回事。辜安順故事的鋪陳，正好可以揭露大東亞戰爭的一些虛矯與欺罔。

就去殖民化的策略而言，記憶的重建乃在於揭露統治者如此構築其控制手段。簡阿淘的系列故事，把

48 葉石濤，《異族的婚禮：葉石濤短篇小說集》（台北：皇冠，一九九四）。

一九五〇年代白色恐怖時期的思想檢查、羅織入罪、緝捕入獄的過程，以著從容的文筆重新敘述。曾經被視為高度禁忌的政治黑幕，終於曝光在讀者面前。這種回憶的再敘述，其實也是一種祛除巫魅的儀式，既可認識強權的真面目，也可克服長期累積於內心的陰霾，從而使遭到宰制與囚禁的心靈得到釋放。

笠詩社的集結：從現代主義到寫實主義

《台灣文藝》於一九六四年的成立，刺激了笠詩社的集結。創社者之一的詩人吳瀛濤，與陳千武、白萩、趙天儀等人聚會時，有如此語重心長的談話：「《台灣文藝》要出刊了，是綜合性的文藝雜誌，值得慶賀，可是我們還要一本純詩刊。沒有一本台灣人自己的詩刊，怎能建立獨特而完整的台灣文藝？」一九六四年六月，他們為自己的詩刊命名《笠》而正式出版，開啟台灣新詩史重要的一頁。最初的創作者包括第一個世代的吳瀛濤（一九一六—一九七一）、詹冰（一九二一—二〇〇四）、陳千武（桓夫，一九二二—二〇一二）、林亨泰（一九二四—）、錦連（一九二八—二〇一三），以及第二世代的趙天儀（一九三五—二〇二〇）、白萩（一九三七—）、黃荷生（一九三八—）、杜國清（一九四一—）。他們的共同特色都有殖民地歷史的經驗，也有日語熏陶的背景。後來他們自稱為「跨越語言的一代」，便是對於雙重文化背景的困境及其克服的一種自況。笠詩社的第一世代，一方面背負歷史的陰

趙天儀（《文訊》提供）

影與認同的苦惱，一方面也勇於面對時代挑戰，更勇於介入社會現實，誠然為戰後台灣文學史留下一面可貴的鏡子，透過鏡象，讓後人窺見殖民地知識分子被扭曲的心靈，以及沉澱在詩行的深邃苦痛與掙扎。

結合在笠的旗幟下，是一群戰爭陰影裡掙脫出來的詩人。他們為台灣帶來最為深沉哀傷的歌聲，卻也為下一世代展示不毀的意志。他們與大陸籍詩人最大不同的地方，反映在語言使用與歷史意識兩個層面。就語言使用來說，笠集團的第一代詩人不可能像藍星詩社或創世紀詩社的成員那樣，純熟使用中文思考，並且流利運用中文書寫。殖民地的經驗，為他們製造了語言上的障礙與傷害。他們在從事中文創作之際，不時會受到日文思考的干擾。因此，在他們的詩行與詩論裡，往往會出現濃厚的語言混融性（hybridity）。這種語言上的駁雜，使他們較難掌控中文表達的準確性。因此，他們寫詩時並不注意語言本身，而在於語言背後蘊藏的感覺與欲望。就像創社詩人之一的陳千武，在一九八一年參加笠詩社的座談會所表示的：「笠所追求的既不是成為詩的語言，而是追求原始語言創造新的詩的語言。中國文字是表意的，容易使人墜入文字的原意失去真情的創造。所以笠的同仁們積極避免這種惰性，而真摯地追求原始的語言。」所謂「原始的語言」，指的不是文字符號（signifer），而是文字所指涉的最初意義（signifed）。文字語言本身是不可能產生意義的，最原始的感覺才是意義的終極歸宿。陳千武與笠成員所追求的，便是超越語言的迷障，而直指內在的感覺。這種內在的感覺，就牽涉到他們的歷史意識。

就歷史意識而言，他們與大陸籍詩人也截然不同。對於藍星詩社與創世紀詩社的成員而言，殖民地經驗是完全陌生的。但是對笠詩人來說，穿越殖民地社會的記憶，是一種痛苦折磨的記憶。笠詩人描寫了許多殖民地的傷痕，尤其是戰爭前遺留下來的舊創。所謂戰爭，對大陸籍詩人而言是八年抗戰（一九三七－一九四五），對笠詩人來說則是太平洋戰爭（一九四一－一九四五）。有過抗戰記憶的大陸籍詩人，他們很清楚知道自己是站在被侵略的立場，敵人就是日本人。但是對於被脅迫參加太平洋戰爭的笠詩人，他們被押上戰場與日本兵並肩作戰，莫名其妙地把南洋人以及盟軍當作敵人。他們被捲入一場不知道誰是確切的敵人，不知道為誰而戰的戰爭。因此，在歷史記憶的層面上，大陸籍詩人並不可能分享笠詩人那種錯綜複雜的經驗。當他們觸及戰爭時，大陸籍詩人總是表達憤怒的、對決的聲音，但笠詩人流露的是一種悲哀的、無奈的情緒。前者屬於積極的批判，後者則屬於消極的抗議。

笠集團表現在語言與記憶的特殊性，決定了他們的風格走向。具體言之，由於他們覺悟到自身所負擔的歷史包袱是那樣沉重，以致在寫詩時就不能不更密集地關注現實。這並不意味著他們對現代主義的美學毫不追求，而是說他們一方面融鑄現代主義的技巧，一方面則不放棄對現實社會的密切觀察。他們致力於寫實精神的重建，也不偏廢現代主義的經營。這是因為他們已經有所警覺，那就是在干涉現實之餘，不能犧牲藝術原則與美學紀律。他們的作品，不懈地暴露社會的幽暗，正是歷史經驗遺留下來的陰影的另一種反射。他們很擔憂歷史將再度重演，所以對於現實政局的演變就不能不特別關心。更為精確地說，戰後時期的到來，並沒有使他們

《笠》第一期

《笠》第八期（李志銘提供）

有任何心靈解放的感覺。在戒嚴文化的深淵裡，使他們強烈感受到殖民體制並沒有瓦解。他們的歌聲帶有悲涼的調子，顯然是體會到歷史的重演與反覆。

《笠》詩刊的整體精神，與鍾肇政、葉石濤應是屬於同樣的時代基調。不過，笠詩人較能夠發揮集團的意志，在互相影響之下而慢慢建立強烈的本土意識。創社之初，他們從未預見這個集團竟然能夠維持將近四十年的時光。結社的時間較長，他們的性格與風格也較為明顯可見。在台灣文學史上，非常罕有其他文學組織的生命能夠像他們那樣活躍與長壽。正因為跨越時間的幅度很大，在世代的傳承上也是源遠流長。《笠》詩刊見證了台灣社會從戒嚴時期到解放時期的過渡，也目睹了資本主義的發展到全球化浪潮的轉折。同時，在文學方面也穿越了現代主義到鄉土寫實，以至後現代崛起的曲折變化。外在環境的跌宕升降是如此巨大，《笠》的本土精神則始終如一。笠集團能夠成為鄉土文學運動的另一重鎮，誠非偶然。

創社的詩人在早期出發時都是以現代主義為依據，因此，笠集團自始並未標榜本土主義或台灣意識。《笠》是隨著時代的演變，漸漸偏向本土精神的強調。這種演化的過程極為緩慢，背後還有許多複雜的文化因素。例如一九七〇年代初期的現代詩論戰，或是一九七七年的鄉土文學論戰，《笠》都未曾扮演主導的角色。必須等到八〇年代之後，《笠》的本土意識才在時代的激盪之下鮮明起來。這種轉變的軌跡放在台灣社會發展的脈絡來觀察，並不會令人感到意外。

現代主義與寫實精神的齊頭並進，在日後加入笠集團的其他詩人中也表現得很清楚，包括陳秀喜（一九二一—一九九一）、張彥勳（一九二五—一九九五）、杜潘芳格（一九二七—二〇一六）、羅浪（一九二七—二〇一五）、黃騰輝（一九三一—）、葉笛（一九三一—二〇〇六）、林宗源（一九三五—）、非馬（一九三六—）、李魁賢（一九三七—）、岩上（一九三八—二〇二〇）、拾虹（一九四五—二〇〇八）、吳夏暉（一九四七—）、李敏勇（一九四七—）、陳明台（一九四八—二〇二一）、鄭炯明（一九四八—）、陳鴻森（一九五〇—）。稍後加入的重要詩人還有巫永福（一九一三—二〇〇八）、許達然（一九四〇—）、陳坤崙（一九五二—）、曾貴海（一九四六—）、利玉芳（一九五二—）、江自得（一九四八—）、張瓊文（一九四九—）等。

次第加入笠集團的戰後世代詩人，包括李敏勇、拾虹、鄭炯明、陳明台、曾貴海、江自得、利玉芳、張瓊文等，日益成為詩社的中堅。他們一方面傳承戰爭世代詩人的憂傷，一方面則開創戰後知識分子的批判精神。他們與前行代最大不同之處，就在於放膽介入政治論述之中。戰後世代擅長使用隱喻、轉喻的技巧，對於政府統治機器進行諷刺與嘲弄。他們涉入現實生活非常深，卻又常常訴諸象徵手法。不過，在想像力的發揮上，顯然不同於藍星與創世紀詩人。余光中、羅門、葉維廉、瘂弦、洛夫、楊牧等人，銳意經營長詩，少則五十行，長則達百行以上。這種大規模的演出，比較少見於笠詩人之中。陳千武、白萩多少還會寫長詩，但在戰後世代的作品裡大多以短詩為主。那種稍縱即逝的星火，顯現了短詩的機智與慧黠。不過，論格局，論氣象，還不足與前輩詩人相互頡頏。

陳秀喜，《嶺頂靜觀》

進入八〇年代以後的笠集團，由於時局的轉變，尤其是隨著政權性格的本土化，而逐漸取得重要的發言權。無論是媒體發表，或獲獎紀錄，已不是任何社團能夠望其項背。在一個欠缺壓抑的開放社會裡，笠集團的抗爭性格較諸創社初期已有明顯的褪色。越來越顯露中產階級性格的笠集團，在詩的前衛精神與實驗勇氣上，正接受世紀之交新時代的嚴格考驗。

挖掘政治潛意識

笠集團的第一世代創建者，都受到現代主義的洗禮。發起人之一的吳瀛濤，便是典範之一。他是台北人，畢業於台北商業學校，曾任職於台灣省菸酒公賣局台北分局，兼任日文刊物《中文週報》總編輯。出版過作品《生活詩集》[49]、《瀛濤詩集》[50]、《瞑想詩集》[51]、《吳瀛濤詩集》[52]。他對台灣語言與文化的史料蒐集極具興趣，結集出版了《台灣民俗》[53]與《台灣諺語》[54]。在戰後政治肅清的年代，詩的寫作成為他夢想的歸宿。他的詩充滿了悲哀與空茫，曾經在詩裡如此自況：「索然與失題的抽象畫相處／徒然與瞑目的神像相聚」（〈悲哀二章〉〔一九六二〕）。這樣悲觀的詩人，反映了他時代的失落感。然而，在一九七二年去世之前，卻留下一首敲擊讀者靈魂的詩作〈天空復活〉。這是他在肺癌手術後完成的作品，頗具再生的希望與求生的意志：

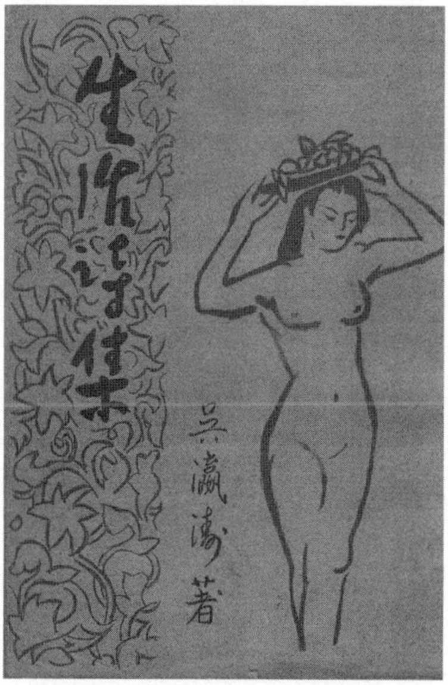

吳瀛濤，《生活詩集》（李志銘提供）

49 吳瀛濤，《生活詩集》（台北：台灣英文，一九五三）。
50 吳瀛濤，《瀛濤詩集》（台北：展望詩社，一九五八）。
51 吳瀛濤，《瞑想詩集》（台北：笠詩社，一九六五）。
52 吳瀛濤，《吳瀛濤詩集》（台北：笠詩社，一九七〇）。
53 吳瀛濤，《台灣民俗》（台北：古亭書屋，一九七〇）。
54 吳瀛濤，《台灣諺語》（台北：台灣英文，一九七五）。

被割開的胸膛
是一片晴朗的天空
是鳥曾走過去，又將要飛過去的輝耀的境域

第三行寫得生動無比，短短的詩句寫出了一生的追求，也寫出了對後半生的憧憬。「鳥」成為一個高度的隱喻，既是自由的象徵，也是理想的昇華。他割開的胸膛成為一片藍天、一片輝耀的境域時，立即呈現了他豁達的心情。

另一位創社詩人詹冰，在戰後的「銀鈴會」刊物《潮流》上，就已展現他現代主義式的才情。詹冰，原名詹益川，苗栗人，畢業於台中一中、日本明治藥專。出版《綠血球》[55]、《實驗室》[56]、《詹冰詩選集》[57]、《詹冰詩全集》[58]。他所寫的〈詹冰詩觀〉，最能表達對詩的現代性的態度：「詩人如小鳥任憑自然流露的情緒來歌唱的時代已過去；現代的詩人應將情緒予以解體分析後，再以新的秩序和形態構成詩，創造獨特的世界。」他所寫的〈追憶之歌〉，是具有言外之意的獨特情詩，極為神奇：

廟神呀，總有她才有祢，才有了禱告，
才有了感恩。廟神呀，那麼，永遠地再見吧。

不露痕跡地，他把情人置於廟神的地位之上。這種

詹冰（《文訊》提供）

對愛情的尊崇，充滿了聖潔的暗示。聖潔的境界，絕非庸俗的神偶可以企及的。詹冰的詩生涯，後半生都投注在兒童詩的經營之上。

笠集團的領導詩人陳千武，是詩社的重要支柱。原名陳武台的陳千武，另有筆名桓夫，生於南投，設籍台中縣，畢業於台中一中，曾任台中文化中心主任與文英館館長，從事詩、小說、翻譯等工作。他的詩，對戰後世代的笠詩人影響頗大。他的影響可以分成兩方面：第一，殖民地經驗與太平洋戰爭的記憶，是他文學思考的主軸。他的作品傳遞高度的歷史意識與憂鬱氣質，並且也瀰漫在笠的年輕世代之中。第二，對於現實政治的批判不遺餘力，尤其是不滿於權力的壟斷與干涉，詩中富有隱晦的諷刺。透過詩的創作來傳達被壓抑的欲望，也深深啟發了笠詩人的書寫策略。

在歷史記憶方面，他創作了一冊自傳體小說《獵女犯》[59]，描寫台灣「志願兵」在南洋作戰的故事。這部小說是由短篇零散組成，但合編起來則是一個完整的敘述。台灣知識分子在日本殖民者的強制驅使之下，在陌生的土地上與盟軍對決一場莫名的戰爭。他把複雜而尷尬的處境鋪陳出來，是真切而哀傷的歷史見證。小說中的主角投身在戰場裡，既不能分享到殖民者的帝國榮耀，也激發不出清晰明辨的敵我意識。在時代夾縫中，他細緻挖掘了戰爭時期個人的愛情、幻想、鄉愁與文化認同。這種經驗絕對不是以粗糙的中華民族主義一詞就可概括並收編，也正是這種經驗，使陳千武對戰後戒嚴體制充滿畏懼與警覺。

55　詹冰，《綠血球》（台中：笠詩社，一九六五）。
56　詹冰，《實驗室》（台北：笠詩刊社，一九八六）。
57　詹冰，《詹冰詩選集》（台北：笠詩刊社，一九九三）。
58　詹冰，《詹冰詩全集》（苗栗：苗栗縣文化局，二〇〇一）。
59　陳千武，《獵女犯：台灣特別志願兵的回憶》（台中：熱點，一九八四）。

陳千武要把這種殘酷的歷史記憶寫下來，乃是出自殖民地知識分子的焦慮，因他擔心歷史可能重演。這種焦慮，反映在他一九六四年的詩〈信鴿〉。他寫自己倖存的生命，也寫曾經死去的經驗。他的死，是他的不死，更是他的不安。他有責任把命運的不確定感告訴後人，就像最後四行那樣：

我底死，我忘記帶了回來
埋設在南洋島嶼的那唯一的我底死啊
我想總有一天，一定會像信鴿那樣
帶回一些南方的消息飛來——

「死」指的是死去的經驗、記憶與生命，但那也是無可磨滅的羞辱、損害與痛苦。他終於實現了自己的承諾，把南洋記憶挖掘出來，化為詩，化為小說，成為笠集團無可迴避的聲音。受到這種歷史的召喚，他也把注意的焦點投射在封閉的政治現實。在這方面，他使用曲折的、暗示的手法，重新改寫民間所敬崇的「媽祖」意象。媽祖是聖潔、救贖的偶像，陳千武卻從神的膜拜轉喻當時盤踞權位的國民黨政府。《媽祖的纏足》[60]在語言上並非特別精練，全詩的結構是以組曲的形式所構成，因此不同組詩之間的聯繫也不夠緊湊。不過，他使用的技巧是一種「新即物主義」（Neue Sachlichkeit）；也就是來自德國美學概念，強調感覺與客觀事物的表達。縱然語言的鍛鍊是粗疏的，陳千武在這本詩集還是傳達了幽微的批判。詩集的最後一首詩〈恕我冒昧〉，就透露內心強烈的批判：

這是非常冒昧的話

可是　祢應該把祢的神殿
那個位置
讓給年輕的姑娘吧

值得注意的是，陳千武把統治者陰性化的手法，在批判文化裡是相當罕見的。在傳統的思維裡，當權者往往是以陽性的姿態出現，而被統治者、被殖民者則受到陰性化或空洞化，被填補以強勢者的想像與欲望。陳千武翻轉這種固定的思考模式，把統治者比喻成為靜態的神像。他的翻轉方式非常新穎，等於是暗示自己回歸到主體的位置，而權力支配者反而變成了等待被詮釋的客體。主客的易位，更加能彰顯批判的力量。在笠集團的詩人中，白萩、鄭炯明都嘗試過陰性化的技巧。但是首開先例者，當推陳千武。

在《媽祖的纏足》之前，陳千武的詩集還包括《密林詩抄》[61]、《不眠的眼》[62]、《野鹿》[63]、《剖伊詩稿》[64]。稍後，他的創作且又不斷提升，結集的有《安全島》[65]、《愛的書籤》[66]、《東方的彩虹》[67]、《寫詩

60 陳千武，《媽祖的纏足》（台中：笠詩刊社，一九七四）。
61 桓夫（陳千武），《密林詩抄》（台北：現代文學雜誌社，一九六三）。
62 桓夫（陳千武），《不眠的眼》（台中：笠詩社，一九六五）。
63 陳千武，《野鹿》（台北：田園，一九六九）。
64 陳千武，《剖伊詩稿：伊影集》（台中：笠詩刊社，一九七四）。
65 陳千武，《安全島》（台北：笠詩刊社，一九八六）。
66 陳千武，《愛的書籤：詩畫集》（台北：笠詩刊社，一九八八）。
67 陳千武、高橋久喜晴、金光林，《東方的彩虹：三人詩集》（台北：笠詩刊社，一九八九）。

有什麼用》[68]、《陳千武作品選集》[69]、《禱告：詩與族譜》[70]、《拾翠逸詩文集》[71]、《陳千武精選詩集》[72]。在詩評與詩論方面，也有數冊結集，包括《現代詩淺說》[73]、《台灣新詩論集》[74]、《詩的啟示》[75]、《詩文學散論》[76]等等。

笠集團的另一位重要領導者是林亨泰，在創作與論述方面並未有龐大產量。但是詩思敏捷，論述扎實，他在笠集團的地位值得注意，在整個詩壇中也不容忽視。林亨泰是彰化縣人，畢業於師範大學教育學系，後任教於彰化高工、建國工專、台中商專。戰後初期參加「銀鈴會」，在詩壇嶄露頭角。一九五六年參加紀弦所組的現代派，是早期少數的純粹現代主義詩人。他出版的詩集包括《靈魂の產聲》[77]、《長的咽喉》[78]、《林亨泰詩集》[79]、《爪痕集》[80]、《跨不過的歷史》[81]。重要詩論則有《現代詩的基本精神：論真摯性》[82]與《找尋現代詩的原點》[83]。他的藝術成就，總結於呂興昌編輯的《林亨泰全集》[84]十冊。

如果「新即物主義」是笠集團的美學原則，林亨泰並不必然完全遵循這條路徑。不過，在挖掘政治潛意識

陳千武（《文訊》提供）

陳千武，《現代詩淺說》（舊香居提供）

的工作上，他未嘗稍懈。在參加笠詩社之前，是林亨泰高度現代化的時期。他的詩酷嗜追求抽象的思維。他的追求，明顯表現在對於語言新質的剔除。他不訴諸過多的形容詞，也不耽溺細節的描述，更不發洩過剩的情緒。他忠實而積極地實踐自己所主張的「主知的優位性」，為達此目標，詩中的語言顯得精緻而明淨，絕不拖泥帶水。林亨泰的詩觀，似乎比較接近詹冰所說的：「我的詩法是『計算』。我計算心象的鮮度。計算語言的重量。計算詩感的濃度。計算造型的效率。以及計算秩序的完美。」不過，詹冰在實踐方面，顯然與

68　陳千武，《寫詩有什麼用》（台中：笠詩刊社，一九九〇）。
69　陳千武，《陳千武作品選集》（台中：台中縣立文化中心，一九九〇）。
70　陳千武，《檮告：詩與族譜》（台中：笠詩刊社，一九九三）。
71　陳千武，《拾翠逸詩文集》（南投：南投縣立文化中心，二〇〇一）。
72　陳千武，《陳千武精選詩集》（台北：桂冠，二〇〇一）。
73　陳千武，《現代詩淺說》（台中：學人文化，一九七九）。
74　陳千武，《台灣新詩論集》（高雄：春暉，一九九七）。
75　陳千武，《詩的啟示：文學評論集》（南投：南投縣立文化中心，一九九七）。
76　陳千武，《詩文學散論》（台中：台中市立文化中心，一九九七）。
77　林亨泰，《靈魂の產聲》（台中：光文社，一九四九）。
78　林亨泰，《長的咽喉》（台中：新光書店，一九五五）。
79　林亨泰，《林亨泰詩集》（台北：時報，一九八四）。
80　林亨泰，《爪痕集》（台北：笠詩刊社，一九八六）。
81　林亨泰，《跨不過的歷史》（台北：尚書，一九九〇）。
82　林亨泰，《現代詩的基本精神：論真摯性》（台中：笠詩社，一九六八）。
83　林亨泰，《找尋現代詩的原點》（彰化：彰化縣立文化中心，一九九四）。
84　呂興昌編，《林亨泰全集》（彰化：彰化縣立文化中心，一九九八）。

他的詩觀還有一些落差。林亨泰則是非常精準地做到這點。頗受人議論的〈風景No.2〉，是最好的印證：

防風林　的
外邊　還有
防風林　的
外邊　還有
然而海　以及波的羅列
然而海　以及波的羅列

秩序美與音色美融合得極為無懈可擊，完全達到詹冰所說的鮮度、重量、濃度與效率。其中不帶情緒的雜質，彷彿所有阻撓詩的不利因素都被過濾沉澱了，浮現出來的就是一幅純粹的視覺。他於一九六四年發表在《創世紀》的〈作品第一〉至〈作品第五十〉，總共五十首，完全是對知性的尊崇。詩行之間的銜接，並不依賴情感的延伸，而是內在邏輯的辯證與演化。這種純詩的實驗，具有大膽的前衛精神。在本土詩人中，尚未有出其右者。

不過，參加笠集團之後，林亨泰的詩風漸有轉變。他開始對當權者提出強烈批判，就像同時期的其他笠詩人那樣，勇於挖掘內心的政治無意識，把被壓抑的思維揭露出來。他的批判意識，表現在〈弄髒了的臉〉這首詩最為清楚。寫於一九七二年的這首詩，完全是回應一九七一年台灣被迫退出聯合國的政治事件。即使表達內心最沉痛、最悲憤的衝擊時，他也不忘排除可能冒出的情緒。

你說臉孔是在白天的工作弄髒了的嗎？
不，該說：是晚間睡眠時才會弄得那麼的髒。
因為，每一個人早晨一起來，什麼事都不做，
所忙碌的只是趕快到盥洗室洗臉——

當然啦，他們之所以不得不趕緊洗臉，
不只為了害羞讓人看到自己有一副醜臉，
更是為了他們因為在昨日一段漫長黑夜中，
竟能安然熟睡——這不能說是可恥的嗎？

在一夜之中，世界已改樣，一切都變了。
今晨，窗檻上不是積存了比昨日更多的塵埃？
通往明日之路，不也到處塌陷顯得更多不平？
這一切豈不是都在那一段熟睡中發生的？

以「洗臉」的動作來形容當權者「洗刷」罪名的姿態，是一種深刻的、帶刺的嘲弄。以「熟睡」來隱喻對於變動世界的渾然不覺，更是一大反諷。回到一九七一年的歷史現場，讀者當可想像台灣知識分子的覺醒與反省。這首詩是歷史的見證，也是對壟斷權力者的鑑照。「通往明日之路」的台灣社會，遭逢更多的困

頓與挫折，完全是肇因於統治者的顢頇無能。詩中的預言，都是日後台灣必須一一穿越的。林亨泰以短詩見長，處處展示出他的靈光一現，語言的謹慎經營，未能使他創造出大格局的詩作。這種風格，也影響了其他笠詩人。

笠集團中習慣日文思考的詩人錦連，也是彰化人。畢業於台灣鐵道講習所中等科及電信科，終身服務於台灣鐵路局，在彰化站以電報管理員退休。出版過詩集《鄉愁》[85]、《錦連詩集》[86]、《錦連作品集》[87]。他還有一部更值得紀念的作品是《守夜的壁虎：一九五二—一九五七錦連詩集》[88]。這部詩集的原稿係日文寫成，抄寫在鐵路局電報紙的背面。但是，一九五九年的八七水災毀掉了大部分手稿，現存的作品則是劫後搶救回來再謄寫的，而於將近半世紀後譯成中文出版。

在《詩集》的〈自序〉，錦連說：「我一直踞於庶民現實世界的一個角落，發出滿載著無奈的呼喊和愛恨交集的訊息，使距離幾十公里幾百公里外的受信器鳴響，那些數量可怕的音符，超越時空，早已消失得無影無蹤。如果說它有什麼回音，或許只有這些詩篇。」這是戰後平凡知識分子的心影錄，是從蒼白蕭條的年代打出來的密碼。接受他遙遠的信息，可以窺見「歷史巨變中的世事百態、悲歡人生」，以及「耗盡了憂傷和困惑的青春」。笠集團的主要特色是從生活中擷取詩情，這個方向的建立，應該有錦連的一份貢獻。庶民的情感，百姓的哀樂，在他的詩中歷歷可見。那種平凡與平實，在〈壁虎〉詩中已有了準確的註腳：

守著夜的寧靜
不轉眼珠的小壁虎
以透明的胃臟
靜聽著壁上的大掛鐘

連空氣都欲睡的夜半
我亦孤獨地清醒著
守著人生的寂寥……

這是最為素樸的比喻與排比，壁虎與孤獨的守候，壁上的掛鐘與寂寥的人生，似乎沒有奇特之處。重要之處在於他的聯想，亦即兩種意象之間的銜接。敏銳的觀察與體悟，往往在於平凡的聯想中產生突兀的新意。另外一首〈詩就是……〉，完全訴諸直覺，呈現詩的誕生的那種快感：

探照燈一閃
最初的震動從遠處傳來
震動加速地變快
就發生湧泉般的噴出

他並不認為詩產生自所謂的靈感，而是來自神祕的躍動，絕非任何力量可以抵擋。當它釀造出來時，就成為「蠻橫無章的一種旋律」。那是不理性的產物，是無法定義的幻影。他依賴的是直覺，是生活，是純粹

85 錦連，《鄉愁》（彰化：新生，一九五六）。
86 錦連，《錦連詩集：挖掘》（台北：笠詩刊社，一九八六）。
87 錦連，《錦連作品集》（彰化：彰化縣立文化中心，一九九三）。
88 錦連，《守夜的壁虎：一九五二—一九五七錦連詩集》（高雄：春暉，二〇〇二）。

經驗，也就是所謂的「新即物主義」。錦連的作品中，共有三首詩寫到媽祖，亦即一九五〇年代的〈媽祖出巡〉與〈媽祖誕辰〉，以及六〇年代的〈媽祖頌〉。就像陳千武的詩集《媽祖的纏足》，都同樣在暗諷神般的無上權威，也在批判盲目式的權威崇拜，他表達極度的不滿，特別是盲目的追隨：

我的腳緊追在行列之後
我的心卻在相反的方向指望著未來

又如〈媽祖頌〉第一段的三行就是：

這媽祖的臉
發著苦惱的黑光
（坐得太久了）

第四段的最後三行則是：

裝著冷漠的
媽祖的臉色憂憂
（坐得麻木了）

把權威神格化並陰性化，是笠詩人的普遍手法。陳千武如此隱喻，錦連也同樣如此隱喻。這是他們已無法忍受在威權體制下心靈之受到囚禁。在權力的枷鎖中，能夠從事抗拒的策略極其有限。透過詩人的抗議，以表達他們與權力的疏離。

第一世代的笠詩人，是二十世紀深沉憂傷的歌手。跨越殖民時期與戒嚴時期，承受不同政權的高度權力支配，使他們追求解放的欲望就特別渴切。在那種閉鎖時代裡，負起了沉重的歷史意識，自然而然就寫出了無數哀歌。然而，悲哀並非是放棄的象徵，而是振作的動力。第一世代笠詩人終於沒有屈服，他們克服語言的障礙，也維護了思想的主體，終於塑造堅忍的本土精神。他們在一九六〇年代連袂出發時，鄉土文學運動也同時出發了。

第十九章

台灣鄉土文學運動中的論戰與批判

歷史上文學與台灣社會最為貼近的時期，出現於日據時代的一九二〇與一九三〇年代，也就是第一世代啟蒙運動者與第二世代批判精神的發言者。由於對他們所身處的社會感到焦慮，在文學表現上，非常專注觀察政治與經濟的起伏變化。當時的殖民體制還能夠忍受台灣作家有限程度的批判，進入三〇年代末期，戰爭陰影逼近時，當權者就不再容許文學藝術有其自主揮灑的空間。不僅規定台灣作家需要以日文從事創作，而且在思想上，也進行干涉與指導。從四〇年代的皇民化運動，到五〇年代反共文藝政策的實踐，由於政治權力的阻撓，台灣作家終於失去與現實社會密切互動的機會。六〇年代現代主義運動崛起後，作家也集中於內心世界的探索與挖掘。除了少數作家如陳映真、黃春明與王禎和，文學與社會的對話，顯然也相當稀少。如果五〇年代可以視為反共文學時期，規範這樣書寫背後其實有一個龐大的中國心靈。六〇年代若是被視為現代文學時期，不少作家大約都攜帶一個深邃的個人心靈。七〇年代如果是進入鄉土文學時期，則整個創作的變革背後存在一個明顯可見的台灣心靈。鄉土文學被定義為一種運動，在於彰顯它的動態與轉變，不僅活潑地與台灣社會、政治互動，也相當生動地與台灣住民、生活、語言交互作用。

必須進入一九七〇年代之後，台灣社會受到國際形式的衝擊，全球冷戰體制也慢慢融冰之際，政治板塊產生巨大移動，島上代表中國的象徵不能不受到挑戰而動搖。正是在動蕩的階段，台灣作家在權力縫隙之間找到與社會連結的切入點。這是一個時代結束的開始，當權者費盡全力挽回頹勢，並且啟動本土化的政治改革，卻無法阻擋作家挺起批判的筆，干涉政治與社會。將近三十年的真空狀態，作家重新返回社會底層，傾聽壓抑許久的大眾聲音。他們深入農村，進入工廠，到達部落，把長期以來被遮蔽的邊緣生活實況，透過文學形式呈露出來。歷史上變得非常疏遠的台灣形象，從來沒有像這段時期那麼清晰，那麼強悍有力。這段時期的作家，並未事先互通聲息，整個時代自然而然要求他們的審美藝術，朝著社會關懷轉向。如果這種藝術可以視之為作家的共同意志，亦並不為過。浩浩蕩蕩的鄉土文學，再度使台灣回到它應有的歷史航向。

鄉土文學之匯流成為運動

鄉土文學之成為運動，絕對不是由某位作家或某個團體所發起，當然也不是由單一政治事件或社會事件所造成；而是整個歷史大環境的轉移變遷，次第匯成巨大的文化衝力。歷史力量的沖刷，使新的時代心靈誕生。心靈框架（frame of mind）的支撐，使作家必須尋找新的表現方式。到達一九七〇年代，台灣社會開始釀造全新思維方式，從政治經濟到社會文化，都在要求知識分子應該回到海島，重新觀察世界。在重大的變局裡，作家的書寫策略也展開前所未有的調整。

在鄉土文學蔚為風氣之前，全球冷戰體制已出現鬆動徵兆。所謂冷戰體制，從全球視野來看，指的是美蘇對抗；如果從海峽格局來看，指的是國共對峙。美國在戰後三十年持續與蘇聯所代表的共產陣營角力，對其資本主義經濟構成極大威脅與傷害。為了使資本主義能夠獲得進一步發展，美國必須重新思考其全球戰略。以對話代替對抗的思維方式，便是在一九六〇年代中期隱然成形。策略的轉變，使反共不再是主流論述，取而代之的是和解氛圍的營造，唯有在和解條件的配合之下，資本主義才有可能獲得突破性的擴張。其中最顯著的跡象，便是見諸於跨國公司在全球各地開始布局。全球化浪潮便是在這段時期形成，這正是詹明信（Fredric Jameson）所說晚期資本主義（late capitalism）[1]的張本。

美國改變其戰略之際，台灣還停留在國共內戰的思維，仍然反覆訴諸反共論述。然而，在經濟改革上卻開始被迫進行調整。其中最引人注目的，便是加工出口區的設立；它一方面是為了解決美援經濟的負擔，使

1 Fredric Jameson, *Postmodernism, or, The Cultural Logic of Late Capitalism* (Durham: Duke University Press, 1991).

台灣能夠發展高度資本主義，一方面則是為了引進大量跨國公司，使台灣正式被編入全球經濟體制。因應這種政策的改變，台灣在教育方面正式使國民義務教育延長到九年，國中教育便是在一九六八年建立制度。在經濟方面，則是展開十大建設，台灣第一條高速公路正是在這段時期建立起來。

加工出口區為的是使台灣經濟升級，但是伴隨而來的不純然只是經濟。在政治、教育、社會方面受到的衝擊，全然不亞於經濟轉變。知識分子的精神層面更是發生重大迴轉，台灣文學便是在一個新的時代心靈降臨之際，有了截然不同的取向。美國為了致力於全球資本主義的發展，也為了要與共產陣營建立對話，遂毅然選擇放棄對台灣的支持。可以預見的，台灣經濟開始朝向現代化的同時，也是在政治上面臨國際孤立的狀態。戰後文學史上被遺忘已久的台灣，遂在七〇年代初期以最清晰的形象進入作家的思考。如果代表中國的合法性發生危機時，台灣的具體內容與精神又是什麼？

台灣文學便是在大環境的挑戰下有了重大迴旋，作家的思考終於聚焦於整個海島的命運。至少有兩個不同層面的問題逼迫當時知識分子去追求答案：第一，在經濟現代化到來時，台灣立即出現大量女工投入勞動市場，而跨國公司也帶來嚴重的污染問題。女性與環保問題以劃時代的姿態成為重要議題，而這些議題也成為作家必須處理的題材。第二，在國際孤立的狀態成為事實時，台灣政治也無可避免要走上現代化的問題。畢竟國家命運的存亡責任已不是國民黨能夠單獨承擔，知識分子深刻覺悟必須積極介入政治活動。在戒嚴法還在實施的階段，草根型的黨外民主運動也與經濟現代化同步展開。

一九七〇年代的現代化與民主化運動，同時構成文學本土化的重要基石。作家書寫的議題觸及農民、勞工、女性、環保所面臨的危機，同時也深入探索外資挾帶而來不公平、不公義的文化。跨國公司進駐台灣是為了創造巨大利潤，完全不會在意低廉工資的不合理，也不在意環境污染所付出的代價，更不在意台灣住民是否享有言論自由。因此，多國企業的存在已不純然是屬於經濟問題，而是相當深刻地牽涉到台灣社會的政治與文化。鄉土文學崛起時，一方面挑戰外來資本主義的侵襲，從而也引發高漲的民族主義情緒；一方面也批判國內威權體制對農民、勞工、女性的貶抑與剝削，因此強化了追求政治發言權的黨外民主運動。

黨外民主運動與鄉土文學運動的雙軌發展，即是各自為戰，也是相互為用。至少到一九七五年左右，台灣意識的內容已臻於成熟。就在這一年，美國介入中南半島的越戰行動終告結束，蔣介石也在這一年去世。兩個看似毫不相干的政治事件，其實意味著一個歷史階段就要過去。越戰的挫敗，使美國所支撐的全球冷戰體制加速解凍。蔣介石的逝世，也使國民黨所支持的海峽內戰體制加速瓦解。台灣內部就這關鍵時刻隱然出現左、右兩條路線的分歧，一是一九七五年由黨外運動創辦的《台灣政論》正式出版，一是一九七六年代表左翼思考的《夏潮》也宣告問世。

《台灣政論》的出現，象徵戰後台籍知識分子開始學習如何提出自己的政治理論。這份雜誌前後只發行五期，對國民黨一黨獨大的權力結構卻提出震撼式的批判。遠在這份政論刊物出現以前，張俊宏與許信良於一九七一年就合作撰寫一冊《台灣社會力的分析》，相當具體展現了少壯派知識分子對台灣社會的透視能力。這冊書在某種程度受到毛澤東〈中國社會各階級的分析〉之影響，不過並沒有表現提出明顯左派的思維方式。但是，這本書充分說明了黨外運動在出發之初，就已經對當時社會力量做過深刻的觀察。

《夏潮》集團的誕生，更是值得注意。它代表戰後消失已久的左翼思維又再度破土而出，其中最關鍵的人物，正是在一九七五年特赦出獄的作家陳映真。他在一九六八年入獄之前，對台灣現代主義就有過相當令人難忘的批判。在一九七六年重出江湖時，挾帶著他的兩冊小說集《將軍族》與《第一件差事》。兩部作品的書前以許南村筆名撰寫的序文〈試論陳映真〉，在知識界與文學界頗引起騷動。但是，更受到矚目的，便是他與蘇慶黎合作創辦《夏潮》。蘇慶黎的父親蘇新，是日據時期台灣共產黨的領導人之一。因此，標榜社會批判與文化批判的這份雜誌，會注入左翼精神是順理成章的發展。

在威權體制陰影下，右翼與左翼的知識分子，至少還保留相互合作的空間。《台灣政論》在發行期間，就已經著手挖掘台灣歷史記憶，強化黨外民主運動的歷史意識。《夏潮》從一九七六年持續出版至一九七九年，也同樣挖掘歷史記憶。但不同的是，《夏潮》一方面大量介紹國民黨左派的政治人物如廖仲愷、朱執信、秋瑾，一方面則讓日據時期左翼作家賴和、楊逵、吳新榮、楊華、王白淵、張文環的史料大量出土。《台灣政論》與《夏潮》的兩種歷史觀，已為日後一九七七年鄉土文學論戰埋下伏筆，也為一九八〇年代初期的台灣文學正名論戰開啟導火線。

左右兩條路線，發展之初並未有統獨之分，雙方都同樣強調鄉土回歸的重要意涵。至少，站在威權體制之前，他們有必要攜手合作。不過，實踐在文學創作上，兩條路線所表現的本土就不盡然相同。以鍾肇政、李喬、鄭清文為主的鄉土文學作家，他們比較傾向於黨外民主運動。以陳映真為代表的作家，他們思考中的本土則傾向紅色中國。「本土」的定義，在鄉土文學論戰前就更為清楚。葉石濤在《夏潮》發表〈台灣鄉土文學史

陳映真，《將軍族》（舊香居提供）

陳映真，《第一件差事》（舊香居提供）

導論〉，表達的歷史觀是以台灣四百年歷史為主軸，亦即從明鄭以降到二十世紀連綿不斷的文學發展。相對的，陳映真在《台灣文藝》發表〈鄉土文學的盲點〉[2]，則把台灣歷史與中國近代史銜接起來。具體而言，陳映真的歷史觀是以一八四〇年鴉片戰爭為起點，也就是以西方帝國主義侵略中國之濫觴，作為詮釋台灣鄉土文學的基礎。雙方的歷史觀有如此巨大的分歧，遂奠下日後統獨之爭的肇因。

鄉土文學之成為運動，正是在各種政治、經濟、社會力量的激盪衝擊而蔚然成形。作家手中挺起的筆已不再是平面的紙上書寫，而是更進一步干涉當時的歷史氣象。參與鄉土文學運動的作家，幾乎都抱持一個膨脹的胸懷，希冀藉由文學作品來擘造時代風氣。他們介入社會的精神，比起任何時期都還龐沛而飽滿。他們與一九六〇年代現代主義作家最大的不同，便是對藝術的追求沒有特別熱烈，反而是對政治現實的關懷極為積極。這場文學運動的升降起伏，與政治運動桴鼓相應所造成的格局與氣勢，一直到八〇年代仍不止不休。

新世代詩社與新詩論戰

社會關懷轉化成為文學藝術，對於長期受到政治支配的作家而言，確實是相當困難的挑戰。這種文學形式的表現，一方面是要揭露現實的黑暗面，一方面又要抗拒可能的思想檢查。以莊嚴為取向的文藝政策，自然不樂於看見文學發展之背道而馳。只集中描寫台灣，似乎就是暗示與中國語境的疏離。當台灣鄉土取代中國鄉土時，作家隱然就站在官方政策的對立面。這段時期的文學生產，正是在這樣的環境下釋出它的張力。文學史上新思潮、新書寫催生之前，往往會有論戰帶來預告。論戰是分娩的徵兆，是文化的陣痛。發生在

2 陳映真，〈鄉土文學的盲點〉，《台灣文藝》革新二期（一九七七年六月）。

一九七二至七三年之間的新詩論戰，正是典型的陣痛現象；它一方面在於總結現代主義的功過，一方面也在於暗示鄉土文學運動的發軔。那是新舊世代作家的一次交會，也是書寫策略後內心思維轉向現實關懷的一次變革。這次論戰的釀造，並非來自作家之間自我覺醒，而是來自外在政治力量的強烈衝擊。一方面見證台灣在國際社會的孤立，一方面也感受資本主義的直線上升。外在的動蕩與內在的改造，使舊有的文學信仰變得非常不可靠。

文學必須反映現實，藝術必須回歸社會。在這個階段，升格成為全新的美學原則。這說明當時作家對文藝政策感到不滿，也對現代主義運動無法接受。一場前所未有的風雲際會正在釀造，許多現實關懷者，對現代詩的形式與內容也開始表示不耐。詩行中的遣詞用字過於精練濃縮，象徵手法難以深入社會底層。其晦澀的字句開始遭到詬病，遂被指控與社會過於脫節。而且，現代詩的形式是從西方引渡進來，也因此被視為帝國主義美學的亞流。本土與西方，現代與傳統，在這段期間形成水火不容的兩極。新詩論戰正是在這樣的關鍵時刻釋出其深刻意義。在日益孤立的國際處境下，台灣作家如何給予恰當回應，以何種美學形式表現共同的危機感，都在論戰中完整表達。

新詩傳承的世代交替，大約發生在一九七〇年，正是整個台灣社會開始迎接充滿挑戰的歷史階段。所謂世代交替，是指戰後出生的詩人終於開始集結，並表現異於前世代的不同審美觀念。現代詩運動並未出現稍緩的跡象，但隨著年輕一代的登場，自然也帶動文學生態的調整。從一九七〇至一九七四年，詩壇見證五個詩社的誕生，亦即龍族詩社、主流詩社、大地詩社、後浪詩社、暴風雨詩社。這些團體的共通點，在於他們是屬於沒有戰爭經驗的世代，而且都是在黨國教育的環境下接受文學啟蒙。雖然在成長過程中見證反共文學與現代主義文學的發展，但這個新世代能夠獨立思考時，台灣的政治環境已經產生重大變化。當他們意識到台灣不再能夠合法代表中國時，如何尋找精神出口與思想出路，就成為他們生命的重要課題，從而對於文學的要求，自然與前世代作家有了鮮明的區隔。《龍族》詩刊（一九七一年三月－一九七六年五月）前後發行十六期。龍族的主要成員有：林煥彰、景翔、林佛兒、施善繼、喬林、辛牧、陳芳明、蕭蕭、黃榮村、蘇紹連、高信疆。《主流》詩刊（一九七一年七月－一九七八年六月）總共發行十三期，主要成員有：黃進蓮、黃樹根、龔顯宗、德亮、李男、杜文靖、羊子喬、王健壯。《大地》詩刊（一九七二年九月－一九七七年一月）前後延續十九期，主要成員有：陳慧樺、林鋒雄、李豐楙、翔翎、王浩、王潤華、林綠、古添洪。《後浪》詩刊（一九七二年九月－一九七四年七月）發行十二期之後，改為《詩人季刊》（一九七四年十一月－一九八四年八月），又持續發行十八期，主要成員有：洪醒夫、莫渝、陳義芝、蘇紹連、蕭蕭、廖莫白、吳晟。《暴風雨》詩刊（一九七一年七月－一九七三年七月）一共發行十三期，主要成員有：連水淼、沙穗、張堃。這些詩刊終結的時間點並不一致，但是創刊號多始於一九七一年，無異暗示了那是一個斷裂的年代。儘管在詩觀上各有主張，但都共同承擔了時代的衝擊。

王潤華（《文訊》提供）

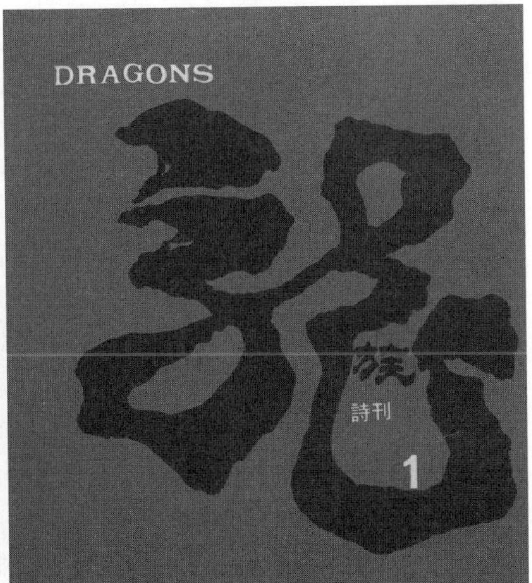

《龍族》第一期（李志銘提供）

新的世代誕生時，慢慢顯露一個時代的審美取向。第一，這個世代對於現代詩的美學顯然感到非常不耐，縱然前世代的現代詩學有其藝術成就，但他們在文字上所表現的濃縮、跳躍、切斷、隱喻的技巧，於台灣在國際上日益孤立的事實很難銜接起來。尤其知識分子充滿時代危機感之際，在審美上已不再耽溺於純粹藝術的經營，轉而要求文學應該具有歷史使命感。具體而言，詩並非只是滿足於精緻藝術的演出，還應該伸出觸鬚去探索社會政治的劇烈變化。在藝術的創造過程中，便是在客觀形式的要求下，現實主義漸漸取代現代主義的美學。這種較具功利性、實用性的文學實踐，構成一九七〇年代台灣文學的基調。第二，與前世代在記憶上的更大差異是，他們不再囚禁心靈世界的營造，容許一些立即而明顯的社會議題納入詩行之間，包括勞工問題、農村問題、政治問題、環保問題，甚至是城鄉差距，也都成為詩的終極關懷。第三，在文字上，新世代詩人不再迷惑於瑰麗堂皇的迷宮，寧可選擇透明平實的語言，出入於藝術與社會之間。他們放棄所謂貴族的身段，選擇通順易懂的白話文，與讀者大眾展開對話。晦澀難懂的詩風不再是文學實踐的唯一標準，新世代詩人敞開心胸，容納洶湧澎湃的時代浪潮。

台灣意象從來沒有那麼清晰地在文學中呈現出來，縱然年輕世代詩人仍舊表達中國關懷，卻已強烈暗示一個全新的文化認同已在釀造之中。不僅如此，新詩技巧所表現的現實取向，也隱約在挑戰既有的官方文藝政策。在台灣持續實行二十年的官方指導，顯然在年輕世代中失去其應有的效用。以中原為中心的文學思考，到這個階段開始出現歧路。文學史的發展從來不是依照預設的方向進行，而往往是在無意中偏離原來的道路。當年輕詩刊不約而同出發時，官方權威也無形中失去其合法性。使世代交替的焦慮提前釋出，最重要的關鍵莫過於一九七二年《中國現代文學大系》[3]的出版。其中的詩卷是由洛夫主編，他在序裡說：「雖然我們也曾發現若干年輕詩人對前輩詩人顯示出強烈的反叛意識，但遺憾的是，他們一面反抗，一面卻又在創作上或多或少受到前輩詩人的影響。……然而，除非社會性質與型態起了遽變，我想即使再過二三十年，我們詩壇恐怕仍難有新的一代出現。」正是洛夫表達這樣的態度，終於引爆新世代詩人的全面不滿，從而預告山雨欲來的風暴即將發生。

年輕世代的詩觀，確實積極朝向社會化與世俗化，正如《龍族詩選》[4]的序言〈新的一代新的精神〉特別強調，把握此時此地的中國風格，在語言上要求口語化與技巧簡化；既要吸收傳統，卻又不受傳統的羈絆。《主流》詩刊則表達更為強烈的態度：「我們不承認前輩詩人給了我們什麼，正如他們拒絕承認上一代給了他們什麼一樣，這乃是歷史循環。」《大地》詩刊的陳慧樺清楚表示：「既重視外來文化的借鏡，更要重新評估中國文化並積極關懷現實生活對我們的激盪。」《後浪》詩刊的蘇紹連則強調，新詩不是縱的繼承，而是縱的接生。從上面所表達的意見，可以發現一股強大的欲望已經成形。一方面意謂要催生全新的詩學，一方面則要擁抱台灣的現實。對於他們所賴以生存的土地，較諸上個世代還更具危機意識。那種介入與干涉的姿態，終於使台灣成為具體可感的鄉土。

龍族詩社編，《龍族詩選》

但是，鄉土與現代是彼此對立的兩種美學嗎？這個問題是由新詩論戰開啟，不僅在稍後的鄉土文學論戰（一九七七）繼續燃燒，也影響一九八〇年代以後許多學者（尤其是本土派）的台灣文學史解釋。誤解的鑄

3　中國現代文學大系編輯委員會編輯，《中國現代文學大系》（台北：巨人，一九七二）。共分八輯：輯一—四為小說，輯五—六為散文，輯七—八為詩。

4　龍族詩社編，《龍族詩選》（台北：林白，一九七三）。

成，也使日後無數年輕世代學者照單全收。如果回到歷史現場，新詩論戰過程中有兩位主要代表人物，一是關傑明點起戰火，一是唐文標使星火燎原。關傑明是海外華裔，於一九七二年《中國時報．人間副刊》首先發表〈中國現代詩人的困境〉[5]、〈中國現代詩的幻境〉[6]，又於一九七三年七月《龍族》詩刊「評論專號」發表〈再談中國現代詩〉。這三篇文章一直被視為論戰中的典範文章，因為他是揭發台灣現代詩極其艱澀的第一個讀者。關傑明可能不是台灣現代詩的忠實讀者，不過，由於在海外獲讀葉維廉翻譯的《中國現代詩選》，使他初次接觸台灣現代詩的部分內容與風貌。當時台灣出版的文學書籍，都一律冠以「中國」稱號，其實書中作品都屬於台灣作家。關傑明感到訝異的是，台灣現代詩譯成英文後，都是典型的英詩，完全不能感受到中國的風格精神。他的文字極其誠實，言人所未言，對當時詩壇無疑帶來空前的震撼。

陳慧樺（《文訊》提供）

關傑明在文字中引述艾略特與葉慈兩位西方現代詩先驅的詩觀，指出詩是最精緻的形式，也是最能精確表現一個民族、一個社會的特殊風貌。特別是葉慈非常尊崇愛爾蘭的文化傳統，認為詩人可以從豐饒的文化遺產中汲取詩情。兩位西方現代詩運動的開創者，都同樣強調現代與傳統之間的有機聯繫，關傑明撰文的用意，旨在說明現代詩應該回到台灣現實中挖掘詩的礦苗，而不是汲汲於摹仿西方的感覺與語言。在第二篇文字裡，他更進一步抨擊鄭愁予〈壩上印象〉、方莘〈熱雨〉、洛夫〈我的獸〉。這種指名道姓的批判，顯然燒起更灼熱的火焰。關傑明的批評力道極為強烈，主要是為了指出現代詩不僅要在語言文字上進行變革，詩人在精神上還更需要革命。具體而言，他希望詩人能夠回歸到現實生活，應該理解台灣社會的真實現狀。

唐文標的文字是由三篇文字構成：〈僵斃的現代詩〉[7]、〈詩的沒落〉[8]、〈什麼時代什麼地方什麼人〉[9]，全部文章的主旨都是以全盤否定方式貶抑當時現代詩的藝術成就。唐文標在海外參加過釣魚台運動，頗為熟悉國際形勢的詭譎，也相當清楚台灣的危急處境。他對現代詩的基本態度，正如顏元叔所說：「詩須有社會性的功用，詩必須為群眾服務。現代詩脫離了社會與群眾，因此現代詩已經僵斃。」[10]重新閱讀唐文標的系列文章，尤其是〈詩的沒落〉一文，分成上下兩篇：「腐爛的藝術至上論」與「都是在逃避現實中」，對當時的重要詩人一一唱名批判，包括洛夫、余光中、楊牧、周夢蝶，都在流彈波及的行列。

文學論戰為的是釐清文學與社會之間的分際，並非是以否定現代主義運動的成就，來彰顯鄉土史的藝術意義。然而不然，現代主義美學以及伴隨而來的文學批評，都受到強烈質疑。台灣如果有文學批評的出現，應該始於一九六〇年代伴隨現代主義運動而來的新批評。夏濟安、夏志清兄弟，是新批評在台灣的引渡者與實踐者。通過一九五六年創刊的《文學雜誌》與一九六〇年創辦的《現代文學》，夏氏兄弟不但以身教言教示範，同時也引導台灣的作家詩人投入新批評的實踐。新批評的核心精神，便是把文學視為獨立自主的生命。每一作品固然與作者生命經驗與時代背景息息相關，但是，在進行作品分析解釋時，無須過於分心去討論文學的社會性與時代性，而應集中注意作品的內在邏輯結構與藝術效果。讓文學回到文學，讓藝術回到藝

5　關傑明，〈中國現代詩人的困境〉，《中國時報．人間副刊》二月二十八日—二十九日。
6　關傑明，〈中國現代詩的幻境〉，《中國時報．人間副刊》九月十一日—十二日。
7　唐文標，〈僵斃的現代詩〉，《中外文學》二卷三期（一九七三年八月）。
8　唐文標，〈詩的沒落——香港台灣新詩的歷史批判〉，《文季》創刊號（一九七三年八月）。
9　唐文標，〈什麼時代什麼地方什麼人——論傳統詩與現代詩〉，《龍族》詩刊九號（一九七三年七月）。
10　顏元叔，〈唐文標事件〉，《中外文學》二卷五期（一九七三年十月）。

術，是新批評對台灣文學的最大衝擊。這種衝擊已不只使批評進入嚴肅的領域，同時也使現代主義作家開始自我要求文字的提煉，以及細讀的講究。詩人余光中、葉維廉、洛夫、楊牧既介入新批評的活動，也以新批評的標準來要求自己的創作活動，小說家王文興、白先勇、七等生更是忠實地遵循新批評的紀律，在創作與細讀兩方面都獲得豐收。

在新批評猶待開發建構之際，新詩論戰的爆發無疑是帶來重挫。文學藝術論受到文學功用論的質疑，顯然較諸反共時期的文藝政策還要焦慮而急迫。現代詩在台灣的發展是否如唐文標所說全然一無是處，現代詩是否如他指控那樣完全脫離現實，在論戰期間並未有深入的討論。然而，他的質疑對當時知識界、文學界的影響誠然有推波助瀾的效應。現代與現實被視為是可以切割的兩組概念；現代如果是脫離現實，則現實則意味著貼近生活。論戰規模一旦擴大後，追隨者可謂不計其數。沒有反映現實生活，與台灣社會脫節，就成為現代詩遭到的最大指控。

回顧自一九五〇年中期以降的現代主義運動，從萌發到茁壯，完全都是依賴三個詩社的推動，亦即現代詩社、藍星詩社、創世紀詩社。每位成員都不是專業的詩人，在現實生活中他們各有自己的職業與工作。他們從事的工作也許有高貴與卑微之分，但與社會脈動的密切聯繫則無可否認。在瑣碎的生活中勻出時間耽溺於詩情，正是詩人完整展現生命格局的最佳呈現。在詩藝中

《創世紀》（舊香居提供）

檢驗是否脫離現實，無異於權力人物在百姓思想中檢驗忠誠的成分。唐文標及其支持者對待詩的要求是那樣極端，也許不是出自純粹對詩的審美，而是他們受到政治形勢的牽動。他們對危疑時期的激進回應，完全是一個時代心情反映，從人文關懷的角度來看頗可理解。但是要求所有詩人及其創作都必須懷抱共同的心情，顯然過於極端。

論戰結束三十餘年之後，歷史應該可以讓出較為從容的空間重新回顧。新詩論戰的意義，也許不能停留在現代詩運動的層面來考察，應該擴張到整個文學功用論來看。畢竟當時的論戰進行之際，王文興的《家變》、歐陽子的《秋葉》，以及張愛玲與鍾理和的小說都同時被納入討論。整個論戰捲起的波瀾漣漪，已溢出新詩議題之外。其中最大的核心問題已經指向現代主義與寫實主義之間的取向與區隔。作家把現實的結合與脫離作為一種審美方式，自然是在於回應當年的時代政治氛圍。王文興、歐陽子、張愛玲都受到圍剿，理由當然是不言自明，只因他們的作品都同樣髹上高度的現代主義色彩，而小說主題都觸及內心世界的背德、逆倫、亂倫等負面書寫。這種偏向個人的情欲、想像、記憶的書寫，在危急時代的高道德標準檢驗下，顯然無法獲得首肯。鍾理和文學則受到正面評價，因為他寫出了一九五〇年代台灣農村社會貧窮生活中的人性尊嚴，把整個時代的困境與掙扎真實呈現在小說中。

審美標準在論戰中是如此而建立起來：現代主義是個人的、內在的，也是脫離現實的；寫實主義則是屬於社會的、外在的，反映現實的。這是批判現代主義的社會功用論者堅持的信仰，也是盱衡文學優劣的一把標尺。不過這把標尺真的是很精確嗎？或者更實際些來問，文學真的能反映現實？如果文學可以反映現實，要多現實才算現實？如果所有的文學都在反映現實，果真對社會有任何幫助？這些問題獲得具體答案之後，新詩論戰中提出的社會功用論才有可能成立。文學讀者在每個時代都是屬於少數，他們閱讀詩與小說時，絕對不會持功用論來進行。讀者選擇文學作品，不會優先考量其中的功用。文學作品能夠吸引讀者，是因為內容本身富於藝術效果。文學之美，因人而異；同樣的，文學功用也是因人而異。真正寫實主義作品之感動讀者，並不是作者與現實結合，而是因為作者創造了藝術之美。唐文標在抨擊現代詩，從未具體舉出典型的現實詩為何？他不斷提出李白、杜甫的詩觀，卻對五四以後的新詩傳統視而不見，彷彿寫實主義只能由古典詩人來完成。這樣的論證方式，其實是不折不扣的脫離現實。

現代主義詩人的美學，可能是從個人內心經驗挖掘出來。從表面上看，內心的思維活動與客觀現實世界是切割的。不過，任何一位現代詩人都是社會構成的一個分子，縱然表達個人的孤獨與苦悶，甚至只是耽溺在私密的情欲想像，但任何的情緒波動與外在現實，都維繫著千絲萬縷的互動。一個詩人的苦悶，絕對不會是個人的，而應該視為一個時代、一個社會的縮影。王文興的《家變》、歐陽子的《秋葉》、洛夫的《石室之死亡》、余光中的《敲打樂》，都不是庸俗的寫實主義，卻都以最為幽微的真實感覺，再現整個時代的困頓與曲折。如今重新閱讀他們的作品，當年保留下來的聲音、顏色、溫度、氣味反而變得非常寫實。他們的文學能夠在時光激流的沖刷下未被遺忘，絕對不是拜賜於寫實主義的社會功用論，依賴的是現代主義的藝術技巧。

討論一九七〇年代台灣文學，是為了再次認識現代主義與寫實主義為什麼分家，也是為了進一步理解現代主義為什麼會被污名化。讓作品精神面貌重新浮現，使附加於其上的政治解釋與意識形態卸下來，文學史的真相才能水落石出。關傑明與唐文標當初對現代詩的批判，或出於關懷，或出於義憤，其實也是恰如其分表達他們對危疑時代的焦慮。現在所有的憤怒已然退潮，文學真貌應該是可以恢復了。

新詩論戰的延續：《秋葉》與《家變》受到批判

鄉土文學與現代主義必然是對立的嗎？或者換個方式提問：鄉土文學必然是屬於寫實主義嗎？這兩個問

題之成為問題，始於一九七〇年代。在那段緊張時期，許多審美原則紛紛受到挑戰。文學變成焦慮的議題，全然是肇因於整個時代的動蕩。在新詩論戰過程中，現代主義遭到批判是順理成章的事。

戰後現代主義的濫觴，與美援文化難以脫離關係。台灣文學之加速現代化，是在那樣的時代背景下釀造而成。現代主義運動固然有美國的因素，但是不是可以直接把它與帝國主義劃成等號，在今天應該有更為清楚的梳理。不過，回到一九七〇年代的情境，當知識分子對國家處境懷抱強烈危機感之際，審美原則並不純然可以視為藝術問題，而是被劃入政治議題的範疇。文學藝術逐漸納入意識形態的角逐，顯然無可避免。在帝國主義與民族主義之間，在現代主義與寫實主義之間，文學位置不斷地游移擺盪。

批判風氣之高升，無非是在反映文學陣營內部的矛盾。民族主義者對現代主義運動的批判，絕對不僅僅是在討論文學，最主要的矛頭其實是指向美帝國主義。這種策略自然是台灣文學的不幸，但是從歷史脈絡來看，也許是不幸中之大幸。一九七〇年代初期的新詩論戰，以及稍後的鄉土文學論戰，至少已完成其應有的階段性任務。那就是使受到壓抑的台灣，終於能夠浮出歷史地表。沒有經過那樣的論戰，台灣文學也許還要延遲更長時日，才能受到承認。沒有經過批判的洗禮，就不可能使被遺忘的台灣獲得重視。鄉土文學運動後來分裂成統獨兩條路線，但是對於台灣文學的正名與確認，誠然有其不可磨滅之功。

在台灣文學已經成熟的二十一世紀，回望一九七〇年代之際，也許有必要處理歷史所遺留下來的問題：現代主義可以等同帝國主義嗎？

要回答這個問題，已經無須動用民族主義的情緒。讓現代主義回歸到藝術領域，應該可以更清楚看見歷史真貌。對於台灣文學的評價，絕對不能容許繞過現代主義而可獲致。現代主義所帶來的創作技巧、審美原則與語言改造，確實使台灣文學的藝術營造有了重大轉折。沒有現代主義的衝擊，台灣作家也許還停留在五四旗幟的陰影下，也許還依賴「我手寫我口」的白話文，也許還遵循起承轉合的傳統思維結構。現代主義作家改變了文學景觀，使藝術的深度與高度都受到強化。縱然是受到西方美學的影響，台灣作家則憑藉自我創造能力而開創出全新格局。凡是經過創造的文學，就不可能視為被帝國主義的支配。創造力其實是文化主體建構的具體表現，台灣現代主義文學的意義就在於此。

歐陽子的《秋葉》與王文興的《家變》，都在一九七三年受到圍剿，可以視為台灣文學史上的重大事件。他們兩人都是《現代文學》雜誌的創辦者，都是一九六〇年代現代主義運動的健將，同時也是新批評的實踐者。他們兩人對於小說語言的鍛鑄極為慎重，尤其是對於文字的「精省」要求，都企圖達到王文興所說「橫征暴斂」的境界。他們提供的範式，固然有西方現代主義的痕跡，但是他們的小說內容與形式，卻為後來台灣文學開啟前所未有的想像。

《秋葉》最初出版於一九六七年，屬於「文星叢刊」，原來的書名是《那長頭髮的女孩》。最早的版本並未受到任何抨擊，一九七一年歐陽子修訂文字後，交由晨鐘出版社付梓，並改名為《秋葉》。作為新批評的信奉者，歐陽子對於已經完成的作品從未放棄再整頓的工作，使文字變得更為精簡。在晨鐘版〈作者的話〉中，歐陽子說她修改的「多半是文字以及處理的方式與結構」。改寫小說的目的，在於使文字更為流暢、簡潔、精練，完成去蕪存菁的鍛鍊。

重新出版的《秋葉》，正好遭逢台灣在國際社會的嚴峻挑戰。民族主義情緒在大環境的挑戰下急遽升高，知識分子對帝國主義之蔑視台灣頗覺憤怒，卻又尋找不到恰當的出口，發展已有十餘年的現代主義運動遂淪為代罪羔羊。在新詩論戰烽火炙熱之際，第一期的《文季》正式在一九七三年八月出版。創刊號中，有兩大專題頗受矚目，一是唐文標撰寫的〈詩的沒落〉，一是唐文標、何欣、尉天驄、王紘久（王拓）的四篇文字所組成的「當代中國作家的考察——歐陽子」專題；前者是針對現代詩，後者則集中火力討論歐陽子的現代小說。《那長頭髮的女孩》初次問世時，並未受到如此待遇，卻在六年後改版出書時引起大規模的批判，頗不尋常。

歐陽子小說最為鮮明的主題，觸及女性情欲與亂倫禁忌。在畸戀與亂倫的故事中，作者的主要關切還是在於人性的探索。在愛情與感官的試煉中，人性最易受到檢驗。這是相當典型的現代主義書寫，亦即挖掘內心被壓抑的感覺與想像。《秋葉》最令人駭異之處，在於揭開暗潮洶湧的無意識世界。潛藏於體內的人性，只有在幽微情感呈露之際才會被發現。歐陽子小說揭露了人與人之間存在著難以理解的關係，篇幅雖短，卻道盡情感的奧祕。〈小南日記〉的兒子有戀母的傾向，〈最後一節課〉的老師有同性師生戀的暗示，〈覺醒〉中有母戀子的關係，〈近黃昏時〉則有子戀母的情節，〈秋葉〉的繼母與繼子更有畸戀的現象。在封閉的年代，這樣的短篇小說幾乎是在挑戰道德禁區。

人間原是殘缺而複雜，絕對不是以傳統的倫理道德就可概括。現代主義的審美，原就在彰顯人性之深不可測。背德、墮落、邪惡、沉淪是人們的另一種面貌，避開不談，反而是在虛構人生真相。讓人性更真實地浮現，毋寧是歐陽子用心良苦的所在。揭開無意識世界的神祕簾幕，才是勇於救贖的具體行動。

尉天驄（《文訊》提供）

對《秋葉》這冊小說進行圍剿的《文季》，基本上是從現實主義與民族主義出發。何欣說，書中故事的人物「都是缺乏思想，缺乏個性的浮萍，其中的故事都缺乏力量，推著故事發展的那種洶湧大浪的力量，更缺乏咄咄逼人的現實感」。王紘久對於小說中的亂倫關係頗不以為然：「中國有強固悠久的『孝』的傳統，在以『孝』為首要價值的社會中，這種亂倫顯然會被沖淡，並且被潛抑下去。」他同時也指出，歐陽子的

「生活經驗貧乏，對生命的瞭解和興趣過份狹窄。對社會現實，和此一文化環境下普遍的問題，缺乏敏銳的感受」。

以「反倫常」或「受西方資本主義的影響」來指控現代主義小說，全然沒有觸及文學藝術的議題。民族主義不能夠接受現代主義，或者，寫實主義與現代主義是對立的美學，便是在這種批判的氛圍中建立起來。把現代主義視為脫離現實，甚至是背叛民族主義，正是這段危疑時期建立起來的文學論述；而這樣的論述，在後來的鄉土文學論戰中更是大張旗鼓。身為女性的歐陽子，勇於追求人性真實的技藝，終究還是被淹沒在民族主義的浪潮。

憤怒的民族主義情緒，也同時發洩在甫出版的王文興《家變》。歐陽子致力於母親形象的重塑，王文興則是重新為父親造像。《家變》寫的是父子之間的衝突，終而導致父親離家出走。傳統文學中，女性與兒子都是扮演馴服順從的角色，都同樣在安守本分的要求下表現美德。這種壓抑個人而成就父權的尊崇地位，便是世世代代所豔稱的倫理道德。如果作家把被壓抑的不快不滿書寫出來，便順理成章被定位為不德。

王文興把被壓抑的情緒挖掘出來，誠然勇氣過人。他依賴的是現代主義技巧，但說出的故事都比寫實主義還要寫實。小說是以雙軌的敘事同時進行，一條軸線是父親離家後兒子的尋父過程，另一條軸線則是描寫兒子的成長故事，從崇拜父親到憎恨父親，以至父子之間在細微生活事件中不斷發生衝突。「尋父」是表面的故事，潛藏在底層的竟是「憎父」（或「弒父」）的推演發展。

這冊小說的文字節奏極微緩慢，彷彿是近乎靜態的移鏡動作，使家庭生活的瑣碎細節全部攝入。愛與恨的形成，從來都不是一夜之間完成，而是滴水穿石般在日日夜夜循環裡累積或侵蝕。王文興精心琢磨的功夫，近乎詩的營造；選取每個文字時，他專注衡量其中的顏色、溫度、重量。落筆時極其慎重，唯恐錯過意象的暗示與情節的轉折。

刻意的緩慢，並不只是為了掌握生活細節，也是為了更準確抓住內心情緒的任何輕微波動。現代主義者往往被認為是語言的實驗者；實驗當然寓有試誤之意，更有未完成的暗示。但是，作為現代主義者的王文興，他的語言不是實驗，而是實踐。要到達曲折迴旋的內心世界，要刻劃起伏不定的情緒感覺，他有意使文字能夠更逼真地貼近實境。就像作者自己所說：「一個作家的成功與失敗盡在文字。」[11]服膺這樣的信念，王文興耗盡一切的時間，進行不止不懈的文字營造。

就像歐陽子受到民族主義者的批判那樣，王文興遭到的指控當然也是脫離現實與違背倫常。民族主義動用了許多文字展開批判，語言與思想其實是非常貧困，翻來覆去都是訴諸於同樣的情緒，同樣的理念，同樣的標準。如果文學只能使用一把尺碼來衡量，便喪失其應有的藝術意義了。現代主義小說追求的是個體與個體之間的差異，探測的是心理狀態的深度與廣度。凡是牽涉到人性，便必然是屬於社會。王文興說：「我不以為《家變》的社會意義那麼重要，我寧可認為它討論的是一個放在任何時代都可能會發生的問題。就算《家變》有它的社會意識，只要寫得清楚，拿到任何其他國家也可以被瞭解。」[12]這是一九七七年接受吳潛誠的訪問，王文興所做的回答。發表這樣的談話時，鄉土文學論戰也正臻於高潮。

《家變》是現代主義運動的重要碑石，也是台灣文學史上不斷受到議論的經典。一九七〇年代的政治激流，曾經以怒濤的力量衝撞這個作品，最後並沒有使之沖刷遠揚。留置在歷史岸上，《家變》證明它本身的重量足夠厚實。這冊小說從來就不是在顛覆倫理道德，它真正要挑戰的是，在倫理道德的假面之下，掩蓋了多少不快樂、不美滿的家庭。如果文學都只是偏愛光明寫實的主題，則人生真實反而受到遮蔽。揭露人生的

11　王文興，〈《家變》新版序〉，《家變》（台北：洪範，一九七八），頁二。
12　康來新編，《王文興的心靈世界》（台北：雅歌，一九九〇），頁六七。

醜惡，才能找到昇華的力量與救贖的道路。

浩浩蕩蕩的新詩論戰，使民族主義情緒不斷高漲。《秋葉》與《家變》也無可避免遭到批判與貶抑。現代主義者從來都沒有得到正面的肯定，在一九七〇年代如此，在八〇年代更復如此。尤其本土意識崛起之後，台灣民族主義取代了中華民族主義，持續對現代主義運動進行不同形式的排斥與譴責。然而，情緒並不等於審美，主義也並不等於藝術。當民族主義退潮，藝術精神終於水落石出。

蘋果與玫瑰：帝國主義的批判

美援文化對台灣社會的衝擊，可以從一九七〇年代的文學作品窺見蛛絲馬跡。戰後台灣歷史進入重整與反省的階段，也在這個時期出現端倪。全球冷戰體制的解凍，在一九六〇年代末期已是有跡可循。為了解決資本主義發展所面臨的困境，美國決定改變政治戰略；以對話代替對抗，開始與蘇聯、中國的共產陣營進行和解。這種戰略調整的具體反映，便是台灣於一九七一年被迫退出聯合國，最後一批美援物資也是在先前宣告終結。在國際社會，台灣開始走向日益孤立的狀態；在國內社會，則見證加工出口區的陸續設立。事實顯示，美國在政治上對台灣採取疏離關係，卻在經濟上加強投資。這種政經分離的策略，證明美國並未尊重台灣的政治尊嚴，反而為了經濟利益考量而密切與台灣聯繫。

台灣文學正是在如此轉折的關頭有了重大變化。文學如果是社會心靈的最佳表現，就不可能對美援文化的調整渾然不覺。率先對美援文化展開批判的作家，當推黃春明與王禎和。一個來自宜蘭，一個來自花蓮，都是屬於偏遠與邊緣的地方，那是受到美援文化影響較小的區域。黃春明與王禎和初登文壇時，都受過現代主義運動的洗禮。他們投入都市生活時，反而回首凝望自己的故鄉。兩人都是以小人物塑造成小說的主角，都是以瑣碎的民間生活轉化成漂亮的故事。但是，小人物的分量不輕，美援文化與資本主義的重量都壓在他們身上。這種以小搏大的書寫策略，顯示兩位小說家的不凡身段。在都市裡寫鄉土人物，往往帶來辯證的效果。從小人物的眼睛，可以看到中產階級所看不到的事物，當然也可以發現城市居民所看不到的都市景觀。同樣的，看待美援文化時，從邊緣角度觀察，更加可以發覺知識分子習以為常，而小人物格格不入的價值觀念。

黃春明於一九七二年十二月二十八至三十一日在《中國時報．人間副刊》發表〈蘋果的滋味〉，王禎和於一九八三年《文學季刊》二期發表〈小林來台北〉，應該可以視為台灣文學的重大突破。在此之前，以小說批評政治威權體制，撻伐日本殖民統治，已經形成一個文學傳統。但是，對於美國文化在台灣支配的議題，似乎很少有小說家嘗試處理。兩篇小說問世時，越戰仍然熾熱地在中南半島進行，台灣仍然熱腸地提供基地讓美軍使用。〈蘋果的滋味〉描寫的是帝國主義式的人道主義，〈小林來台北〉則刻劃台灣知識分子崇洋媚外的心理狀態。兩篇小說都是透過小人物的親身感受，彰顯美援文化在台灣所矗立的龐大陰影。

到達〈蘋果的滋味〉之前，黃春明已經完成幾篇極為經典的小說：〈青番公的故事〉、〈溺死一隻老貓〉、〈鑼〉、〈兒子的大玩偶〉，寫的大多是鄉村小鎮在現代化過程中的遭遇。資本主義在都市發達之際，也逐漸波及偏遠鄉村。這些小說其實是一種告別的手勢，見證淳樸、善良，容易滿足的時代即將成為過去。事實正是如此，黃春明小說把資本主義滲透鄉村小鎮的歷史記憶清晰保留下來。傳統與現代的交替，保守與求變的交鋒，

黃春明，《兒子的大玩偶》

鄉村與城市的交會，都完整呈現在故事生動的敘述裡。

在鄉下生活的安分小人物，可能無法理解資本主義是如何侵襲台灣，也難以解釋為什麼台灣社會是如何形成對美援文化的崇拜。一個社會文化心理的塑造，並非只是透過政治宣傳或教育體系來完成，而是細緻而瑣碎地藉由日常生活點點滴滴累積起來。一種強勢文化進入台灣時，不再訴諸武力，而是利用電影、文學、藝術、商品的不同形式，瀰漫在個人的聽覺、視覺、味覺，從感官上接受特定的文化氛圍與熏陶。緩慢的、漸進的過程，潛移默化地改造思維方式與價值觀念，並且進一步滲入私密的無意識世界。凡是出現美國的字眼，便立即在內心釋放幸福、美滿、偉大的同義詞。

〈蘋果的滋味〉正是一個典型的故事。小說中的美國人豈止偉大而已，甚至還扮演救贖、憐憫、施捨的角色。從鄉下移民到台北的工人阿發，依賴微薄的工資勉強維持在城市裡違章建築的生活。不幸的阿發在早晨上工路途中，竟然被美國人駕車撞傷。緊接下來的故事，美國人升格立即成為幸運之神，開始悲憫而體貼地照顧遭到車禍的工人及其妻小。小說的節奏穩定而明快，在恰當時刻帶有喜劇效果，近乎反諷的文字暗暗淌出一種悲傷與刺激。

阿發不再只是一個善良的工人，他很快被改造成美國崇拜的一個具體縮影。這樣的工人一輩子絕對不可能與遙遠的美國發生任何牽扯，但是歷史的誤會卻陰錯陽差降臨在他身上。受傷之軀躺在白色乾淨的美國醫院時，竟使他產生靈魂進入天堂的錯覺。小說中那位熱心的台灣警察，自始至終扮演中介角色，使肇禍的美國人與受傷的阿發能夠對話。整個故事中，警察彷彿是美國的代言人或代理人，頗能理解肇事者的心情。其中最精采的地方，便是警察對阿發的安慰語言：「這次你運氣好，被美國車撞到，要是給別的撞到了，現在你恐怕躺在路旁，用草蓆蓋著哪！」車禍原來有幸運與不幸之分，結果也有天堂與地獄之別。阿發的幸運在於他的因禍得福，不僅獲得可觀的保障賠償，全家溫飽也受到照顧，啞吧的女兒還要送到美國去讀書。這種天堂式的待遇，正是當時許多台灣人夢寐以求的心願。無怪乎雙腿被撞斷的阿發，竟然感激涕零對警察說：「謝謝！謝謝！對不起，對不起……」

台灣歷史命運的悲劇，卻在阿發身上以喜劇演出。顛倒是非反而轉化成顛倒眾生，小說的諷刺幾乎無以復加。美國人、代理人，台灣人在權力結構中的位階，至此已判然分明。身處天堂的阿發，看著病床邊的妻子享用美國蘋果時，那種幸福的滋味簡直是甜到心底。美國人所犯的錯誤，結果證明是正確的；台灣人受到傷害，最後竟確認是幸福的。天下再也找不到如此完美、如此無懈可擊的喜劇。這齣喜劇從一九五〇年代就已經上演，即使在二十一世紀的今天，續集還是層出不窮地推出。黃春明以蘋果隱喻美援文化，極其傳神；就像《聖經》裡的故事那樣，看似誘惑，吃則犯罪，頗能道出台灣社會面對強權時愛恨交加的複雜心情。

與黃春明幾乎同時出發的王禎和，最早在《現代文學》發表短篇小說，一九六六年加入《文學季刊》。進入一九七〇年代後，王禎和開始以知識分子作為嘲弄的對象，批判精神毫不稍遜於黃春明所展現的力道。早期描寫小人物之際，黃春明的小說較具階級意識，同情農民與工人生活的處境；王禎和則傾向於探討人性的問題，以小人物的荒誕與卑微來對照上層人物，尤其是知識分子的虛矯與傲慢。坊間批評家認為王禎和對於小人物的描寫過於苛刻絕情，這可能是一種誤讀。他的用意其實不在嘲弄小人物，而是指出人在一無所有時，任何可以活下去的手段都必須採用。〈嫁粧一牛車〉裡的萬發，正是生活被逼到窘境的農民。為了活下去，他可以坐視妻子與人有染，以換取安穩的生活。這種出賣人格的求生方式，與知識分子賣命往上爬的身段毫無兩樣。如果把上層人物的外衣剝掉，把他們的身分、尊嚴、名位拿掉，則其人格氣象並沒有比萬發還高明。

王禎和在小說扉頁引述亨利．詹姆斯（Henry James）的一句話：「生命裡總也有甚至修伯特都會無聲以對底時候……」這也是王禎和小說的最佳詮釋，人生在最窘困的時刻，並不是任何聲音或文字就可輕易表達，他在〈小林來台北〉中描述花蓮人小林在航空公司從事打掃工作，目睹高級知識分子的各種人格演出。美援文化早已使崇洋習氣，成功地征服了知識分子的心靈。小林看到上層社會的眾生相，其實是不折不扣的洋相。公司裡充斥的語言都是美國話，關心的議題是美金與綠卡，而小林則是來自鄉下的青年，熟悉的語言是憨厚的台語，繫念的是家鄉父母。公司裡小林的存在，簡直是一面照妖鏡，讓各種西裝洋服的異獸現形。為了往上爬、甚至為了往外跑，知識分子完全不顧民間疾苦，更不關心人間冷暖。小林的出現，正好對照美援文化受到尊崇的實況。他非常驚訝在徹底洋化的環境裡，知識分子的無情與絕情，憤怒之餘，他無言以對，只能在內心無助地吶喊：「幹你娘！……你們這款人！你們這款人！」

〈小林在台北〉只能視為一部序曲。王禎和於一九八〇年代又以此為基礎，分別寫出《美人圖》與《玫瑰玫瑰我愛你》兩部長篇小說；前者的「美人」，指的是高級華人與假洋鬼子，後者的「玫瑰」則是暗示美國。經過將近十年的蓄積，王禎和對美援文化的全面批判終於迸發出來。《美人圖》諷刺的是知識分子崇洋媚外的醜態，《玫瑰》則是批判美援文化已經滲透到他的故鄉花蓮。兩部小說合觀，恰如其分表達了王禎和對於洶湧而來的美援文化之強烈抗拒。

以玫瑰作為美國的隱喻，可謂刻骨銘心。尤其《玫瑰》是以越戰為背景，敘述戰場上美軍要來台灣渡假引起社會的騷動。「玫瑰」當然暗示當年最可怕的梅毒，又稱「西貢玫瑰」。擁抱偉大的美國，也同時必須無條件接受偉大的梅毒。置身在這樣的歷史舞台，知識分子演出的分量就格外重要。就像王禎和的其他小說，往往在故事裡創造一個處境，不前不後，不上不下，使人無法確切判斷。《玫瑰》也是同樣出現一種困境，究竟是書生誤國，還是書生救國？王禎和說：「知識份子在現代社會中扮演什麼角色，不是我小說所要討論的，我只對他們做『中間人』的趣味，感到興趣和注意。」[13]中間人一詞的命名，正是他對知識分子搖擺性格最為好奇之處，在太平盛世或危疑時代，都有知識分子可堪表演的舞台。

在《玫瑰》的故事裡，美軍來台渡假是為了尋找樂園，王禎和避開高雄與台北兩大都市，刻意選擇沒有酒吧的花蓮作為場景。如何使花蓮小鎮的地方性茶室轉型成為世界性酒吧，正是外文系畢業的董斯文施展身手的最佳場合。為美軍創造樂園，可以完成親善外交的使命；為花蓮創造酒吧，又可達到賺取美金的目的。面子裡子一次到位，這恰恰是知識分子中間位置的最佳演出。小說裡的董斯文投入救國救民的志業，無疑是人格救贖、品性昇華的時代榜樣。

黃春明與王禎和於一九七〇年代的藝術表現，成就當然不只是文學技巧，更值得注意的是他們的批判精神。對於小人物，他們的詮釋各有不同，卻同樣保留台灣歷史不堪回首的痛苦記憶。在台灣文學史上，他們都被視為鄉土文學運動的經典作家。然而，黃春明與王禎和從來不曾自封為鄉土作家，特別是鄉土成為一種流行，一種風尚之後，距離他們所認識的鄉土就越來越遙遠。當鄉土成為本土意識不可分割的一環時，鄉土已不純然是鄉土，竟而淪為政治立場的審判，甚至是意識形態的檢驗。這種鄉土的異化，對於黃春明與王禎和來說，那已是全然陌生的鄉土。舉世滔滔之際，他們不能不毅然轉身，背對喧囂不已的虛矯鄉土。

一九七七年：鄉土文學論戰的爆發

如果沒有鄉土文學論戰，就不可能促成日後台灣意識的釀造。如果沒有台灣意識論述的孕育，就不可能進一步導出台灣文學本土化運動的開展。台灣意識與本土化運動，都是在論戰之後逐步邁向成熟。但是，這樣的思潮並非只是停留於文學層面，它對一九八〇年代的黨外運動與組黨運動，也帶來高度的衝擊，使台灣

13 丘彥明，〈把歡笑撒滿人間——訪小說家王禎和〉，收入王禎和，《玫瑰玫瑰我愛你》（台北：洪範，一九九四），頁二五八。

民主政治獲得突破與提升。

當年參與論戰的成員，並不曾預見後來的可能發展方向。然而，歷史軌跡的走向，從來就不是以個人的主觀意志為轉移。在論戰中，牽涉到三位重要作家，亦即陳映真、葉石濤、彭歌。他們分別代表日後清晰的三條路線：左翼中華民族主義，右翼中華民族主義，左翼台灣民族主義。集中注意這三位作家的思維方式，整個論戰的重要意義就可把握。

在整個論戰的過程，真正相互對決的勢力是左翼中華民族主義與右翼中華民族主義之間的頡頏。葉石濤幾乎是單槍匹馬以台灣意識的姿態介入論戰。被視為鄉土文學主流的作家，如鍾肇政、鄭清文、李喬都在這場戰役中缺席；至於一九八〇年代以後自命本土派的作家，也不曾做過正面的發言。本土文學氣候成熟之後才紛紛加入陣營的作家，反而對於論戰做了許多衍增的譴責。

鄉土文學論戰的爆發，並非由特定作家蓄意發動，而是漸漸累積能量。不過，從文字發表的順序來看，最早刺激國民黨官方立場的作者，當推陳映真無疑。他在一九七五年九月出版兩冊短篇小說集《將軍族》與《第一件差事》，以許南村筆名撰寫序文〈試論陳映真〉。這篇文字同時具有浪漫情懷與冷靜思維，極其犀利地以左派觀點剖析台灣社會，是一次空前的上乘演出。但是文字裡強烈暗示的，便是知識分子必須以實踐行動介入台灣社會。最早回應陳映真的文章，不是來自國民黨，而是以台灣文學史為職志的作家葉石濤，在一九七七年五月率先寫出〈台灣鄉土文學史導論〉。這篇最早提出「以台灣為中心」與「台灣意識」的文章，許多觀點都與陳映真背道而馳。緊接著在六月，陳映真以〈鄉土文學的盲點〉一文立即回應。至此，陳映真與葉石濤初步把各自的鄉土文學定義說得非常明白，等於也是為不久之後的論戰定下基調。

進入一九七〇年代以後，現代主義運動仍然持續發展，但是全新的文學懷抱已有截然不同的取向。葉、陳兩人的主張，在民族主義立場上確實有很大分歧，但是文學必須反映現實的理念，卻殊途同歸。迥異於現代主義之強調內心挖掘與私密感覺，葉、陳都認為文學應該介入社會。基於左派思維的方式，他們都對社會底層的農民工人抱持深切關懷。他們的兩篇文章並置合觀，很明顯與國民黨長期堅持的文藝政策存在著南轅北轍的視野。

官方與民間之間文學立場終至正式交鋒，確實是受到客觀條件的衝擊。在論戰之前，文學、藝術、音樂各個層面都已出現回歸鄉土的跡象。《夏潮》專注於推介日據時期台灣作家，《雄獅美術》與《藝術家》不約而同推崇素人畫家洪通，《漢聲》英文雜誌大量介紹地方傳統民俗，黃春明、王禎和則在《文學季刊》發表既諷刺又批判台灣社會的小說。台灣文壇的氛圍一時頗有鄉土氣象，與一九六〇年代介紹西方文學潮流的趨勢有了極大翻轉。種種在地文化能量的釋出，自然是受到台灣在國際社會的危機處境所影響。文學風氣的轉向，顯然已不是官方文藝政策所能掌控。

論戰第一次擦出的星火，反映在一九七六年四月的《仙人掌》第一卷第二號。這份雜誌同時刊出五篇文章，代表鄉土文學立場的是王拓〈是現實主義文學，不是鄉土文學〉、尉天驄〈什麼人唱什麼歌〉、蔣勳〈起來接受更大的挑戰〉；批判鄉土文學的文字有兩篇，朱西甯的〈回歸何處？如何回歸？〉、銀正雄〈墳地裡哪來的鐘聲〉。王拓、尉天驄、蔣勳都強調文學不能關閉在知識分子的想像世界，而應該開啟門戶走入社會現實。朱西甯質疑鄉土文學作家對中原的忠誠度，銀正雄則認為鄉土作家傳達太多的仇恨。兩種相反的觀點，隱隱約約透露一定程度的緊張情緒。

《仙人掌》第一卷第二號

整個論戰升高溫度開始進入肉搏戰階段，確立於一九七七年七月。陳映真發表兩篇文章，亦即《夏潮》的〈台灣畫界三十年來的初春〉，與《仙人掌》的〈文學來自社會反映社會〉。前者是為謝里法的《日據時代台灣美術運動史》作序，後者則是中論稍早〈試論陳映真〉的觀點。在同一時間，尉天驄在《婦女雜誌》發表〈死亡與救贖〉，肯定陳映真在文學方面的再出發。這些文章都是以寫實主義為依據，對現代主義具有高度批判。但是，陳映真與尉天驄之間存有明顯差異，前者傾向於支持左翼中華民族主義，後者只是從寫實主義的左翼觀點觀察文學內容。代表鄉土文學陣營的看法，至此似乎已經齊備。

從七月十五日開始，彭歌在《聯合報》的「三三草」專欄連續發表批判火力極盛的文字，包括〈「卡爾說」之類〉、〈溫柔敦厚〉、〈堡壘內部〉、〈傅斯年論「懶」〉、〈對偏向的警覺〉、〈統戰的主與從〉、〈勿為親痛仇快〉。彭歌的系列文章在於指出，陳映真開始大量引述馬克思主義的文字，政治立場已明顯傾向中共。但是，火力全開文章則是正式於八月十七日刊出的〈不談人性．何有文學〉，具體點名陳映真、王拓、尉天驄三人的文學態度。整篇文章的焦點，還是集中在陳映真身上。

〈試論陳映真〉曾經有如此的表述：「市鎮小市民的社會的沉落，在工商社會資金累積之吞吐運動的過程中，尤其在發展中國家，幾乎是一種宿命的規律。」在當年思想檢查的監視下，陳映真的這段話表達得相當含蓄，其實他要說的是在資本主義社會的資本累積過程中，知識分子注定是要向下沉淪。對於這樣的論述，彭歌刻意點明兩點：第一，「陳（映真）先生沒有說出來的是，或並不知道的是，這所謂宿命的規律，其實只存在於共產黨的階級理論之中。這種說法既不能涵蓋歷史的發展，也不是現實人生中的什麼規律」；第二，「陳先生完全否定了個人的價值和意義，把個人的昇沉成敗，一概歸之於『層級結構』，把一個人的遭遇來律定普遍的社會現象，因而為知識分子描繪出那樣悲慘、暗淡、絕望的境遇，抹煞了知識分子在社會中多方面的積極貢獻……」。

彭歌的反共立場表達得非常堅定清楚，他露骨指出陳映真的思維方式是套用共產黨的階級理論。〈不談人性，何有文學〉對陳映真的批判，其實是呼應〈「卡爾說」之類〉一文的論點。所謂卡爾，指的是卡爾・馬克思的縮寫。彭歌已經看穿陳映真文字裡，藉用馬克思、毛澤東的理論之處甚多。他在〈「卡爾說」之類〉說：「把藏起『毛』的毛家膏藥拿到我們這兒來販賣，騙騙少數天真、熱情、而對共黨毫無瞭解的年輕人也許可以，騙得過千千萬萬受過共產禍亂的人嗎？」

從現在後解嚴的時代來看，彭歌的焦慮頗難理解。但是如果回到當時的歷史環境，就可發現他言論緊張的緣由。鄉土文學運動崛起於中國正式進入聯合國，而台灣開始陷入國際孤立的危機之後。文化大革命在一九七六年結束之際，台灣社會仍然還停留在對岸政治鬥爭的陰影下。因此，社會主義理論披著文學外衣進入台灣時，長期反共的國民黨豈能不感到驚心動魄？論戰的熱度正是在這樣的背景下臻於高峰。

緊接在彭歌的系列文章發表後，余光中的〈狼來了〉於八月二十日在《聯合報・聯合副刊》披露。這篇文章引述毛澤東的〈在延安文藝座談會上的講話〉，認為陳映真的文學主張是在提倡「工農兵文藝」。相對於彭歌的文字，余光中直接點出陳映真的立場其實是吻合毛澤東延安文藝講話的精神。由於毛澤東與工農兵文藝這些字眼，牽動台灣社會的政治敏感神經，〈狼來了〉一文從此就被定調為國民黨的官方立場。

余光中遭到最嚴厲的抨擊，來自徐復觀的短文〈評台北有關「鄉土文學」之爭〉。他認為余光中的文字是在戴帽子：「這位給年輕人所戴的恐怕不是普通的帽子，而可能是武俠片中的血滴子。血滴子一拋到頭上，便會人頭落地。」徐復觀說得如此嚴重，無非是在針對〈狼來了〉的最後一段話：「說真話的時候已經來到。不見狼而叫『狼來了』，是自擾。見狼而不叫『狼來了』，是膽怯。問題不在帽子，在頭。如果帽子合頭，就不叫『戴帽子』，叫抓頭。在大嚷『戴帽子』之前，那些『工農兵文藝工作者』，還是先檢查檢查自己的頭吧。」

鄉土文學論戰從此漫開，各說各話，立場分明。代表國民黨官方立場的作家，紛紛出面對鄉土文學撻伐；而為鄉土文學辯護的作家也持續在《夏潮》與《中華雜誌》聲援。但是重要論點，其實已都完整表達。在論戰中，余光中的文章受到最多議論，認為他是反對鄉土文學。如果回到歷史現場，就可發現他是在批判陳映真的親共觀點，未嘗有一字一句及於鄉土文學。余光中與陳映真素昧平生，在文壇上從未有任何交往。當年身在香港中文大學任教的余光中，不斷受到左派學生的攻擊，而陳映真在檢討現代主義文學時，往往指控現代文學作家是買辦，是奴性，是崇洋媚外。余光中隔海閱讀彭歌的系列文字後，遂基於義憤公開抨擊陳映真。

陳映真回憶論戰始末時，刻意指出余光中寫信函向王昇密告，其消息來源得自已故的鄭學稼教授。由於死無對證，陳映真更是緊咬不放，有意要造成歷史事實。〈狼來了〉確實不是很好的文字，尤其「抓頭」的措詞，對當時的知識分子有相當程度的傷害。然而，回顧歷史事實絕對不能滲透個人恩怨。余光中鼓勵抓頭固然不對，陳映真有意坐實余光中告密的指控也不容苟同。三十年後，陳映真是不是傾向中共的社會主義，是不是引述馬克思主義，是不是支持毛澤東思想？事實已經不證自明，論戰的各種指控如今也應該沉澱下來。

代表官方立場的史料文獻，已收入一九七七年十一月彭品光主編的《當前文學問題總批判》；代表鄉土文學陣營的重要文字，則收入一九七八年四月尉天驄主編的《鄉土文學討論集》。但是，論戰之後有兩冊值得注意的專書，可能有必要再閱讀。一是彭歌評論集《不談

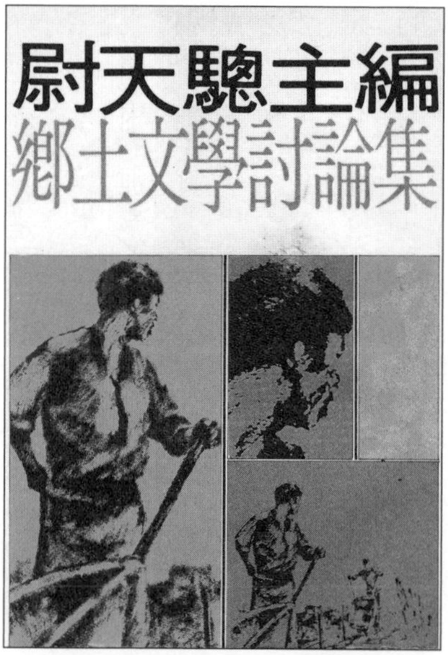

尉天驄主編，《鄉土文學討論集》

人性，何有文學》[14]，一是葉石濤評論集《沒有土地，哪有文學》[15]。彭歌日後滯留美國，葉石濤則繼續為台灣文學的發言權挺筆直書。

如果沒有鄉土文學論戰，就不可能刺激葉石濤繼續建構他的台灣意識論述。如果沒有鄉土文學論戰，葉石濤就不可能在一九八七年完成《台灣文學史綱》。經過論戰的洗禮，台灣文學的理論與研究反而脫胎換骨。許多自稱鄉土派的作家，在論戰中從未爭取發言權，卻因本土化運動的崛起而開始自我命名，從而找到自我定位。論戰中未曾受到重視的葉石濤，由於不懈地建立發言權，在一九九〇年代開枝散葉，根藤蔓延。這樣的歷史發展，是當年的論戰參與者始料未及。

季季的意義：鄉土與現代的結合

在鄉土文學的浪潮中，值得注意的一位作家，就是季季。她在一九七〇年代是豐收的十年，也是悲愴的十年。豐收是她的文學生產，悲愴是她的婚姻生活。文學上的成果竟必須以婚姻的折磨來換取，放眼七〇年代，唯季季能夠體會其中的苦澀滋味。對台灣歷史來說，那十年確實是無可磨滅的轉型時期。黨外民主運動與鄉土文學運動的雙軌發展，終於使整個社會找到精神的出口。沒有政治與文學的雙軌批判，台灣是否會延遲掙脫威權體制的囚牢，恐怕是一樁歷史公案。然而，大歷史的改造並不必然就能翻轉小歷史的命運，季季面對一個滔滔洪流的時代，又該如何解釋自己浮沉的身世？

14　彭歌，《不談人性，何有文學》（台北：聯合報社，一九七八）。

15　葉石濤，《沒有土地，哪有文學》（台北：遠景，一九八五）。

台灣社會見證一個波瀾壯闊的時代之際，季季也正迎接一個暗潮洶湧的婚姻。一九六五年，她在台北文壇登場時，就已與年齡大兩倍的作家楊蔚結婚。早熟的愛情，早夭的婚姻，為她的生命創造巨大的傷害。楊蔚早年是政治犯，出獄後繼續擔任調查局的線民。季季從來不知道結褵的人竟背負錯綜複雜的故事。一九六八年陳映真因「民主台灣同盟」的案件被捕，背後的告密者正是楊蔚。從雲林鄉下來的女孩，在最短時間裡就看見人性中的黑暗與殘酷。在生命最低潮的階段，她一方面照顧兩個小孩，一方面則投身於小說創作[16]。

季季（《文訊》提供）

季季是一位多產的作者，可觀的產量，是在支離破碎的感情生活中獲得。《屬於十七歲的》（一九六六）、《誰是最後的玫瑰》（一九六八）、《泥人與狗》（一九六九）、《異鄉之死》（一九七〇）、《我不要哭》（一九七〇），排列出一張亮麗的書單。沒有人能夠理解，這些小說是在家暴、欺罔、恐嚇的凌遲生活中磨練出來。作品承載的是一顆徬徨的靈魂，其中有不少獨白文字暗示殘缺的愛情與生命的絕望。小說色調不是生活現實的直接反映，但是故事中暗伏的情緒與悲傷，似乎就是季季那時期的生命風景。

一九七一年之後，她不斷寫出不少引人注目的小說：《月亮的背面》（一九八三）、《我的故事》（一九七五）、《季季自選集》（一九七六）、《蝶舞》（一九七六）、《拾玉鐲》（一九七六）、《誰開生命的玩笑》（一九七八）、《澀果》（一九七九）；除此之外，還有一冊散文集《夜歌》（一九七六）。

一九七六年是季季創作的巔峰，收穫了三冊小說與一冊散文。也正是在這一年，台灣鄉土文學論戰已經啟開序幕。在戰火硝煙之外，自有季季的文學天地。文學史家每當回顧鄉土文學發展過程時，總是把女性作家放置在視野之外。季季從未追趕風潮，堅守自己的審美與信念。但是，不能不注意的是，包括季季在內的許多女性作家，都對自己的故鄉投以深情回眸，季季小說便不斷浮現雲林故鄉的意象。就在同一時期，施叔青遠在海外完成一部頗具鄉土氣息的《常滿姨的一日》，而李昂則進入《人間世》時期，寫出系列的「鹿城故事」。

歷史往往是被解釋出來，文學史亦不例外。把一九七〇年代命名為鄉土文學時期，並非一朝一夕的事。至少，在論戰開火之後，王拓還發表一篇辯護的文字：〈是現實主義文學，不是鄉土文學〉[17]，這可以證明「鄉土文學」一詞的確立，是逐漸建構起來的。這樣的理解有助於說明女性作家的位置，她們並未投入鄉土文學運動的漩渦，但是小說方向是朝著現實則無須懷疑。文學史家奢談鄉土文學運動之際，從未注意女性作品中的故鄉形象，從而她們的位置也被隔絕在鄉土之外。閱讀這樣的歷史解釋，禁不住要提出疑問：鄉土是誰的鄉土？鄉土自來就是雄性的嗎？

重新閱讀季季時，文學理論中的思潮與主義當然是很難套用在她的創作。不過，在進入一九七〇年代之前，她的小說確實帶有濃厚的現代夢魘描寫。季季擅長掌握情緒的流動，在獨白與對白交錯中寫出小說人物的挫折與悲傷。早期作品〈沒有感覺是什麼感覺〉、〈屬於十七歲的〉、〈泥人與狗〉，都可辨識她語言中挾帶豐饒的聯想與複雜的情緒，風格與一九六〇年代的現代主義技巧頗為接近。但是，跨入一九七〇年之後，季季開始注入現實的題材，社會的政經變化也倒影在小說書寫中。這並不能解釋她是追隨時代風潮，而應該注

16　具體內容詳見季季，《行走的樹：向傷痕告別》（台北縣：印刻文學，二〇〇六）。
17　王拓，〈是現實主義文學，不是鄉土文學〉，《仙人掌》一卷二號（一九七七年四月一日）。

意她生活環境的劇烈轉折。遭受婚姻情感的重挫之後，她對家鄉的父親懷有沉重的歉疚，也開始思慕成長時期的故鄉人情。季季並非有意要經營鄉土小說，較安全的解釋應該是：她的文學生產加持了七〇年代鄉土風格的成長。

《拾玉鐲》是這段時期受到注目的小說集，也是季季揮別內心獨白時期後的重要作品。時間落在一九七六年高速公路通車後的台灣，城鄉差距的現象越來越顯著。都市化、現代化、資本主義化的社會，究竟改變怎樣的價值？從女性的角度來觀察，主題小說〈拾玉鐲〉無疑是極為悲涼的故事，是舊時代即將隱沒，新社會就要誕生的一聲嘆息。除了彰顯女性身分在家族中的邊緣位置，也刻劃功利化之後女性對舊式家族的反噬。小說中渲染一股難以描摹的憑弔情緒，善良忠厚的文化終於失去了家鄉據點，轟然而來的是錙銖必較的資本主義社會。這不僅僅是一篇小說，更應該是台灣歷史在轉型過程中的重要見證，新舊世代交替時人性轉向的真實紀錄。

《蝶舞》也是在觀察過渡時期台灣社會的世俗面貌，也是對傳統價值揮別的最後手勢。主題小說〈蝶舞〉描述的是一樁相親，暗示這將是一個成功的做媒故事。來春的命運畢竟淪為傳統父權的祭品，即使在一九七〇年代的台灣，仍然還未擁有自主的發言權。

季季不是女性主義者，但是她的女性感覺與女性觀察，確實開啟了一九七〇年代寫實小說的另一條路線。男性作家酷嗜強調批判與抵抗時，未曾注意女性身分早已遺落或遺忘在主流的鄉土文學運動中。季季對舊時代的回眸，或是對新社會的瞭望，都深深挾帶著悲傷與嘆息。她不曾使用任何矯情的語言，刻意貶抑或排斥性別或族群。她的小說，可能是本地作家中出現最多外省人物的形象。季季是一位惜情的作家，對於她的處境、她的社會從未報以怨言。在文學中，她不刻意強調性別與族群，唯一重視的更是人的價值。

洶湧的一九七〇年代，幾乎淹沒季季的人生。但是，她從未退卻，也不輕言放棄。過了七〇年代，季季緘默下來。又過二十年，她再度以新世紀的書寫重新定位自己的生命。二〇〇六年，她完成《行走的樹》，書的封面宣告：「正式向傷痕告別」。

一九七〇年代台灣小說的前行代

一九七〇年代的小說被歸類於鄉土文學，主要是這段時期的作品與當時社會現實展開貼近的對話。這段時期台灣小說家的思考，顯然與六〇年代的現代主義者有很大差異。現代小說如果是向內看的一種美學表現，則鄉土小說是向外看的一種美學態度。向內看，是挖掘潛藏於內心的意識流動；向外看，則是作家對於外在現實的緊密觀察。在語言上，現代主義者強調文字的濃縮，而鄉土小說則使文字藝術鬆綁，以較為淺白的敘述方式表現出來。如果現代小說是個人自我意識的反省，那麼鄉土小說則是歷史意識的一種呈現，也是對社會文化的一種強烈批判。這是因為台灣在七〇年代遭受國際外交的挫敗，引發作家的時代危機感。在那段時期，台灣加工出口區普遍設立，跨國公司陸續進駐台灣，從而現代化運動與資本主義發展開始改造整個海島的歷史面貌。在自然生態上，環境污染日形嚴重；在經濟結構上，農民、工人、女性，都是屬於低階的受薪族群。從台灣的外部到內部，各個層面的劇烈變化，慢慢使純樸的農業文化次第消失；代之而起的，是一種講求效率、追求利潤、崇拜功利的資本主義社會。都市型文化巍然崛起，無數農村子弟開始離鄉背井，為的是尋求一份可以安頓的職業。正是在這種環境下，鄉土文學應運而生。這種文學生態的誕生，一方面是對於逐漸消逝的淳樸民風懷有強烈鄉愁，一方面則是對未來即將誕生的工業文化抱持焦慮與懷疑。

這段時期鄉土作家的行列中，受到最多討論的是李喬（一九三四—），他是苗栗縣大湖鄉蕃仔林人，他的故事原型便是以蕃仔林為據點。李喬於一九七〇年出版的短篇小說集《山女：蕃仔林故事集》收入十二篇

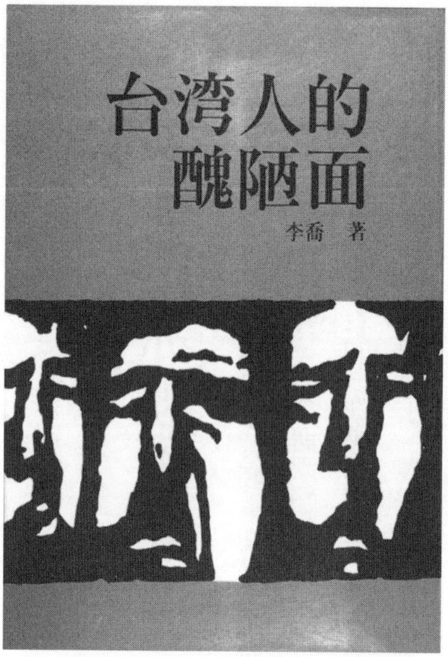

李喬，《台湾人的醜陋面》（舊香居提供）

李喬（《文訊》提供）

李喬，《共舞》（舊香居提供）

李喬，《山女：蕃仔林故事集》（舊香居提供）

小說，是他童年記憶的縮影，好像上天給予人間最痛苦的種種考驗都降臨在他的村莊，他的童年空間對他日後成長的心靈與人格結構都留下巨大影響。李喬後來為自己的短篇小說寫了一篇文章〈繽紛二十年〉，在童年時代，他遇到泰雅族人，也遇到長山人，這些人物後來都轉化成日後小說的主角，幾乎可以說，他的故鄉經驗正是取之不盡用之不竭的文學寶庫。其中他最眷戀的是自己的母親，如果把母親的愛從文學中抽離，他的小說故事必然淪於貧困。他自己承認，小說是為社會大眾而寫，也是為悲苦無告的弱勢者發出聲音。他的短篇小說往往是緊貼政治現實的變化而構思故事，他曾經把這樣的題材稱之為「政治小說」。他特別強調，文學沒有政治是假的，這也正反映他從事創作之際，內心的焦慮。處在一九八〇年代的台灣，幾乎每篇小說都有現實環境的強烈暗示。為了更接近政治的現實，他寧可脫離寫實主義的主流，而投身於現代主義與後現代主義的技巧。在一九八〇年代所寫的〈小說〉、〈孽龍〉，以及〈死胎與我〉，他也勇於嘗試後設技巧。他的文學風格改變，其實也是台灣社會面臨轉型的一個縮影。對李喬而言，政治小說也許無法企及他當時的複雜心情，因此終於忍不住寫出數本文化評論，包括《台湾人的醜陋面》（一九八八）、《台灣運動的文化困局與轉機》（一九八九）、《台灣文化造型》（一九九二）、《台灣文學造型》（一九九二）。他的思考充滿國家的慈悲心懷，但是對於台灣文化的前景，卻總是禁不住流露悲觀的心情。在他的靈魂深處，似乎認為這個海島早已受到上天的詛咒，而島上子民必須與這個詛咒共存亡。這幾乎是他整個文學創作的基調。

李喬的長篇小說往往以家族故事與族群故事為主軸，尤其他的父親，曾經深刻地捲入抗日運動。那種天生的反骨，自始就潛伏在他的血脈裡。他很少提到父親對他的影響，但是在他後來的大河小說裡，終於還是把父親作為典型人物推上歷史舞台。李喬擅長經營短篇小說，其中最受到討論的作品，包括《恍惚的世界》（一九七四）、《心酸記》（一九八〇）、《告密者》（一九八五）、《共舞》（一九八五）。如果要了解他短篇小說的藝術成就，在二〇〇〇年出版的《李喬短篇小說精選集》[18]以及《李喬短篇小說全集》[19]，足以展現他的人格與風格。就像李喬所說：「作家剛開始都是寫他的故鄉、童年，再來是反映現實生活，最後才進入觀念性的凝結。」他的大河小說《寒夜三部曲》，包括《孤燈》[20]、《寒夜》[21]、《荒村》[22]，既有歷史的縱深又有現實的倒影，正好把前述的文學三段論完整呈現出來，如果與其他的長篇小說結合來看，如《情天無恨：白蛇新傳》（一九八三）與《藍彩霞的春天》（一九八五），幾乎可以反映他的批判精神。《寒夜三部曲》是橫跨晚清到戰爭末期的一部歷史小說。客家人如何在貧瘠的土地上開闢富饒的田園？一個移民家族如何在歷史長流中繁衍子孫？殖民地知識分子的命運如何在困難的歷史環境建立主體價值？台灣人的命運如何與海上孤島緊密結合在一起？這些正是這部小說嘗試將複雜的故事全部串起來；在一定意義上，他建立了一個相當雄偉的史事。故事的結尾是以被徵召到南洋作戰的受傷台灣兵，如何超越巨大海洋而翹首望鄉。如果他面對故鄉的方位是正確的，便有一盞神祕的燈光閃爍亮起。如果偏離了方位，那道光便無端消失。這是相當動人的故事結局，那盞燈正是台灣的歷史方向。浩浩蕩蕩的歷史時代洪流，終於無法淹沒泅泳在北半球的海島台灣。

同樣在一九七〇年代，受到矚目的另一位短篇小說高手鄭清文（一九三二—二〇一七），在那段時期出了兩本短篇小說集《校園裡的椰子樹》（一九七〇）與《龐大的影子》（一九七六，後來改名《現代英雄》）。他的文字彷彿他的行事風格，沉靜、內斂、深不可測。他從未追隨文學思潮與風尚，從未嘗試不同的主義與技巧，每一個故事都不斷與當時的社會環境進行無止盡的

鄭清文（《文訊》提供）

對話。即使在本土文學取得主流位置之際，他仍然堅守沉默卻極其辛苦的立場。解嚴以後，當台灣社會被定義為後現代時，他也一直沒有涉入其中。如果說他的小說是寫實主義，卻也不必然如此，最主要的特色還是堅持對人與人性的觀察。他在《現代英雄》的〈自序〉說：「人或者可以分成兩種，插隊搶位子和靜候輪到自己的人。我沒有見過涇渭分得這麼清楚。我看到了人的莊嚴和尊貴，我感動也感激。」[23]這正是他的美學風格，謹守本分，也尊敬靜默等待的人。他的內心擁有一把明暗、善惡的尺碼，而這就是主導他創作時的標準。正是投注在默默無聞的人身上，他的小說人物往往是淡漠、平凡，而且毫不出色。他的觀點恰好與歷來的英雄史觀劃清界線。傳統史家總是認為，人類歷史是由少數幾位英雄人格與少數重大事件所構成，這種英雄，如果不是人格上完美無缺，便是體格上健壯雄偉。他們似乎支配著歷史發展的方向，似乎也複製著各種思想典律的道德規範。鄭清文的創作美學，顯然與這種英雄史觀背道而馳。浮沉在人性海洋的渺小人物，恐怕才是鄭清文心目中的英雄。他以數十年的歲月，營造這些人物的言行風貌，無非在於透露強烈的信息：所謂英雄，是在柴米油鹽與人間煙火的日常生活產生出來。相對於傳統的大敘述史觀，他的美學觀點無疑是反英雄崇拜。

他最受到議論的兩篇小說〈三腳馬〉與〈報馬仔〉，便是以反英雄的筆法，塑造了一位被歷史遺忘的人

18 李喬，《李喬短篇小說精選集》（台北：聯經，二〇〇〇）。
19 李喬，《李喬短篇小說全集》（苗栗：苗栗縣立文化中心，一九九九）。
20 李喬，《孤燈》（台北：遠景，一九八〇）。
21 李喬，《寒夜》（台北：遠景，一九八〇）。
22 李喬，《荒村》（台北：遠景，一九八一）。
23 鄭清文，〈自序〉，《現代英雄》（台北：爾雅，一九七六）。

物。在殖民地時代，扮演過日本警察與線民的小角色，因為時代的轉型，而在戰後受到唾棄。歷史是相當嘲弄的，在繁華的盛年他睥睨故鄉的一切；在凋零的晚年，則遠走他鄉嚐盡孤獨滋味。這位落寞的老人，不是悲劇的製造者，卻必須承擔歷史所遺留下來的苦果。同樣的悲劇也發生在〈報馬仔〉，這篇小說以反諷、戲謔的方式演出。台灣社會縱然脫離了殖民地的歷史經驗，卻總是還有人活在支配與被支配的夢魘裡。一是日本殖民權力的報馬仔，在戰爭結束後數十年，還無法捨棄即使是微不足道的權力滋味。老人的悲劇（或喜劇），虛構了一個玻璃迷宮，自我囚禁其中，耽溺於無窮盡的鏡像。

綜觀他的小說創作，大約是沿著兩條主軸在經營：一是「現代英雄」系列，一是「滄桑舊鎮」系列。前者強調歷史的變貌，後者著重時間的原貌。舊鎮是鄭清文的文學原鄉，所有的人間善惡都是從這個小鎮衍伸渲染出來。他把自己的故鄉視為理想與幻滅的交錯地帶，在小說中，舊鎮彷彿是充滿母性的地方，所有的浪子最後都要回歸到他們的母體。舊鎮也像是一個檢驗人性的場所，使帶有幽暗性格的人遠走他鄉，或是祕密回鄉。〈門檻〉與〈故里人歸〉的書寫方式，正好可以印證他的反英雄風格。他的其他小說〈毘叔〉、〈最後的紳士〉、〈舊路〉、〈局外人〉、〈掩飾體〉、〈龐大的影子〉等，完全都集中在人性的探索。他的文字冷靜而冷酷，猶如手術刀一般，挖掘出來的內心世界比起外在現實還更繁複多變。他酷嗜小津安二郎似的靜態鏡頭，反而捕捉了歷史場景中容易被放過的人生百態。一九九八年出版的《鄭清文短篇小說全集》共七冊，是他小說藝術的全面展現。二〇一八年出版的《紅磚港坪——鄭清文短篇連作小說集》，更是二十一世紀重新理解鄭清文創作的重要集結。他整個語言文字極其平淡，卻往往只是浮現人性冰山的一角。他的平淡不是淡而無味，而是對黑暗人性淡然處之。一旦進入他的世界，就可發現龐大的存在，藏在水平線底下。

第二十章

一九七〇年代台灣文學的延伸與轉化

一九七〇年代被定位為台灣鄉土文學運動時期，自然與整個政經社會條件的改變有密切關係。鄉土文學與寫實主義兩組觀念綁在一起，是後來發展出來的歷史解釋。畢竟，鄉土與寫實的內容與定義，並未完全穩固下來。現代主義作家的最好作品，都必須要到七〇年代才次第誕生。白先勇、王文興、七等生、王禎和、黃春明都在這段時期寫出令人難忘的小說。余光中、洛夫、楊牧的藝術表現，也在這段時期臻於成熟。具體而言，鄉土文學運動乘風破浪前進的時刻，現代主義運動的火焰也燃燒得相當炙熱。這段時期被命名為鄉土文學，無非是台灣意識與台灣認同首度破土而出，而且又結合當時格局正要展開的黨外民主運動，因而造成一種挾泥沙俱下的氣勢。在歷史發生過後才演繹出來的解釋，並不必然能概括整體的歷史真相。在這個階段，新世代作家也初次在台灣文壇登場。他們的價值觀念與思維方式，確實與具有戰爭年代經驗的世代截然不同。他們看到的台灣，是富於勃勃生機的社會，與上個世代所懷抱的悲情記憶，似乎存在著巨大落差。上個世代看到的是歷史，這個世代見證的是現實，兩種視野決定各自不同的文學內容。

前世代作家無論是生在台灣或來自大陸，都背負著沉重的歷史包袱。外省作家的深沉思考裡，都有一個回不去的鄉土。本地作家在他們的感情深處，存在著一個受苦受難的鄉土。從文學史的角度來看，前者命名為「孤臣文學」，後者定義為「孤兒文學」，庶幾近之。基本上兩種文學取向都強烈帶有流亡的意味，外省作家回不去自己的故鄉，本省作家找不到自己的故鄉。那種精神的漂泊遊蕩，幾乎就是台灣戰後初期二十年的主要文學色調。在一九七〇年代浮現的新世代作家，對於白話文的操作極為純熟，已經無法辨識本省與外省的界線。他們接受完整的國民教育，在學歷與知識上無分軒輊。他們所面對的社會現實，是資本主義持續蓬勃發展的經濟，從而也對社會主義思潮產生疏離。他們關心弱勢的農民與工人，但不必然就可劃歸為左派；而應該是出自於知識分子良心的覺醒，帶著難以言說的歉疚，積極關心社會的變化。介入現實並不必然就等於寫實主義，批判畸形的經濟發展，也不必然就是社會主義。因此，所謂鄉土文學的崛起，其實是意味著對孤臣文學與孤兒文學的一種告別姿態。新世代作家面對一個共同的土地，嘗試以文學形式去描寫它、懷抱它，繼而改造它。

台灣社會的本土化運動，不能只從鄉土文學出發。官方所扮演的角色，也具有相當重要的意義。台灣省新聞處從一九六五年開始發行「省政文藝叢書」，邀請本省與外省作家以台灣農村為主題，出版七十餘冊小說作品。無論從作家陣容來看，或是故事內容來看，沒有任何一個民間團體可以與之相互比並。這樣龐大的文學生產力，自然寓有深刻的文化與政治意涵。確切而言，台灣意識的形成，鄉土文學的釀造，是由各種力量沖積出來。當一九七〇年代被定義為鄉土文學時期，省政府新聞處應該也有推波助瀾之功。這套叢書發行之初，完全是政治考量。希望藉政治力量來收編作家的思考。但是，前後維持十五年之久，直至一九八〇年才停止發行。它所散發出來的暗示，不容低估。許多重要作家都曾經接受邀請，在叢書的行列中出版他們的作品。其中所涉及的議題，包括台灣的社會變遷，土地改革與農業現代化，重大交通建設，都市與地方建設，國民教育相關問題，以及原住民的生活議題[1]。

這套叢書值得注意之處，便是中華民國在聯合國的席位還未被否決，台灣在國際的地位也還相當穩定。當時國民黨已經意識到，如何透過文學形式來反映台灣社會的內容。在那段期間，現代主義運動正在崛起，而本地作家也逐漸在文壇登場。在歷史上被忽視的台灣，在官方政策的規定下，一躍成為重要的文學主題。本地作家的早期鄉土小說，都收入這套叢書，如：鍾肇政《大圳》（一九六六）、林鍾隆《梨花的婚事》（一九六九）、鄭煥生《春滿八仙街》（一九七〇）、鄭清文《峽地》（一九七〇）、李喬《山園戀》（一九七一）、鍾鐵民《雨後》（一九七二）、尤增輝《榕鎮春醒》（一九七七）、李喬《青青校樹》

1　參閱郭澤寬，《官方視角下的鄉土：省政文藝叢書研究》（高雄：麗文文化，二〇一〇），頁三八—四〇。

鍾肇政，《大圳》（李志銘提供）

鍾鐵民，《雨後》（舊香居提供）

李喬，《山園戀》（李志銘提供）

（一九七八）。如果要追溯鄉土小說的根源，就不能低估這套叢書的存在。台灣意識作為鮮明的文化認同，無非是從最細微的文化經驗點滴累積起來。在歷史環境與政治條件成熟時，就有可能匯聚成沛然莫之能禦的洪流。因此鄉土文學的崛起，不能只是定位在一九七〇年代。

台灣意識的形成，也不可能只是由在地的族群來形塑。外省作家也受到邀請，加入省政文藝叢書的撰寫。在有意無意之間，他們的文學思考也逐漸呈現台灣意象。當時知名的作家所寫的作品，無論就質或量來看，都比本地作家還要豐富和繁複，包括墨人《合家歡》（一九六六）、張漱菡《長虹》（一九六五）、南郭《春回大地》（一九六六）、高陽《愛巢》（一九六五）、姜貴《白金海岸》（一九六六）、鍾雷《小鎮春曉》（一九六六）、楊念慈《犂牛之子》（一九六七）、盧克彰《陽光普照》（一九六七）、田原《遷居記》（一九六七）。他們在文壇的地位，比起本地作家還受到注意。這部叢書使兩個不同族群匯流在一起，無疑有助於台灣意識的建立。

在一九四五年戰後誕生的嬰兒潮世代，對於他們所處的歷史條件與政治環境極為不滿，對於教科書上所傳播的中國想像也失去熱情。這是一個重大的文化轉型階段，無論是國族記憶或家族傳統，都是透過轉述或傳播而承接下來。資本主義的力量，把他們拉入赤裸裸的現實，台灣鄉土成為文學創作的終極關懷。本地作家描寫農村，外省子弟描寫眷村，構成新世代文學的景觀。其中有理想，也有幻滅，但是牢牢根植在這小小海島的土地，就成為他們共同的歷史方向。宋澤萊、吳錦發、洪醒夫、李昂描寫的農村小鎮，張大春、朱天文、朱天心、蘇偉貞、袁瓊瓊筆下的眷村生活，關懷的主題容有不同，但絕對都是屬於台灣。

宋澤萊小說藝術的成就

堅持一枝果敢的筆，宋澤萊（一九五二—）於一九七〇年代登場後，就不再出現任何退卻的神色。縱然他多次回憶年少時期的體弱多病，甚至造成精神頽敗，也無損他長期持續的創造能量。躋身於戰後世代的小說家行列，宋澤萊從未錯過各個不同歷史階段的政治波動。他的思想與他的書寫幾乎融為一體，他的信念就是他的風格；是七〇年代崛起的作家中，少有的堅毅實踐者。

以〈打牛湳村〉在文壇奠定位置之後，他的小說便未嘗須與偏離台灣社會。在那時代，很少有年輕作家敢於揭露破敗農村長期遭受剝削的真相。宋澤萊在到達一九八〇年代之前，就已完成《打牛湳村》系列，《等待燈籠花開時》、《蓬萊誌異》的傑出作品。雖然他為這三個軸線分別命名為寫實主義、浪漫主義、自然主義三個時期，對台灣社會表達的關懷卻毫無二致。技巧或藝術上的定義，完全不能遮掩他的入世行動。或者確切而言，如果宋澤萊是台灣意識的重要旗手，他在一九七九

宋澤萊，《打牛湳村》

宋澤萊，《紅樓舊事》

年之前的書寫工程，早已擘劃他的思想內容。與同輩作家比較，他的小說風格誠然貫徹了他的精神與意志。

在干涉現實之餘，他的文字總是潛藏人道主義的宗教情懷。無上的救贖與無邊的黑暗，構成他小說中的相互拉扯而顯現無比張力。內在的辯論以不同的形式、故事在他的文字裡不斷湧現，尤其進入一九八〇年代後更為顯著。整個世代在價值觀念上產生巨變，絕對與外在現實的重大事件息息相關。宋澤萊在美麗島事件發生後，再也毫不掩飾他的戰鬥批判性格。然而，他並非是單獨一人有此轉向。凡是在一九五〇年前後出生的那個世代，無論在島上或海外，都同時承受美麗島事件所挾帶而來的歷史衝擊，每位作家因悲憤而在思想上出現劇烈迴旋。

宋澤萊的評論，並非停留於文字藝術的剖析，而是以人權的普世價值來檢驗文學。這樣的批評路數，不僅針對事件後所顯露的精神創傷，也指向往後台灣文學所崛起的新世代。他的行動絕對不是孤立，而是在於延續美麗島運動所標舉的人權精神。他的轉向，可謂用心良苦。自稱體質衰弱的宋澤萊，進入一九八〇年代以後，一掃過去的陰霾之氣，為當時已呈力竭的台灣文學，注入前所未有的批判。

他向文壇繳出一冊雄辯的《誰怕宋澤萊？：人權文學論集》[2]。書中所收的論文，一時驚駭住向來極為持重的前輩作家。筆鋒所過之處，橫掃了葉石濤、陳千武、陳映真、七等生、楊牧的文學信念。在一九八〇年代漸成氣候的統獨兩派文學，都被他納入批判的行列。宋澤萊不是左派，也不是右派，而是人權派。對他而言，文學之為文學，並非只是負載意識形態而已，重要的是能否以人道精神看待作家所處的社會。如果文學不能面對傷痕，不能治療傷痛，卻只是在意識形態與政治立場上游移並猶豫，就不可能帶來救贖的力量。

對於當時正在撰寫台灣文學史的葉石濤，在書中被批判為「老弱文學」。文學不能永遠停留在揭露人性

2 宋澤萊，《誰怕宋澤萊？：人權文學論集》（台北：前衛，一九八六）。

的黑暗與社會的黑暗，卻未對自己的生命徹底反省，將陷於絕望與絕境。他在書中說得非常明白：「我倒覺得作家的條件是對自己有反省，對有限的自己有謙虛，對他人的悲慘有同情，對世界的生老病死有哀悽，對無限的自由有嚮往，對萬物有愛情，對世界的不平等有義憤。」這是宋澤萊首度對自己、對讀者揭示的宗教情懷。也正是在此情懷的驅使下，他無法接受葉石濤的文學信念之欠缺救贖力量。不僅如此，對於陳映真把台灣的民主運動簡單概括為「民主資產階級」，更是表達極大不滿。如果民主運動的目標在於提升人權價值，則陳映真的袖手旁觀與虛假階級意識，只不過是一種精神囈語。

從強烈的批判精神，宋澤萊開啟往後他在宗教信仰上無盡無止的追尋。要理解他在二十一世紀的小說書寫策略，就無法避開討論他在一九八〇年代初期的決裂點。當他為自己立下批判的範式，日後的詩、小說、評論便再也沒有離開台灣社會。從詩集《福爾摩莎頌歌》[3]作為起點，他開始使用台語創作，正如他自己所說，這冊詩集把他帶入「台灣情感的中心地帶」。他的文學動力進入了飛躍時期，關心社會的層面不斷加寬加大。一九八五年完成的《廢墟台灣》[4]，幾乎就是電影《日本沉沒》的台灣版。它可能是到現在為止台灣罕見的反核小說，既揭發台灣人在經濟上的貪婪，也警告台灣人對土地的傷害。幾近科幻的這部小說，展現了宋澤萊的文字想像，以及他對台灣未來所抱持的危機感。更重要的是，他的台灣意識不再停留於庸俗的政治層面，而是突破個人的信念，使文學救贖擴充到整個歷史命運。

然而，一九八〇年代以後的宋澤萊，帶給台灣文壇的最大訝異，莫過於他在佛學的浸淫，並由此而延伸出來的文學體驗與思想實踐。很少有一位作家能夠像他那樣，在堅持宗教信仰之際，對於文學創作仍然緊抓不放。每部表現宗教關懷的作品，包括《禪與文學體驗》、《隨喜》，以及引發爭論的《被背叛的佛陀》，都顯現了他對佛學的專注投入。佛學可以使人的心靈超越世俗，但是，他在實踐之餘，卻從未超越台灣格局。當他以出世的態度與原始佛教展開對話，並沒有捨棄對台灣社會的關心。他的宗教情懷是具有清楚的國籍。

充滿台灣意識的宗教觀，再次證明他堅持文學的救贖觀念越來越強化。

這位精通佛學的作家，在一九九二年竟陷入困頓狀態，即使他能提升自己抵達無上的阿羅漢境界，卻無法解除他已有家累的事實。這種世俗的羈絆，並不能協助自己完成真正的昇華，反而造成「肉體病變」；一如他自己承認，患了一次腎結石，又為自己帶來嚴重胃酸。他捨棄十餘年的佛教追尋，在一九九三年竟然感覺基督教的「聖靈實體降臨下來」。從一位佛學作家轉向成為基督教作家，可能是台灣文學史上絕無僅有的事。但是，對於一位在精神與思想上產生會通的作家，或許不是奇異的經驗。沒有穿越如此奧妙的轉折，宋澤萊就不可能到達《血色蝙蝠降臨的城市》[5]。長達二十餘萬字的這部小說，幾乎可以說是他文學經驗的集大成。全書主旨環繞台灣的黑金政治，以選戰為中心，直探社會底層的貪婪和欲望。小說筆法融入現代主義、寫實主義、魔幻與偵探的種種敘述技巧。這正是宋澤萊的文學特質，沒有任何一位作家能夠輕易模仿或取代。

從這樣的理解來觀察，宋澤萊在二〇一〇年發表的長篇小說〈天上卷軸〉[6]，便是值得期待的全新作品。從第一部〈迷離花香〉的故事，幾乎可以窺見他入神而入世的風格。據說這部小說還在撰寫，現在發表的六萬字成稿，已經預告將是一部氣魄與格局甚大的故事。

整個故事以雙軌敘事的方式開展，一是二〇〇四年的選舉持續了綠色執政，一是阿傑這位藍色陣營人物無法承受本土政權的崛起，而開始尋找失聯已久的夢中女性阿紫。敢於斷言這是格局巨大的小說，在於整個

3　宋澤萊，《福爾摩莎頌歌》（台北：草根，二〇〇二）。
4　宋澤萊，《廢墟台灣：A.C.2010的台灣》（台北：前衛，一九八五）。
5　宋澤萊，《血色蝙蝠降臨的城市》（台北：草根，一九九六）。
6　宋澤萊，〈天上卷軸〉，《INK印刻文學生活誌》七卷三期（二〇一〇年十一月），頁三三—九五。

故事寫到六萬字時，阿傑仍在依循神蹟式的花香去尋找阿紫，卻還未確定她的蹤影。在尋找過程中，阿傑反覆表現了他對綠色執政的厭惡，彷彿遭到天譴一般，甚至還數度否認自己是基督徒。這可能是二十一世紀台灣政治的最佳寫照，也是當前台灣知識分子意識形態迷障的最好反映。在敘事過程中，毫不避諱描述神蹟的出現。但是，他並不傾向於魔幻技巧，而是回歸到素樸的寫實手法。

由於小說還停留於未完階段，任何臆測都有可能落空。從一九七〇年代就已整裝出發的他，小說技巧變化多端。在創作之餘，又涉入評論工作。宋澤萊之迷人與惱人，就在於他以各種文體干涉政治、干涉社會，而且引發不計其數的論爭。他的宗教信仰，由佛教轉入基督教，更創造了他文學生涯的神奇，以宗教關懷來追求救贖之道，卻又全然沒有犧牲文學應具備的藝術分量，這正是宋澤萊成為宋澤萊的最大魅力。

戰後世代本地作家的本土書寫

楊青矗（一九四〇—）的歷史位置有些尷尬，他出生於戰前，卻到一九六九年才發表第一篇小說〈在室男〉。他的作品出現時，正是台灣社會就要從農業經濟轉向工業經濟。都市化的風氣，開始釀造成熟。〈在室男〉受到文壇的矚目，是因為寫出都市底層的感情生活。學習裁縫的男主角「有酒窩的」，與〈酒家女大目仔〉之間的姊弟戀，這可能是非常庸俗的故事，但是楊青矗第一次揭露都市角落男女之間的挑逗與誘拐。小說中的男孩，從鄉下到都市擔任裁縫學徒，而女孩子為了養家必須賣身。在台灣現代化過程中，暗藏多少離鄉背井的故事，只為了賺取些微收入，協助困境中的家庭。而這樣的故事發生在歷史轉型期，高度暗示了台灣社會如何邁向資本主義的發展。有酒窩的學徒最後被酒家女誘拐，而且收到一個大紅包，正好可以解釋台灣傳統社會「吃幼齒補眼睛」的奇異迷信。小說中的傳神描寫，也許並不止於情欲的誘惑，而是在彰顯現代化過程中，傳統的消失以及社會底層不計生命尊嚴，日夜勤勞工作地為台灣社會累積財富。

楊青矗在這段時期為台灣社會寫的小說，包括《在室男》（一九七一）、《工廠人》（一九七五）、《工廠女兒圈：工廠人第二卷》（一九七八）、《廠煙下：工廠人第三卷》（一九七八），把台灣南部加工出口區的艱苦生活，生動地以短篇小說描述出來。他一方面對舊社會投以深情回眸，一方面又對台灣資本主義的前景表示悲觀。那種焦慮的心情，溢於言表。這說明他為什麼後來參加美麗島雜誌的集團，並且又在一九七九年美麗島事件中被捕，判刑四年。他是最好的歷史見證，也就是以作家身分介入政治運動。鄉土文學運動與草根民主運動的雙軌進行，在他身上做了最好的結合。出獄後，他又繼續從事文學創作，包括長篇小說《心標》（一九八七）、《連雲夢》（一九八七）、《女企業家》（一九九〇）、《美麗島進行曲》（二〇〇九），以及短篇小說集《外鄉女》（二〇一七）。他對於政治改革的理想與幻滅，對台灣社會的憧憬與失望，都精確容納在這些小說中。

楊青矗（《文訊》提供）

鍾鐵民（一九四一—二〇一一），高雄美濃人，父親是台灣知名的作家鍾理和。在戰亂中，他出生於北京。幼年時，不慎摔倒，傷害脊椎，當時鍾理和夫婦經濟條件困苦，未能及時送醫，竟造成日後終生駝背。在不幸的命運裡釀造更大的不幸，使鍾理和背負著無法拭去的愧疚。鍾鐵民並未因此而屈服，反而鍛鑄堅強的意志，在悲苦的生活中，也走上文學的道路。他違背父親的遺願，把鍾理和的文稿完整保留下來，而且自己也毅然選擇父親未曾允諾的作家生涯。作為美濃的高中教師，一直保持旺盛的社會關懷，從不隱諱他的政治立場，更積極表現他的人權態度。他辛苦維持「鍾理和紀念館」的經營，也介入反對興建美濃水庫的運動，他的文學與他的生命緊緊結合在一起。

長期定居在農村的鍾鐵民，他的雙腳踩在泥土，他的思考則尊崇環境生態，終其一生，他的小說與散文完全根植於美濃小鎮，他受到矚目的第一篇小說〈約克夏的黃昏〉，充分表現他的諷刺與幽默。故事是借用約克夏種的豬仔眼光，冷靜觀察經濟轉型期的農村生活。資本主義的崛起，都市文化的膨脹，使農村社會走向沒落的命運。完成於一九六〇年代末期的這篇小說，相當精確點出農民是如何成為台灣經濟成長的犧牲品。那種批判的力道，足夠撐起鄉土文學的精神。他的作品包括《石罅中的小花》（一九六五）、《菸田》（一九六八）、《雨後》（一九七二）、《余忠雄的春天》（一九八〇）、《約克夏的黃昏》（一九九三）、《三伯公傳奇》（二〇〇一）、《山城棲地》（二〇〇二）、《鄉居手記》（二〇〇二）。他的文字極其穩重，凡是涉及價值觀念、道德批判的字眼，都運用得極為精確。他毫不濫情，也不感傷，即使面對最困難的挑戰，仍然流露罕有的信心，對於山間的蟲魚鳥獸，他瞭若指掌。鍾鐵民的散文其實就是自然書寫，無須引用理論或知識，就能夠表達他對大自然環境的崇拜與尊敬。尤其最後兩本散文集，不僅是相當乾淨利落的文學，也是充滿悲憤的環保運動史。

鍾鐵民（《文訊》提供）

王拓（一九四四—二〇一六）同樣是美麗島事件受害人，他與楊青矗成為一九七〇年代的指標人物，橫跨在政治運動與文學活動之間。在鄉土文學運動初期，他加入尉天驄所主編的《文季》，對張愛玲與歐陽子的小說頗多批判，稍後慢慢介入黨外運動。他的兩本評論集《張愛玲與宋江》（一九七六）、《街巷鼓聲》（一九七七），都成為鄉土文學論戰中的主導文字。他受到最廣泛議論的小說，當推《金水嬸》[7]。以基隆八斗子的漁港為背景，他寫出傳統女性的刻苦與堅韌。金水嬸的兒子都到都市裡去尋求發展，孤苦的母親每天在漁村挑著化妝品來回兜售，賺取蠅頭小利，從未埋怨孩子們對她的棄而不顧。然而，在都市裡投資失利的兒子，在最挫敗的時刻，終於還是想起早被遺忘的母親。他們回到漁村，並不是要奉養，而是索取母親以血汗辛苦累積起來的儲蓄。獲得金水嬸的資助，孩子又回到都市去冒險，又留下母親在偏遠的漁村孤獨生活下去。

他的小說擅長描寫人物的形象，故事節奏非常緊湊，是鄉土文學運動中的重要寫手。他後來又出版《望君早歸》（一九七七），在美麗島事件服刑後出獄，又撰寫兩部長篇小說《台北·台北！》（一九八五）與《牛肚港的故事》（一九八六）。他營造的故事具有強烈的人

7　王拓，《金水嬸》（台北：香草山，一九七六）。

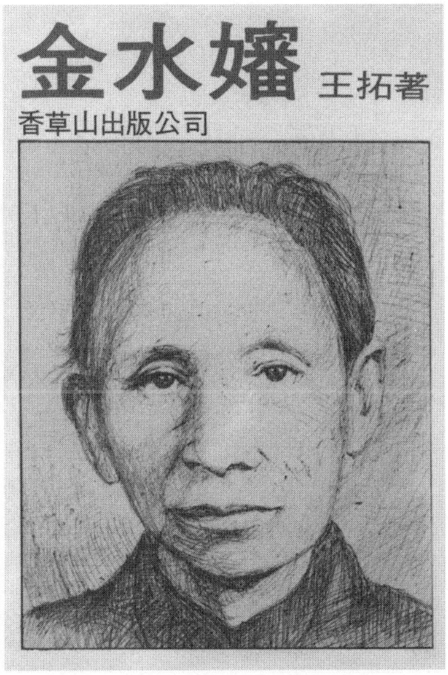

王拓，《金水嬸》（舊香居提供）

王拓（《文訊》提供）

道主義，在思想光譜上，傾向社會主義的思考。但是，此後便投入民進黨的選舉，擔任過立法委員，從此在文壇中消失。

在鄉土文學作家的行列裡，洪醒夫（一九四九－一九八二）是具有強烈歷史意識的重要作者。他對前輩作家鄭清文非常尊崇，偏愛那種簡單流利的文字，卻負載真實而豐富的生命。洪醒夫希望自己也能寫出誠實而平實的土地故事，如果不是發生車禍，他的作品應該會與宋澤萊等量齊觀。他所經營的文類橫跨小說、散文、現代詩。一九七〇年代初期，參加後浪詩社。他正式成名的作品，是在一九七七年得到聯合報小說獎的〈黑面慶仔〉[8]。那時鄉土文學論戰已經是遍地烽火，他沉潛於小說創作，就像他自己所說：「我用平凡的文字把它寫下來，想寫給我的妻子、兒女以及以後的子孫看，希望他們不要忘了我們的來處。不管將來過得燦然或黯然，都不要忘記。」（《黑面慶仔．自序》）他把小說當作珍貴的歷史記憶，既承接前世代作家的生產力，也希望開發日後無窮的傳統。

他受到最多討論的短篇小說，便是〈散戲〉。他企圖追索小說中玉山歌仔戲團的沒落，舞台上秦香蓮的演出，與舞台下社會文化的沉淪，正好可以點出傳統與現代之間的拉扯。當現代化運動滔滔而來，許多傳統的記憶與技藝都注定要消失。他的小說其實代表一種揮別的手勢，想要挽留卻又必須釋手而去。〈散戲〉穿插令人發笑的情節，卻有一股壓抑不住的悲傷油然浮上。洪醒夫的文字譜出台灣農業社會的輓歌，其中的人情與世情，讀來有如詩的象徵，同時也有如悲愴的交響曲。他

洪醒夫，《黑面慶仔》

留下的作品包括《市井傳奇》（一九八一）、《田庄人》（一九八二）、《懷念那聲鑼》（一九八三），以及黃武忠、阮美慧主編的《洪醒夫全集》九冊（二〇〇一）。

東年（一九五〇—），台北工專畢業，美國愛荷華大學國際作家寫作班研究。他的散文描寫台灣生活的回憶和感情，小說則以敏銳的觸覺探索台灣現代社會中人的處境和問題，尤其對農村社會在環境快速發展下所發生的劇烈改變，表達高度的關懷。他除了是台灣海洋文學的先驅之一，也是重要的鄉土文學作家，後來的小說更深入佛典，表現佛學思想，以及關於台灣歷史的大敘述小說，獨樹一幟。他的作品包括短篇小說集《落雨的小鎮》（一九七七）、《大火》（一九七九）、《去年冬天》（一九八三），長篇小說《失蹤的太平洋三號》（一九八五）、《模範市民》（一九八八）、《初旅》（一九九三）、《地藏菩薩本願寺》（一九九四）、《我是這樣說的：希達多的本事及原始教義》（一九九六）、《再會福爾摩莎》（一九九八）、《愛的饗宴》（二〇〇〇），和散文集《給福爾摩莎寫信》（二〇〇五）。

小野（一九五一—），本名李遠，是相當出色的作家。出身於師大生物系，卻頗具文學創作的才氣。他的第一本小說《蛹之生》（一九七五），在《中央日報》連載時，就已經受到矚目。以專書出版後，立即在圖書市場極為暢銷。這本書受到歡迎，在於他寫出一九七〇年代青年的徬徨與渴望。那是一個翻轉的年代，一方面，

小野（《文訊》提供）

8 洪醒夫，〈黑面慶仔〉，《黑面慶仔》（台北：爾雅，一九七八）。

見證蔣經國大力推動本土化政策；一方面，看到民間的黨外運動正在崛起。在那段政治騷動的階段，許多青年懷有強烈的家國之思，卻又對整個時代感到苦悶。這本小說寫出當時年輕人所面臨的問題，蓄積在內心的感情，也透過這本小說抒發出來。小野的文字頗具編劇效果，因此在遣詞用字之間，頗能抓住小說人物的性格及表情。以大學校園的生活為背景，描繪一個世代的友情、愛情與激情。全書以「蛹」的誕生作為暗示，預告一個時代就要登上歷史舞台。

作為新生代的小說家，小野對當時青年的心理取向與價值觀念瞭若指掌。更重要的是，他的語言極其活潑，描述有些人已經開始對政治產生興趣，希望能夠參政獲取名利。年輕心靈的飛揚與失落，躍然紙上。他稍後的小說與散文，如《試管蜘蛛》（一九七六）、《生煙井》（一九七七）、《寧靜海》（一九七九）、《封殺》（一九七九），把一九七〇年代的魂魄，生動地保留在文字之中。他讓讀者感受到蓬勃的生命力，幾乎每篇作品都獲得報紙副刊的歡迎。因此在最短時間內，奠定他在文壇的位置。這位充滿才氣的作家，並不只表現

小野，《蛹之生》

小野，《試管蜘蛛》

在文學方面，也可以同時從事編劇。進入八〇年代以後，他改編許多小說成為知名的劇本，如《策馬入林》（一九八四）、《我愛瑪麗》（一九八四）、《恐怖份子》（一九八六）、《我們都是這樣長大的》（一九八六）、《海水正藍》（一九八八）。稍後他拍攝系列的報導紀錄片《尋找台灣生命力》（一九八九），亦即第一部《大地驚蟄》，第二部《順著河流找希望》，第三部《尋找黑暗森林的心》，第四部《海潮與沖積平原》。無論是影片本身，或是改寫而成的文字專書，都相當動人心弦。其中記錄了不同族群、不同世代的歷史經驗與生態環境，這些文化力量最後塑造了台灣生命力，那是解嚴以後的重要證詞；代表整個社會就要跨入一個新的時代，也讓觀眾與讀者看到這個海島的未來希望。

吳念真（一九五二—），出生於瑞芳，按照他的說法，是大粗坑的孩子。他的鄉愁記憶，就是他的文學寶庫。沒有礦坑小鎮的風土人情，就沒有他的小說與故事。所有的原型人物，無論是在文字裡或舞台上，都千絲萬縷與他的故鄉牽繫起來。他的小說崛起於一九七〇年代鄉土文學運動時期，他的文字魅力與同輩作家截然不同，充滿了活力與動感，也具備了豐富的戲劇效果。幾乎每篇小說都可以改編成為電影或舞台劇，其中最重要的關鍵，在於他能夠傳神地捉住人物的表情與姿態，即使有誇張的描寫，也都恰到好處。他以悲觀的心情看待台灣社會，但是從文學藝術的表現，卻又彰顯他內在的爆發力。他的短篇小說，描寫的都是社會底層人物，如果不是受到遺忘，便是遭到遺棄；而吳念真卻從他們的身上，找到勃勃生機。如果他堅持走小說的道路，無疑可以開創鄉土文學的寬闊版圖。但是，他後來

吳念真（黃力智攝影，《文訊》提供）

投入戲劇與電影的追求，其影響與造詣遠遠超過他的文學。他的作品包括《抓住一個春天》（一九七七）、《邊秋一雁聲》（一九七八）、《特別的一天》（一九八八）、《多桑：吳念真電影劇本》（一九九四）、《尋找《太平・天國》》（一九九六）、《針線盒》（一九九九）、《台灣念真情之尋找台灣角落》（一九九七）、《台灣念真情之這些地方這些人》（一九九八）、《台北歐吉桑：吳念真 V.S. E世代》（二〇〇〇）、《台灣頭家》（二〇〇一）、《台灣念真情》（二〇〇二）、《八歲一個人去旅行》（二〇〇三）、《鞦韆；鞦韆飛起來》（二〇〇五）、《這些人，那些事》（二〇一〇），以及《念念時光真味》（二〇一九）。

鍾延豪（一九五三—一九八五）是台灣文學重鎮鍾肇政的兒子，活躍於台灣文壇只有三、四年左右，他是鄉土文學作家中，第一位寫出外省老兵故事的人。他的主要作品包括《華西街上》（一九七九）、《金排附》（一九八〇）。他具有深刻的透視之眼，仔細觀察社會底層的畸零人，例如妓女、老鴇、老兵、小販，以悲憫的心懷刻劃大時代的小人物，關注離亂、失落的眾生相，浮雕一般為他們造像。鍾延豪強調的不是鄉土，而是以人為本位，檢驗受到主流社會徹底遺忘的族群。這一群不為人知的小人物，才是構成台灣生命力其中的一環。他們被邊緣化，為整個時代嚐盡什麼是受辱受害的滋味，只有從他的小說人物所承受的歷史重量，才知道這個家國往前進步時，所付出的血淚代價。

吳錦發（一九五四—）在台灣文壇被看見，是進入一九八〇年代初期之後。他的小說可能是鄉土作家中，最擅長描寫青春啟蒙的過程。他的成長故事，其實與台灣社會經濟的轉型幾乎是同步進行。他勇於自我批判，也勇於批判政治。但是，他文字的最大優點，就在於過濾太多的悲憤與情緒。那種內斂式、自省式的書寫技巧，使他比平輩作家還更能彰顯藝術精神。對於台灣文化的主體性尤其堅持，但他也因為關心台灣歷史，從而對原住民文學也付出極大關懷。他出版的原住民文學選集是《悲情的山林：台灣山地小說選》（一九八七），收入了閩籍、客籍、外省籍、山地籍等九位作家的作品。這是台灣文壇的第一次嘗試，其中他刻意比較平地作家鍾肇政的〈獵熊的人〉與布農族作家田雅各〈最後的獵人〉，彰顯出非原住民族群對狩獵文化的描述，似乎無法企及原住民生活的細節。選集中另有一篇胡台麗所寫的〈吳鳳之死〉，極為精采動人，揭發吳鳳故事的虛構。吳鳳之死，長期以來在漢人教科書被描述為正義行為；但是在阿里山的部落裡，卻是受到仇視。吳鳳故事，是日本殖民者炮製出來的神話，卻一直到戰後還在台灣社會繼續流傳。這篇小說，一方面寫吳鳳死亡的真相，一方面寫一位虛構的民族英雄，如何在作者的內心中永遠死掉。

吳錦發的小說技巧，帶有強烈的人道主義，也富有基本人權的觀念，他觸及情欲的掙扎、人性的明暗，往往入木三分。在他的文字裡，也潛藏著國族認同的問題，他的短篇小說〈叛國〉便是挖出台灣歷史的敏感議題，點出台灣社會價值極為衝突複雜的一面。他擅長用寫實的手法貼近生活，從而提煉出精緻的藝術。但有時他會恰當運用現代主義技巧，如幻似真，帶來聲東擊西的效應。他的文字產量極為豐富，而真正的成就在於他的短篇小說。主要作品包括《放鷹》（一九八〇）、《靜默的河川》（一九八二）、《燕鳴的街道》（一九八五）、《消失的男性》（一九八六）、《青春茶室》（一九八八）、《秋菊》（一九九〇）、《流沙之坑》（一九九七）、《妻的容顏》（二〇〇五），以及《人間三步》（二〇一九）。

鄉土文學運動中的詩與散文

一九七〇年代被視為以寫實主義為重心的鄉土文學運動時期，但並不是所有的作家都堅持一個方向。現代主義運動的重要作者必須等到進入這個時期，他們才開始出版台灣文學史上的經典之作，如：白先勇的《台北人》、王文興的《家變》、黃春明的《蘋果的滋味》與《莎喲娜啦·再見》。在散文作家中，也出現許多值得傳誦的作品，其中一位是王鼎鈞（一九二五—），早在六〇年代就已有作品受到議論，包括《講理》（一九六四）、《人生觀察》（一九六五）、《長短調》（一九六五）。不過，他的散文開始廣泛傳播，則始於《開放的人生》（一九七五）。這冊作品的書名對於即將走向開放的台灣社會帶來強烈暗示，不僅是民主運動開始萌芽，鄉土文學運動也正要崛起，社會風氣正在釀造不同於封閉年代的憧憬與期待。從此以後，他的書寫不再受到時代的限制，幾乎每冊作品都吸引讀者的矚目。

王鼎鈞的風格自有一種寬容，對於各種不同的價值、觀念能夠兼容並蓄；對於歷史與現實，也同時能夠觀照並對照。這位曾經受到白色恐怖傷害的知識分子，並沒有因為經過離亂、經過壓抑，而蓄積怨氣與憤懣。恰恰就是承受政治的重量、社會的擠壓，他反而把人生看得非常明白。他的散文，就是一個寬闊的容器，世間不同的格調與情調，都轉化成為文字的美感與質感。他不崇尚任何流派，寫出來的字字句句，都是他個人所創造。抒情與說理，伸縮自如，井然有序。凡是經過閱讀，無不受他說服。他的文體，有時讀起來舒展如小說，有時則濃縮成為高度的詩意。前後五十餘年的文學生涯，寫出四十餘本作品，那種不悔不倦的追求，確實令人動容。二〇〇〇年前後更是臻於高潮，他寫出自傳體的四部曲，包括《昨天的雲》（一九九二）、《怒目少年》（一九九五）、《關山奪路》（二〇〇五）、《文學江湖》（二〇〇九），從成長歲月到飄流海島，以至遠走異鄉，所有的平面記憶，經過細膩的雕鏤，整個漂泊生命都立體浮現出來。他每本書都是代表作，眾多出版中試舉幾部：《人生試金石》（一九七五）、《碎琉璃》（一九七八）、《文學種籽》（一九八二）、《意識流》（一九八五）、《左心房漩渦》（一九八八）、《千手捕蝶》（一九九九）、《滄海幾顆珠》

王鼎鈞

（二〇〇〇）、《風雨陰晴》（二〇〇〇）、《靈感》（二〇一八），以及《王鼎鈞回憶錄四部曲》（二〇二一）。

張拓蕪（一九二八—二〇一八），曾經以筆名沈甸出版過詩集《五月狩》（一九六二）。進入一九七〇年代以後，轉而書寫散文。他寫出的第一本作品，就是《代馬輸卒手記》（一九七六）。當時他已經中風，以困難的身體寫出動人的文集，幾乎每一個字都是以血淚、以生命所換取。被一個大時代所犧牲的士兵，可能被視為社會的邊緣人，或歷史的畸零人。但他從未輕言放棄，挺起一支勇敢的筆，對著茫茫的原鄉，對著落拓的命運，寫出他蜿蜒曲折的流浪過程。正是他留下這些文字，使許多讀者看見未曾發現的世界。在那裡，人被損害，被羞辱，被欺負，而那樣的閱歷反而使得他的文字更加乾淨利落。文學成為一種救贖，把即將沉沒的生命又撈上岸來。從戰爭時期開始，一直到國共內戰，而終於安身立命於台灣，那可能是每個外省族群必經的道路。但張拓蕪所寫的是另外一種漂泊的途徑，他看盡生死，也經歷民族衝突。

張拓蕪有一篇散文〈皖南游擊生活〉，寫的是參加游擊隊的生涯。在那篇文字裡，他俘虜一位台灣兵以及一個高麗棒子：「那個朝鮮人不會說中國話，由他說日本話，再由這個台灣人，翻成不標準的中國話，很費了一番周折，最後才弄清楚，他們是被迫的。他們一再聲明，他們不是日本俘虜，他們是向重慶投誠。」戰場上的奇遇，其實是巨大歷史事件的縮影。參與戰爭的士兵，屬於不同民族，卻必須刀槍相對，而戰爭並不由他們發動，卻被迫扮演帝國主義的祭品。在他筆下，可能是輕描淡寫，卻讓人看見人性最殘酷的一面。類似這樣的筆法，在他的作品中，層出不窮，目不暇給；帶著讀者，走過千山萬里，穿越巨浪海峽，最後他得到的是一個永遠回不去的故鄉。這一系列的回憶錄，包括《代馬輸卒續記》（一九七八）、《代馬輸卒餘記》（一九七八）、《代馬輸卒補記》（一九七九）、《代馬輸卒外記》（一九八一）。他寫出的文字是那樣真實，又是那樣震撼，使他成為不容忽視的作家。稍後他又出版令人不斷反思的散文，如《左殘閒話》（一九八三）、《坎坷歲月》（一九八三）、《坐對一山愁》（一九八三）、《桃花源》（一九八八）、《何祇感激二字》（一九九八）、《墾拓荒蕪的大兵傳奇》（二〇〇四）。

隱地（一九三七—），本名柯青華。他的生命就是一則傳奇，與所有外省族群來台的經驗極其類似，生命中充滿離亂的記憶。在台灣成長過程中，嚐盡漂泊痛苦的滋味。從政工幹校畢業後，一九七三年主編《書評書目》，一九七五年創辦爾雅出版社。早期的隱地從小說出發，出版過《傘上傘下》（一九六三）、《幻想的男子》（原名《一千個世界》）（一九六六）。他對台灣文壇的重要貢獻，就在於一九六八年創辦「年度小說選」，直至一九九八年才由九歌出版社接手，前後堅持三十一年，成為台灣文學的珍貴寶庫。一九八二年又創辦「年度詩選」，延續八年之久，也是台灣詩壇的可貴史料。一九七〇年代以後，開始投入散文書寫，包括雜文、隨筆、小品、遊記、自傳、日記、札記。作品裡蘊藏個人的都市生涯與旅遊經驗，可以反映出落地生根後的外省知識分子，如何從最清苦的年代，走向最穩定的階段。文字記錄著台灣社會的轉型，以及資本主義衝擊海島後所產生的都市文化。

隱地（《文訊》提供）

隱地非常誠實面對自己的生活與生命，尤其跨過中年之後，對時間的消逝懷有敏感與警覺，對於身體的欲望與感覺勇敢揭露。由於具有出版家的身分，他廣泛接觸作家與作品，因此也延伸出許多記憶中的重要事件。他有許多散文，圍繞著書與作者，寫出不為人知的文壇逸事，包括《我的書名就叫書》（一九七八）、《作家與書的故事》（一九八五）、《出版心事》（一九九四）、《自從有了書以後……》（二〇〇三）、《回頭》（二〇〇九）。他的文字淺白流暢，總是在失望與絕望的時候，帶給讀者一種生命力。他談書與作者，其實是在述說台灣文學向前開展的動力，燃燒著不絕如縷的憧憬。在隱地的作品中，最受重視的當推他的自傳《漲潮日》（二〇〇〇），裡面容納的不只是個人心影錄，也是戰爭世代痛苦成長過程的辛酸錄。他從父母之間的怨懟，看到整個時代的縮影，並且也拉開他在歷史中浮沉的序幕。從兩件衣服，父親的西裝與他自己的皮夾克，精采刻劃了台灣經濟的蕭條與蒼白。但是他從未放棄夢想，從社會邊緣開創生命的格局。《愛喝咖啡的人》（一九九二）、《翻轉的年代》（一九九三）、《我的宗教我的廟》（二〇〇一）、《身體一艘船》（二〇〇五）、《我的眼睛》（二〇〇八），這些散文集正好可以反映，進入中年以後的世界觀與價值觀。一九九二年之後，他開始寫詩，這樣精簡的文體拯救了他的生命，使文學的期待又向上提升。其中，有幽默、機智，甚至是自我調侃，是一個心靈在都市裡升降起伏的最佳見證，作品包括《法式裸睡》（一九九五）、《一天裡的戲碼》（一九九六）、《生命曠野》（二〇〇〇）、《詩歌舖》（二〇〇二）。

鄉土文學運動中，論述似乎比藝術還高，能夠受到注意的重要散文家，其實不多。受到最多矚目的散文作者，當推許達然。他長期旅居國外，從美國西北大學退休後，回台灣擔任東海大學歷史系講座教授。許達然在學術界以台灣歷史研究受到尊崇，然而他的散文書寫卻另闢風格，獨樹一幟，著有散文集《含淚的微笑》（一九六一）、《遠方》（一九六五）、《土》（一九七九）、《吐》（一九八四）、《水邊》（一九八四）、《人行道》（一九八五）、《同情的理解》（一九九一），他關心的議題橫跨文化認同、環境保護、人性倫理，以及強烈的鄉愁。在一九六〇年代的創作，仍然不脫個人私密世界的獨白，頗具現代主義的個人風格，文字極為流暢，風格雍容有度。進入一九七〇年之後，文風為之一變，不僅打破語法，嘗試在靜態的文字滲入泥土風味。然而他又不純然在寫鄉土，而是扮演冷靜旁觀的注視者，瞭望台灣社會政治經濟的變化。他利用文字的語音變化，刻意創造同義與歧義，釀造冷嘲熱諷。他的創作基本上是屬於反散文，或反藝術；具體而言，他並不在追求美感，把所謂的華麗或美豔，完全從作品中剔除淨盡。散文的節奏有時詰屈聱牙，艱澀難讀，他毫不在乎插入方言或俗語，造成一種蕪雜的效果。

許達然的重要，其實在進行一場寧靜的革命，對於現代主義運動以來，文字精緻化與私密化的現象，刻意反其道而行，例如在〈雨〉的音效：「朦朦朧朧，雨一濕，雨似乎也變詩了。」像極散文，卻又像是文字遊戲。或者他說岳飛：「八千里路雲和月後也不說他淋雨，簡直怕怒髮一濕就沖不上冠，唱滿江紅時只憑欄看滿地黃等雨歇。」他把宋詞拆開搗碎，產生誤讀與歧義。這種有意的破壞，其實是為了擴張原典的內容。他放下知識分子的身段，觀察社會底層的農民工人與小市民，但他並不屬於鄉土文學。他創造許多矛盾語法，文白夾雜，古今並置，南腔北調，舊語新說，好像是為了反璞歸真，但卻獲得了後現代的效果。這是台灣散文的一枝奇筆，也是相當寂寞的孤筆。他的文學從來不會討好讀者，他是一座靜靜的山，容許知音走向他。

吳晟（一九四四—），崛起於一九七〇年代末期，他同時寫詩與散文，充滿泥土的氣息，牢牢抓住原鄉的根鬚。就像他自己所說：「泥土的穩實、厚重、博大，農民的不矯飾、不故作姿態，真真誠誠對己對人對事的敦厚品性，始終深深引我嚮往和企慕。」這段話恰如其分，概括了他畢生的文學風格，他主要的作品包括詩集《飄搖裡》（一九六六）、《吾鄉印象》（一九七六）、《泥土》（一九七九）、《向孩子說》（一九八五），散文集《農婦》（一九八二）、《店仔頭》（一九八五）、《無悔》（一九九二）、《不如相忘》（一九九四）、《筆記濁水

吳晟，《不如相忘》

溪》(二〇〇二)、《我的愛戀　我的憂傷》(二〇一九)等。受到傳誦最多的散文集是《農婦》，他寫自己的母親，其實是整個台灣農村社會所有母親形象的一個縮影。他堅持傳統價值，也遵守倫理觀念，而對於文化的傳承非常重視。母親可能是「沒有知識的女人」，卻具有深刻而豐富的生活知識與生命力量。許多學問都只是理論的演繹，母親卻是在日常生活中身體力行。他的文學精神，無疑是台灣傳統社會的最後據點。

吳晟，《吾鄉印象》

王灝(一九四六—二〇一六)，早期參加過大地詩社，大學畢業後便隱居故鄉埔里。重要散文集包括《大埔城記事》(一九八九)、《一葉心情》(一九八九)，詩集《市井圖》(一九九三)，詩評集《探索集》(二〇〇二)。在文壇上，很少引起注意，他特立獨行的風格，完全表現在他的文字藝術。寫作速度非常緩慢，但是他所累積起來的厚度，不容小覷。正如他所說：「對待生活，我是如是我行，對於寫作，我也是如是的我行我素。」他所注意的鄉里舊鎮的細微生活，潛藏一種迷人的吸引力。他寫泡茶、水潭、廢廠、蟬語、野地、店招、看戲、廳堂、尪仔冊，都是失落已久的記憶，卻在他的散文中又復活過來。他容許讀者看見傳統的寧靜時光，純樸的鄉野故事，民間的人情義理，一字一句，總是散發無盡無窮的溫暖。他寫的不是懷舊，而是真實，活生生存在於偏遠的山區。

蔣勳(一九四七—)，以散文見稱於台灣文壇。他的抒情作品或藝術論述，都是以精緻的文字堆疊而成。受到美術專業的訓練，在看待歷史與社會時，往往獨具慧眼，說出一般人無法言喻的美。他即使是寫小說，也還是絕美的散文。他的文體接近詩，卻又超越詩，揭示他幽微的心靈的視覺與觸覺。他能夠借用佛學來表現個人的貪欲與喜捨，既接近世俗，又遠離庸俗。在字裡行間總是靈光一閃，讓讀者驚見美的存在。例如〈花的島嶼〉，寫的是峇里島，竟然是如此的展現：「一個被花簇擁著的島嶼，花是愛，花是祝福，花是喜悅，花也是靜靜的哀愁。」他也寫人的命運，〈宿命〉悚然寫出未知的未來：「他開始看到了未來，看到了命運的終極，看到變成嬰兒流轉於另一個人世的師父，手中握著一柄尖銳的錐子，嚎啕啼哭，彷彿他已一一錐刺了自己的前生。」他不辭使用反覆迴旋的句子，為的是要使難以訴說的感覺，說得更為精確。而那種流轉，帶著一股律動，也挾帶一份節奏，循循善誘地把讀者帶到另一層境界。當他寫愛情，也是使用一種複調的抒情，把欲捨難捨、欲忘未忘的心情，說得如泣如訴。但他並不依賴抽象的情緒，而是具體寫出肉身的感覺：「我微微轉動足踝到趾尖，我感覺到小腹到股溝間一種體溫的迴流，彷彿港灣中的水，在那裡盤旋不去了。使全身微微熱起來的力量，便從那裡緩緩沿著背脊往上攀升，穿過腰際兩側到肩胛骨。」(〈肉身覺醒〉) 那是一種呼吸吐納的功夫，卻在刻劃無法揮走的感情，牽涉到聲色香味，

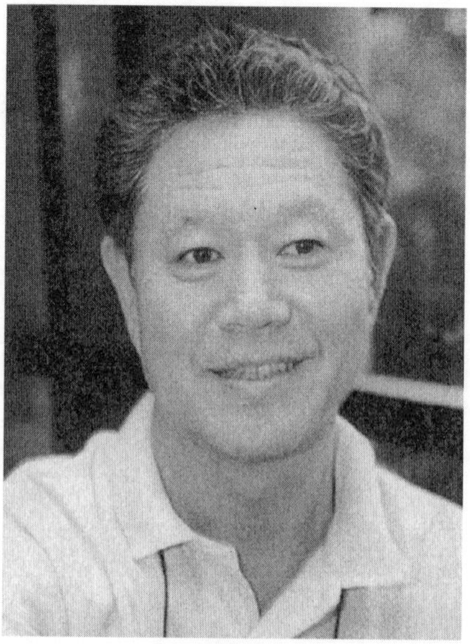

蔣勳

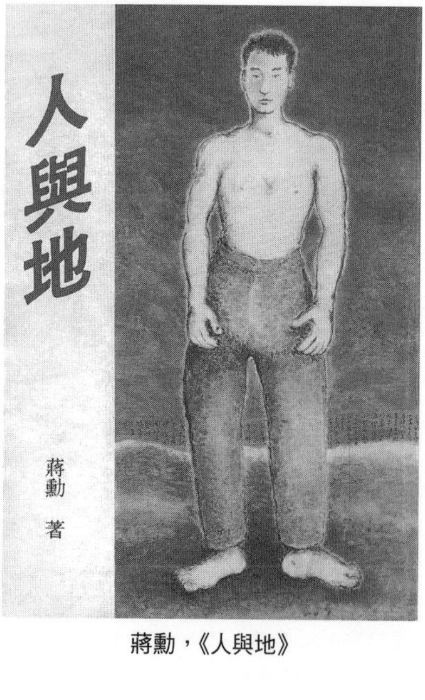

蔣勳，《人與地》

有一種逼人的真。他的散文作品包括《萍水相逢》（一九八五）、《大度・山》（一九八七）、《今宵酒醒何處》（一九九〇）、《人與地》（一九九五）、《島嶼獨白》（一九九七）、《歡喜讚嘆》（一九九九）、《只為一次無憾的春天》（二〇〇五）、《少年台灣》（二〇一二）、《雲淡風輕：談東方美學》（二〇一八）。小說包括《因為孤獨的緣故》（一九九三）、《寫給Ly's M：一九九九》（二〇〇〇）、《傳說》（二〇一九）。另有美術論述如《給青年藝術家的信》（二〇〇四）、《手帖：南朝歲月》（二〇一〇）。

如果觀察一九七〇年代的台灣詩壇，可以發現帶有強烈的過渡色彩。由於是緊接現代主義運動之後，有不少詩人都受到同樣美學的影響。對於晦澀詩風有些迷惘，也有些偏愛。因此在這段期間，可以看到現代主義運動的餘緒，卻又企圖掙脫語言的牢籠，嘗試以較為淺顯的文字來經營詩意，張錯（一九四三—）是最好的例證。張錯，原名張振翱，曾經用過筆名翱翱。他曾經在美國西雅圖的華盛頓大學讀書，博士論文是研究中國詩人馮至。由於馮至受到德國詩人里爾克的影響，相當著迷十四行詩的形式，張錯研究他，也開始挖掘里爾克的美學，並且也著迷於十四行詩的創作。既尊崇精緻的美感，也有意要把濃縮的語言解放出來。他擅長寫情詩，出版詩集包括《過渡》（一九六五）、《死亡的觸角》（一九六七）、《鳥叫》（一九七〇）、《洛城草》（一九七九）、《錯誤十四行》（一九八一）、《雙玉環怨》（一九八四）、《飄泊者》（一九八六）、《春夜無聲》（一九八八）、《檳榔花》（一九九〇）、《滄桑男子》（一九九四）、《浪遊者之歌》（二〇〇四）、《詠物》（二〇〇八）、《連枝草》（二〇一一）、《日夜咖啡屋》（二〇一七）、《詩人托夢》（二〇二一）等。

從詩集的命名可以看出張錯在海外的漂泊流浪，當他堅持以中文書寫時，對於中國古典仍然保持高度嚮往，對於台灣社會他也不斷回顧。詩之所在，也是情之所在。他所經營的情詩，包括愛情、友情、鄉情，循環出現在詩行之間。對於馮至所給予的影響，似乎徘徊不去。尤其在《滄桑男子》的扉頁還特別標明：「獻給馮至」。進入一九八〇年代以後他的抒情風格沉澱下來，凡是他經過的城市，都在詩中留下蛛絲馬跡。在海外浮盪長達四十餘年，終於把他鍛鑄成為重要的情詩寫手。例如〈踐約〉：「之後我再不敢以情入詩／生怕全世界的耳目都在推敲／我倆相別相逢的情節／並且旁徵博引／好像唯有肯定我倆的私情／才能平息天下狗男女的公憤」。又如他寫沉櫻與梁宗岱的愛情〈怨藕〉：「從此困陷在污濕泥濘的你／依然掙扎在一九二三年蓮藕的詩句／原來我一生的天堂／有半生是你的地獄」。張錯縱然寫出漂泊之情，但因在詩裡有所寄託，永恆的漂泊，也就是他永恆的歸宿。

一九七〇年代台灣新世代的詩人中，比較受到注意的是《笠》詩刊成員：李敏勇、江自得、鄭炯明，他們是典型的戰後世代，沒有經歷離亂，卻活在二二八事件與白色恐怖的陰影下，全程走過戒嚴時期的年代。他們的詩風，密切與社會現實連接。語言相當透明易懂，卻深藏著強烈抗議。李敏勇出版的詩集包括《雲的語言》（一九六九）、《暗房》（一九八六）、《鎮魂歌》（一九九〇）、《野生思考》（一九九〇）、《戒嚴風景》（一九九〇）、《傾斜的島》（一九九三）、《心的奏鳴曲》（一九九九），以及《島嶼奏鳴曲》（二〇〇八）。他傳誦最多的一首詩〈遺物〉：「從戰地寄來的君的手絹／判決書一般的君的手絹／將我的青春開始腐蝕的君的手絹／以山崩的態勢埋葬我」。詩中刻意以重複的韻律與意象，彰顯死亡的降臨與愛情的終結。最後一節說：「慘白了的／君的遺物／我陷落的乳房的／封條」，強烈暗示遺物是未亡人的多餘與剩餘，那白色手絹判決孀婦從此必須守節，徒然等待乳房的陷落。李敏勇擅長使用白話文，從來不避諱過多「的」，讀起來很累贅，卻可帶出不斷的意象。他的另一首詩〈暗房〉，全詩分為四節：「這世界／害怕明亮的思想」，「所有的叫喊／都被堵塞出口」，「真理／以相反的形式存在著」，「只要一點光滲透進來／一切都會破壞」。短短八行，巧妙地烘托出台灣的歷史環境，表面好像是描寫沖洗相片的過程，實際上是描寫高壓政治只存在於黑暗的空間。在那樣封閉的時代，不容一絲光滲透進來，否則整個密閉的世界就完全走樣。李敏勇寫詩超過四十年，長於素描，短於細畫，從未寫過氣勢磅礡的史詩或長詩。總是靈光一閃，倏起倏滅。近乎日本俳句式的情趣，在有限格局裡，埋藏縱深的歷史感。

《笠》詩刊的詩人行列中，江自得是值得矚目的一位。他後來專注於歷史長詩的營造，那不一定是史詩，卻具有很強的氣魄。他的詩集包括《那天，我輕輕觸著了妳的傷口》（一九九〇）、《故鄉的太陽》（一九九二）、《從聽診器的那端》（一九九六）、《那一支受傷的歌》（二〇〇三）、《給ＮＫ的十行詩》（二〇〇五）、《遙遠的悲哀：江自得詩集》（二〇〇六）、《月亮緩緩下降：江自得詩集》（二〇〇九）、《Ilha Formosa：江自得詩集》（二〇一〇）。身為一位醫生，他從聽診器接收病體的生理狀況，也聆聽病入膏肓的社會所發出的求救之聲。在平輩詩人中，富有台灣的歷史意識，從不追逐流行的後現代文化，在他的作品裡面絕對找不到坊間奢談「去中心化」、「主體消亡」，或「歷史文本化」。背對著社會風潮，他堅持站在後殖民的立場。他的語言也是非常淺白，卻頗能掌握稍縱即逝的場景。當他到達《遙遠的悲哀：江自得詩集》[9]，整個詩藝獲得提升。他所回憶的歷史，集中在一九二三年的治警事件，一九三〇年的霧社事件，一九四七年的二二八事件，一九五〇年代的白色恐怖。四個事件之間，存在著歷史斷裂，卻有共同的思維縫合起來。穿針引線的主軸，是弱勢族群對威權暴力的反抗，無論戰前或戰後，那種抵抗不會因為時空轉移而消失，反而不斷累積起來。其中所寫的蔣渭水，根據他的〈獄中日記〉，完成十五首的十四行詩。結構嚴謹，節奏穩定，生動地使殖民時期知識分子的精神再度復活。江自得在此歷史巨構的基礎上，又寫出《Ilha Formosa：江自得詩集》[10]，增加了賽德克族的抗暴運動。詩行之間隱隱傳出悲憤，令人讀來頗為動容。他的詩在魏德聖的電影《賽德克・巴萊》中被朗誦。

9　江自得，《遙遠的悲哀：江自得詩集》（台北：玉山社，二〇〇六）。
10　江自得，《Ilha Formosa：江自得詩集》（台北：玉山社，二〇一〇）。

鄭烱明也是一位醫生詩人，長期投入地方的文化運動，主持的《文學界》[11]與《文學台灣》[12]，都屬於季刊，是本土文學的重鎮。他的詩風偏向樸實與誠實，站在當權者的對立面，對於任何權力的支配宰制進行長期抵禦。他常常從最卑微的觀點，往上透視社會結構。因為是處在最底層，往往可以彰顯偏頗的社會制度。〈乞丐〉一詩反諷地寫出社會的冷漠，全詩共分四節：「我走在黑暗的小巷／沒有人看我一眼」，「我蹲在閃爍的陽光下／沒有人看我一眼」，「我躺在公園的椅子上／沒有人看我一眼」，「我暴斃在一家店鋪的門口／卻吸引成群看熱鬧的人」。生前從未受到人間的眷顧，卻在暴斃之後引起群眾的注視。這種戲劇性的演出，正好暴露社會現實的冷漠與絕情。整首詩都是以最簡單的語言呈現，但釋放出來的嘲弄令人無法承擔。他的詩集包括《歸途》（一九七一）、《悲劇的想像》（一九七六）、《蕃薯之歌》（一九八一）、《最後的戀歌》（一九八六）。

羅青（一九四八—），可能是一九七〇年代詩人中，對語言產生警覺的一位詩人。他承襲現代主義傳統，卻放棄緊張的字句鍛鑄；他見證寫實主義崛起，

鄭烱明（《文訊》提供）

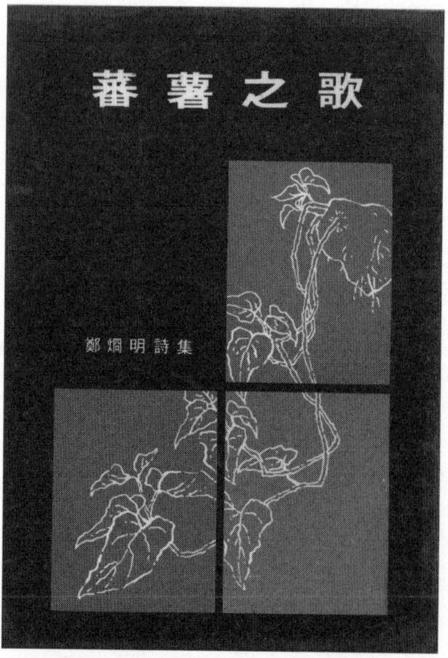

鄭烱明，《蕃薯之歌》（李志銘提供）

卻不願重複鬆懈的淺白語言。他有很多詩觀，頗受美國現代詩風的啟發與影響，但是創造出來的詩行，卻都始於他個人的思考。他的詩集包括《吃西瓜的方法》（一九七二）、《神州豪俠傳》（一九七五）、《捉賊記》（一九七七）、《隱形藝術家》（一九七八）、《水稻之歌》（一九八一）、《不明飛行物來了》（一九八四）、《錄影詩學》（一九八八）。在虛無中發現實存，在複製中保留獨特。當他出版第一冊詩集《吃西瓜的方法》[13]，立即受到前輩詩人余光中的肯定，嘉許他是「新現代詩的起點」。所謂吃西瓜其實是觀賞月亮，在不同的季節時分，月亮的位置與形狀各不相同。在升降圓缺之間，他使個人詩藝臻於圓滿狀態。他的作品反映大自然的現象，卻寫出了人生的哲理，使現代詩傳統完成一次漂亮的過渡。進入八〇年代以後，他最早宣稱台灣社會進入了後現代狀況[14]，縱然招致許多批評家的反駁，卻頗能反映他對資本主義文化的敏感。他的《錄影詩學》[15]強調機器的眼睛比起肉眼還更敏銳，可以使動作放慢、重複、變換、拉遠拉近，從而可以配樂，加上字幕。當鏡頭語言取代詩人的靈視之眼，不僅可以發現難透視的事物，還可進一步觀察其中的細節。那種運鏡的方式，是過去現代詩人未曾察覺。這種與現實接觸的途徑，幾乎是具有革命性。〈請立刻閉上一隻眼睛〉可以顯示他的幽默與調侃，他刻意在大都市台北的人群中，創造一輛小小的車，一個小小的人，一隻小小的動物。詩的最後三節說：「悄悄的／我把小小的他們／放入了／大大的台北」，「一輛會亮燈但不曾發

11 《文學界》於一九八二年一月創刊於高雄，以葉石濤為首的南台灣藝文界人士所創辦。

12 《文學台灣》於一九九一年十二月二十五日創刊於高雄。

13 羅青，《吃西瓜的方法》（台北：幼獅，一九七二）。

14 請參閱羅青，《詩人之燈》（台北：光復書局，一九八八），頁二三七—七五；〈台灣地區的後現代狀況〉，《什麼是後現代主義》（台北：五四書店，一九八九）。

15 羅青，《錄影詩學》（台北：書林，一九八八）。

動的車子／一個會走路但不願說話的人／還有一隻沒有影子／但會學鳥鳴的犰狳」，「要是你在台北／看到／遇到／聽到　他們時／請立刻閉上一隻眼睛／且微笑」。在騷動的都市景觀裡，多一個或少一個靜物，並不容易被人察覺。如果有凝滯不動的車子與人物，那一定是詩人所精心布置。破壞原有的秩序，增添既存的事物，只有詩人的手可以完成。羅青致力於詩評及散文書寫，本人又擅長水墨畫，他的作品總是呈現透視觀點。如果說他是現代與後現代的中介者，應該是恰如其分。

詹澈（一九五四—），原名詹朝立，是公認的農民詩人。他與吳晟都同樣站在農民立場從事文學創作，不過詹澈是屬於運動型的作家，他並不滿足於文字的表達，還進一步介入農民運動。二〇〇二年陳水扁當政時代，他發起「與農共生」的運動，竟有二十二萬農民參加示威，可能是戰後以來最龐大的農民抗議行動，對農村出身的總統構成極大諷刺。在一九八〇年代初期，詹澈創辦《春風》雜誌，雖然強調要與現實社會結合，但是在詩藝營造上仍然有所堅持，他的風格就在這點上與吳晟劃清界線。他主要的作品有《土地，請站起來說話》（一九八三）、《手的歷史》（一九八六）、《西瓜寮詩輯》（一九九八）、《海浪與河流的隊伍》（二〇〇三）、《詹澈截句》（二〇一八），以及散文集《海哭的聲音》（二〇〇四）。他的美學信仰具有社會主義的傾向，階級立場極為鮮明，但是他的藝術成就得到余光中與朱天心的肯定，這足以說明，他並不輕易犧牲詩的質感。其中暗藏象徵、隱喻的手法，頗具現代主義的深度。在資本主義不斷成長發達的台灣，他所樹立的旗幟非常醒目，在後現代社會仍然堅持著抗拒與批判的精神，是相當稀罕的聲音。

一九七〇年代朱西甯、胡蘭成與《三三集刊》

貼近一九七〇年代的文學脈絡來看，縱然當時報刊雜誌高度提倡關懷現實的精神，但是現代主義作家的生產力卻未嘗稍退。王文興、七等生、王禎和、白先勇、余光中、楊牧的最好作品，都在這段時期次第宣告完成。而正在崛起的女性作家如施叔青、李昂、袁瓊瓊、蘇偉貞，也都不約而同預告了一九八〇年代的文學盛況。她們的作品風格，已在七〇年代末期慢慢形塑起來。但是，更為重要的歷史事件，應推一九七七年《三三集刊》的宣告誕生。這個集團的年輕世代，在鄉土文學論戰的煙火中撥雲見日，使文學生態產生劇烈變化。

文學評論家劉紹銘，事後曾經發表這樣的看法，指出一九七〇年代的台灣文壇現象，正是「非鄉土，即張」。言下之意，當時台灣文壇的版圖完全被鄉土文學與張派作家所瓜分。張腔作家，亦即張愛玲文學的餘緒，當然是包括了《三三集刊》的重要成員：朱西甯、朱天文、朱天心。這是劉紹銘的敏銳觀察，卻不必然符合史實。朱家文學的風格，始於張愛玲，終於胡蘭成；而他們所帶動的《三三集刊》，最後都不免帶有胡腔胡調，與張愛玲的影響平分秋色。因此，要恰當概括七〇年代台灣文壇的真貌，較為確切的史實，應該是「非鄉土，即張胡」。

如果「非鄉土，即張胡」一詞的說法可以成立，小說家朱西甯（一九二七—一九九八）應該是扮演非常重要的角色。從一九五〇年代開始，朱西甯往往被定位為反共作家或軍中作家。若是仔細考察他的文學作品，早期的小說如《大火炬的愛》[16]、《海燕》[17]，其主題是比較偏向懷鄉意識，必須要在進入一九六〇年代以後，開啟「鐵漿時期」，也正是他北方的鄉土記憶，與台灣的現代主義相互結合的階段。對於自己的文學淵源，朱西甯曾經承認：「魯迅在小說的象徵手法方面，給予我莫大的影響；其他在形象的掌握、人物的

16　朱西甯，《大火炬的愛》（台北：重光文藝，一九五二）。

17　朱西甯，《海燕》（台北：中國文化學院，一九八〇）。

塑造、詞藻運用方面給予我重大的影響的，也許是張愛玲。」他甚至寫過一篇文章〈一朝風月二十八年〉[18]，特別強調：「張愛玲給了我小說的啟蒙……」他所走過的文學道路，無非是企圖在魯迅與張愛玲之間取得一個平衡。具體而言，魯迅的鄉土意識與歷史意識，以及張愛玲的現代意識與細節美學，都混融地注入他的小說創作。在鄉土文學論戰發生期間，有太多論者把現代主義和鄉土文學視為對立相背的文學。對於這種爭議，朱西甯有他自己的看法：「所謂現代主義文藝與鄉土文學文藝，一是太過貪圖外求，一又失之於緊縮創作世界，而過分保守，或許可以喻為一是太平天國，一是義和團，俱有缺憾。」[19]在鐵漿時期的短篇小說，與其說是在於懷舊，倒不如說是以批判的態度來看舊社會。如果朱西甯受到魯迅象徵手法的影響，則他的懷鄉小說就不能只是從文化鄉土的層面來看，而應該進一步探索其中所展示的批判力道。就像他自己所說的：「在基本的態度上，鄉土小說也可以說是對舊時代的一種批評和破壞，所以處理的態度上並不是出諸懷古、鄉愁的情緒。」[20]

朱西甯（《文訊》提供）

朱西甯的美學思維從來不曾配合過當時的官方文藝政策，畢竟他的創作技巧帶有強烈的現代主義傾向；簡單的名詞來概括他豐富的作品，誠然有其困難。這就像他自己所面臨的政治處境，也是處於有口難言的立場。在最初來台的前三十年，也就是從一九四九至一九七九年，創作自由的空間極為狹隘。他自承：「半是被管制，半是良知克制。」[21]由於曾經被捲入孫立人案，遭到告密者的誣陷，使他在軍中受到監視。這也是為什麼在一九六二年，他提早退役的緣故。朱西甯的現代主義探索，正是在如此困難的環境下，開始挖掘他內心的欲望與記憶。在鐵漿時期，他的技巧是現代主義，他的題材則相當寫實。尤其他大量使用中國北方的口語，使小說充滿一種難以形容的迷人韻味。當他寫鄉土小說時，使用的是一種絕美的白話文。在他的短篇小說〈小翠與大黑牛〉[22]運用如此活潑的文字來形容貪睡的年輕新郎：「成親沒滿月的新郎怎麼能叫他不懶？又是這樣迷人的時令，杏花剛敗落，桃花嬌死了人，春風吹軟年輕人的身子，吹紅年輕人的臉。樹要這樣綠，草要這樣青，年輕人忍不住要做點什麼。」這種俏皮的描述，寫活了體內的欲望。又是花，又是樹，又是草，都是充滿生機的象徵，卻沒有一個字準確觸及到淫欲邪念。朱西甯的東拉西扯，非常寫實，卻又非常現代主義。

在朱西甯早期的短篇故事中，〈鐵漿〉[23]與〈狼〉[24]已是公認的經典之作。前者在於描寫孟、沈兩個家族爭包鹽槽的恩怨情仇。透過故事，點出傳統家族的尊嚴與地位，乃是依賴利益金錢來支撐。面對龐大收入的鹽槽權，孟家為了完全壟斷利益，不惜以性命來換取。整個故事以鐵路鋪設為時代背景，以火車的到來隱喻現代化的無可抗拒。故事最為驚心動魄的場面，莫過於孟家喝下燒紅的鐵漿，終於獲得了經營權。就在喝下

18 朱西甯，〈一朝風月二十八年〉，《中國時報．人間副刊》，一九七一年五月三十一日。
19 朱西甯，〈中國的禮樂香火——論中國政治文學〉，《日月長新花長生》（台北：皇冠，一九七八），頁一四六；後改題〈我們的政治文學在那裡？〉，收入故鄉出版社編輯部編選，《民族文學的再出發》（台北：故鄉，一九七九），頁二八五—三一六。
20 蘇玄玄（曹又方），〈朱西甯——一個精誠的文學開墾者〉，《幼獅文藝》三一卷三期（一九六九年九月）；後收入張默、管管主編，《從真摯出發：現代作家訪問記》（台中：普天，一九七五），頁七二。
21 朱西甯，〈被告辯白〉，《中央日報．中央副刊》，一九九一年四月十二日，第一六版。
22 朱西甯，〈小翠與大黑牛〉，《狼》，一九六〇年完成，一九六三年由高雄大業書店出版。
23 朱西甯，〈鐵漿〉，《現代文學》九期（一九六一年七月）。
24 朱西甯，〈狼〉，《狼》。

的剎那，人們似乎聽到最後的一聲尖叫。小說如此描述：「可那是火車汽笛在長鳴，響亮的，長長的一聲。」那聲尖叫，也是孟家倒下的時刻。歷史的起承轉合，時代的抑揚頓挫，都濃縮在火車到達小鎮，孟家應聲倒地，便完成了歷史與傳統的黃金交錯。

進入一九六〇年代中期以後，朱西甯的文學生涯開始進入所謂的「新小說時期」。在這段時期，他不僅使小說中人物被壓抑的欲望充分釋放出來，而且也更集中於文字鍛鑄的技巧，讓故事本身散發出無可抗拒的魅力。在後設小說技巧還未開發的年代，朱西甯就已經比其他同時期的作家更勇於挑戰全新的書寫策略。例如〈哭之過程〉[25]這篇小說的第一段句子：「算是離亂後的和平——似乎也容或是和平後的離亂，這都說不很清楚。」這種語法顯然要給讀者一種時代錯置的感覺。然而，他並不就此罷手，緊接又在下一段反覆申論：「說不很清楚的離亂與和平的方位，何者在前，何者在後，以及兩者之間的界線何在；那是紋身在我們民族的年代上和版圖上的兩片水彩，然後湮到一起，找著找著，來不及的就渾糊了。」他必須這樣細節去描寫，才能道盡他的時空倒錯，而且竟然是以顏色來描摹抽象的時間與歷史，頗為鮮明傳神。

朱西甯，《鐵漿》

在後設小說蔚為風氣之前，朱西甯就寫過一篇短篇小說〈橋〉（一九六九）[26]，在於回應當時另一位小說家舒暢的作品〈符咒與手術刀〉，而完成的一個變體故事。朱西甯說他是「以小說批評小說」，其中最值得注意的是，他創造一種形式，讓故事排成上欄與下欄，進行雙軌同步的發展；目的在於克服平面文字所

無法解決的時間先後問題。上欄是父親與女兒的對話，下欄是母親與兒子的對話。就這樣的實驗技巧來說，就可看出朱西甯的匠心獨具。同時期的另一篇小說〈冶金者〉，揭發人性的貪婪、自私與說謊，人性是那樣渾沌未明，因此故事裡所承載的價值也是似是而非。在故事的結尾處，出現了三種可能的結局。這種大膽實驗，與同時代的朋輩作家成功地拉開距離。他勇於發揮前衛精神，更勇於投入語言鍛鑄。他的語法從未採取西化的句子，在書寫過程中，往往試探每一個文字潛藏的暗示、影射、隱喻與象徵。當他寫出〈現在幾點鐘〉[27]時，朱西甯又一次把男性在情欲上的自我壓抑表現得更為透澈。為了逼真地寫出內心的焦躁與煎熬，他故意把句子寫得特別冗長而繁蕪，使讀者在閱讀時，也不期然產生反覆的折磨。這篇小說完成於一九六九年，台灣女性正要釋放內在的情欲，而男性卻仍然停留在故步自封的階段。小說最後的對話顯得尤為生動，男主角問：「現在幾點鐘？」女主角回答：「二十世紀，七十年代……」朱西甯利用迂迴、婉轉、曲折的文字敘述，細緻地鏤刻女性心理的篤定安詳，同時也反襯男性在社會轉型期的不安與騷動。

朱西甯，《冶金者》（舊香居提供）

朱西甯於一九七五年冬天認識在文化大學任教的胡蘭成，台灣文壇的一個重要轉折，就在兩人初識之際無意間完成。朱西甯對張愛玲的崇拜，熱情從未稍減。當他獲知張愛玲的前夫胡蘭成在文化大學受到排擠

25　朱西甯，〈哭之過程〉，《冶金者》（台北：仙人掌，一九七二）。
26　朱西甯，〈橋〉，《冶金者》。
27　朱西甯，〈現在幾點鐘〉，《現在幾點鐘》（台北：阿波羅，一九七一）。

《蝴蝶記》(《三三集刊》第一輯)

胡蘭成(朱天文提供)

李磐(胡蘭成),《禪是一枝花》

胡蘭成,《今生今世》

的時候，他邀請妻女劉慕沙、朱天文、朱天心一起上山探望。他們全家對胡蘭成的關懷，無疑是對張愛玲崇拜的一種延伸。當時，胡蘭成的《山河歲月》[28]在台灣出版，引起文壇的強烈抨擊。原因不僅是他曾經在汪精衛政權當官，而是他的書在很大程度上，對戰爭時期的日本人表示友善。戰後台灣社會的反日情緒，在黨國教育的燃燒下一直非常旺盛。尤其一九七〇年代，日本決定與中國建交，更使台灣的反日怒潮持續上升。在歷史仇恨與現實情緒交織而成的文化生態下，胡蘭成的處境非常尷尬。如果沒有朱西甯伸出援手，也許胡蘭成從此就遠離台灣，不可能留下任何記憶。然而不然，他受邀住在朱西甯家的隔壁，一九七六年夏天，在那裡講授《易經》。朱天文在當時閱讀胡蘭成的《今生今世》[29]，而以「雲垂海立」一詞來形容閱讀後整個心靈的震撼。在往後的文學創作裡，朱天文再三提到一九七六年夏天的記憶。他們師徒關係的建立，就在此刻，並且開啟她神姬之舞的無盡演出。胡蘭成回日本後，一直與朱家保持密切聯繫。在朱西甯與胡蘭成的聯手支持下，《三三集刊》宣告成立。在一九七七年三月三日，正式發行，前後一共出版了二十八輯。一九八一年九月，又以《三三雜誌》前後發行十二期。當時，胡蘭成已經去世。他在台灣未完的文學志業，遂由朱天文繼承衍傳。

胡蘭成的《山河歲月》完成於在日本流亡的時期，這本書在於強調中國文化與西方文明的分歧。他刻意強調西方文明從巴比倫時代開始，就注定邪氣已深，並且持續走向毀滅之路。相對於西方文明，中國文化萌芽於先秦時代，從周朝、秦漢，一直到清朝、民國，生命力與生產力都極其豐富地蘊藏於民間。不像西方資本主義崛起以後，市民階級才產生民間文藝；而中國從《詩經》以降，民間文化便一直蓬勃發展。尤其他在

28　胡蘭成，《山河歲月》（日本：自費出版，一九五四）。
29　胡蘭成，《今生今世》（台北：遠行，一九七六）。

〈平人的瀟湘〉說：「中國是有這樣活潑壯闊的民間，歷朝以來採蓮採桑採茶，遍地的民歌山歌，燈市與遊春，皆非西洋階級社會所能有。」這種對西方文明有高度偏見的看法，誠然有其特定的歷史條件。他的立場既不像毛澤東〈延安文藝座談講話〉所揭示的農民文化，也不像蔣介石所強調的民族主義。他的發言位置，顯然是與戰爭時期的汪精衛政權相互呼應。整個論述的精神，其實與日本大東亞戰爭時期所提倡「近代的超克」[30]，有極其細緻的密切關係。所謂「近代的超克」，是日本帝國為了合理化其戰爭行為，一方面說服國內民眾，一方面向亞洲人民宣傳，其中心主旨是：西洋的近代文明污染了神聖的東方文化，為了抵抗英美文化，就必須以武力宣戰。特別在一九四一年偷襲珍珠港事件之後，抵抗英美與近代超克的說法，就顯得更加理直氣壯。在這樣的思想基礎上，日本應該回到優秀的古典文化，反抗西方的資本主義文明。中國在日本知識分子的領導下，也應該回到自己的思想傳統與民間文化。理解這樣的歷史背景，胡蘭成的文字表現出來的思維脈絡，其實是呼應近代超克論的立場。超越並克服西方的近代文化，無非是一種大東亞戰爭的論述。這種近代超克論，與胡蘭成形塑出來的中國禮樂論[31]，幾乎如出一轍。參與會議的保田與重郎，在戰後與胡蘭成一直保持密切友誼，在思想上誠然有互通之處。從這個歷史脈絡來看，胡蘭成在書中貶抑西洋文明，提升東方文化，其見解無非是日本「近代超克」論述的延伸。多年以來，胡蘭成的哲理引起高度好奇。有人把他納入新儒家的行列，恐怕不甚恰當。在時代的縫隙中，在權力的陰影下，胡蘭成發展出來的一套生命哲學，相當可以理解。他的禮樂論與女人論[32]，是不是那樣高明，頗啟人疑竇。然而，如此不甚高明的思想，並不表示他不能點撥一位傑出作家。受到胡蘭成的啟發，朱天文終於開闢一個相當精采的藝術世界，甚至還具備信心與張愛玲抗衡，正是文學史上極為動人的一章。歷史總是在無意之間發生，「非鄉土，即張胡」的精采篇章，恰恰是最好印證。

胡蘭成的思考模式，既富中國道統的靈活，也具有禪宗理趣的機智。他的《山河歲月》與《今生今世》，以及他在戰火下的零散文字（後來收入陳子善編選的《亂世文談》[33]），畫出一條極為鮮明的跡線。那就是全力以赴為東方文明辯護，對西方現代文明則強烈批判。尤其是完成於一九四三至一九四四年之間的文字，以柔婉姿態寫出動人的民間生活，又以冷僻文字勾勒西方工業文明的醜陋。對於中國傳統的民間文化，胡蘭成描述有其特殊見解，那絕對是日本侵略者所無法到達的境界。然而，把胡蘭成所描述充滿生命力的民氣，置放在戰爭年代的脈絡裡，反而更加豐富近代超克論的內容。因為戰爭的記憶已經離開太過遙遠，把胡蘭成的文字從戰爭語境中抽離出來，自有其迷離魅惑之處，其中所挾帶的槍火硝煙已完全剔除淨盡。朱家父女也許感受到胡蘭成作品的吸引力，卻無法望及血流成渠的戰場。胡蘭成的回憶錄《今生今世》，寫出他一生中不斷切換頻道的情史；其中〈民國女子〉一章，專寫他與張愛玲的愛情訂盟。在情感流動中，整個動亂的大時代反而成為遙遠的背景。當他泅泳在載浮載沉的愛情洪流裡，滔滔長河洗淨了多少悲歡離合。這不是一部懺情錄，而是如何在時代縫隙中尋找無須承擔責任的容身之處。他遮蔽歷史，遮蔽戰爭，為倖存的生命找到合理化的出口。整本書反覆求索的是天地間只有一個「親」字，是一種沒有名目的大志，無須求得確切定義。而這樣的定義，也延伸到日後朱家父女所建立的《三三集刊》。

在《三三集刊》時期，胡蘭成點撥無數傑出的作家，但他本人不必然是一流的書寫者。他的歷史觀與文學觀，並不足以開創一個新的時代。在沒有定義的定義中，反而使新世代作家獲得廣闊的想像空間。他的美學並不執著於文字的既有意義，而是讓文字變成巨大的容器，可以不斷填補無窮無盡的想像。在他的子

30 請參考竹內好著，孫歌編，李冬木、趙京華、孫歌譯，《近代的超克》（北京：生活・讀書・新知三聯，二〇〇五）。

31 胡蘭成，《中國的禮樂風景》（台北：遠流，一九九一）。

32 胡蘭成，〈女人論〉，《中國文學史話》（台北：遠流，一九九一）。

33 胡蘭成著，陳子善編，《亂世文談》（台北縣：印刻文學，二〇〇九）。

弟行列中，朱天文（一九五六—）是擘建胡蘭成學派的第一人，她的文學風格於一九七六年有了重大迴旋。在此之前，她的小說頗具張腔，甚至大膽把張愛玲小說中的對話移植到自己的小說中。那種貼近張愛玲靈魂的書寫策略，是一種奪胎換骨的襲用，也是一種抽梁換柱的變調。在此之後，她開始慢慢偏離張愛玲的影響，轉而以胡腔文字重建她的青春美感。從《淡江記》[34]開始，胡蘭成的措辭用字便不斷在她的小說裡隱然浮現。兩種文體，亦即老靈魂與青春少女，在敘事過程中交融出現。胡蘭成的語彙就像靈魂附身，毫不間斷地出沒在朱天文的小說中。如果有所謂的互文書寫，朱天文恐怕是一九八〇年代最值得注意的作家。當女性意識逐漸蔚為風氣時，朱天文選擇的是背道而馳的方向，胡蘭成美學已經成為她唯一的繆思。《今生今世》中的文字技巧，總是受到朱天文的大膽襲用。有時只是更動一些字句，剪貼在她的故事裡。戰爭時期的胡蘭成與八〇年代的朱天文，中間橫隔半世紀，竟產生奇妙的精神會盟。

《三三集刊》集團之引人矚目，不僅在於他們積極宣揚胡蘭成「中國禮樂」的思想，並且也在於他們在

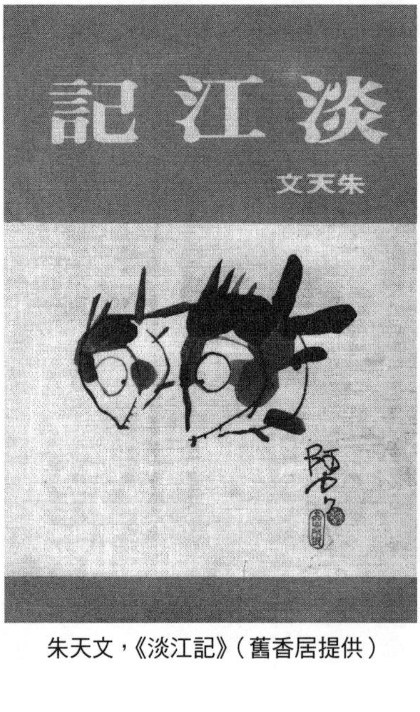

朱天文，《淡江記》（舊香居提供）

朱天文（朱天文提供）

一九八〇年代初期囊括所有重要的文學獎。這個集團前後活躍大約五年的時間，散發出來的影響則持續將近二十年。張愛玲與胡蘭成文學所放射出來的魅力，即使進入二十一世紀，也仍然受到議論。張胡風格，既相互結盟，又分庭抗禮，形成台灣文壇的奇異現象。張愛玲的陰鬱蒼涼，胡蘭成的陽光燦爛，形成強烈對比。到今天，張腔作家與胡派傳人的勢力依舊持續頡頏，其歷史源頭都不能不回溯到一九七七年的《三三集刊》。

胡蘭成在政治史上被定位為漢奸，似乎已成定論。他從來不否認在汪精衛時期的投身介入，但是在他所有留下的文字中，卻只是回味，從未悔恨。他早期的中國文明論，與晚年的女人文明論，顯然很難找到有跡可尋的邏輯思考，如果能夠前後銜接，也許需要一些禪機哲理從旁輔助。他的中國禮樂論，是在戰爭烽火時期孕育出來，完全不符合蔣介石所提倡的儒家思想，也不符合毛澤東所豔稱的民間文化。然而，在胡蘭成的字裡行間，卻總是不時湧出儒學傳統與農民思想的概念，有時言之成理，有時不可理喻；有時是雄辯的證詞，有時是詭辯的遁詞。唯一能夠確定的是，他的思維方式充滿政治，卻完全不依附國民黨，更是不歡迎共產黨。他的發言位置，有其自成格局的天地。

但是，胡蘭成於一九七六年與朱家的相遇，不僅使朱西甯父女在美學思維上有了重大迴旋，也使台灣文學生態有了深沉轉變。朱天文在一九九〇年代以後寫出的《世紀末的華麗》、《花憶前身》、《荒人手記》、《巫言》，頻頻向胡蘭成致意。當她以巫自居時，顯然已不只是向人間傳道，也同時向她天上的神傳達不滅之情。朱天文不只一次公開宣稱叛逃張愛玲，也不只一次要為胡蘭成報仇。那種隔著時空、隔著世代的競逐行動，確實開啟台灣文學極為壯闊的想像。朱天文的文字深處，一方面貼近張愛玲的句法，一方面又襲用胡蘭

34 朱天文，《淡江記》（台北：三三書坊，一九七九）。

成的語勢，那種纏綿的文體交融，創造一種生機勃勃的可畏靈魂。她吞噬了張胡的精華，盛放同時代作家無法開出的奇異花朵。朱天文風格的迷人與惱人，使文字張力到達極致。胡蘭成文字裡閃爍的妖媚之氣，在朱天文的作品裡反而得到了安頓。

一九八〇年，朱天文（左）與胡蘭成（右）攝於日本東京御苑。（朱天文提供）

第二十一章

一九八〇年代台灣邊緣聲音的崛起

台灣草根民主運動在一九七九年的美麗島事件遭到重挫，這一年，是中華民國體制在國際社會正式進入孤立的時期。因為在年初，華府正式宣布與北京建立邦交。從一九五〇年代到此刻，美國始終堅定支持國民黨代表中國的合法性；但美國與中國建交之後，使台灣在國際的合法性位置宣告消失。這也說明為什麼台灣知識分子非常焦慮，而不能不訴諸於政治運動的抗爭。美麗島事件的爆發，使所有黨外人士的重要領導者一一受到逮捕，讓長達十年的草根民主運動立即陷入危機。但是值得注意的一個現象，便是黨外人士被關在高牆裡面之際，並不意謂民主運動就不可能持續發展。一九八〇年，新竹工業園區正式成立，台灣半導體工業立即編入世界經濟體系，並且構成世界電子工業極為重要的一環。經濟的升級，意味著海島的生產力已不是政治因素或國際因素就可阻撓。其中隱含著一個非常重要的變化，那就是台灣中產階級伴隨經濟成長而穩定誕生。中產階級的形成，充分顯示台灣歷史即將跨入一個全新階段。從幾個現象可以理解中產階級所代表的文化象徵意義。他們創造經濟奇蹟，自然而然也會醞釀政治改革的意願。高度資本主義如果需要進一步發展，這個階級會期待政治干涉越少越好，使自由經濟得到發揮的空間。因此，跨過一九八〇年之後，台灣社會結構便出現顯著的變化。

在政治上，承接草根運動的新世代也開始投入社會。這個世代完全屬於戰後出生的一代，他們所接受的思想教育，都是在國民黨的價值觀念底下完成。但是他們從黨國教育體制中所接受的現代知識，反而形成一種批判力量。他們開始創辦黨外雜誌，以西方民主思想挑戰國民黨統治的保守與封閉。確切而言，自由主義真正開花結果，便是在這個新世代的行動中繁殖起來。整個文學生態的改變，伴隨著兩大報文學獎的設立，而有重大轉變。一九七六年《聯合報》與一九七八年《中國時報》，開始競爭新世代作家的挖掘。透過文學獎的角逐，使一九五〇年代出生的作家，在得獎的洗禮下登上文壇。這種改變，刺激新生代大量崛起。其中最重要的便是從一九七七年《三三集刊》出來的作家，他們的得獎紀錄頗多斬獲。無論在美學思維或文字技巧，因一九八〇年代新世代作家的登場而為之翻新。這個世代對於政治演變特別敏感，卻沒有像過去的作家那樣緊張而沉重；反而抱持著一種超越的態度，予以冷嘲熱諷。同樣的，對於性別議題也不再背負倫理道德的包袱，相當直接而深入探索身體情欲的感覺。最大的不同是，曾經是被壓抑的族群，如原住民作家與同志作家，也開始從社會底層發出前所未有的新鮮語言。一九八〇年代，一方面結束之前所有的文學實踐，一方面開啟思想奔放、文字活潑的風格。所有合法的權力支配，終於不再合法。這種挑戰，使得戒嚴文化形同虛設。在官方還沒有宣布解嚴之前，新世代作家已經率先解嚴。

本書的文學史觀，是從殖民時期的新文學運動為發端，在解釋歷史時，無可避免採取被殖民的受害觀點來詮釋。這並不意謂殖民者只帶來傷害，至少在強勢的現代化運動衝擊下，台灣社會凝聚了前所未有的台灣意識與台灣認同。沿著這樣的史觀，來看待戰後國民政府來台接收的政經狀況，似乎殖民時期所帶來的壓迫，並未得到解放。把戰後初期一直到一九八〇年代的文學發展，概括為再殖民時期，不免引起強烈議論。陳映真在二〇〇〇年對再殖民史觀，有過極為嚴酷的批判[1]。但是如果以史實來應證，日據時期台灣社會所承受的政治、經濟、文化的被支配，其實在一九四九年戒嚴體制建立之後，殖民時期留下來的權力支配，並沒有改變。中央集權式的威權體制，與日本總督府的權力集中，在很大程度上頗多相互呼應之處，只不過形式上些微調整轉換。例如中華民族主義取代大和民族主義，公賣制度取代專賣制度，國語政策與中國白話文取代日本語文。在反共政策上，戰後時期比起殖民時期還要殘酷。整整三十年的過程中，思想監視與檢查制

1　相關評論文章，請參見陳映真，〈以意識形態代替科學知識的災難——批評陳芳明先生的〈台灣新文學史的建構與分期〉〉，《聯合文學》一六卷九期（二〇〇〇年七月）；〈關於台灣「社會性質」的進一步討論——答陳芳明先生〉，《聯合文學》一六卷一一期（二〇〇〇年九月）；〈陳芳明歷史三階段論和台灣新文學史論可以休矣！——結束爭論的話〉，《聯合文學》一七卷二期（二〇〇〇年十二月）。

度曾經使許多知識分子付出慘重代價，從而文學生產力也受到限制。但是，歷史的發展往往是非常弔詭的。由於國民政府在台逐漸傾向長治久安，而且台灣海峽的隔離又逐漸永久化，其殖民支配失去母國的奧援。這說明了為什麼國民政府在一九七〇年代，必須展開本土化政策的緣故。

尤其從一九七〇年代，台灣經濟發展逐漸被編入世界經濟體系，資本主義的掌控，不再是威權體制的主觀願望可以肆意左右。為了提升台灣在國際經濟的競爭力，威權體制不能不採取一些彈性措施。例如容許國人可以出國觀光，自由貿易也逐漸使台灣在亞洲版圖上提高能見度。資本主義的衝擊，帶來島上改革意願的提升。經濟高度發展，也創造中產階級的孕育。種種跡象顯示，政治權力不再是控制海島的萬靈丹。農民工人階級的不滿，資本主義的反撲，民主運動的崛起，終於使官方的本土化政策，與社會上的本土化運動開始相互尋找彼此的共通點。政治上的中壢事件與美麗島事件，文學上的鄉土文學論戰與統獨論戰，正好顯示台灣歷史開始從相互衝突慢慢進入相互協商的階段。在殖民時期的威權力量，因此而開始式微。八〇年代無疑是預告一個思想上更活潑時代的到來，正是在威權體制發生鬆動之際，各種潛藏的文化力量，不斷從縫隙中滲透、萌芽、茁壯起來。當權者選擇民主開放，而社會大眾接受民主價值，終於成功避開了政變或革命的危機。雙方不約而同的努力，果然使再殖民時期宣告終結。戒嚴制度宣布解除時，台灣社會堂堂進入後殖民時期。

所謂後殖民史觀，是一種開放的歷史態度。它一方面檢討在權力支配下，社會文化所受到的傷害，一方面也在於反省如何批判性地接受文化遺產的果實。具體而言，台灣歷史的受害與受惠，都成為一九八〇年代以後，文化生產力的養分，以更開放而寬容的立場，允許文化多元與文化差異的存在。一個新的主體已重新建構起來，讓社會內部的族群、性別、階級，都有其各自的生存方式。共存與並置的文化價值，成為台灣社會的主流思想。從前單一壟斷的文化內容，次第被繁複豐饒的生產力所取代。台灣意識與台灣認同，有了全新的意義，本土化不再只是以受害的在地族群為主要論述。掌控最高權力者的後裔，晚期移民的族裔，人口最多的福佬客家族群，以及受到雙重殖民的原住民，都以旺盛的文化生產力重新定義什麼是本土化運動。這樣的運動，透過實際的民主運動、女性運動、農民運動、工人運動、同志運動、原住民運動，而凝聚成沛然莫之能禦的新認同。腐朽的各種沙文主義，在歷史改造中紛紛退潮。當去中心的時代到來時，台灣社會究竟是屬於後殖民還是後現代，立即成為學界爭論的焦點。從歷史軌跡來看，兩種說法都有其根據。如果是屬於後殖民，那是因為台灣社會脫離了長期的高度權力支配，使多元思維雜然並陳。如果是屬於後現代，則是因為台灣社會被全球化的浪潮所席捲，消費社會與資訊社會同時成立。對品牌的崇拜，對品味的耽溺，幾乎與國外任何都市沒有兩樣。這樣的爭論，既是後殖民的特徵，也是後現代的現象。

台灣文學正名論的展開

台灣社會從一九七〇年代以後，開始創造前所未有的經濟奇蹟。這是以加工出口區的大量廉價勞工所換取。經濟奇蹟的背後，暗藏著台灣社會所付出的慘重代價。特別是在跨國公司造成的環境污染之下，台灣的河流百分之六十以上都遭到嚴重的生態傷害。在法律規範之下，台灣工人不容許組成工會。因此，不能進行工資談判，也不被允許示威抗議。台灣成為世界超級工業國的下游生產地區，使得美國與日本的投資者如入無人之境。一九八〇年，新竹工業園區設立，台灣經濟持續升級。蔣經國所鼓吹的十大建設，至此次第宣告完成。資本主義的高度發展，已成必然趨勢。

反映在台灣文學的生態，便是大量的西方文學理論翻譯成中文，包括傅柯（Michel Foucault）、德希達（Jacques Derrida）、羅蘭・巴特（Roland Barthes），以及左派的馬庫色（Herbert Marcuse），開始在學界通行無阻。台灣文壇面對兩種情境，一種是西方批判理論不停地介紹進來，一方面則又面對資本主義持續高漲的台灣社會，仍然停留在戒嚴狀態。兩股力量的拉扯，使知識分子與作家進出於欲突破、又不能突破的夾縫之中。但是，發達的資本主義也在這個歷史階段創造一個基礎穩固的中產階級。他們對自己的創造力頗具信心，對西方的開放社會則充滿嚮往。在內心深處，他們焦慮地思考台灣的定位與出路，這種議題，在整個一九七〇年代草根民族運動蓬勃發展之際，只能以迂迴的方式進行探索。進入八〇年代以後，相關議題的討論便開始明朗化。

一九八一年一月，詹宏志發表一篇〈兩種文學心靈——評兩篇聯合報小說獎得獎作品〉[2]，深深表達他的憂慮。如果有一天台灣文學被放置在中國文學史裡，會不會只以幾百個字來描述，而終將成為中國的邊疆文學？「邊疆文學論」的提出，刺激了台灣作家的思考，而變成日後所說的「南北分裂」。南部作家以葉石濤為首，強調台灣文學有其自主性與本土性，無須附寄於中國文學史之後。北部作家以陳映真為首，強調台灣文學是中國文學與第三世界文學的其中一環。所謂「南北分裂」的事實，其實是延續一九七七年鄉土文學論戰未完的爭辯。但是在那個階段，社會條件還未成熟，雙方無法進行深入的探討。經過美麗島事件的衝擊之後，資本主義繼續往上提升，歷史視野與思想空間加寬了許多，創造一個可以觸及敏感政治問題的空間。南北分裂，一言以蔽之，就是統獨的對立。遠在一九七〇年代，海外的釣魚台運動，早已形成統獨對立的運動，必須穿越十年的時間，這種政治兩元對立的思考，才投

詹宏志（《文訊》提供）

射在台灣文壇。文學本土論與第三世界論，分別拉出統獨的兩條路線。似乎強烈暗示鄉土文學論戰已經提升到另一個層次，那就是文學詮釋已經到達如何與歷史發展密切結合；而這種文學討論也強烈暗示，台灣社會也到達一個更為具體的思維階段。

以邊疆文學論為起點，本土論作家開始提出各自的看法。《台灣文藝》特地舉辦一次座談會，出席的李喬與宋澤萊分別提出他們的看法。李喬說：「台灣文學的性格，注意反映現實，關心多元社會的諸像，以期繼續提升生活素質，改進大眾生活。另一方面又是醫治懷有流亡心態的人們，拾回面對現實積極人生的靈藥。」宋澤萊則說，台灣文學可以視為掙脫弱小民族桎梏，並且也可以置放在第三世界文學的立場來看。具體而言，台灣文學的本土性不僅沒有排斥中國文學，而且也沒有排斥第三世界文學。站在相對的立場，陳映真認為：「中國，像其他第三世界國家一樣，面對著深刻的國內和國外問題。在這樣的國家中，民眾總是在文學、藝術中尋求各種極待解答的，各種問題的答案。」然後他跳到結論說：「在目前的台灣，現實主義的、干涉生活的精神仍是我們整個中國文學的主要傳統。」在他的言論裡，「五四以後的大陸與台灣」、「四人幫浩劫後的中國大陸」，以及「目前的台灣」，都放在同一座時間平台上，而完全擦拭歷史階段的差異。對於台灣的高度資本主義化，陳映真則嚴肅指出：「跨國企業這些巨大而深刻的影響，並不是以利炮堅船加在弱小國家的領土。它是以甜美的方式——『進步』、『舒適』、『豐富』、『享樂』……這些麻醉人的心靈的消費主義，加在我們生活和文化上，需要一點批判的知識，才能透視它的真相。」統獨雙方的思維方式自此已相當鮮明，其深刻程度遠遠超過鄉土文學論戰的範圍。

2　詹宏志，〈兩種文學心靈——評兩篇聯合報小說獎得獎作品〉，《書評書目》九三期（一九八一年一月）；後收入《兩種文學心靈》（台北：皇冠，一九八六）。

使統獨雙方的辯論更為激烈的是，一九八三年演唱〈龍的傳人〉的歌手侯德健，忽然以行動投奔北京，引起台灣藝文界的廣泛注目。陳映真為侯德健的行動辯護，以高姿態主張中國意識，因此引爆了當時黨外雜誌的強烈反應。其中最值得注意的，是蔡義敏所寫的〈試論陳映真的「中國結」——「父祖之國」如何奔流於新生的血液之中？〉[3]與陳樹鴻所寫的〈台灣意識——黨外民主運動的基石〉[4]。兩篇文字的回應在於指出，如果中國意識可以稱為「自然的民族主義」，那麼在台灣釀造前後三百年的台灣意識，為什麼不能也視為自然的民族主義？而陳樹鴻對台灣意識的解釋更為具體：「一九〇〇至一九〇四年間統一了度量衡及幣制，一九二三年完成南北縱貫公路，這些措施一方面促進了全島性企業的發展，另一方面也反映了台灣社會及經濟活動整體化的程度。有了整體化的社會生活和經濟生活，就必然產生了全島性休戚與共的台灣意識。」在回應黨外雜誌的熱烈討論時，《夏潮論壇》也推出一個辯駁的專輯。其中兩篇是李瀛的〈寫作是一個思想批評和自我檢討的過程——訪陳映真〉[5]與陳映真的〈從江文也的遭遇談起〉[6]。兩篇文字充分顯示，陳映真仍然以第三世界的觀點來討論台灣與中國的意識。這正是陳映真參加論戰時的策略，便是以籠統的第三世界觀念，把台灣與中國兩個社會囊括在其中。避開台灣歷史的進程不談，因為從近代史的觀點來看，兩個社會各有歷史軌跡，社會內容的差異甚劇。為了模糊兩者之間的文化差距，最好的詮釋方式便是使用第三世界的框架，使台灣與中國都容納其中。

在這樣辯論的基礎上，宋冬陽在一九八四年《台灣文藝》發表一篇長文〈現階段台灣文學本土化的問題〉[7]，也特別指出：「一個歷經二二八事件、八七水災以至於美麗島事件而成長的台灣青年，與一個受到大躍進、文化大革命、唐山大地震等等洗禮的中國青年，如何能夠分享同樣的政治意識呢？」這篇文章特別強調，台灣本土文學論與第三世界文學論，其實是互為表裡的共同內容，其間並不可能相互排斥。這場論戰最具體的成果便是把台灣文學稱為「台灣文學」，不再迂迴地使用「在台灣的中國文學」的繁瑣稱呼。就在那年，詩壇出版一冊吳晟編的《一九八三台灣詩選》[8]，李勤岸在詩選的導言說：「一九八三年，這種關懷現實的詩作要比往年多出很多，不僅覺醒的詩人加多了，寫作的道德勇氣也增強了。在今年，已有人提出『政治詩』這個文學術語，《台灣文藝》和《陽光小集》更製作了『政治詩』專輯。」事實顯示，台灣意識論戰確實對文壇產生巨大衝擊。以台灣為主體創作出來的文學作品，開始獲得正名，並且在那段歷史轉型期，作家的政治意識也相對提高許多。文學取向的轉變，無疑是台灣社會的測風期。如果台灣意識與政治意識逐漸瀰漫在作家之間，則美學思維也自然而然以風起雲湧的台灣為依歸。

一九八三：性別議題正式登場的一年

整個台灣文壇陷入統獨之爭的時候，文學生態已有顯著的變化。正是在一九八三年，有三本小說值得注意，那就是李昂的《殺夫》[9]、廖輝英的《不歸路》[10]，以及白先勇的《孽子》[11]。如果有所謂女性主義的文

3　蔡義敏，〈試論陳映真的「中國結」──「父祖之國」如何奔流於新生的血液之中？〉，《前進》一三期（一九八三年六月二十五日）。
4　陳樹鴻，〈台灣意識──黨外民主運動的基石〉，《生根》一二期（一九八三年七月十日）。
5　李瀛，〈寫作是一個思想批評和自我檢討的過程──訪陳映真〉，《夏潮論壇》一卷六期（一九八三年七月）。
6　陳映真，〈從江文也的遭遇談起〉，《夏潮論壇》一卷六期（一九八三年七月）。
7　宋冬陽（陳芳明），〈現階段台灣文學本土化的問題〉，《台灣文藝》八六期（一九八四年一月），頁一〇─四〇。
8　吳晟主編，《一九八三台灣詩選》（台北：前衛，一九八四）。
9　李昂，《殺夫：鹿城故事》（台北：聯合報，一九八三）。
10　廖輝英，《不歸路》（台北：聯合報，一九八三）。
11　白先勇，《孽子》（台北：遠景，一九八三）。

學，則李昂與廖輝英在《聯合報》分別得獎的小說，正是雄辯的證詞。在現代主義運動時期，縱然歐陽子、曹又方、於梨華都在小說中觸及女性的身體，但是並沒有表現出抗議與批判的姿態。她們已經具備濃厚的女性意識，卻只是圍繞著女性情欲受到封鎖的狀態。她們都同時描寫身體內部的情欲流動，但苦悶、壓抑、挫折的情緒並未找到渲洩的空間。必須要到一九八三年，李昂的《殺夫》正式出版之後，才真正感受女性累積已久的憤怒。

在撰寫《殺夫》之前，李昂（一九五二—）在七〇年代已經完成系列的「鹿城故事」小說，收在小說集《人間世》[12]。後來鹿城故事也重新與〈殺夫〉編輯在一起出版。她對鹿港小鎮的街頭巷尾傳說極為著迷，雖然都是以女性為主角，但是在營造之際，鄉土意識的情調遠遠多過女性意識的格調。《殺夫》改寫上海的故事，最原始的版本出現於陳定山的《春申舊聞》。書中有一條新聞報導：詹周氏殺夫，發生於戰爭年代的租借地。在法庭上招供的詹周氏，表示不堪丈夫長期的虐待，遂憤而殺人。她的供詞不為法庭採信，認定她如

李昂（《文訊》提供）

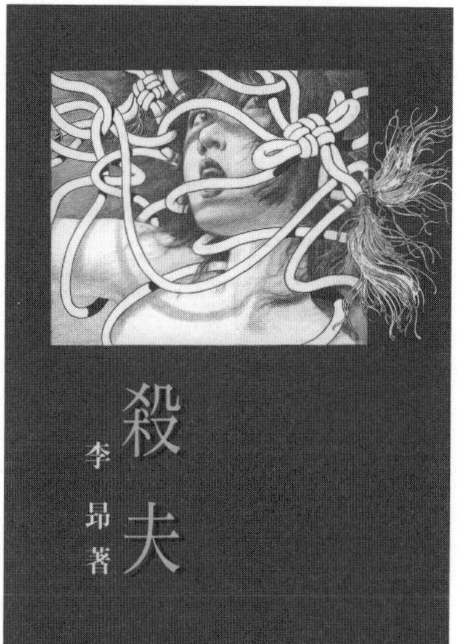

李昂，《殺夫》

果不是謀財害命，便是在外另有情夫。舉世滔滔，整個社會都認定女人持刀殺夫，不可能只是因為長期遭到凌虐，必定另有隱情。在上海時期，真正為詹周氏辯護的當推女作家蘇青，她勇敢站在詹周氏的立場，抗拒整個社會輿論的審判。在歷史中沉埋已久的故事，漫漫經過四十年後，與台灣女性作家李昂相遇，而又重新獲得血肉，終於昇華成為令人驚心動魄的小說。在戰後台灣，凡是涉及敏感的情欲小說幾乎都遭到查禁。一九六三年郭良蕙的《心鎖》[13]，一九七三年歐陽子的《秋葉》，便是在男性道德與民族主義的圍剿下，被列入官方禁書，李昂的小說獲獎等於是為過去的女性文學平反。詹周氏的故事改寫成小說時，沒有確定的時間與地點，但因為與鹿港的系列故事排列在一起，遂被誤解也是屬於小鎮的傳說。這篇小說以弱小女子林市為中心，她的命運與母親一樣，都是為了解決飢餓的問題，而以肉體作為代價。故事的開頭，母親正被士兵強暴，但未露出驚慌的表情，反而是急切地把飯糰塞進嘴裡。這幕場景令人千古難忘，為了解決飢餓，可以以身體換取食物。這幕強暴的場景是整篇故事的楔子，等於是對傳統道德的論述「餓死事小，失節事大」的最大反撲。

林市的母親被士兵強暴的情節，無疑是歷史上女性命運的一個縮影。弱小女子林市被家族安排與屠夫陳

郭良蕙，《心鎖》

12 施淑端（李昂），《人間世》（台北：大漢聯合報，一九七七）。

13 郭良蕙，《心鎖》（高雄：大業，一九六二）。詳細論戰過程，可參閱余之良編，《心鎖之論戰》（台北：五洲，一九六三）。

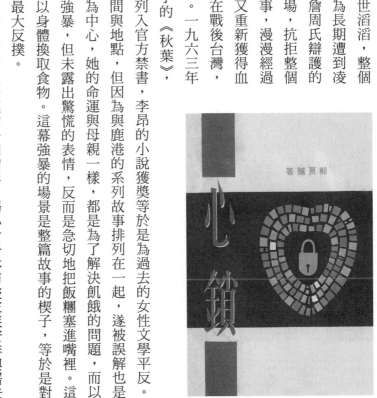

江水結婚，幾乎就在預告她又將複製母親曾經有過的悲慘命運。陳江水總是在讓林市用餐之前，必須給予慘無人道的性虐待，為了換取一頓食物，女人必須付出肉體的傷害為代價。《殺夫》的情節故事，完全由林市的命運來負載。整部小說卻投射了強大象徵，千古以來的粗暴父權與受虐女性，都極其精確地融入陳江水與林市的婚姻關係。這本小說出現兩位女性，一位是受盡性虐待的林市，一位是鄰居婆婆阿罔官；前者注入李昂本人的情欲觀，後者暗示李昂對傳統的批判。阿罔官表面上是在協助林市，骨子裡則極盡破壞之能事。小說故事強烈暗示，傳統女性情欲之受到囚禁，正是有阿罔官保守思想的維護。林市企圖掙脫傳統的枷鎖，似乎找不到出口。小說臻於高潮的情節，莫過於林市被陳江水帶去屠宰場觀摩殺豬的全部過程。那種驚悚震撼的血腥場面，不是林市所能承受；尤其她被迫捧住溫熱的豬仔肚腸之際，終於昏倒過去，從此陷入精神分裂的狀態。現代主義式的噩夢、狂想、幻境，終於進駐弱小女性的無意識世界裡。在那種瘋癲情境的最高點，除了殺夫之外，別無他途可循。

李昂這部獲獎作品確實為台灣文壇帶來極大衝擊，在她之前許多女性小說也嘗試在情欲議題上衝撞，卻都在故事結尾處出現重大迴轉，只能以模糊其詞的方式收場。《殺夫》的故事從頭到尾處處引人入勝，高潮迭起，頗具輕舟已過萬重山之勢。殺夫不應該視為這部小說的唯一主題，小說中的各種情節，這樣那樣來詮釋女性為什麼會瘋癲。她的筆法既誇張又合理，等於把歷史上男女不平等的關係，全部濃縮到陳江水與林市兩個角色的互動。其中有寫實，有象徵，也有無意識的挖掘。當這個故事出現於一九八〇年代的台灣，既非遲到，也非超前，而是恰當解釋了台灣戒嚴文化處在欲開未開的歷史階段。李昂在此之前，出版過《混聲合唱》、《人間世》，引發不少議論。《殺夫》可能是她創作的巔峰，之後她所寫的《暗夜》（一九八五）、《迷園》（一九九一）、《北港香爐人人插》（一九九七）、《自傳の小說》（二〇〇〇），似乎都還是沿襲著八〇年代初期的主調。縱然小說的主題，隨著台灣資本主義的變化而出現多樣性，但是其文字技巧以及男女之間性權力的緊張關係，依舊是她反覆求索的基調。

同樣在一九八三年獲獎的廖輝英《不歸路》，非常準確點出台灣社會創造經濟奇蹟之後的文化震盪。就在前一年的一九八二年，她在《中國時報》以短篇小說〈油麻菜籽〉獲獎。小說描寫一位女兒即將結婚的前夜，回顧母親歷經滄桑的一生。小說中的母親形象，幾乎就是戰後台灣女性的縮影。母親即使受過高等教育，最後還是不能掙脫賢妻良母的宿命，既要協助父親的事業，又要照顧孩子的成長。女人的命運就像油麻菜籽，永遠失去自主的機會。受到矚目的廖輝英（一九四八—），寫出《不歸路》時，再度受到文壇的議論。這可能是第一部從第三者的立場，來看待世間婚姻的虛假與虛矯。隨著台灣經濟爆發式的成長，以中小企業起家的男性，往往有多餘的財富發展婚外情。小說中的女主角李芸兒，從一位清純的女性，逐漸被傷害成手法幹練的堅強女人。從最初對性的好奇而被誘拐、欺騙、利用，最後卻變成必須以辛苦賺來的錢幫助男人，而又慘遭蒙蔽，被迫單獨承受愛情的苦果。曾經是如夢似幻的愛情，在歷經慘痛的凌辱與傷害之後，必須面對

廖輝英（《文訊》提供）

廖輝英，《油麻菜籽》

生命的一片廢墟。這篇小說之所以得獎，主要是具體而微地描繪台灣社會轉型期的女性命運。整個故事其實是一種大眾小說的形式，刻劃那時代多少女性迷惑於愛情的魅力，最後終於選擇踏上了不歸路。

李昂與廖輝英小說的出現，似乎預告女性意識蔚然崛起。台灣文學的發展，歷經現代主義的無意識探索，在被壓抑的內心深處，女性作家與一個深鎖在黑暗歷史的女體相遇。那是整個傳統文化力量壓縮而成的扭曲形象，透過文字技巧的摸索與鍛鍊，似乎無法使這個被囚禁的魂魄釋放出來。現代主義的美學，只能使女性意識甦醒過來，卻不能使關在身體內部的情欲找到出口。現代主義似的夢魘，可能帶有強烈的控訴，甚至對傲慢的男性體制，也有隱諱的批判，卻無法使女性意識發展成女性主義。如果客觀的社會現實沒有出現相應的條件，則現代主義的女性作家，只能耽溺於靜態的故事訴說，而且也只能訴諸婉轉曲折的文字演出。歐陽子那個世代，是日後女性小說的前驅；但她仍然是一位現代主義者，而不是女性主義者。必須進入一九八〇年代之後，經濟發展的碰撞，使不動如山的男性中心論也受到動搖。在這歷史階段，女性同時獲得知識權與經濟權，她們才能在現代主義營造的基礎上，再一次去召喚囚禁在內心世界的女體。整個社會條件發生鬆動之際，暗潮洶湧的女性情欲終於破土而出。李昂與廖輝英小說中的女性，固然還未脫離弱者的位置，卻已具備能力透視詭譎的男性文化，還進一步拒斥沙文主義的加害。故事中的女性，能夠表達自己的價值觀念，或者以行動捍衛主體，並且揭穿男性的自私與蠻橫，不再接受傳統的宿命觀，也不再隱忍地壓抑自我的聲音。這正是後來無數女性作家繼續堅持下去，並不斷開拓的全新格局。

同志議題在白先勇的文學生涯裡，曾經若隱若現，他早期的小說如〈月夢〉、〈青春〉、〈寂寞的十七歲〉，完成於一九六〇至六一年，就已經開始描寫充滿禁忌的同志故事。《台北人》的系列小說，也觸及同志議題，如〈滿天亮晶晶的星星〉與〈孤戀花〉，完成於一九六九至七〇年。《孽子》的初稿，始於一九七一年，完成於一九八一年，正式出版是一九八三年。在那封閉的年代，白先勇敢於表現對青春與男體的迷戀。

就像〈月夢〉小說中，描寫一個老畫家，在海邊為美少年的裸體寫生。其中強烈的性暗示與性暴力，已經暗示後來長篇小說的原型。他敢於使用生動的文字，寫出身體感官的各種聽覺、觸覺與嗅覺。他對男體的膜拜與禮讚，在苦悶的台灣社會，確實引人注目。當他寫到〈滿天亮晶晶的星星〉時，新公園裡「祭春教」的同志生活，就已經預告，未來他同志書寫的發展方向。對於當時的台灣文壇，白先勇的筆鋒揭開不為人知的幽暗世界。

《孽子》在一九八三年正式問世，使長期遵守儒家禮教的台灣社會，產生驚心動魄的回應。這本小說挑戰了當時民族主義、黨國體制的倫理規範。它所蘊藏的文化衝突，已不純然能夠以小說一詞的定義來概括。故事的第一頁就可看見，一位年長的父親，發現兒子的同志身分時，表達了驚天動地的悲憤。他揮動著手槍，睜開血絲滿布的眼睛，對著兒子怒喊：「畜牲！畜牲！」把他驅逐出走。父子決裂的這一幕，立即把同志身分置放在儒家傳統的脈絡，並且也置放在整個社會的對立面。這是白先勇的文字張力，以一個家庭的內部衝突，影

白先勇（徐培鴻攝影，白先勇提供）

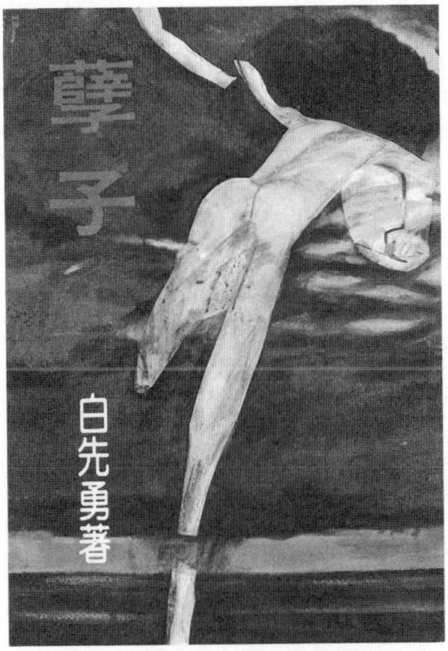

白先勇，《孽子》（《文訊》提供）

射了整個歷史遺留下來的壓力。曾經被父親期待的傑出兒子，一夜之間突然搖身變成父親眼中的「屁精」、「非人禽獸」，不僅不肖，而且不孝。故事中的父親形象，無疑是儒家道統的化身。他代表整個東方歷史的重量，以譴責審判的力道，沉沉壓在「無後」的同志身上。這個場景是台灣文學的一個經典：那位憤怒的父親，可能是傳統歷史的最後投影；那位被驅逐出走的兒子，則正要開啟一個長路漫漫的新時代。兩條取向完全不同的歷史長河，從此就要改流。

在歷史過程中，在社會脈絡裡，找不到確切位置的同志，從來就是以漂流的姿態逐波浮沉。同志的流浪幾乎就是在「異」國的漂泊，正是在異性戀的國度，所有的權力與體制對於同志徹底予以譴責排斥。《孽子》的場景，是以台北市的新公園為舞台，整個天地是如此之大，卻只有那小小的空間，容許一群青春鳥在黑夜裡出沒。他們以「父子」、「兄弟」相互稱呼，像是家庭，又像是王國。那是對異性戀家庭制度的一種模擬，在輩分系統裡，仍隱約存在一種父權體制。這種模擬固然不是儒家式的倫理關係，卻可以利用這種家庭結構掩飾他們的同志身分。在小說敘述裡，人妖、變態種種污名化的稱呼屢見不鮮。這就像小說的命名「孽子」一般，白先勇的書寫策略昭然若揭，唯有以過人的勇氣接受污名，才能使負面價值的命名獲得翻轉。《孽子》後來改編成同名電視劇，二〇〇三年在公視播映，對台灣社會產生巨大衝擊。長期對同志懷有偏見的觀眾，在心靈上受到一次震撼性的教育，使他們對同志文化有了全新的看法。這本小說與電視劇無疑開啟了歷史閘門，使深鎖在古老情境的保守心靈釋放出來。

白先勇所營造的同志文學，確實讓台灣社會的審美觀念往前跨出一大步。身為小說作者，白先勇並不以文字技巧的提煉為目標。在書寫之餘，至少對台灣文化帶來兩項突破：第一，他在《台北人》中所寫的〈遊園驚夢〉，曾經改編成舞台劇，並且在舞台劇演出過程中加入了崑曲藝術；而以這樣的藝術為基礎，他又展開復興崑曲的運動，終於有《牡丹亭》的演出。一位現代小說家，不僅回首向古典藝術傳統致敬，還使瀕臨滅亡的傳統技藝獲得重生機會。他所展現的格局，恰恰可以證明，現代與古典從來就不是相互衝突，反而是可以進行精神結盟。這是台灣現代主義運動所開拓出來的新版圖。第二，完成《孽子》之後，白先勇於二〇〇二年出版散文集《樹猶如此》[14]，書中的同題散文在於追悼他生命中的情人。世間的愛情，在面對病痛與死亡時，是那樣悲愴，又是那樣動人。文中描述他赴湯蹈火為情人尋找各種藥方，幾乎可以用嘔心瀝血來概括。然而，精誠所至，金石竟是不開，他最後眼睜睜看著他的情人撒手離去。收在這本散文集的大部分文字，都是在表達他對愛滋病的強烈關懷。小說家不再停留於靜態的平面文字，而是化身為介入社會運動的具體實踐。他的行動再次證明一個現代主義者絕對不是與現實生活脫節，反而是懷著雖千萬人吾往矣的抱負。朝向古典，朝向現實，正是白先勇美學的最佳演出。

台灣同志文學版圖的擴張

同志文學在台灣社會登場，等於是在試探父權主流價值對美學的接受程度。以儒家思想為主體的文化結構中，不僅是尊崇父親，而且也是強調異性戀論述；在思想上，又特別高舉承先啟後的傳統旗幟。在一九八〇年代之前，情欲文學尚且只能透過現代主義的象徵技巧隱約表現出來。涉及同志議題的作品，需要依賴更迂迴的暗示手法來描寫。在這個領域長期進行突破的作家，無疑是以白先勇為重要指標。如果沒有《台北人》與《孽子》的相繼出版，同志文學是否能夠在台灣文壇蔚為風氣，也許還是命運未卜。性別論述與情欲論述可以獲得伸張，其實是伴隨著民主政治的改革開放所致。當政治力量的控制發生鬆動，背後所暗藏的異

14　白先勇，《樹猶如此》（台北：聯合文學，二〇〇二）。

性戀價值也慢慢受到挑戰。資本主義的持續高漲，使同志人口在每個行業、每個權力關節都有在場的機會。封閉文化一旦出現缺口，各種被壓抑的想像與能量自然就奪門而出。以《孽子》開其端，多元同志論述也連帶以不同的文學形式，開拓更為遼闊的版圖。

歷史閘門開啟之後，同志文學發展的節奏就不斷加速。馬森的《夜遊》（一九八四）、陳若曦的《紙婚》（一九八六），都足以顯示作家開始放膽觸探從前的禁區。一九九〇年之後，門禁不再森嚴。藍玉湖的《薔薇刑》（一九九〇）、凌煙的《失聲畫眉》（一九九〇）、曹麗娟的《童女之舞》（一九九〇）、林俊頴的《是誰在唱歌》（一九九四）、邱妙津的《鱷魚手記》（一九九四）、朱天文的《荒人手記》（一九九四）、洪凌的《肢解異獸》（一九九五）與《異端吸血鬼列傳》（一九九五）、陳雪的《惡女書》（一九九五）、紀大偉的《膜》（一九九五）與《感官世界》（一九九五）、杜修蘭的《逆女》（一九九六）、吳繼文的《世紀末少年愛讀本》（一九九六）、舞鶴的《十七歲之海》（一九九七），猶如巨浪滔滔，造成氣象萬千的場面。那是一個令人難忘的時代，美學原則確立之後，歷史便不再回頭。這些專書開闢了廣大的讀書市場，使同志議題成為台灣文化不可分割的一部分。其中有很多作品都是先獲得報紙的文學獎，接受文學評審的肯定。那是一個重要的儀式，使同志作品在地化、合法化、市場化。那不再是禁忌，而是參加必讀書目的行列。

凌煙（一九六五—）的《失聲畫眉》[15]在一九九〇年獲得《自立晚報》的百萬文學獎，具有多重的文學意義。當鄉土文學逐漸式微之際，這本小說以台灣的歌仔

凌煙（《文訊》提供）

戲為主題，喚起讀者對台灣民間文化的濃厚鄉愁。故事中出現的場景，如錄音班、脫衣舞，以及為了演戲而流離失所，相當生動地寫出久被遺忘的農村生活習俗。在京劇被視為國劇的年代，歌仔戲一直是被視為不入流的藝術。凌煙的創作自然寓有抵抗主流的意味，使長期受到遺忘的民間表演，正式進入文學評審的視野。戲台上假鳳虛凰的身段，原是受到保守異性戀文化的規範，那是嚴守男女之防的反串演出。但在小說中，卻揭露女女相愛的現實真情，甚至還牽涉到三角戀愛。那種以身體衝撞主流價值的描寫，確實造成極大震撼。由於受到文學獎的加持，同志議題終於能夠撥雲見日。《失聲畫眉》後來又改編成電影，雖然賣座不佳，提早下片，卻使禁忌的話題得到釋放。這部小說受到許多批判，還遭到污名化，但那可能是最後的反撲。

《鱷魚手記》[16]出版後第二年，邱妙津（一九六九—一九九五）在巴黎自殺身亡，留下一部《蒙馬特遺書》[17]。作者與作品在當年的台灣文壇都被視為重要事件，主要原因不僅是她的愛情表現是那樣轟轟烈烈，更重要的是，她的故事相當曲折細膩，寫出身為女同志的折磨。在小說的封底，她說：「我相信每個男人一生中在深處都會有一個關於女人的『原型』，他最愛的就是那個像他『原型』的女人。雖然我是個女人，但是我深處的『原型』也是關於女人。」整個故事是以大學四年性別取向的追求過程為主軸，她嘗試過與男性戀愛，卻都沒有成功。直到她發現自己深深被女性所吸引，一切的痛苦根源都來自於此。其中的掙扎、凌遲、鞭笞、自責，幾乎是字字血淚，逼著讀者與她一起起伏升降。那是一個欲開未開的年代，同志小說被迫停留在反覆求索的階段，在面對社會之前，必須優先面對自我。未能身歷其境者，在小說中走過一次，必然刻骨銘心。家國、社會、民族、傳統的意義究竟是什麼？這些抽象符號的存在，無非是把不符主流價值的性別視為

15 凌煙，《失聲畫眉》（台北：自立晚報社文化出版部，一九九〇）。
16 邱妙津，《鱷魚手記》（台北：時報文化，一九九四）。
17 邱妙津，《蒙馬特遺書》（台北：聯合文學，一九九四）。

異端，然後進行排斥並放逐，使他們成為「異」國的流浪者。同志本來就不是合模者（conformist），他們是對愛情最誠摯、最盡職的實踐者。這部小說在一九九五年成為時報文學的推薦獎，而邱妙津已經告別人間。

身體政治的革命是由許多作家前仆後繼投入，為的是使禁忌不再是禁忌。這場革命的參與者，紀大偉（一九七二—）是受到矚目的一位。他說：「政治解嚴之後，街道才重歸人民；身體解嚴之後，才屬於自己。」[18]民主社會如果是代表一種開放，則身體也不應該受到監禁。同志在那階段，不是性別議題，而是屬於政治議題。紀大偉文學的重要，不在於他寫出內在的衝突與痛苦，而是他以幽默機智的手法，化解兵臨城下的森嚴緊張氣氛。面對龐大的異性戀傳統，他總是一語道破，使緊繃的對峙關係獲得冰釋。《感官世界》的第一篇小說〈美人魚的喜劇〉，顛覆過去的凝視觀點，他以頑童的筆改寫童話故事：「仔細看哪。島嶼邊緣的沙灘上坐著一名：裸女。（可是，如果你偏愛男色，你先注意到的就不是裸女，而是躺在裸女身邊的男子。）」[19]同性戀的眼睛取代異性戀的注目之後，故事的色調與節

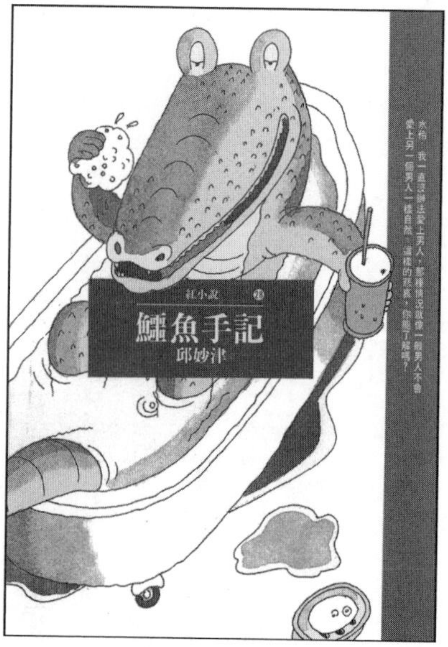

邱妙津，《鱷魚手記》

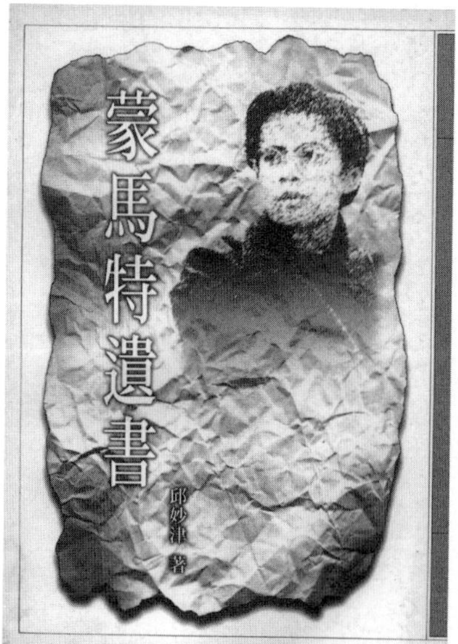

邱妙津，《蒙馬特遺書》

奏，都必須重新調整。以調皮的語調置換嚴肅的批判，是紀大偉書寫策略的極致。他不願受到性別兩元論的制約，而強調身體是流動的，而非凝滯不變。他的見解與態度，都具有兼容並蓄的寬厚。他看到美國大型書店，情欲作品與羅曼史小說並列在一起，使他有感而發：「多元書種，自然交叉共存。這些書籍排列如同一條河，富含各種礦物雜質，蜿蜒流過各種色塊的田野。每一截河段，都是河流的一部分。」[20]他的論述與小說，可謂同條共貫。他翻譯「酷兒」（queer）一詞，使舶來品本土化，容許在同性戀／異性戀、男／女、男同性戀／女同性戀之間的界線完全拆開。藩籬解除之後，身體可以越界流動，不再受到壓抑監禁。他寫變裝、科幻，是為了達到逾越，最後獲得愉悅。《膜》[21]正是最好的印證，他尊崇的美學不是減法而是加法；他偏愛的策略不是排除而是並置；他突破二元對立，創造多元共存。他的藝術之成為經典，是因為他具有前衛精神，到今天也仍然具有後衛價值。

紀大偉（《文訊》提供）

陳雪（一九七〇—）是一九九〇年代出現的寫手，從第一本小說《惡女書》（一九九五）開始，就驚動文壇，與所有的同志書寫所命名那樣，都是從自我貶抑開始。例如白先勇的「孽子」、邱妙津的「鱷魚」、洪

18 紀大偉，《晚安巴比倫》（台北：探索文化，一九九八），頁二六四。
19 紀大偉，〈美人魚的喜劇〉，《感官世界》（台北：聯合文學，二〇一一，重印版），頁一四—一五。
20 紀大偉，〈情慾小說住在羅曼史隔壁〉，《聯合報．聯合副刊》，二〇〇五年五月一日。
21 紀大偉，《膜》（台北：聯經，一九九六；二〇一一，二版）。

凌的「異獸」、舞鶴的「鬼兒」，似乎暗示他們的性別取向是一種疾病，或是瘋癲，甚至是邪惡。勇敢面對污名與貶抑，似乎意味著他們從人格的最底層出發，徹底刷新固定的形象與惡意的流言。陳雪的小說，就是她的生命史與家族史，無論故事內容有多麼虛構，卻都與赤裸裸的現實連結在一起。〈異色之屋〉寫的是一群女人共組一個家庭，而引起周邊男人的好奇與偷窺。小說中的「異」，暗喻異端或怪異，完全不符合主流社會的合法性。陳雪擅長使用夢幻的筆法，去觸探常人所不敢觸探的禁地。通過夢境與幻境，才能到達真實的感覺。這說明為什麼有些批評家指控她脫離現實，或逃避現實。然而外在客觀事物能被看見，並不必然就是現實，那可能是以權力或假象所建構起來。

陳雪（《文訊》提供）

陳雪的作品包括《夢遊一九九四》（一九九六）、《愛上爵士樂女孩》（一九九八）、《惡魔的女兒》（一九九九）、《愛情酒店》（二〇〇二）、《鬼手》（二〇〇三）、《橋上的孩子》（二〇〇四）、《陳春天》（二〇〇五）、《無人知曉的我》（二〇〇六）、《她睡著時他最愛她》（二〇〇八）、《附魔者》（二〇〇九）、《迷宮中的戀人》（二〇一二）、《無父之城》（二〇一九）、《親愛的共犯》（二〇二一）等。陳雪的記憶常常回到庸俗的庶民社會，在夜市裡擺攤子，看盡人間百態，也發生許多不可能的事件。小說中的女孩，從小被就父親性虐待，使她覺得身體裡面住著一個魔鬼，傷痕累累才是她的人生。故事中被強暴的女孩，下體總是潮濕，那使她揉雜著恐懼、傷害、瘋狂、愉悅、夢魘、變態、痛苦，舊傷未癒，新創又開。《愛情酒店》的女孩與流氓一起出生入死，好像要從父親影像中獲得保護。當她寫到《附魔者》時，把她全部的小說故事、情節、人物全部濃縮在一起。同性戀與異性戀的交織，施虐與受虐的辯證，拯救與迫害的反轉，秩序與失序的節奏，放逐與回歸的拉扯，使她的作品完全迥異於其他作家。當她初登文壇，帶來亂倫、不倫、逆倫的故事，令人無法置信。自傳體與夢幻體交織對話，那才是台灣社會的現實。不需要舶來品的文學理論，就足以道盡歷史的曲折與幽暗。她不斷地寫，有時是重複地寫，終於造成今日不敢逼視的格局。

在同志文學裡面，看不到坊間流行的國族寓言或民族主義。但他們的文學卻是構成家國與社會無可分割的一環。一九九〇年代也出現過一位公開的女同志作家洪凌，她所寫的《肢解異獸》與《異端吸血鬼列傳》夾雜著科幻、神話、漫畫的各種流行文化，刻意形塑一個情欲烏托邦，其中的各種身分，不管是男女，或中外，地球人或外星人，同性戀或異性戀，以及人與獸之間，界線完全泯滅。這種書寫策略，便是對傳統文化，或主流社會保持疏離態度，使個體完全獲得解放。正如范銘如所說：「肢解終結本世紀、甚至創世以來，所有預設遵行的認同政治。強種論為一則過時的笑話，雜種雜交才是最嗆的後現代美德。」[22]

同志文學的崛起，使台灣文學想像的邊境又推得更遠，容許強調認同政治或意識形態的讀者，看到他們永遠看不到的地平線。這樣的文學，不必然得到稱讚或肯定，但是只要完成書寫，就等於證明存在。同志文學的開拓，更進一步強調歷史再也不會走回頭路。

台灣政治小說崛起的意義

在時代發生變動之際，曾經被壓抑的許多文學想像，都在進入一九八〇年代之後次第挖掘出來。如果

22 范銘如，〈從強種到雜種──女性小說一世紀〉，《眾裡尋她：台灣女性小說縱論》（台北：麥田，二〇〇二），頁二三一。

性別小說隨著資本主義的發展而釋放出來，則與當時社會息息相關的政治議題，自然也會受到開發。一九七九年，黃凡（一九五〇—）所寫的〈賴索〉第一次把國民黨、共產黨、台獨三種政治立場並置在小說故事之中。在戒嚴文化尚未得到解除之前，這個政治話題無疑是相當敏感。當台灣媒體還未到達開放的境界，國民黨的意識形態可謂是歷史的主流價值。而涉及統獨議題的文學題材，似乎還沒有獲得公開討論的餘地。小說家黃凡把禁忌中的政治意識寫進故事，簡直是一把銳利的手術刀，狠狠刺入病入膏肓的戒嚴體制裡。這篇小說在第二年獲得《中國時報》的推薦獎，恰恰顯示深鎖在思想禁區的敏感話題即將奪門而出。這篇小說在藝術處理上並不很成功，但是把它放在當時的政治語境中，卻具備高度暗示。畢竟，那年冬天才爆發美麗島事件，台灣意識與台獨立場受到沉重打擊。隔年美麗島大審時，蔣經國決定公開審判，容許所有被捕人士在法庭的辯護言論披露在大眾媒體。台灣意識與民主運動之間的關係，便是在大審過程中獲得社會大眾的認識。他們遵從的理想，無非是強調基本人權與政治改革，完全與官方指控的叛亂活動毫不相涉。就是在這樣的背景下，〈賴索〉得到廣泛注意，而它的得獎似乎也在呼應整個時代風氣的轉變。當台灣開始出現政治小說時，其實值得注意的是，海外的張系國開始帶進來豐富的政治想像。他的小說具有實際的經驗，尤其對於保釣運動的描寫，張系國是最早的開創者。

黃凡（黃力智攝影，《文訊》提供）

張系國（一九四四—），是台灣小說家中的異數。他畢業於台大電機系，在美國是屬於早期的中文電腦研發者，思想敏銳，觀察深入。他所看到的台灣，往往是歷史的邊緣人。他的文字節奏特別凌厲，對人物性格的描寫也相當有稜有角，在一九七〇年代是非常受到矚目的重要海外作家。既從事小說創作，也介入文化評論，不僅對島上社會價值的觀察非常深入，也對海外華人生活的理解極為貼近。他看到的時代，不會受到歷史格局的限制，也不會受到海島視野的牽制。作為小說家，他具有一個超越的位置，可以掌握全局，也可以細膩剖析。一九七〇年代台灣政治經濟產生變革之際，他寫了一系列的「遊子魂」短篇小說，後來結集成《香蕉船》（一九七六）與《不朽者》（一九八三）。其中寫出海外華人的不同命運與不同下場，每篇小說既動人又迷人。〈香蕉船〉裡寫的是海員跳船的故事；〈紅孩兒〉描述保釣運動中的領導人，最後被批為大毒草；〈本公司〉彰顯為美國老闆做事的華人，從未找到自己的歸屬；〈笛〉則是寫原住民女性的淒苦遭遇。每一個故事是那樣悲涼，反映一個巨浪滔滔的時代，個人的命運終於遭到湮滅。他寫的是小說，但總是忍不住流露出一股詩意。他出版的作品包括《地》（一九七〇）、《孔子之死》（一九七八）、《皮牧師正傳》（一九七八）、《棋王》（一九七八）、《黃河之水》（一九七九）、《橡皮靈魂》（一九八七）、《城市獵人》（二〇一〇）等。

張系國（《文訊》提供）

《昨日之怒》（一九七九），稱之為最早的政治小說，亦不為過。張系國自稱他在海外保釣運動中，是屬於中間派，但是從統派、獨派、革新保台派的眼光來看，他的位置極為尷尬，因為沒有一個派別可以接納他。一場愛國運動最後淪落為害人運動，受到政治洗禮的知識分子，既沒有得到政治救贖，也沒有達到精神驅魔。這部小說真實記錄了台灣留學生在時代激流的沖刷之下，最後都被驅散，成為歷史洪流中的浮沉者。

當時被各個不同政治立場定位為大毒草的這本小說，經過時間的過濾、沉澱之後，反而是海外知識分子最真實的心路歷程。從溫情到熱情到激情的燃燒，最後反而受到國家機器的遺棄。紅色政權與藍色政權，顯然都不歡迎這些人物。他的文化評論還包括《天城之旅》（一九七七）、《英雄有淚不輕彈》（一九八四）、《讓未來等一等吧》（一九八四），另有科幻小說《星雲組曲》（一九八〇）、《夜曲》（一九八五）、《海默三部曲》（二〇一二、二〇一五、二〇一七）以及《蒙罕城傳奇》（二〇二一）等，並與平路合著《捕諜人》（一九九二）。

以〈賴索〉為基礎，黃凡在一九八三年出版長篇小說《傷心城》[23]，這部作品誕生時，台灣社會已經進入晚期資本主義，也逐漸被編入全球化的網絡。中產階級在這個階段日益鞏固，他們就要取得政治發言權，但是對於台灣未來的方向卻又感到茫然。黃凡對這部長篇小說提出這樣的解釋：「《傷心城》具有強烈的隱喻和象徵，它是台灣三十年來的縮影，主角葉欣和范錫華象徵了台灣人的迷惘和掙扎。而且《傷心城》所描寫的這個我居住了三十年的城市——台北，由於傳播訊息的發展，居住於此的台北人也就成為一個世界性的現代人。我想大都市的居民彼此距離是很相近的，他們的生活模式也相同，他們一樣有電視、汽車，一樣有職業的壓力，有焦慮，有政治和各種社會問題，當然他們的意識形態也相似。基於這點，我筆下的人物可以有世界性的代表。」這裡所說的居民，正是台灣中產階級。兩位小說人物中，范錫華是具有理想的台獨運動者，在異域宣誓成為美國公民；而葉欣並沒有特定的政治主張，他留在台灣，關心的是金錢與女人，耽溺於官能樂趣，是典型的世界公民。這部小說塗滿了黯淡悲觀的色調，活在城市中的人，對金錢以外的事物，似乎完全不關心。稍具理想的人，又被宣判死刑。確切地說，《傷心城》面對一個社會轉型期，威權式微、開放未定；縱然經濟繼續開放，而政治改革的曖昧心態猶在彌留狀態。黃凡一直被定位為後現代小說的作家，之後出版的《天國之門》（一九八三）、《反對者》（一九八四）、《慈悲的滋味》（一九八四）、《上帝們：人類浩劫後》（一九八五）、《曼娜舞蹈教室》（一九八七）、《躁鬱的國家》（二〇〇三）、《大學之賊》（二〇〇四）、《貓之猜想》（二〇〇五）、《寵物》（二〇〇六）等，都可視為後現代技巧演出的代表作。

如果一九八三年是性別議題登場的一年，在同一時間，政治議題也同樣成為小說家的主要關切。陳映真就在這年發表惹人議論的〈山路〉[24]，這是為一九五〇年代白色恐怖的政治犯發出抗議聲音的代表作，陳映真的左翼立場透過小說敘述而鮮明表達出來。因為在一九八二年，台灣最後一批政治犯終於得到釋放，其中有人坐牢長達二十五年，對社會人心衝擊甚劇。白色恐怖的記憶，由於年代過於遙遠，已完全沉沒在遺忘的世界。當政治問題沸沸揚揚炙痛漸漸呈遲鈍的人心，政治犯的出獄又再一次揭開傷疤。陳映真所寫的〈山路〉正是回應坐牢長達四分之一世紀政治犯的悲慘命運。在蒼白的歷史荒煙中，他刻意注入近乎悲情的絕望之愛，藉由愛情的奉獻，陳映真刻意使白色恐怖的受害者供奉在神聖的祭壇。在白色恐怖故事裡，陳映真塑造的角色都近乎英雄人格。最為驚心動魄的人物，莫過於〈山路〉中的女性蔡千惠。即使在形塑左翼批判故事，陳映真仍然無法忘情於他早年的浪漫理想主義色彩。小說重心並未放在左派黨人如何在獄中遭到肉身凌虐或思想改造，反而透過女性身體來襯托一個壯烈的時代。小說中被逮捕而終身監禁的黃貞柏，是蔡千惠的未婚夫，她所崇拜的組織領導人李國坤則遭到槍決。故事最為曲

陳映真，《山路》

23 黃凡，《傷心城》（台北：自立晚報社文化出版部，一九八三）。

24 陳映真，〈山路〉，《文季》三期（一九八三年八月）。

折離奇之處，在於這位女性諉稱是李國坤的未婚妻，自願來到李家侍奉老婦幼弟。蔡千惠以苦勞的方式，使李家生活環境獲得改善。這種贖罪式的行動，既不是為了填補黃貞柏的缺席，也不是為了完成李國坤的遺志，卻是為了履踐蔡千惠本人的左翼信仰。當她聽到黃貞柏在長期監禁後獲釋時，整個肉體驟然崩潰，開始厭食，終至枯萎而死。

蔡千惠的死，不像過去陳映真早期小說中的死，只是為了單純愛情事件，而是為了一個偉大的、無法實現的共產理想而死。蔡千惠的行為，或許竟如王德威所說，是：「以一種緩慢卻堅決的姿態走向死亡，成就了終極荒謬（女）英雄的姿態，陳映真藉〈山路〉傾吐自己被壓抑的記憶，往時往事似乎至此隨風而去。如果共產主義總有一個時間表，〈山路〉的故事恰是個時間／歷史被錯失及錯置的悲喜劇。」[25]這樣的解釋當然是可以成立，卻還可以進一步引申。陳映真小說的批判張力，在此展現無遺。從技巧上來看，故事情節也許過於牽強，文字藝術似乎猶待鍛鑄，而小說最後的敘述又非常教條黏膩。但是，一九八〇年代的心情卻相當飽滿地容納於小說篇幅。他致力於左翼史的重建，最優先的假想敵當然是島內正處於上升狀態的台獨運動，因此堅持左統的理念，自然就在於稀釋台獨的力量。不過，陳映真最擔心的是台灣後現代主義的到來，以及中國社會主義路線的轉向。蔡千惠之死，絕對不是為了一個空洞的信仰，而是為了一個越來越具體的答案。五〇年代受害者的犧牲，竟然換來下一代的飽食富有。如果蔡千惠就是陳映真的化身，他最後的精神支柱恐怕就是中國社會主義終於也走向資本主義的道路。對於左統的領導者陳映真，等於是站在歷史謎底就要揭開的當口。中國革命一旦墜落，精神與肉身是不是注定慢慢枯萎而死？陳映真的白色恐怖系列小說，在九〇年代末期，又延伸出國共內戰時期台灣人進退兩難的困境，後來都收入《忠孝公園》[26]。

相對於陳映真左統的立場，葉石濤在同時期也寫出系列的白色恐怖記憶。他代表的意識形態是當時黨外運動所標舉的台灣立場。同樣是對一九五〇年代的回顧，他一共完成三本重要作品，包括《紅鞋子》、《台灣男子簡阿淘》與《一個台灣老朽作家的五〇年代》。他表達的歷史觀點恰好與陳映真有所出入。在五〇年代初期，葉石濤曾因思想問題而坐牢。他與陳映真都以政治犯的身分重建歷史記憶，但是造出的人物形象卻各有所偏。這種記憶政治自然牽涉到歷史解釋權的爭奪，依照葉石濤的說法，戰後初期台灣知識分子對中國共產黨有所憧憬，無非是來自二二八事件的衝擊與受挫。就像他自己所說，在二二八事件之後許多人都在尋找精神出路，在知識分子之間存在很多差異：「從自由主義分子、左翼分子到極右的自覺主義分子都包含在內。這些人其實同床異夢，對於台灣的未來遠景各有不同的構圖。」他自己並不是真正的馬克思主義者，但是也不純然是所謂資產階級的自由主義者。不過，他站在中產階級的立場，卻同情社會中的弱小者。而這樣的意識形態，常常反映在日據時期的抗日知識分子身上。在某種程度上，葉石濤怯於表達清楚的政治立場，而這種思想

葉石濤，《一個台灣老朽作家的五〇年代》

葉石濤，《台灣男子簡阿淘》

25 王德威，〈三個飢餓的女人〉，《如何現代，怎樣文學？：十九、二十世紀中文小說新論》（台北：麥田，二〇〇八，二版），頁二四〇。

26 陳映真，《忠孝公園》（台北：洪範，二〇〇一）。

上的模糊性格，跟他同時代的朋輩沒有兩樣。態度很搖擺，而且患有嚴重的行動未遂症。他追求一個台灣人的台灣，卻又不能具體實踐，多少還是淪為空想。《台灣男子簡阿淘》正是欠缺行動能力的典型知識分子，他只是因為受到誣告，而終於遭到審訊逮捕。小說人物的退卻與懦弱，恰當反映了小說家一生的保守性格。那種崇高的理想，只有在靜態的思維裡激盪與燃燒，在整個動盪的歷史洪流中，最後還是歸於默默無聞。他的白色記憶基本上非常誠實，忠誠地寫出那種反英雄的人格；而這樣的人格，正好可以解釋台灣社會是如何度過驚濤駭浪的五〇年代。

一九六〇年出生於苗栗的藍博洲，可以說是陳映真的嫡傳弟子。他畢業於輔仁大學歷史系，一九八七年參加陳映真的《人間》雜誌，開始投入報導文學的營造。他開始大規模訪談曾經有過坐牢經驗的政治犯，一方面建立口述歷史，一方面發展出虛構小說。在史實與小說之間，他擅長做完美的結合，散發特殊的魅力。他的第一本作品《幌馬車之歌》[27]，描述白色恐怖時期的五位台灣青年，包括鍾浩東、邱連球、林如堉、郭琇琮和簡國賢，他們的命運各有不同，卻都是威權時期的受害者。他的歷史造像與葉石濤全然相反，總是把政治受難者升格成為英雄人物，既具有理想，也勇於行動。對於戰後初期台灣左翼運動的記憶建構，充分反映在解嚴之前歷史撰寫權與詮釋權的爭奪。它已成為諸神的戰場，各種不同意識形態的交詬與交鋒都在歷史場域攻城掠地。這種現象無疑是非常後殖民，使壓抑在社會最底層的政治記憶蠢蠢欲動。威權體制一旦發生鬆動，便穿過縫隙破土而出。藍博洲刻意提升白色恐怖時期受

藍博洲（《文訊》提供）

害人的人格，無非是為了強化統派的話語權，並且通過左翼史的再建構，企圖使台灣史與中國近代史連結起來。其用心良苦，普遍受到矚目。他所投入的精力，遠遠超過台灣意識論者，稍後出版的幾本報導文學，包括《沉屍・流亡・二二八》（一九九一）與《尋訪被湮滅的台灣史與台灣人》（一九九四），都足以顯示統派左翼史的記憶恢復，由於注入過多作者的主觀立場，反而使歷史人物失去主體。其中最大的特色便是，過於強調受害者是否加入共產黨，而欠缺社會主義思想的追尋。也正是各種意識形態雜然紛呈之際，就更加彰顯威權體制似乎搖搖欲墜，無法再通過檢查制度遏阻這場洶湧的歷史造像運動。

然而，當時有幾本政治小說，包括李喬的《藍彩霞的春天》與施明正（一九三五－一九八八）的《島上愛與死》，都遭到查禁。李喬的小說，對於妓女的悲劇命運有其強烈政治影射，藍彩霞遭到父親的出賣，受到嫖客與政客的羞辱玩弄。似乎強烈暗示台灣被清朝的

施明正

藍博洲，《幌馬車之歌》

27 藍博洲，《幌馬車之歌》（台北：時報文化，一九九一）。

遺棄，又被殖民政權的剝削掠奪。如果要掙脫悲慘命運的循環輪迴，最絕決的手段，就是要切斷與父親關係的牽扯糾葛。故事中的情色描寫，可能是李喬小說中筆觸最果敢放膽的一冊。施明正的小說集，充分表達他對戒嚴文化的批判精神。由於有過坐牢的經驗，他以政治犯的身分寫出監獄生涯的真實狀況。其中的〈渴死者〉與〈喝尿者〉，露骨繪出生命在絕望時刻的痛苦與折磨。如果視之為典型的監獄文學，亦不為過。施明正所要揭露的是，白色恐怖時期所造成人性之扭曲與傷害，已經到達匪夷所思的地步，無疑是對威權體制的強烈抵抗。兩本小說之遭到查禁，正是戒嚴文化的迴光返照。但是無論如何進行思想檢查，都只是為了印證，威權體制就要成為歷史廢墟，從此一去不復返。

施明正，《島上愛與死》

原住民意識的覺醒及其文學

一九八〇年代之後，原住民意識大量覺醒。他們一方面介入漢人的黨外民主運動，一方面開始借用漢語來表達文學想像，而終於緩慢迂迴地構築他們的發言權。原住民文學的登場，不僅改變台灣文學的生態，也迫使所有的文化沙文主義者，開始反省台灣社會權力結構的失衡。他們清楚發現台灣的歷史結構，應該由三條主軸擘造而成：原住民、漢人移民與外來殖民者。這種劃分的方式，當然對原住民很不公平。畢竟在所有的歷史紀錄，原住民的語言文化並未受到重視。「原住民文學」一詞，從來沒有在台灣文學史書寫中出現。

部落的歷史文化及其文學想像，在台灣歷史上從來沒有獲得命名。經過整個八〇年代的復權運動，穿越無數的抗爭與示威，才慢慢取得漢人社會的承認。到今天，「原住民」一詞不僅寫入中華民國憲法，在文學版圖上也具有相當鮮明的位置。當漢人社會爭論殖民與被殖民的權力關係時，原住民的歷史地位其實從未被納入爭論的範圍。由於沒有文字記載，原住民的文學必須依賴口傳與轉述，很難受到權力支配者的注意。

自清朝以降，在強勢的撫番政策下，原住民的土地與文化就不斷受到兼併與侵蝕。如果有所謂文化瓦解的危機，絕對是發生在日本殖民體制與戰後威權體制建立之前。日本盤據台灣以後，把資本主義引介到島上，從而進一步延伸到深山的原住民部落。尤其是台灣總督府實施的五年理番計畫，完全禁止原住民的狩獵活動與祭拜儀式。為了解除部落的武裝抵抗，從台灣總督府實施「政略婚姻」的手段，唆使日本警察與部落女性通婚。一方面拉攏情感，一方面密切監視，甚至採取以夷制夷的方式，利用布農族來壓制泰雅族。這種殖民權力，嚴重傷害原住民之間的情感，也嚴重破壞部落既有的文化傳統。特別是一九三〇年代發生霧社事件之後，泰雅族不僅遭到全村移居的命運，殖民者更加肆無忌憚地奪取原始森林的資源。皇民化政策的實施，在四〇年代之後，更加造成部落社會價值觀念的混亂，使他們原有的文化認同產生分歧與斷裂。在台的日本作家，如中村地平、西川滿都生產不少原住民小說。故事中的形象，完全是日本人想像出來，是不折不扣東方主義式的書寫策略。

戰後國民政府來台，仍然遵循日本人留下來的漢番隔離政策，在原住民的部落之間，劃分山地山胞與平地山胞兩種，以利統治管理。不僅如此，日據時代總督府所虛構出來的吳鳳故事，也改寫新的版本，納入中小學的教科書，嚴重曲解原住民的文化傳統，也使漢人沙文主義更加傲慢膨脹。在有計畫的山地政策實施之下，所有原住民孩童都必須接受國民教育，並且灌輸中國歷史記憶與中華民族主義，包括三民主義在內。不僅如此，從一九七〇年代以後，原住民的工藝與舞蹈都劃入國際觀光的範圍，淪為台灣工業化社會的特定文化產業。配合資本主義的高度成長，為了增加工業生產力，在產學合作的名義下，甫從國中畢業的原住民學童，立即被送往西部平原的工廠，加入生產行列。原住民的人口結構從此有了巨大改變。為了尋找工作，不計其數的原住民人口流入都市，男性承擔粗重辛勞的下層工作，女性則被出賣，而淪落在風化區。原有的山坡地，也在經濟政策的開發名義下，不斷受到漢人的掠奪併吞。整個七〇年代正在經歷經濟奇蹟的過程中，原住民所付出的血汗淚水，卻從未留下具體的紀錄。正如孫大川所說：「姓氏的讓渡，母語能力的喪失，傳統祭典的廢弛，文化風俗的遺忘，社會制度的瓦解，加上都市化後『錢幣邏輯』的誘惑以及外來宗教的介入，一九七〇年代以後的台灣原住民幾乎失去他們所有民族認同的線索和文化象徵，『內我』完全崩解。」[28]在工業化發軔之際，黨外民主運動次第崛起。在都市中工作的原住民，稍有自覺意識者，也加入黨外運動的行列。就像女性、農民、工人、外省族群，為了爭取人權與尊嚴，都紛紛成為黨外運動的一員。原住民運動與黨外運動的結盟，最初可能是美麗的錯誤，但是對原住民復權的運動卻帶來許多暗示與啟發。原住民文學的誕生，是在政經、社會、文化各種力量的沖激之下而蔚然形成。

一九八七年解嚴前後，吳鳳故事的拆解，成為復權運動的關鍵。這個議題的引爆，始於中央研究院民族學家胡台麗的一篇小說〈吳鳳之死〉[29]。故事中的「死」，代表兩種意義，一方面拆解神話中的吳鳳犧牲，完全沒有事實根據；一方面也拆穿國民教育中漢人沙文主義的虛構。原住民文學正是在這樣的文化解構過程中，開始建構屬於他們自己的文學想像。台灣社會開始見識到原住民的漢語文學創作。從部落語言到所謂的國語，中間需要跨越翻譯的階段。漢語是否能夠準確承載原住民的藝術想像，確實需要推敲。最早受到注意的，是布農族的拓拔斯・塔瑪匹瑪（田雅各）。遠在一九八三年，他就寫出一篇〈最後的獵人〉。故事中的主角比雅日不禁感嘆：「……再過幾年，森林到處是人聲、車聲，動物會因森林的浩劫而滅跡，從此獵人將在部落裡消失。」那種部落黃昏的危機，第一次以漢語表達出來時，無疑帶來強烈的震撼，他著有〈最後的獵人〉（一九八七）、《情人與妓女》（一九九二）、《蘭嶼行醫記》（一九九八）。豈止布農族面臨這種危機，所有的部落知識青年，包括排灣的阿勒．路索拉滿（胡德夫）、達悟的王榮基、泰雅的娃丹、卑南的孫大川、鄒族的浦忠成，都紛紛表達高度的危機意識；同時也勇敢借用漢語，來呈現其固有的優良傳統。

排灣族莫那能（一九五六—）出版的詩集《美麗的稻穗》[30]，可能是受到議論最廣的一本作品。由於漸成盲眼狀態，他辭掉焊工的工作，在都市裡從事按摩。這本詩集是由他口述出來，由幾位漢人作家協助修改潤飾。雖然不是原創的詩集，卻透露滿腔的悲傷與憤怒。他留在都市工作，為的是尋找流落在黑巷的妹妹。他們遠離部落，與原鄉的情感有了很大疏離，卻並不因此而中斷兄妹之間的情誼。在詩行之間，似乎投射了都市街巷之間穿梭的孤獨身影。那種忙亂而盲目的覺醒過程，既是反映資本主義的絕情冷漠，也暗示了漢人社會的殘酷傲慢。他的詩引人議論，其中以〈鐘聲響起時——給受難的山地雛妓姊妹們〉最受矚目：

當教堂的鐘聲響起時
媽媽，妳知道嗎？
荷爾蒙的針頭提早結束了女兒的童年
當學校的鐘聲響起時
爸爸，你知道嗎？
保鑣的拳頭已經關閉了女兒的笑聲

28　孫大川，《夾縫中的族群建構：台灣原住民的語言、文化與政治》（台北：聯合文學，二〇〇〇），頁一四五。

29　胡台麗，〈吳鳳之死〉，《台灣文藝》一六號（一九八〇年十月）。

30　莫那能，《美麗的稻穗》（台中：晨星，一九八九）。

被出賣的肉體，是妹妹命運的縮影，也是出沒於高樓陰影下的雛妓遭遇。短短的詩行，容納太豐富、太沉重的權力與壓力。這本詩集傳達一股巨大的信息，那絕對不是權力掌握者的政策而已，所有的漢人族群都是屬於同樣的共犯結構。原住民的命運，如果要獲得解脫，恐怕只有一條死亡的道路可以選擇。歷史上留下來的強悍控訴，竟是通過一位盲眼詩人柔軟詩句而流露出來。類似這樣的描寫，在泰雅族詩人瓦歷斯・諾幹（一九六一—）的詩集《想念族人》[31]，也傳出深沉的悲痛。原住民本來就是這個島上最早的住民，在資本主義的傷害下，他們失去家園，在島上四處流亡。寫於一九八七年的〈在大同〉一詩，借用一位雛妓的口吻，寫下這樣的詩句：

在華西街陰冷的房間一角
偶而，我還會想起故鄉
賭博醉酒的母親，死於
斷崖的父親，荒廢的田園
和尚在讀書的弟妹

不同的部落，相同的命運，竟是原住民詩人的共同主題。瓦歷斯・諾幹是產量豐富的作家，他的漢語能力極為傑出，他的藝術高度與批判力道甚至超越漢人作家。受到矚目的作品包括《戴墨鏡的飛鼠》（一九九七）、《伊能再踏查》（一九九九）、《戰爭殘酷》（二〇一四）、《七日讀》（二〇一六）等。他的歷史意識相當深厚，熟悉日據與戰後的殖民史，也相當關切原住民的人權與文化前途。由於生產力特別旺盛，他已經成為重要的代言人。他所營造的題材，並不止於泰雅族而已，他的文字往往揭露原住民漂泊的宿命。

他積極投入歷史記憶的建構，也抵抗殖民歷史的干涉。由於同時經營詩與散文兩種文類，他的活動力又非常積極，使台灣的讀書市場不能不注意原住民文學的存在。

另外一位受到矚目的作家，便是來自蘭嶼的夏曼．藍波安（一九五七—）。他與瓦歷斯．諾幹同樣在台灣社會教過書，卻因原住民意識的覺醒而決心返回原鄉。這些回歸的原住民知識分子，在自己的部落裡常常受到誤解，總是認為他們無法在漢人社會生存下去，才選擇回到自己的部落。那種腹背受敵的窘境，正好道出原住民意識的進退兩難。但是，夏曼．藍波安還是勇敢恢復原有的生活方式，卻從未放棄他的寫作生涯。他的作品《八代灣的神話》（一九九二）、《黑色的翅膀》（一九九九）、《大海浮夢》（二〇一四）等，都受到台灣文壇的肯定。返回部落的運動，既是原住民意識的提升，也是污名化的洗刷。受到漢化教育的知識青年，對自己的文化主體不再抱持任何自卑。他們對於歷史上的傷害，並非停留在悲情階段。如果沒有創造新的文學

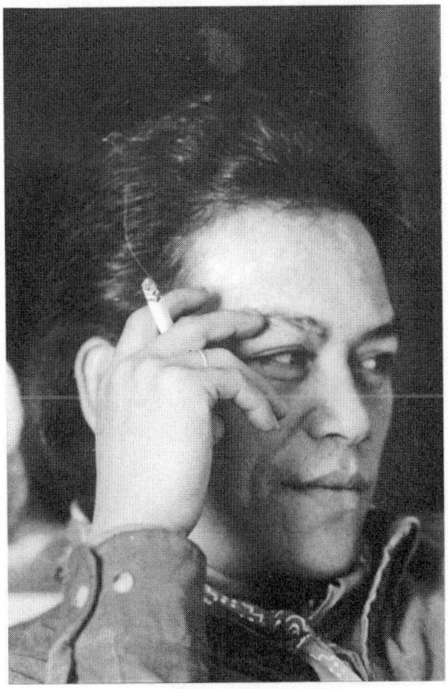

夏曼．藍波安（潘小俠攝）

夏曼．藍波安，《大海浮夢》

31　瓦歷斯．尤幹（瓦歷斯．諾幹），《想念族人》（台中：晨星，一九九四）。

藝術，則悲情只有使主體遭到淹沒。當他們能夠發揮自己的想像時，其實已在超越被損害、被遺棄的靈魂。夏曼．藍波安在這場復權運動中所表現出來的生產力，是極為傑出的其中一位。他不止不息地投入書寫，其實就在擴張發言的版圖。他的散文之受到肯定，乃在於運用原住民的特殊語法，散發淒迷的魅力。傳誦已久的《黑色的翅膀》[32]，融入許多神祕而奇妙的達悟族神話。對漢人來說，每夜的星空是何等尋常；但是對達悟人而言，卻是充滿各種神諭。既預告颱風的來臨，也預見飛魚的歸來。他在書寫時讓母語拼音與漢語翻譯並置，相當漂亮地完成語際之間的跨越。他運用漢語時的遣詞用字，一方面維護達悟文化，一方面也批判漢人霸權。其中的微言大義，相當犀利地揭露所謂本土化的假面。夏曼．藍波安從來不會因為漢語書寫受到肯定，而感到自滿。在一次座談會上，他公開表示：「現在族人一談到夏曼．藍波安，就知道我會抓鬼頭刀魚，也是一個潛水射魚的高手。」這位在水底睜開眼睛辨識惡靈的作家，誠然使台灣文學的藝術想像向前跨出一大步。

利格拉樂．阿𡠄（一九六九—）是另一位受到文壇廣泛討論的作家，她的作品代表雙重覺醒：一是原住民意識，一是女性意識。她的父親是外省老兵，母親則是排灣族。一九八八年，與瓦歷斯．諾幹結婚；一九九〇年，兩人共同創辦《獵人文化》雜誌。當部落的朋友視她為外省人時，她反而更有強烈的原住民意識。早期夫婦兩人投入人權運動，特別是為原住民死刑犯湯英伸仗義直言。那次人權運動並未成功，卻使她清楚認識自己的文化位置。由於具有強烈的社會關懷，她同時成為原運與婦運的代言人。她出版的散文集包括《誰來穿我織的美麗衣裳》（一九九六）、《紅嘴巴的VuVu：阿𡠄初期踏查追尋的思考筆記》（一九九七）、《穆莉淡Mulidan：部落手札》（一九九八）。她寫出令人驚豔而刺痛的文字，幾乎就是一部邊緣族群的台灣史。尤其是〈祖靈遺忘的孩子〉[33]，深刻描繪外省父親與排灣母親的婚姻生涯。龐大的中國近代史，與弱小的台灣原住民史，相互結合之際，所造成的價值衝突是那樣震撼而難以承受。介於兩個族群之間的矛盾，作者在相剋相生的文化陰影下成長。當她見證父親在早年的大陸已經有過婚姻，幾乎可以想像母親生命的再度邊緣化。阿媯對台灣文化的認同，完全是繼承母親的受害記憶。她的血脈並非與中國現代史銜接，也不是與台灣殖民史連結；她翻騰的血脈其實就是部落山脈的餘波。那種沉痛的語言，並非在控訴外部殖民的欺壓，而是在抵禦內部殖民的傷害。

在原住民作家中，孫大川（一九五三—）是全程參與原住民復權運動的實踐者。一九九六年，行政院原住民委員會成立時，他成為首位政務副主委；二〇〇八年，又被邀請入閣，成為主委。他曾任東吳大學哲學系副教授、東華大學民族發展研究所所長，以及政大台灣文學研究所教授，在學界普遍受到尊敬。他的著作豐富，包括《久久酒一次》（一九九一）、《山海世界：台灣原住民心靈世界的摹寫》（二〇〇〇）、《夾縫中的族群建構：台灣原住民的語言、文化與政治》（二〇〇〇）、《BaLiwakes，跨時代傳唱的部落音符》（二〇〇七），以及《搭蘆灣手記》（二〇一〇）等。他使用

32 夏曼・藍波安，《黑色的翅膀》（台中：晨星，一九九九）。

33 利格拉樂・阿媯，〈祖靈遺忘的孩子〉，《誰來穿我織的美麗衣裳》（台中：晨星，一九九六）。

利格拉樂・阿媯，《誰來穿我織的美麗衣裳》

利格拉樂・阿媯（利格拉樂・阿媯提供）

的漢語白話文，可能是原住民作家中極為熟練的一位。他所接受的學術紀律，往往能夠透視漢人權力結構的詭譎與狡猾。對於一九八〇年代以後的統獨論戰，或殖民與後殖民的爭論，他總是能夠站在一個超越的角度冷靜看待。當漢人不斷割開血管，訴說殖民傷害時，他選擇站在一個冷眼旁觀的位置。從他的文字可以深深感受，殖民史好像只是貫穿漢人移民史，原住民的文化完全遭到遺忘。他深深警覺，漢人遭到多少殖民經驗，原住民就經歷多少。然而，漢人受害者總是忘記，強勢的漢人霸權凌駕在原住民部落之上。許多學者往往視而不見，在外部殖民之外，原住民又承受另一種內部殖民。當他寫出〈母親的歷史．歷史的母親〉的散文時，母親的形象簡直就是台灣部落文化具體而微的展現。他們不斷更換所謂的國語，經過數度文化霸權的洗刷，原住民的主語已成零落的狀態。他一直認為，台灣文化並沒有任何本質的存在，而是在時間遞換的過程中慢慢建構起來。他的文化建構論，遠遠勝過本土運動的本質論。由於是採取建構的觀點，他能夠以寬容的態度，看待島上各個族群的文化及其生成與演化。他捍衛原住民文學傳統的行動，具體應證在兩套編輯工作上：中英對照的《台灣原住民的神話與傳說》[34]十冊，以及《台灣原住民族漢語文學選集》七冊。這些書籍羅列起來，形成一排原住民文學的長城。正如他所說：「台灣原住民漢語文學的意義和價值何在？它會不會因漢語的使用而喪失其主體性？從這十幾年來的實踐經驗來看，漢語的使用固然減損了族語表達的某些特殊美感，但它卻創造了原住民各族間乃至於和漢族之間對話、溝通的共同語言。不僅讓主體說話，而且讓主體說的話成為一種公共的、客觀的存在和對象，主體性因而不

孫大川（《文訊》提供）

再是意識形態上的口號，它成了具體的力量，不斷強化、形塑原住民的主體世界。」[35]

從事原住民文學創作的作家，還包括劉武香梅（一九四二—），鄒族，著有《親愛的Ak'i，請您不要生氣》（二〇〇三）。奧威尼・卡露斯（一九四五—），魯凱族，漢名邱金士，著有《魯凱族傳統童謠》（一九九三）、《雲豹的傳人》（一九九六）、《野百合之歌》（二〇〇一）。霍斯陸曼・伐伐（一九五八—二〇〇七），布農族，著有《玉山的生命精靈》（一九九七）、《那年我們祭拜祖靈》（一九九七）、《生之祭》（一九九九）、《黥面》（二〇〇一），以及長篇小說《玉山魂》（二〇〇六）。田敏忠（一九四三—），泰雅族，著有《天狗部落之歌》（一九九五）、《赤裸山脈》（一九九九）、《地老天荒薩衣亞》（二〇〇二）。里慕伊・阿紀（一九六二—），泰雅族，著有《山野笛聲》（二〇〇一）。卜袞・伊斯瑪哈單（一九五六—），布農族，著有布農語詩集《山棕月影》（一九九九）。在原住民的作家行列裡，有很多正在崛起的新星，還未結集出版。其中最值得注意的新聲董恕明（一九七一—），著有《雲與樹的對話》（一九九七）。她的論述不斷受到重視，出身於卑南族，既熟悉漢人文化，也理解原住民文學。她被期待可能是未來跨語際的重要作家。

散文創作與自然書寫的藝術

一九八〇年代的散文創作，一方面延續七〇年代以降的社會關懷，一方面文字技巧也逐漸鬆綁，相對於現代主義的文字鍊金術，新世代的散文家比較注重較為精確的客觀現實描寫。確切而言，此一時期的散文書

34　孫大川、文魯彬（Robin J. Winkler），《台灣原住民的神話與傳說》（台北：新自然主義，二〇〇二）。

35　孫大川，〈編序——台灣原住民文學創世紀〉，《台灣原住民族漢語文學選集：評論卷》（上）（台北縣：印刻文學，二〇〇三），頁一〇。

寫，既延續文字的象徵手法，也擴張鄉土文學運動的寫實技巧。從上個世代累積下來的文字深度與高度，都受到新世代寫手的繼承。其中最大的特徵，他們在干涉現實之餘，還注意到藝術的營造。

邱坤良（一九四九—），是一位遲到的散文家。他從年少時期，就從事台灣戲劇的研究，在學術界頗受重視。早期寫過接近報導文學的兩本作品，亦即《民間戲曲散記》、《現代社會的民俗曲藝》，其文字技巧就已被看見。在學院裡，他一共出版了《中國戲劇的儀式觀》、《日治時期台灣戲劇之研究》、《台灣劇場與文化變遷》，相當穩固地建立在學界的發言權。他所寫的回憶散文《南方澳大戲院興亡史》（一九九九），幾乎是震動文壇。當他一出手，就引起廣泛讀者的注意。在宜蘭出生的他，聚焦於在漁港南方澳的成長故事，以幽默、風趣的筆法寫出童年時期的奇遇見聞。他不僅生動鋪陳庶民文化的精采與幽微，也寫出民間情感的曲折與祕辛。他以戲劇的手法點出那偏遠漁港的特殊人文地理環境，而且巧妙地把學院的研究成果融入動人心弦的想像。他的散文觸及民間流行的歌舞團文化，有時使用誇大的字眼放大即將消逝的記憶，他也放膽說出脫衣舞與牛肉場的背後心酸故事，帶出埋藏已久的溫暖情感。一位教授化身成為熱血男兒，極其流暢地說出前所未聞的鄉野傳奇。他滔滔不絕的絮語，完全放下身段，走出學院的紅牆，深入一九五〇、六〇年代經濟還未起飛之前的台灣。在傷心處，令人涕泗縱橫；在開懷處，令人捧腹大笑。邱坤良的文字力量，竟有至於此者。他的作品還包括《馬路·游擊》（二〇〇三）、《跳舞男女：我的幸福學校》（二〇〇七）等。

阿盛（一九五〇—），原名楊敏盛，台南新營人。

邱坤良（《文訊》提供）

重要代表作《唱起唐山謠》（一九八一）、《兩面鼓》（一九八四）、《行過急水溪》（一九八四）、《綠袖紅塵》（一九八五）、《如歌的行板》（一九八六）、《散文阿盛》（一九八六）、《春秋麻黃》（一九八六）、《春風不識字》（一九八九）、《秀才樓五更鼓》（一九九一）、《船過水有痕》（一九九三）、《銀鯧少年兄》（一九九九）、《火車與稻田》（二〇〇〇）、《萍聚瓦窯溝》（二〇一二）。他的散文是典型的成長與啟蒙過程的見證，也是台灣歷史與社會轉型的紀錄。如此貼近現實的創作，有時會犧牲審美原則，遷就客觀環境。阿盛在落筆之際，非常警覺現實與藝術之間的分野，他文字運用爐火純青，有時也可以供作朗讀。從鄉下出來的阿盛，在描寫原鄉土地時，從未忘懷家族傳統與歷史意識。他所追求的方向，不純粹訴諸抒情，往往在小品文與雜文之間，表達他的關懷。甚至有些作品近乎敘事，有時使讀者視為短篇小說，對人物性格的掌握，表情與心情的探索，他拿捏得恰到好處。對於散文形式並不特別執著，而寧可選擇開放與多元的嘗試。

阿盛最值得注意的作品，完成於一九八〇年代中期，憶及台灣社會欲開未開的階段，也正是在戒嚴體制終結的前夕。在那階段，他見證社會的失序亂象，也是台灣經濟正要迎接全球化浪潮的到來。他筆下人物大多處於社會邊緣，尤其是都市社會的煙花女子，他用字相當犀利，從酒女、妓女的身上，看到資本主義的殘酷與絕情。他的文體，部分是抒情，大多是議論。相對於吳晟所寫的農村文化，阿盛集中於都會描寫。在字裡行間，他恰當地嵌入方言與俚語，整個書寫策略，從未顯示走險棋的步調。沒有風花雪月，沒有華麗辭藻，完全以真情說服讀者。那是一個世代知識分子的心影錄，也是台灣社會跨入後現代之前的最後回眸。

林文義（一九五三—），可能是台灣文壇最堅持走散文路線的作者。前後四十年間，投注於抒情散文的經營，他與阿盛風格最大的差異，在於他總是選擇逃離台北都會，耽溺於在遠方的旅行。在某種意義上，是一種有計畫的漂泊，但還不至於使用自我放逐來定義。林文義的文字讀來極為柔軟，卻暗藏一股堅定的意志。逆著社會潮流，他定位在被政治怒濤所席捲，自己反而迴轉身軀，專注於散文形式的塑造。文學世界是林文義構築起來的堅強城堡，坐在城牆上，冷眼觀察詭譎的風雲變幻。每一時期的文字，似乎都是一面鏡子，倒映著政治氣候的名字與流動。柔軟是一種書寫策略，有時近乎濫情，卻足以使內心的憤怒與抑鬱獲得沉澱，也使混雜的情緒，過濾盡淨。他早期的散文，帶著強烈的哀傷；近期的作品，則注入強烈的批判。他自己承認，受到楊牧影響甚鉅，但風格上他比楊牧還更勇敢介入庸俗。

經歷過一九八〇年代的動蕩起伏，林文義對台灣現實有著濃厚的悲觀意識，從《寂靜的航道》（一九八五）開始，逐漸流露人道主義的關懷。筆下出現的人物包括原住民、酒家女以及退伍老兵。由於歷史意識甚強，終於使他介入短期的政治生涯，那段經驗非常重要，使他看到民主運動中的幽暗與墮落。他及時抽身，展開長期的異國旅行，坐在遠方的港口，他瞭望的方向仍然準確地瞄準台灣。《邊境之書》（二〇一〇）負載著較諸從前還要沉重的愁緒，寫出他受到政治傷害的系列散文。林文義是為夢而活的作者，但是對時代的激流與暗潮，卻保持纖細的觀察。邊境的暗示存在於欲言又止之間，既喻放逐，又喻回歸，依違於理想與幻滅的兩極。這種內在價值的拉扯，頗能顯現這世代從封閉時期走向開放階段的心靈，知道如何療癒自己的傷口，也很清楚如何使動蕩的情緒獲得沉澱。他沒有中國的沉重包袱，也沒有後現代書寫的那種輕浮，經歷美麗島事件的洗禮，他已經脫胎換骨，成為新世紀散文的重要聲音。

林文義（《文訊》提供）

唐諾（一九五八—），本名謝材俊。他是遲到的作者，以《文字的故事》（二〇〇一）一書被人看見。

他從最古老的甲骨文去發現漢人祖先創造文字的巧思與智慧，所有的文字，如果沒有使用，就會慢慢消失、死去。唐諾重新對最古遠的文字投以深情的回眸，經過他的挖掘與再詮釋，即將沉默的文字又被挽回，並且熠熠發光。長期浸淫在閱讀中，似乎找到他獨特的方式，直到《讀者時代》（二〇〇三）的問世，才受到文壇矚目。他強調，書是一本一本讀的，這給予迅速、稍縱即逝的後現代讀者一個棒喝。沒有閱讀，藝術不可能存在；沒有閱讀，文學批評不可能延續。當他說這是一個讀者時代，其實已經把讀者的地位提升到與作者一般高。作者不再是他作品的最後詮釋者，這是大家耳熟能詳的一個守則。但是沒有多少人能夠體會閱讀的真實意義。如果換成一九六〇年代的新批評，王文興可能會說書是一個字一個字讀的。面對龐博浩大的文學生產，恐怕唐諾的想法才是新時代的實踐。他的文字的密度很高，往往在討論作品之際，總是會情不自禁旁徵博引，閱讀他的閱讀，可能不只是看到一本書的介紹，而是他不斷地延伸閱讀，使讀者看到書本以外的作者。《閱讀的故事》（二〇〇五）中他提供許多範式，讓讀者如

唐諾，《在咖啡館遇見十四個作家》

唐諾（焦正德攝影）

何接近作品本身。他也大量閱讀翻譯作品，並且提煉出個人的品味與評價。他的《在咖啡館遇見十四個作家》（二〇一〇），以說服的方式引導讀者進入外國作家的文學世界，包括海明威、康拉德、契訶夫、波特萊爾、納博科夫、福克納、波赫士、葛林、艾可，證明他是一位勝任的導遊，牽引讀者一起去發現美麗景色與異國情調。他擅長使用冗長的句子，為的是要把複雜的議題說得更加明白可解。他的閱讀絕對不是標準的讀法，可能也帶來許多誤讀，然而這正是他的迷人處，透過文字符號所散發出來的歧義性，往往造成聲東擊西的效果，甚至美不勝收。作品還包括《盡頭》（二〇一三）、《眼前》（二〇一五）等。

王浩威（一九六〇—），是國內知名的心理學家。他的文字乾淨利落，可以把最複雜的議題整理出思考清晰的文字。他所表達的方向，既不是抒情散文，也不是政治議論，而是受到矚目的文化批判。他的發言位置，是從醫生觀點來看台灣社會的家庭問題。他以委婉的筆法，揭開一九八〇年代台灣社會經濟轉型之後男人所面臨的問題。在農業社會，父權體制屹立不搖，但是資本主義開始高度發達之後，男性的權力已不再是可以掌控整個天下。當女性可以自主自立的時候，知識權與經濟權逐漸轉移到女性身上，男性在心理上所面臨的挫折與失敗，是歷史上從未發生過。王浩威最受矚目的一本作品是《台灣查甫人》（一九九八），分別探討台灣男人的語言與成長，以及男人的性競賽與婚姻危機。他所看到的社會現象，比任何一個作家還要深入透澈。尤其在書後，他寫的後記〈新好男人？〉，議論男性角色的變化，那篇文字可以說是世紀之交的最佳觀察，已經寫出男性所面臨的挑戰。兩性之間權力位置的互

王浩威（《文訊》提供）

換，意味著一個新的時代就要到來。王浩威的批判文字，是歷史的見證，也是現實的檢驗。他的重要作品包括《台灣文化的邊緣戰鬥》（一九九五）、《憂鬱的醫生，想飛》（一九九八）、《我的青春，施工中》（二〇〇九）、《沉思的旅步》（二〇一六）等。他全部的文字，指向一個健康社會的建構，字裡行間頗具詩意。

楊照（一九六三—），本名李明駿。可能是五年級世代生產力最旺盛的一位作家。他寫小說、散文與文化評論。作為知識分子，他延伸出去的知識觸鬚，可以說橫跨文學、歷史、政治、經濟、音樂、藝術，已經接近百科全書的領域。他的專業是歷史，但是寫作重心則放在社會現實。很少有一位作家像他那樣，對於新聞事件可以觀察那麼透徹，卻又能夠把時事與歷史想像銜接起來。在小說創作上，他擅長以後設的歷史記憶，建構自傳體與家族史。透過獨白的形式，幾乎可以滔滔不絕，說出精采的故事。他有一部未完成的長篇小說《家族相簿》，還在連載之際就獲得「吳濁流文學獎」。透過一位年輕人翻閱家族的照片，對女友說出上個世代的曲折經驗；那種流暢的獨白，竟然可以串起整個台灣的歷史過程。他所採取的後設技巧，足夠展現龐沛的想像。《暗巷迷夜》（一九九四）則透過姊妹在電話上的對話，追溯一場掩蓋已久的家族命案。他的小說特色，往往與台灣歷史特別貼近，尤其是殖民時期泛黃的記憶以及不堪回首的二二八事件，總是不時在小說中浮現。另一部小說《背過身的瞬間》（二〇〇六）是一部企圖心很大的創作，有意在過去一百年的時間裡，每一年寫出一個故事。那些記憶稍縱即逝，他卻抓住剎那間閃現的靈光。從戰前到戰後，出現的各種人格作為小說主角，那種歷史格局不僅是需要史學信念，又必須在藝術技巧上有其獨到的境界。歷史與文學的結合，已經成為他小說的主要色調。小說作品包括《大愛》（一九九一）、《紅顏》（一九九二）、《星星的末裔》（一九九四）、《往事追憶錄》（一九九四）。

楊照的文學魅力，主要還是在散文方面，由於理性與感性兼具，對讀者產生的衝擊遠遠大過他的小說。從年少時期到現在卓然成家，他的爆發力未嘗稍減。傳誦甚廣的《迷路的詩》（一九九六）與《為了詩》

（二〇〇二），寫的是文學啟蒙的過程。尤其是前者，往往被拿來與朱天心的《擊壤歌》相提並論。對愛情的渴望，對藝術的嚮往，相當生動刻劃少年心靈成長的迷惘與惆悵。站在一定的時間高度，他俯望尋找真與美的幽微感覺。以詩作為書的命名，足以暗示一個精緻靈魂的歷練與提煉。浩浩蕩蕩的文字，沛然莫之能禦；並沒有因為字數的過量，而造成情緒的過剩。在文學批評方面也受到重視，他勤於閱讀文學新書，也不懈地從文學史的觀點評價經典作品。主要著作包括《文學的原像》（一九九五）、《文學、社會與歷史想像：戰後文學史散論》（一九九五）、《夢與灰燼：戰後文學史散論二集》（一九九八）、《霧與畫：戰後台灣文學史散論》（二〇一〇）、《世界就像一隻小風車：李維史陀與《憂鬱的熱帶》》（二〇一五）。對於現階段的台灣文學研究，具有一定的影響力。

楊照（楊照提供）

楊照的邏輯思考非常清楚，段落與段落之間，是一種有機的聯繫，具有強大的說服力。以抒情文字發展出來的文化評論，使他建立一個相當穩固的位置。既可深入社會，又可干涉政治，成為世紀末到世紀初的一支健筆。身為知識分子，他並不必然要提供學術性的知識，最重要的是他必須涉獵非常廣泛，對於觸及的議題，必須維持一定的深度與高度，而且所有的發言也必須擊中要害。從這些標準來看，楊照盡職地做到，也忠實地表達。他的位置非常鮮明，超越庸俗的意識形態與政治立場，而成為這個時代、這個社會的重要聲音。主要著作包括《臨界點上的思索》（一九九三）、《倉皇島嶼》（一九九六）、《Cafe Monday》（一九九七）、《知識分子的炫麗黃昏》（一九九八）、《理性的人》（二〇〇九）、《如何做一個正直的人》（二〇一〇）。

自然書寫在一九八〇年代以後篤定崛起，意味著台灣社會的生活環境，開始受到工業文明的侵襲。又由於資本主義的高度發達，人性的幽暗墮落也轉嫁到自然環境。土地倫理的意識，在大自然條件的升降過程中，進入到人文的思維裡。經濟發展與環境保護，漸漸形成對立的衝突。在七〇年代，《夏潮》雜誌開始提出環保議題時，基本上是從社會主義的立場出發，強調工業污染其實是美國帝國主義掠奪台灣的一個印證。但是進入八〇年代以後，環保運動更加旺盛，不再是以美國資本主義作為批判對象，而是把這樣的事實置放在全球化浪潮的脈絡裡。從一九八三年韓韓與馬以工合著的《我們只有一個地球》，到一九八七年蕭新煌所寫的《我們只有一個台灣》，正好可以彰顯在短短時間之內，環保意識的主體性明確建立起來。在環保意識高漲的情況下，台灣作家也開始發展出獨特的自然書寫，這是台灣文學的一個重要特色。所謂關懷弱勢的議題，不再是以女性、同志、原住民、農工、殘障為中心，而是延伸到整個大地生態的永續發展。土地，才是真正的弱勢，它永遠被開發、被建設、被遺棄，土地能夠進行報復的，只能向人類回敬以土石流、洪水、風災、乾旱，沉默的土地的復仇姿態，可謂雷霆萬鈞。

有一個事實可以發現，自然寫作的初期階段，女性作家的作品分量最大。包括韓韓、馬以工、心岱、張曉風、洪素麗、凌拂、蕭颯、袁瓊瓊、廖輝英、蘇偉貞，都是在散文與小說中注入環保關懷。她們對空間變化的警覺，對土地傷害的細緻描寫，往往在潛移默化中喚醒讀者的關心。不僅如此，本土意識的覺醒，以及威權體制在民主化過程中，對台灣土地的擁抱，也加速使自然書寫成為一個重要的文類。陳冠學（一九三四—二〇一一）所寫的《田園之秋》（一九八三），在整個本土運動中受到尊崇，不僅由於他寫出台灣土地的寧靜之美，也是因為他以守住田園的策略，來對抗現存體制，無形中觸發了文學的環保議題。陳冠學不是刻意介入環保運動，而是因為他把生活欲望降到最低。他一方面從庸俗的社會撤退出來，一方面也與權力氾濫的政治體制劃清界線。田園生活就是他的生命堡壘，一草一木就是他的生活根鬚。他遺棄世間的繁華喧囂，但是他的文學卻沒有遭到遺忘。他的作品還包括《父女對話》（一九八七）、《第三者》（一九八七）、《藍色的斷想：孤獨者隨想錄ＡＢＣ全卷》（一九九四）、《訪草》（第一卷）（一九九四）、《訪草》（第二卷）（二○○五）、《陳冠學隨筆：夢與現實》（二○○八）、《陳冠學隨筆：現實與夢》（二○○八）。但是受到傳誦最多的散文，還是《田園之秋》。

陳冠學（《文訊》提供）

另外一位作家孟東籬（一九三七－二○○九），對於都市生活表達強烈厭惡，決心到東海岸定居，而寫出《濱海茅屋札記》（一九八五）與《野地百合》（一九八五），為台灣文學提供回歸自然的範式。

環保運動在進入解嚴前後的階段，已經成為社會運動無可分割的一環，民間成立的環保團體，既有抗議資本主義的意味，而更重要的，是把自然保護嵌進反對運動的結構裡，他們關心的是核能政策，提出廢核觀念，呼籲政府必須全盤調整台灣的能源發展方向。相應於這樣的運動，環保也變成台灣文學的一個永恆主題。劉克襄（一九五七－）是第一位注入環保意識於作品中的詩人，他的詩集包括《河下游》（一九七八）、《松鼠班比曹》（一九八三）、《漂鳥的故鄉》（一九八四）、《小鼯鼠的看法》（一九八八）、《最美麗的時候》（二○○一）等。他是詩人行列中，對台灣土地有過反省與覺醒的重要旗手。他以具體行動來洗刷知識分子內心的不安，而他的行動便是走入大自然，靜靜觀察大地生態的變化。被稱呼為「鳥人」的劉克襄，總是孤獨地在田野、在山巒，舉目觀鳥。他不僅僅是對現實環境產生危機感，也對過去歷史上有關這個海島的記憶產生孺慕感。他的散文作品包括《旅次札記》(一九八二)、《旅鳥的驛站》(一九八四)、《消失中的亞熱帶》(一九八六)、《橫越福爾摩沙》(一九八九)、《自然旅情》(一九九二)、《十五顆小行星》(二〇一〇)、《溪澗的旅次》(二〇一六)、《小站也有遠方》(二〇二一)等,以及小綠山系列散文(一九九五)。他以踏查與旅行完成文學藝術的營造,沒有土地的實際感覺,就沒有真正美學的提煉。他擺脫枯燥的理論術語,放棄平面的調查數字,使真正的土地生活化成文學生命。台灣如果有所謂的自然書寫,劉克襄所建立起來的重要位置無可動搖。

同時期重要自然書寫的實踐者,還包括探險的徐仁修(一九四六—)、觀鳥的陳煌(一九五四—)、觀鷹的沈振中(一九五四—),都豐富了這階段自然散文的精神與內容。他們的報導文學,從未離開土地現場,必須經過真正的觀察與考察,從最蠻荒最危險的荒野山區,帶回第一手信息。他們留下的典範,比寫實主義還寫實,比人道主義更人道,比人文關懷還關懷。在自然書寫中,另外一種形式便是沿著歷史文獻的記載,他們在現代又重新走過一次,例如馬以工(一九四八—)所寫的《尋找老台灣》(一九七九)與《幾番踏出阡陌路》(一九八五),從大自然中的歷史遺跡重建台灣社會正要消失的記憶。馬以工根據十七世紀末期郁永河所寫的《裨海紀遊》,一一考證舊有地名,沿著前人的遺跡,全程踏查一遍,那種實踐感動許多所謂的本土論者。楊南郡(一九三一—二〇一六)翻譯過日本人的人類學遺著,如鳥居龍藏的《探險台灣》(一九九六)、伊能嘉矩的《平埔族調查旅行》(一九九六)、《台灣踏查日記》(上、下冊)(一九九六),在

劉克襄(《文訊》提供)

這樣的歷史知識基礎上，他也親自完成漫長的旅行，寫出《尋訪月亮的腳印》（一九九六）、《台灣百年前的足跡》（一九九六）。王家祥（一九六六—）由於是中興大學森林系畢業，使他的知識能夠實踐於自然生態的觀察，他特別強調人與自然之間的和諧關係，必須重建人文世界的土地倫理。他的生產力豐富，對於自然寫作的開發潛力無窮，他的作品包括《文明荒野》（一九九〇）、《自然禱告者》（一九九二）、《關於拉馬達仙仙與拉荷阿雷》（一九九五）、《小矮人之謎》（一九九六）、《倒風內海》（一九九七）。王家祥企圖依據歷史與考古文獻嘗試寫成小說，這可能是自然書寫的一種變形，把自然環境轉化成小說形式時，似乎很不自然，而開始滲透個人的立場與詮釋。

楊南郡（《文訊》提供）

廖鴻基（一九五七—）原以捕魚為業，後來投入環保運動，成為鯨類生態的觀察者，公認是台灣海洋文學的擘造者，他的作品有《環保花蓮》（一九九五）、《討海人》（一九九六）、《鯨聲鯨世》（一九九七）、《漂流監獄》（一九九八）、《黑潮漂流》（二〇一八）、《十六歲的海洋課》（二〇一九）、《23.97的海洋哲思課》（二〇二〇）等。他擁有一支漂亮的筆，由於能夠貼近觀察鯨豚在海洋移動的生活真相，文字特別生動，例如他說「當牠們擦觸游過船邊，我可以感覺到牠們絲絨樣的光滑摩擦過我的皮膚；我可以感覺到海水的清涼，和牠擾動的水流。我感到歡喜，像是擁抱著牠游在水裡。那是內裡溫暖、外表冷清的一場接觸。」[36]觀察海洋生物，表達對大自然的尊崇。廖鴻基的出現，使台灣環保文學的領域大大擴張，畢竟台灣是一個島國，四面被海洋環繞，自然書寫應該不只是山林河流的禽魚，廣大海域的生態保護也應該受到重視。

吳明益（一九七一—）橫跨在小說與自然書寫之間，是新世代的寫手。他的觀點與胸懷完全與上個世代不同，在從事知識考證之餘，最多的時間都投入旅行觀察，尤其對於蝴蝶的生態描述，似乎無人可以與他比並。他的作品包括《本日公休》（一九九七）、《迷蝶誌》（二〇〇〇）、《虎爺》（二〇〇三）、《蝶道》（二〇〇三）、《以書寫解放自然：台灣現代自然書寫的探索（一九八〇—二〇〇二）》（二〇〇四）、《家離水邊那麼近》（二〇〇七）、《睡眠的航線》（二〇〇七）、《複眼人》（二〇一一）、《天橋上的魔術師》（二〇一一）、《浮光》（二〇一四）、《單車失竊記》（二〇一六）、《苦雨之地》（二〇一九）等。使他成名的作品當推他自然書寫的第一本散文創作集《迷蝶誌》[37]，在蝴蝶細微的生命裡，他觀察到樹的顏色、風的速度、光的節奏、水的氣味，那種細膩的程度近乎苛求。從一粒沙看一個世界，他從一隻蛹看到一個宇宙，正是在微小的生命世界，他讓讀者發現從未看見的台灣。這位年輕作家有時徒步旅行，有時騎車環島，只為了更清楚認識他所賴以生存的土地。從大自然，他看到人文與水文，站在更微弱的生物之前，人必須學習謙卑。吳明益正在計畫以蝴蝶為主題，寫出一部台灣史，他應該是台灣自然書寫未來的重要發言者。

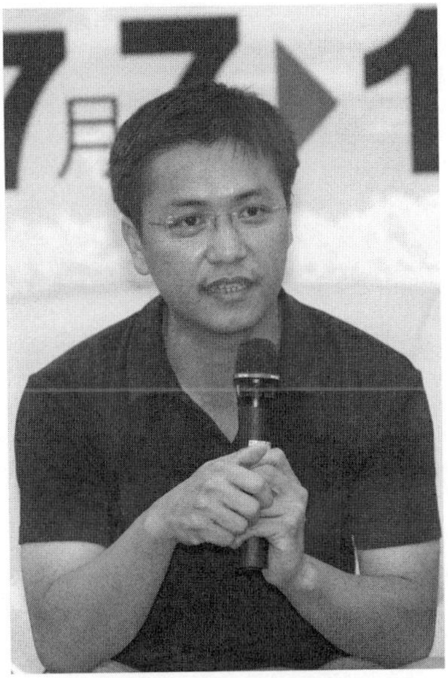
吳明益（《文訊》提供）

36　廖鴻基，《鯨生鯨世》（台中：晨星，一九九七），頁一〇九。

37　吳明益，《迷蝶誌》（台北：麥田，二〇〇〇）。

第二十二章

眾神喧譁：台灣文學的多重奏

一九八〇年代後現代詩的豐收

台灣文壇的一個微妙現象，出現在一九八〇年代以後。男性作家的現代詩表現可謂層出不窮，而女性作家則以散文藝術成就睥睨群雄。這種現象似乎暗示著新世代的文學都在追求濃縮的語言，男性擅長分行的藝術，而女性偏愛鋪張的技巧。但是他們都極力擺脫語言本身既有的意義，逐漸把文字當作符號來遊戲。因此，固定的意義鬆綁之後，文字的空間就完全開放。即使是使用同樣的語句，卻往往能夠填充歧異多變的內容。後現代的現象，在詩與散文表現最為清楚。他們希望能夠推陳出新，畢竟，有太多美好的詩句都已經被六〇年代現代主義者開發淨盡。如何走出前輩詩人的陰影，可能不只在無意識的世界深入挖掘，而且也必須在語言上掙脫牢籠。他們這個世代，總是把一九四九年視為一個歷史的斷代。最為清楚的，莫過於林燿德的書名所標示的《一九四九以後》[1]。這是兩岸隔離開始永久化的起點，意味著一個舊式的文學傳統到達終點。雖然還有影響的餘緒，但是五四傳統日漸式微稀薄，是不可否認的事實。不僅如此，這個年代出生之後的世代，等到能夠獨立思考時，台灣社會已全程走完戒嚴時期的封閉文化，而且也開始迎接沒有政治禁忌的全球化時代降臨。對他們而言，歷史包袱不再那麼沉重，而文學世界也更為豐饒繁複。再加上資訊文化的發達，詩人與社會以及與全球的連接，變得非常密切。這些客觀的條件，對於後現代詩而言，無疑是提供了一個溫床。傑出的詩人不勝枚舉，較諸盛唐一般的六〇年代，毫不遜色。

一九四九年以後出生的世代，正式在台灣文壇出現時，大約是一九七〇年發表最初的作品，在八〇年代奠定他們的風格。他們的語言與前面的世代確實有很大差異，這是因為從歷史感或現實感來看，不再有緊張的焦慮或壓抑。從五〇至七〇年代的重要詩人，往往懷有強烈的歷史意識，詩中富有家國關懷與文化認同，戰爭的陰影、時代的動蕩，像幽靈一般在詩行之間迴盪。大陸籍詩人急切塑造中國意識，本地籍詩人則急於強調台灣意識，在政治取向上縱然不同，但緊張的心情總是影響他們的語言選擇。進入一九八〇年以後，新世代詩人似乎把這兩種意識揉合起來注入他們的想像，畢竟有很多歷史事件已經發生太久，於他們的感情再也沒有直接聯繫。而且經歷一九七〇年代，官方與民間的本土化運動之後，所謂國族議題都已經集中在台灣的土地上。資本主義生活的提升、都會文化的成熟，使他們的詩觀與抒情更傾向個人化，畢竟中國的離亂經驗、殖民地的受害經驗，已經屬於上個世代的記憶。情感內容產生變化時，詩的語言自然也需要尋求全新的表現。他們勇於實驗，主要是威權體制已經產生鬆動，而後現代文化也逐漸成形，最先進的傳播方式，也成為生活的一部分。八〇年代初期的錄影機、傳真機，使整個世代的想像與前行代劃清界線。稍後出現的電腦、網際網路、手機、部落格，甚至是二十一世紀的臉書，使詩人的思維疆界更是無限擴張。當民主政治在台灣社會更形成熟，詩人能夠表達的感覺、欲望、記憶就變得非常豐富精采。這些書寫方式已經不是前行詩人能夠預見，一個沒有設限、沒有禁忌的詩國烏托邦已然降臨台灣。

新世代人才輩出，他們的衝撞與開拓，使詩的形式完全獲得解放。受到議論的重要詩人蘇紹連（一九四九—），是國小教師，卻擅長網路詩的經營。年少時期參加過龍族詩社，後來又創辦後浪詩社、《詩人季刊》、《詩學季刊》，重要作品包括《茫茫集》（一九七八）、《童話遊行：蘇紹連詩集》（一九九〇）、《驚心散文詩》（一九九〇）、《河悲》（一九九〇）、《雙胞胎月亮》（一九九七）、《隱形或者變形》（一九九七）、《穿過老樹林》（一九九八）、《我牽著一匹白馬》（一九九八）、《台灣鄉鎮小孩》（二〇〇一）、《草木有情》（二〇〇五）、《大霧》（二〇〇七）、《散文詩自白書》（二〇〇七）、《私立小詩院》（二〇〇九）、《蘇紹連集》（二〇一〇）、《孿生小丑的吶喊》（二〇一一）、《無意象之城》（二〇一七）、《非現實之城》（二〇一九）

1　林燿德，《一九四九以後》（台北：爾雅，一九八六）。

等。他與一九六〇年代現代主義運動的關係，確實有很深的淵源。早期對於洛夫與商禽頻頻致敬，詩裡也傳達一些歷史與時代的苦痛；就像唐捐所說，是一種「苦難詩學」[2]。

經過三十餘年的持續開拓，蘇紹連建立起來的版圖既廣且深。擅長以小丑來自我描繪，人生無非就是一場馬戲團的表演，帶著面具把歡樂送給人間。但是，小丑的自我卻有深層的扭曲與壓抑。蘇紹連開始經營童話詩時，正好找到小丑的身分可以成其詩藝的表演。以接近童心的方式，保留心靈的一塊淨土；而且以同樣的心靈，去面對醜陋的世界。早期他寫過〈深巷連作〉[3]，顯然是他生命史的縮影。其中第十六首〈一場災難〉，寫的是一九八〇：「又是一場災難，全部的色彩被燒盡，／你走出來的時候，是一片黑也是一片白，／瞬生瞬滅，整個畫面不能留住任何形象，／整張地圖上，也不能留下任何路線。」[4]這可能是詩人的心路歷程中，極其重要的轉折，因為那是美麗島事件的第二年。成長時期所追求的典範和理想，毀於一旦，這首詩是他的重要暗示。他的小丑詩學一方面自我調侃，一方面嘲弄社會。如果歷史、政治、社會都可以小丑化，詩人的自我才能找到容身的位置。他的詩集《孿生小丑的吶喊》，以雙軌的形式進行。一邊是國語，一邊是台語，兩種聲音都屬於自我，但也都不是自我的認同，把一個世代的矛盾感覺鮮明呈現出來。小丑的眼睛注視著這個世界，也觀照自己的世代，沒有激情的聲音，但他的抵抗與批判就在其中。

簡政珍（一九五〇—），是罕見的詩評家。具備敏銳的靈視，對當代詩作往往投以洞澈之眼。在別人看不到的地方，他發現迷人的風景；而且他自己也寫詩，頗

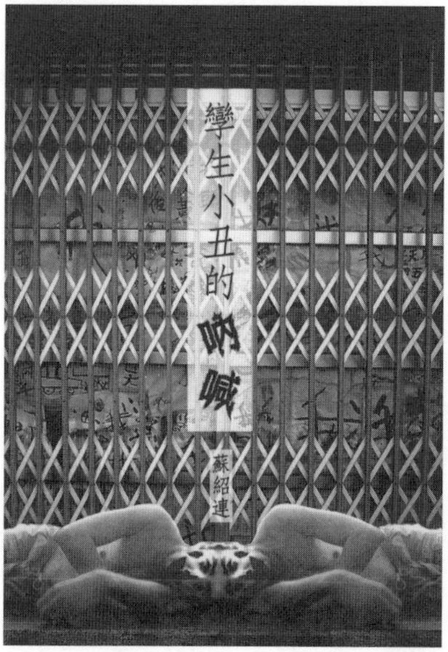

蘇紹連，《孿生小丑的吶喊》

知同輩詩人的不見與洞見，拈出一首作品的優點與缺點。他的詩集包括《季節過後》（一九八八）、《紙上風雲》（一九八八）、《爆竹翻臉》（一九九〇）、《歷史的騷味》（一九九〇）、《浮生紀事》（一九九二）、《意象風景》（一九九八）、《失樂園》（二〇〇三）、《放逐與口水的年代》（二〇〇八）、《所謂情詩：簡政珍詩集》（二〇一三）、《臉書》（二〇二〇）。在哲學上，簡政珍頗受德國思想家海德格（Martin Heidegger）的影響，對於生命的存在與虛無，往往在詩中表達他的困惑與懷疑。他不擅長抒情，作品呈現知性的傾向，觀察世事有他獨到的見解。〈紙上風雲〉的第一節：「一隻蚊子／把自己框在／稿紙的格子裡獻身／一個巴掌下去，血混合／原子筆的墨色／使摸索的文字／放棄成形，一切／在祭禱聲中胎變」[5]。蚊子與文字的諧音，造成特殊的美感。動態的生命與靜態的符號融合在一起，就會產生胎變。這裡面有強烈的「存在」問題，真正有生命的是蚊子還是文字？詩人對於現實政治有他超越的立場，例如他的詩集「放逐」和「口水」的命名，就有強烈暗示。充滿太多機智的句式，卻又不受現實社會的牽制。他的詩評與詩論，可能在朋輩之間是極為傑出的一位。他的詩評有《語言與文學空間》（一九八九）、《詩的

簡政珍（《文訊》提供）

2　唐捐，〈小丑主體的疼痛與呼喊〉，收入蘇紹連，《孿生小丑的吶喊》（台北：爾雅，二〇一一），頁六。

3　〈深巷連作〉抒情組詩獲一九八三年第六屆中國時報文學獎新詩評審獎，後收於蘇紹連，《童話遊行》（台北：尚書文化，一九九〇）。

4　蘇紹連，〈一場災難〉，《童話遊行》，頁一二九。

5　簡政珍，《紙上風雲》（台北：書林，一九八八），頁一二九—一三〇。

瞬間狂喜》(一九九一)、《詩心與詩學》(一九九九)、《放逐詩學：台灣放逐文學初探》(二〇〇三)、《台灣現代詩美學》(二〇〇四)。他表現出來的藝術品味常常造成聲東擊西的效果，他對自己批評中落筆的每一個文字，具有高度自信。只要他說出，就是定論。他非常不喜歡搞文學理論的批評家，他說過相當經典的一句話：「假如一個理論套用者對詩中的人生都沒感覺，他怎能感受富於哲思的理論中纖細的語調？」[6]藝術與學術都是在介入人生、融入人生。簡政珍的見解，對於台灣文學批評是真誠的警醒之言。

白靈(一九五一—)，本名莊祖煌，是這一世代詩人中相當特殊的一位，理工學院畢業，卻建立特殊的詩風。他追求的形式，以長詩居多。特別是史詩型的作品，如〈大黃河〉與〈黑洞〉，寫的是中國的紅色命運，以及知識分子的曲折遭遇。是紀念一九七六年北京天安門廣場前的騷動，具有史詩性格的作品，結構龐雜，不容易掌控。他以強悍的詩句，干涉文化大革命即將終結時的政治，對黨與國家表達最大的輕蔑。由於富於歷史意識，表達出來的心情尤為沉重。他相當重視氣勢的鋪陳，而且非常自覺地避開蕪蔓的字句。他的長詩獲得瘂弦的肯定，成就頗為不易。

但是他也追求短詩的形式，正如他所說，「結晶法」、「縮骨法」是他再三嘗試的技巧。他所創造出來的五行詩，相當令人矚目。他主編過《台灣詩學季刊》，對於文壇流行的新詩獎進行批判。主要作品包括《後裔》(一九七九)、《大黃河》(一九八六)、《沒有一朵雲需要國界》(一九九三)、《妖怪的本事》(一九九七)、《台北正在飛》(二〇〇三)、《愛與死的間隙》(二〇〇四)、《女人與玻璃的幾種關係》(二〇〇七)、《五行詩及其手

白靈(《文訊》提供)

稿》（二〇一〇）。

陳義芝（一九五三—），是不斷自我翻新的詩人。他的詩集包括《落日長煙》（一九七七）、《青衫》（一九七八）、《新婚別》（一九八九）、《不能遺忘的遠方》（一九九三）、《遙遠之歌》（一九九三）、《不安的居住》（一九九八）、《我年輕的戀人》（二〇〇二）、《邊界》（二〇〇九）、《掩映》（二〇一三）、《無盡之歌》（二〇二〇）等。早期頗受古典詩的影響，發展出不少古典與現代意象的揉和。他曾經被視為情詩的高手，但他並不使情緒氾濫，非常懂得內斂與節制。進入世紀之交，詩風全然轉變。一方面對人間情感產生徹悟，一方面也經歷生命的滄桑無常。尤其他的兒子在異國驟逝，使陳義芝整個心靈產生鉅變。早期詩風清澈透明，意象簡潔，例如〈悲夫〉的五行：「月光撩住脖頸／一帶濕寒泛白泛黑沿髮根向下／冷冷颼颼／妝鏡裡沉撈一面／芙蓉」[7]。一樣的月光，不一樣的時間，終於也照映出不一樣的鏡象。在最短的篇幅裡，令人感受時間傷逝的悲哀。他的詩集《邊界》[8]可能是他藝術成就的極致，無論是對生命的態度或是對感情的處理，都顯現前所未有的超脫。他的詩觀表示：只要向前推進一點點，就可跨越邊境。這種美學，或者可以稱為邊界

陳義芝（《文訊》提供）

6 簡政珍，〈詩是感覺的智慧〉，《詩心與詩學》（台北：書林，一九九九），頁一二。

7 陳義芝，《落日長煙》（台中：德馨，一九七七），頁七〇。

8 陳義芝，《邊界》（台北：九歌，二〇〇九）。

詩學[9]。進入五十歲以後，他的季節釋出成熟的氣味，呈現歲月飽滿時醇厚的色澤，令人讀來秋風滿天。當他寫到情人的分離，〈手稿〉的最後四行，不免使人錯愕：「我留下一部未完的手稿／給你／你留下一個不關的窗子／給雨」[10]。幾乎可以看到情人分手時的決絕，出走後不再回首。忍讓風雨，襲進窗內，留下滿屋蒼涼。開始投向佛學閱讀的詩人，可能慢慢進入昇華的境界。他的詩行對於一九八〇年代以後的心情，是極佳的台灣詮釋。

渡也（一九五三—），本名陳啟佑。擅長貼近歷史與現實，發展跨越時空的想像。在高中時期就開始寫詩，他擅長短詩的經營，語言濃縮，意象晶瑩。他的詩句充滿反諷，對於現實世界流露迂迴曲折的抗議。由於受中文系的訓練，常常藉用古典意象呈現敏銳的現代感。他的長詩〈王維的石油化學工業〉，是不可多得的傑作。在諷刺之餘，仍然不忘訴諸抒情的形式。對於鄉愁與愛情，也長期投入營造。在不同的時期，總是情不自禁對教育與社會的怪現狀，提出批判。對於晦澀詩風抱持高度抗拒，因此如何運用明朗的文字與透明的意象，成為他詩藝的重要關懷。每首詩都是他特定時期心情的反映，是一個世代知識分子的心影錄。主要作品包括《手套與愛》（一九八〇）、《憤怒的葡萄》（一九八三）、《最後的長城》（一九八八）、《落地生根》（一九八九）、《空城計》（一九九〇）、《留情》（一九九三）、《面具》（一九九三）、《不准破裂》（一九九四）、《我策馬奔進歷史》（一九九五）、《我是一件行李》（一九九五）、《流浪玫瑰》（一九九九）、《攻玉山》（二〇〇六）、《桃城詩》（二〇二〇）等。

渡也（《文訊》提供）

楊澤（一九五四—），本名楊憲卿，詩集有《薔薇學派的誕生》（一九七七）、《彷彿在君父的城邦》（一九八〇）、《人生不值得活的：楊澤詩選一九七七—一九九〇》（一九九七）、《新詩十九首：時間筆記本》（二〇一六）。產量縱然不豐，卻廣為詩壇傳誦。他是年輕世代的浪漫主義者，頗得鄭愁予、楊牧的真髓。他留下許多令人難忘的意象，例如虛構的瑪麗安，或者是夢與憂傷，無非都在表現對愛的無盡摸索。他的古典意象經過徹底現代化之後，完全脫離傳統的桎梏。例如〈漁父．一九七七〉完全脫胎於《楚辭》，但他說出的是現代城市的污染：「關於我的夢，詩人啊，我的憂懼是一群黑色的禿鷹已用他們腐敗的猩紅的死污染了城市的水源。」[11] 如果這是心靈的懷才不遇，借用古典的國仇家恨，不免造成強烈的嘲弄。他的另一首短詩〈西門行〉，充分表現他的機智與悲傷：「請不要用你的問題追問我／我祇是電動玩具店裡／一名孤獨的賽車

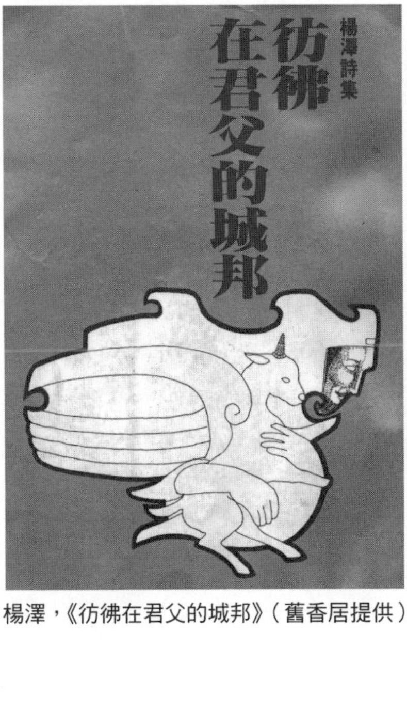

楊澤，《彷彿在君父的城邦》（舊香居提供）

楊澤（《文訊》提供）

9　陳芳明，〈漂泊之風，抵達之歌——讀陳義芝詩集《邊界》〉，《楓香夜讀》（台北：聯合文學，二〇〇九），頁五八—七〇。
10　陳義芝，〈手稿〉，《邊界》，頁六九。
11　楊澤，〈漁父．一九七七〉，《薔薇學派的誕生》（台北：洪範，一九七七），頁一四〇。

手」[12]。城市的冷漠黯淡、完全鎖在自我世界的世代，躍然紙上。他不追求華麗，卻常常帶給讀者豐富的色彩。他從來也不崇尚淺白，卻在最簡單的文字裡納入最矛盾的感覺。如果有所謂都市詩，楊澤應該是重要的開端。

陳黎（一九五四—），本名陳膺文，是在詩意上頗為豐收的詩人，源源不絕的生產力，記錄著時代的變化。心路歷程與社會變遷常常在詩中交錯，容許讀者既看到個人生命，也感受歷史的縱深。他的重要詩集包括《廟前》（一九七五）、《動物搖籃曲》（一九八〇）、《小丑畢費的戀歌》（一九九〇）、《家庭之旅》（一九九三）、《島嶼邊緣》（一九九五）、《貓對鏡》（一九九九）、《輕／慢》（二〇〇九）、《我／城》（二〇一一）。他以頑童的手法捏塑各種文字形狀，有時模糊了遊戲與藝術之間的界線，造成誤解與錯覺。如果沒有花蓮小鎮，就不可能醞釀他精采多變的詩作。自稱住在島嶼邊緣，卻可能是詩壇的發言中心。他關心的議題相當廣闊，族群之間的齟齬、原住民歷史的轉折、愛情事件的生滅、現實政治的揶揄，都可看到他以童心的姿態拉出創作的歷程。他有時候非常抒情，例如〈聞笛〉：「在混亂的夢的最後聽到笛聲／我清醒得像一隻空虛而真的酒器／想像那年老的樂人坐在石階中間／等待泉水溢出今夜的廟宇……」[13]沉醉在歲月裡，記憶一如時間吹送，廟前的笛聲換取年華逝去的蒼涼。陳黎正是擅長這種意象的經營，以文字釀造情境，以具象的景物反襯出抽象的情緒。

陳黎（陳黎提供）

《小丑畢費的戀歌》是他詩意轉折的重要作品，他開始容許人物與事件、族群與歷史融入詩中。〈在學童當中〉那首詩，愛爾蘭詩人葉慈曾經用過這個題目，楊牧也寫過。對於童年的嚮往，以及之後成長的惆悵，流竄在詩的語言中間。他常常能夠使整首詩戛然而止，留下無窮的想像。就像這首詩的最後三行：「第一顆星溜過他的髮間／到達今夜——／今夜我們將投宿童年旅店」[14]，那麼高的一顆星，象徵著無上的理想，最好的夢就發生在童年歲月。陳黎在《島嶼邊緣》之後，開始實驗文字遊戲，利用同音同義的文字產生歧異的聯想。這種手法無非是把語言當作符號來遊戲，他玩得非常入戲，卻又能脫離過於表演的耽溺。從此他開始以詩干涉歷史與政治，從一張相片可以延伸時間意識；從翻譯的詩，可以照映台灣的身世。在他們這一代詩人中，他有過人的勇氣，所以風格也變動不拘。有時在絕望中，注入一絲幽默。即使是悲傷的詩行，竟令人會心一笑。在一九八〇年代的詩人行列中，他無疑是一座高山。

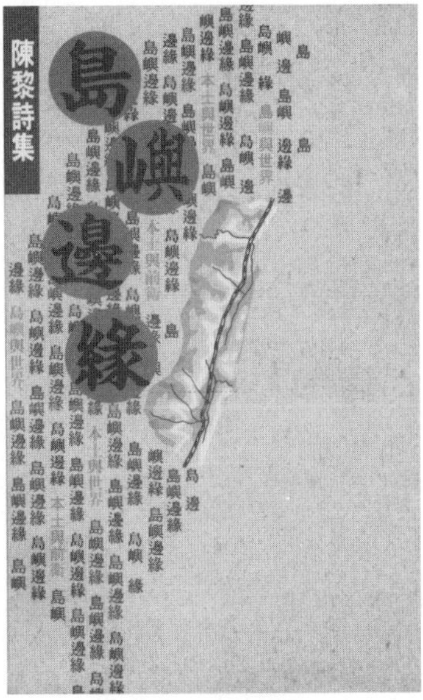

陳黎，《島嶼邊緣》

向陽（一九五五—），本名林淇瀁，是追求規律形式的一位詩人。他也擅長寫台語詩，有多首編成歌曲，廣為傳誦。重要作品有《銀杏的仰望》（一九七七）、《種籽》（一九八〇）、《十行集》（一九八四）、《土地的歌：向陽方言詩集》（一九八五）、《歲月》（一九八五）、《四季》（一九八六）、《心事》（一九八七）、

12 楊澤，〈西門行〉，《彷彿在君父的城邦》（台北：時報文化，一九八〇），頁三六。
13 陳黎，〈聞笛〉，《動物搖籃曲》（台北：東林，一九八〇）。
14 陳黎，〈在學童當中〉，《小丑畢費的戀歌》（台北：圓神，一九九〇）。

《向陽台語詩選》（二〇〇二）、《亂》（二〇〇五）。由於出道甚早，產量也相對豐富。他的作品緊緊與土地、節氣、家族、認同結合在一起。但他又不是以鄉土詩人一詞就可概括。在藝術與庸俗之間，他頗有自覺。創作時，分寸拿捏得宜，又暗藏起落有致的節奏，總是動人心弦。例如〈霜降〉前面五行：「霜，降自北，一路鋪向南方／沿黑亮的鐵軌，幻影／飄過城市，窮鄉與僻壤／在平交道前兜了一圈／回來偎著小站店家的看板」[15]，類似這樣的手法相當迷人。在南國的降霜季節，詩人刻意把飄渺的冰冷空氣，與鄉下的店家看板並置在一起。在虛實之間，構成參差的美學。他被編成的台語詩歌曲，常常變成政見場合的背景音樂。這可能是詩人未曾預料。他經營一首詩，從不放棄謀篇布局，也從未遺忘釀造氣氛。他的台語詩表現得恰到好處，但是成就較高的，還是屬於他中國白話詩的藝術。

向陽（《文訊》提供）

羅智成（一九五五—），在二十歲時就出版詩集《畫冊》（一九七五），但是他的風格則完成於《光之書》（一九七九）。著作包括《傾斜之書》（一九八二）、《擲地無聲書》（一九八九）、《黑色鑲金》（一九九九）、《夢中書房》（二〇〇二）、《荒涼糖果店》（二〇二〇）、《地球之島》（二〇二〇）等。他的抒情格局極為龐大，精於長詩的經營，似乎沒有任何力量可以阻擋。他的文字最為現代，卻往往從歷史索取詩情。有時還超越時間的界線，朝向宇宙與洪荒施展無窮無盡的飛揚想像。從星球歷史到科幻時空，都容納他氣吞山河的野心。他寫的〈問聃・龍〉第十五節：「我戒備著的智者／像條長蛇／幻影成千，氣勢綿綿／他盤據了整座屋宇／並指揮整個天空／起先整個宇宙都敵對著他／但他卻消失了蹤跡／我也消失了戒意」，這

15 向陽，〈霜降〉，《四季》（台北：漢藝色研，一九八六）。

羅智成，《畫冊》（舊香居提供）

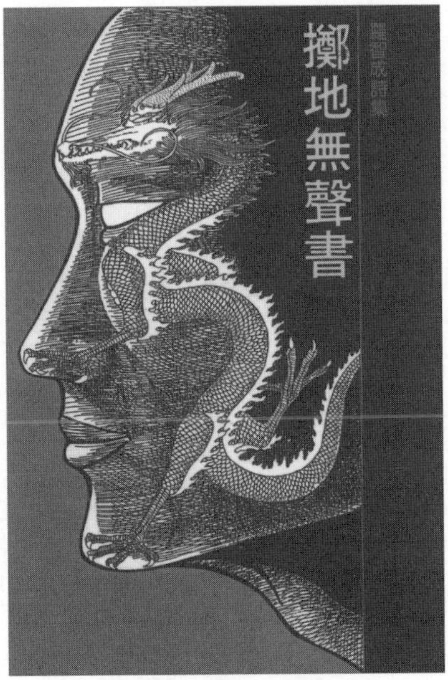

羅智成，《擲地無聲書》

羅智成，《光之書》

是典型對神話的嚮往。龍與蛇之間的界線非常模糊，神話本身意味著極為崇高的意志，不是尋常人類可以望其項背。就像「葉公好龍」的故事那樣，嚮往牠的無形，恐懼牠的現形。詩人寫感情或世事總有他無法定義的寄託，詩中浮現許多戀人，卻彷彿從來不存在。正是那種無法定義的感覺，就像遠古世界不著邊際，卻是蓄積他詩情的源泉。他歌頌死亡，追求永恆，擁抱愛情，具有浪漫主義的傾向。但他採取的都是獨白的形式，可以彰顯他內心湧現的時間意識與空間意識。對於詩的節奏，他擅長採取短句的方式，讓音樂性在詩行之間不斷流盪。他的想像力豐富，蓄積足夠能力發展長詩，有時富於哲思，有時則充滿感性。他的風格氣象萬千，超脫一般情詩的格局。他建立的「羅派詩學」，對年輕世代創作者具有相當大的影響力。

焦桐（一九五六—），本名葉振富。對於都市生活的冷漠他非常敏感，早期詩作都在探索現代社會的孤獨與寂寞。對於上班族在固定時間與空間的擺盪，在詩中有相當深沉的感受。小他一歲的詩人林彧，似乎也不斷挖掘同樣的議題，但風格全然兩樣。不過，焦桐在一九九〇年代開啟飲食文學這條道路，終於與同世代的詩人分道揚鑣。飲食是屬於庸俗的生活世界，詩藝則是屬於高超的精神境界，卻在他筆下做了極為精緻的結合。詩集《完全壯陽食譜》震撼整個文壇，食譜是一種食補，為「食色性也」做了最好的詮釋。但在詩的深沉意義裡，敏銳的詩行觸動了男性脆弱的神經。這本詩集最為巧妙處在於，每首詩後面都附上一段食譜。一方面揭開男性的陽痿恐懼症，一方面又好像提供安慰的處方，既幽默又諷刺，使詩的天地為之開闊。跨越這本詩集之後，他專注開拓飲食文學的版圖，這一個區塊如果沒有焦桐的革命性創造，大概就沒有後來發展的空間。在藝術與學術的雙軌發展上，他的貢獻極為深遠。他的詩與散文都帶著活潑的節奏，飲食散文尤其受到肯定。重要作品包括《蕨草》（一九八三）、《咆哮都市》（一九八八）、《我邂逅了一條毛毛蟲》（一九八九）、《失眠曲》（一九九三）、《完全壯陽食譜》（一九九九）、《青春標本》（二〇〇三）、《童年的夢》（一九九三）、《最後的圓舞場》（一九九三）、《在世界的邊緣》（一九九五）、《心靈戀歌》兩冊

（一九九七）、《屋簷下的風景》（二〇〇三）、《我的房事》（二〇〇八）、《台灣味道》（二〇〇九）、《暴食江湖》（二〇〇九）、《台灣肚皮》（二〇一二）、《台灣舌頭》（二〇一三）、《為小情人做早餐》（二〇二〇）等。

林彧（一九五七—），本名林鈺錫，出版詩集《夢要去旅行》（一九八四）、《戀愛遊戲規則》（一九八八）、《嬰兒翻》（二〇一七）、《一棵樹》（二〇一九）等，是一位典型的都市詩人，寫出現代人的倦怠、失望、落寞。他勇敢表現詩人與上班族之間的矛盾，也大膽描繪城市裡人際關係的疏離與冷淡。詩句有一種無奈，往往自我嘲弄，卻也不見調侃別人。詩行與詩行之間的聯繫，彰顯內心世界情緒的震盪。有幾首詩令人回味無窮，例如〈媽媽，請您也保重〉與〈迴紋針〉，可以洞見人性的黑暗。但他又不只是都市詩人，崇山峻嶺的大自然才是他的鄉愁。他選擇回歸山林，也許是對環境污染與人性墮落的都會文化，表達最大抗議。

路寒袖（一九五八—），本名王志誠，是相當晚起的一位詩人。詩風介於寫實與現代之間，節奏穩定，用字精簡，有時近於歌謠。他受到矚目，是因為曾經為陳水扁寫出流傳極為普遍的競選歌曲。一次是台北市長選舉時的〈台北新故鄉〉與〈春天个花蕊〉，一次是總統選舉時的〈有夢最美，希望相隨〉。競選歌曲在他創作中，可謂分量極重，也曾經為謝長廷和廖永來分別寫過選舉歌。他的詩耽溺於記憶的追索，詩行之間帶有時間的光澤，泛黃而深刻。其中一首長詩〈我的父親是火車司機〉，寫出家族生活的困頓，以鐵軌暗喻人生的漫漫長途。重要作品包括《早，寒》（一九九一）、《春天个花蕊》（一九九五）、《我的父親是火車司機》（一九九七）、《路寒袖台語詩選》（二〇〇二）、《那些塵埃落下的地方》（二〇一四）等。

陳克華（一九六一—），在他世代的詩人中以身體詩見著。他的重要詩集包括《騎鯨少年》（一九八六）、《星球紀事》（一九八七）、《我撿到一顆頭顱》（一九八八）、《與孤獨的無盡遊戲》（一九九三）、《我在生命轉彎的地方》（一九九三）、《欠砍頭詩》（一九九五）、《美麗深邃的亞細亞》（一九九七）、《別愛陌生人》（一九九七）、《因為死亡而經營的繁複詩篇》（一九九八）、《善男子》（二〇〇

陳克華（《文訊》提供）

陳克華，《欠砍頭詩》

陳克華，《與孤獨的無盡遊戲》

六）、《嘴臉》（二〇一八）、《零點零零》（二〇二一）等。他敢於觸探禁忌的肉體，用字鮮明毫不掩飾，包括手淫、陽具、精液、肛門等字眼，不斷在作品中浮現。他的開放詩風其實是對道德的虛假意識展開批判。他全部詩作無非在於強調，凡是壓抑肉體與情欲，才是最不道德。他把淚水和精液相提並論，前者隱喻情緒，後者暗示情欲，但都象徵著身體的解放與排洩。他的詩風是後現代社會的指標，但他不輕言解構主體；恰恰相反，他以大量的生產來強調主體的存在。有許多想像出人意表，在尋常的事物裡，可以看到性的寂寥。例如他寫〈馬桶〉：「人類進化未臻完美。證據之一：／馬桶／的造型特殊／讓雙臀虛懸久久」；或者如〈傘〉：「吸飽了雨水／擱在遺忘的門後，委屈地／疲軟地／夢遺了」。類似這種詩句極其狡黠，卻又不失幽默，好像在閉鎖的空間尋找生活的甜味。他另有一首詩〈車站留言〉，以最小的篇幅，交代一個妻離子散的故事，令人感到諷刺，卻又無比心酸。詩人用字之精簡，由此可見。在性與現實之間，遣詞用字極為準確，稍有不慎，很可能淪為情色詩。他挑戰危險，勇於冒險，但最後的藝術效果卻又令人欣喜。

鴻鴻（一九六四—），本名閻鴻亞，國立藝術學院戲劇系畢業。他曾經擔任現代主義詩刊《現代詩》的主編，二十七歲那一年參與楊德昌的電影《牯嶺街少年殺人事件》，而獲得金馬獎最佳原著劇本獎。擅長電影與劇場編劇和導演工作的他，自述因工作的關係：「……時時感到人是無法理解的。通常我也放棄去理解，偶爾覺得有理解的需要時，詩，就發生了。」他的作品相當具有戲劇式的現場感，文字間展現出時間與空間的流動，以實際的動作配上抽象的思考，引人想像。作品有詩集《黑暗中的音樂》（一九九〇）、《在旅行中回憶上一次旅行》（一九九六）、《與我無關的東西》（二〇〇一）、《土製炸彈》（二〇〇六）、《女孩馬力與壁拔少年》（二〇〇九）、《暴民之歌》（二〇一五）、《樂天島》（二〇一九），散文集《可行走的房子可吃的船》（一九九五）、《過氣兒童樂園》（二〇〇五），小說集《一尾寫小說的魚》（一九九六）等。

許悔之（一九六六—），本名許有吉，著有《陽光蜂房》（一九九〇）、《肉身》（一九九三）、《我佛莫要，為我流淚》（一九九四）、《當一隻鯨魚渴望海洋》（一九九七）、《有鹿哀愁》（二〇〇〇）、《我的強迫症》（二〇一七），與有聲詩集《遺失的哈達》（二〇〇六）等。早年詩風頗受洛夫影響，真正開始寫出自己的風格始於一九九四年的詩集。在佛與我之間，是神性與人性的對決，表面經歷一番徹悟，但骨肉身處仍執迷不悟。人性的上升與下降，以這本書為最佳代表，而且是透過佛的追求，清楚看到肉體的墮落。在身體詩的行列中，這本詩集的位置非常重要。

一九八〇年代的後現代詩星群，放射出來的光芒，燦爛奪目。星羅棋布的夜空，每位詩人都占據一個鮮明的方位，令人目不暇給。張繼琳（一九六九—）與曹尼（一九七九—）在宜蘭成立歪仔歪詩社，產量極豐，頗受矚目。整個世代值得議論的詩人相當浩繁，為他們的時代創造非常壯闊的天地。

許悔之（《文訊》提供）

後現代小說的浮出地表

後現代文學的特徵，便是以質疑語言的真實性為起點。自來所有的主流論述、權力傳播、政治口號，都是依賴語言文字進行傳遞。進入一九八〇年代以後，媒體與知識的爆發，大量提供豐富的秩序。尤其網路時代的到來，虛擬的符號大舉入侵真實的世界。這種現象使「文字為憑」或「眼見為真」的文化傳統產生劇烈動搖。文字根據與照片為證，不僅不能證明事實的存在，反而使各種虛構或擬仿大行其道。文字不再是真理或事實的載體，反而是謊話或謠言的傳播工具。當政治承諾成為政客的資產，歷史記憶搖身變成自我膨脹的利器。一個大虛構的時代儼然到來。解嚴之後，政黨林立替換了一黨獨大，多元媒體取代了官方控制。後現代大師安迪・沃荷（Andy Warhol）說：「人人可以成名十五分鐘。」這樣的時代，確實已經降臨台灣。為了揚名立萬，所有能夠完成的手段都願意嘗試。真理與謊言之間的拉扯，事實與虛構之間的拔河，開始考驗島上住民的敏感神經。這種政治環境，造就了台灣作家對現實的懷疑。虛擬、諧仿、謊言、幻象，逐漸成為台灣小說關心的題材。

台灣作家對語言是否能傳達真實意義，開始持保留態度，應該始於一九八〇年。這與威權體制的動搖，以及資本主義的高度發展，幾乎是同步展開。「反共復國」的口號，貫穿整個戒嚴時期。如此嚴肅而龐大的政治承諾，證明是從未有過具體的實踐。歷史事實證明，國家機器成為謊言的製造機，無疑使許多虔誠的信仰者不斷幻滅。如果國家的語言是如此，則一般媒體傳播的訊息，不管是文字或影像，不再具有說服力。當台灣不再是中國，當國家不再是神聖的象徵，當強人政治受到持續挑戰，歷史真理還留下什麼？從老兵返鄉運動開始，等於是解除了戰後以來的政治神話。這是一種除魅的過程，凡屬政治信仰，包括民族主義與意識形態，都成為不堪聞問的一種褻瀆。這是時代終結的開始，文學的定義，也因此到了重新思索的階段。從一九七〇年代寫實主義文學階段，立刻被捲入一九八〇年代的後現代主義時期，無非都是國族神話的瓦解，引起的連鎖反應。

進入一九九〇年代以後，曾經有過的道德、法律、傳統禁忌都一一遭到剔除。文學變成全面開放的空間，而所謂開放，是所有的議題都得到接納。其中走得最遠最深刻的題材，莫過於性別與情欲。每個人與自己的身體一輩子都住在一起，卻完全無法理解自己的生理結構或性別取向。這是因為身體與感覺從來不屬於個人，道德教育與政治宣傳，使身體成為公共的場域。愛欲生死與喜怒哀樂，都被國族認同或父權思維長期做置入性行銷。無論是中國意識或正在崛起的台灣意識，其實都是在形塑一種大敘述。它們遵從陽剛、強悍的民族主義，都是為了創造對抗、對決的力量。所以在七〇年代鄉土文學運動風起雲湧之際，身體的感覺仍然受到遮蔽。必須進入八〇年代以後，資本主義高度發達，跨越了族群、性別、階級之間的鴻溝，新的美學才得以重建起來。皮膚的感覺、深層的欲望，就在這個時刻回歸到身體。以肉體對抗國家，以情欲反思社會，成為文學創作的全新方向。長久以來遭到貶抑的情欲，必須以抗議的姿態重新回到文學。身體書寫曾經是現代主義運動者嘗試探索的區塊，卻遭到殘酷的道德審判。在八〇年代出現的肉體解放，其實已經在歷史上遲到。有很多論述經過翻譯進入台灣，對於作家的想像當然也有推波助瀾之功。例如傅柯的《規訓與懲罰》（*Discipline and Punish*），以及《性意識史》（*History of Sexuality*），形塑了西方文化史上的性禁忌。經過權力的鞭笞與譴責，使性欲接受被壓抑的習慣，而成為第二自然。如果說性別議題的開放，可以視為知識上的再啟蒙，亦是恰如其分。把性看做邪惡、污名、卑賤、悖德，正好都在榮養威權價值的滋長，被壓抑者在不知不覺中都成為權力支配者的共謀。

舞鶴（一九五一—），本名陳國城，作品包括《拾骨》（一九九五）、《詩小說》（一九九五）、《思索阿邦・卡露斯》（一九九七）、《十七歲之海》（一九九七）、《餘生》（二〇〇〇）、《鬼兒與阿妖》（二〇〇〇）、《悲傷》（二〇〇一）、《舞鶴淡水》（二〇〇二）、《亂迷》（一）（二〇〇七）等。由於很遲才去當兵，退伍時歸隱淡水小鎮，因此在鄉土文學論戰烽火連天之際，他正好避開硝煙。他不是本土派，卻比許多同輩作家還更本土；他不是寫實主義者，卻也比同世代作家更寫實；他更不是現代主義者，卻又表現得極其現代。舞鶴的風格完全屬於他自己，是典型台灣歷史的產物，但從來不被收編。對於情欲的探索，他推進到最遠的邊際。當他能夠放膽表現情色，時代與社會已經變得非常寬容。他的姿態處處顯示質疑，為的是表達他的政治不正確。他有離奇的戀母情節，也有多元角度的歷史觀點，對國家暴力相當抗拒，對道德世界毫不理會。他追求肉體自由，常常對社會底層的邊緣人，或是主流社會的畸零人，仔細觀察，並化身為小說人物。在〈拾骨〉的敘述中，有一段驚悚的描寫：「我躲到她蓬草的恥毛間，悄悄將娘的金牙含在唇齒，埋纏大腿內底撕咬，腿窪間蒸騰開一種廢水沼澤般的殺氣。」「她說她從未有過兒子——今天她感覺我就是她無緣來出世的兒子。我說我要從臍孔入去，她說只要能夠就讓你入去。」[16]那種死亡的氣息是何等貼近，而求生的欲望又何等強烈。戀母之情可以寫到如此，這樣生動又這樣恐懼，那是絕無僅有的詩學，不是遵循社會道德的路線就可獲致。其中有超乎正常社會的狂想，或者是進入虛無飄渺的幻境，才能找到這些語言。非常自我又非常忘我的舞鶴，刻意在性與政治之間進行挑戰與挑逗，有其獨特的詩韻與神韻。

狂人舞鶴有時變成冷靜的歷史觀察者，他對霧社事件的傳說極其著迷，決定到埔里山區定居考察，終於寫出長篇小說《餘生》[17]。充滿高度爭議的這部小說，完全屏棄一般的標點符號，全書連綿不斷，述說一個說不清楚也無法說清的歷史故事。原住民在日本殖民者的暴力下，面臨滅種的危機；事件後又被遷移到不屬於他們土地的川中島，完全沒有任何自主意願。這種去勢的、被閹割的歷史，可能已經遭到遺忘。舞鶴在那段定居期間，重新思考整個事件的意義。所謂文明，其實是比野蠻還野蠻。在殖民時期，大和民族以暴力消滅整個族群；在戰後時期，中華民族又以暴力清除所有的記憶。在歷史上不被記得，是不是意味著事件從未發生？如果族群消失，記憶也跟著消失，這就是文明的極致表現嗎？舞鶴透過內心獨白、喃喃自語，在繁瑣的文字中釋出他內心的憤怒與不滿。《餘生》是不是一部完整的小說，還有待商榷；但他刻意消除漢語的行文方式，是否就在傳達外界所不能理解的原住民聲音？不過對於受害的原住民來說，舞鶴的表現形式能夠被

16　舞鶴，〈拾骨〉，《拾骨》（高雄：春暉，一九九五），頁八九。
17　舞鶴，《餘生》（台北：麥田，二〇〇〇）。

舞鶴，《鬼兒與阿妖》

舞鶴（麥田出版公司提供）

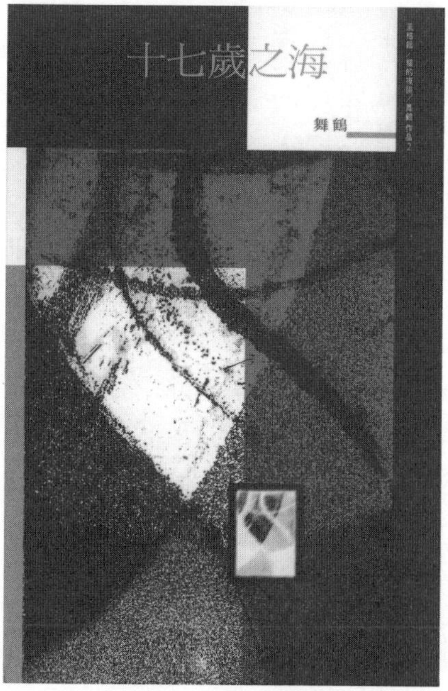

舞鶴，《十七歲之海》

舞鶴，《拾骨》

接受嗎？小說的結構、語法，完全解除傳統敘述學的規格，可能就是他重要的寫作策略，也就是要從所有的文化中心論，完全解放出來。

《鬼兒與阿妖》[18]是突破性別疆界的身體小說，企圖擺脫男女性別的二元思維方式。兩種性別的對照與對立，似乎是小說創造的傳統習俗。如果性別取向掙脫二元思考，則情欲描寫就出現太多的可能。舞鶴以「政治陰陽家」自況，正是要戳破男性中心的神話。為了衝破情欲疆界，他刻意抽離文字既有的固定意義，而變成一個空白的容器，隨時可以注入新的想像。如果語言就是兩性權力關係的規範，則任何突破的意志，就必須優先考量如何使文字符號翻轉。他創造「鬼兒」一詞，為的是要與舶來品的「酷兒」有所區隔。如果酷兒是反體制，似乎還暗示著對體制的承認；鬼兒是屬於本土的名詞，有意要存在於體制之外，達到天翻地覆的精神。遠在《十七歲之海》所收的一篇札記〈一位同性戀者的祕密手記〉，他已經寫出這樣的字句：「釋出你自身內裡的女人／讓你在與男人無數交媾中／體驗：自身／那位來自無始永恆的女人」[19]。當他寫《鬼兒與阿妖》時，已經超越異性戀與同性戀的思維方式，使文本處在邊緣之外的邊緣。這等於是宣告世間已經存在的各種價值觀念，都一概不承認。舞鶴是世紀之交的重要寫手，他對本土的定義完全不遵照本土法則。在台灣意識論者中，他是異端；在中國意識論者中，他也是異端；甚至，在全球化浪潮中，他更是異端。舞鶴的文學意義，就是這樣彰顯出來。

張大春（一九五七—）是刷新小說敘述方式的第一人，也是勇於挑戰歷史、記憶、事實、真理、知識、政治的冒險者。在事實與虛構之間，在誠實與謊言之間，他開啟一個極為遼闊的小說版圖。他的文學世界，

18　舞鶴，《鬼兒與阿妖》（台北：麥田，二〇〇〇）。
19　舞鶴，〈一位同性戀者的祕密手記〉，《十七歲之海》（台北：元尊文化，一九九七），頁一八五。

有意擺脫文字傳統的束縛，更有意排斥主流價值的支配。對於現實社會表達高度不滿，只因見證新聞媒體、電視傳播與政治人物，都利用語言來渲染毫無根據的事實。所謂語言，不再是負載真理的容器，而淪為權力流動的管道。當他發現當代社會的所有溝通方式，早就顛覆了語言文字的崇高與神聖，他不能不思考以其人之道反治其人的報復方式。他回敬的最佳形式，便是訴諸虛實不分的小說書寫。最引人注目的地方就在於，他刻意製造偽知識（pseudo-knowledge），進行歷史考據，從事政治解構，投入記憶重建。他玩弄符號於股掌之間，使瀕臨鬆弛的文字再度活靈活現。從來沒有一位作家，把小說帶到那麼遠，也把讀者帶到更遠的邊界，唯張大春可以做到。

張大春的產量極為豐富，在一九八〇年發表《雞翎圖》[20]之後，就已奠定他的文壇地位。就像每位作家都是從自己的生命原點寫起，他也沒有例外，小說世界裡常常可以看見眷村的影子。受到議論最多的短篇小說〈四喜憂國〉[21]，寫出時代小人物的歷史大夢想。住在老舊眷村裡面的老兵，誠心誠意要為先總統蔣公擬寫「告全國軍民同胞書」。夢與現實的落差，構成整篇小說的內在張力，似乎很諷刺，又很好笑，卻暗藏著一種悲憫。他所要企及的境界，既不是庸俗的寫實主義，也不是流行的都市文學。他刻意要打破小說類型的僵化概念，使真實更為真實。在鄉土文學式微，而都市文學崛起之際，張大春放膽為自己的小說建立鮮明的定義。寫實不必然就是寫實，虛構也不必然就是虛構，文字只不過是一種再現的手法，與真理的距離，太黏又不太黏。

對於自己的小說究竟是否屬於後現代的後設思考，張大春並不在意。他在乎的是小說裡的腔調。對於小說的技藝，他已非常警覺，沒有生動的語言，就沒有生動的故事。小說中的人物，如何具體呈現在讀者面前，僅有的關鍵就在於語言的表演。一九八〇年代的台灣文學，如果經歷一場無聲的革命，那絕對是屬於語言的衝決網羅。獻身這場語言革命中的領導人物，張大春是其中之一。符號不可能停留在歷史的囚牢，搗碎它，重塑它，正是這個世代小說家的任務。張大春緊抓小說人物的腔調，完全志在提升敘述技巧。正如他自己所說：「他首先感受到的是一個故事裡的情感以及講演這個故事的腔調裡的情感。當他自己不是一個擁有豐富故事的人、而又急著想說故事的時候，必然還有一桿巨木可以抱之而浮於茫茫字海；那就是腔調。」[22]

他後來所有的作品都集中於謊言與虛構的挑戰，包括《公寓導遊》（一九八六）、《時間軸》（一九八六）、《四喜憂國》（一九八八）、《歡喜賊》（一九八九）、《大說謊家》（一九八九）、《病變》（一九九○）、《少年大頭春的生活週記》（一九九二）、《我妹妹》（一九九三）、《沒人寫信給上校》（一九九四）、《撒謊的信徒》（一九九六）、《野孩子》（一九九六）、《本事》（一九九八）、《尋人啟事》（一九九九）、《城邦暴力團》四冊（一九九九—二○○○）、《聆聽父親》（二○○三）、《春燈公子》（二○○五）、《戰夏陽》（二○○六）、《認得幾個字》（二○○七）、《富貴窯》（二○○九）、《一葉秋》（二○一一）、《大唐李白》系列（二○一三—二○一五）、《南國之冬》（二○二一）等。他所展現的氣勢，沛然莫之能禦，完全跨越時間的限制。他反覆求索的是，真理裡嵌入謊言，謊言中暗藏真理，其中最大的關鍵在於相信或不相信而已。只要堅持意識形態或政治立場，謊言就可升格成為真理。

對於政治上或利益上的敵人，真理都可降格為謊言。以《撒謊的信徒》[23]為例，這部小說完成於第一次總統大選。舉世滔滔之際，顯然是針對特定的候選人展開批判，甚至在書的封底特別清楚標示作品的立場：「與其稱《撒謊的信徒》刻劃了某個集爭議於一身的政客，倒不如說它揭露了權力所誘發的人性惡質之

20 張大春，《雞翎圖》（台北：時報文化，一九八○）。
21 張大春，〈四喜憂國〉，《四喜憂國》（台北：遠流，一九八八）。
22 張大春，〈踩影子找影子——一則小說的腔調譜〉，《小說稗類》卷一（台北：聯合文學，一九九八），頁一二○。
23 張大春，《撒謊的信徒》（台北：聯合文學，一九九六）。

張大春，《四喜憂國》

張大春（《文訊》提供）

張大春，《撒謊的信徒》

張大春，《雞翎圖》

源——懦弱、貪婪、傲慢以及無知；權力如何使擁有它和失去它的人屈服、攀附、獨斷甚至盲目？這是每一個不肯撒謊的人應該追問的，也唯有在這樣追問的時候，人民得以超越領袖、歷史得以擺脫政治，信徒得以遠離神祇，小說得以瓦解謊言。」小說中刻意把上帝與特務之間的界線模糊，為的是檢驗爬到權位最高的說謊者的真實人格。其中有遊戲、諷刺與批判，完全解放符號固有的意義。人神之間的對決，似乎並未成功解構說謊者的權力，這部小說的批判有其針對性，卻失去準確性，與張大春最初的書寫策略產生極大落差。

他的《本事》[24]與《尋人啟事》[25]，大量在現實中虛構所謂真實的故事。在相當程度上，張大春對於當時正在崛起的台灣意識或本土意識，以及伴隨而來的寫實主義美學，他都抱持高度的懷疑。或者更正確的說，他對於共產黨的左派民族主義，國民黨的右派民族主義，以及民進黨的極右民族主義，都表示無法接受。在謊言中，刺探真理；在真理中，揭露謊言。這樣的思維模式，他開始拆解人神之間的界線，甚至也拆解人鬼之間的隔離。沿著這樣的思考，歷史與記憶變得非常不可靠，從而所有的權力基礎也全盤遭到動搖。信者信之，不信者恆不信，等於徹底揭露人性最深層的強悍與脆弱。張大春的書寫工程，建立台灣小說藝術的里程碑。到現在為止，似乎還未有朋輩或後輩望其項背。

阮慶岳（一九五七—）是一位遲到的作家，他的朋輩大多崛起於一九七〇年代末期或八〇年代初期，他必須要到世紀之交才被看見。早期他認為建築與文學並沒有互通之處，稍後他才覺悟，建築、影像、小說，可以透過美學而聯繫起來。在文學啟蒙年代，他曾經非常著迷法國小說家紀德（André Gide），以及台灣作家七等生。無論是筆調、主題，或文字技巧，微微帶有七等生那種繁瑣、迴旋的意味，但是在色調上，較

24　張大春，《本事》（台北：聯合文學，一九九八）。
25　張大春，《尋人啟事》（台北：聯合文學，一九九九）。

為明朗。七等生與社會現實保持一定的疏離，而阮慶岳較為勇敢與面對現實。縱然兩人都是屬於獨白體，阮慶岳的作品可以容許他者的介入。最早的一本短篇小說集《曾滿足》，由七等生寫序推薦，特別偏愛書中主題小說〈曾滿足〉。故事是在描寫一位男孩戀愛成熟女人的過程，雙方不敢吐露愛意，卻在異鄉的美國相遇，那時兩人已都嚐盡人間惆悵的滋味。七等生指出：「這位身分卑微的女性，在台灣時生活十分的辛酸，在新世界則成為一個認知超強而獨立自主的人，她現實而不浪漫，善良而寬容，自愛而愛人。」[26]受到七等生的肯定是非常不容易的事情，畢竟他看到這位後輩作家所從事的心靈冒險，恰恰就是他早期的文學經驗。

阮慶岳（阮慶岳提供）

阮慶岳的小說《秀雲》，全書都在描述母親形象的尋找，就像他自己所說，這本作品「始自於對自己母親的懸想，卻終於男人們的孤枝夜啼」[27]。這就像七等生曾經寫過一本《老婦人》（一九八四），也強烈表達母親之思，那種文字近乎戀母情結。阮慶岳的另一本短篇小說集《哭泣哭泣城》，也是由七等生作序，形容作者具有「特殊的欲語含羞的文學書寫情態」[28]。這位建築師兼小說家的作者，隱隱約約透露他對城鄉差距的關懷。他的小說往往以家族為中心，寫出社會變化中，不斷出走的命運。在後現代的浪潮中，他頻頻向過去的現代主義運動致意。縱然整個世界已經開放，他擅長從孤獨的內心觀察外面的世界。《林秀子一家》（二〇〇三）、《凱旋高歌》（二〇〇四）、《蒼人奔鹿》（二〇〇六）等，這三本合稱「東湖三部曲」，寫的是父親缺席的家庭。全書的主題圍繞著愛、信仰與救贖，在邊緣人的身上看到生命的真實。阮慶岳具有過人的勇氣，揭露個人身體的祕密，既寫異性戀，也寫同性愛。到目前為止，他所受到的評論還相當匱乏，但是他作為二十一世紀的重要作家，則是無可懷疑。主要作品包括《重見白橋》（二〇〇二）、《一人漂流》（二〇〇四）、《愛是無名山》（二〇〇九）、《聲音》（二〇一三）、《黃昏的故鄉》（二〇一六）、《城愁》（二〇一八）、《山徑躊躇》（二〇二〇）等。

林俊頴（一九六〇—），彰化人，畢業於政治大學中文系，後在紐約市立大學Queens College獲得大眾傳播碩士。他曾經在報社、電視台、廣告公司工作，也參與過朱天文、朱天心舉辦的《三三集刊》的晚期活動。著有小說集《大暑》（一九九〇）、《是誰在唱歌》（一九九四）、《焚燒創世紀》（一九九七）、《夏夜微笑》（二〇〇三）、《玫瑰阿修羅》（二〇〇四）、《善女人》（二〇〇五）、《鏡花園》（二〇〇六），散文集《日出在遠方》（一九九七）。二〇一一年他出版了長篇小說《我不可告人的鄉愁》，寫自己的童年、童年之地，小說情節在當代都會台北與舊日鄉里斗鎮之間，以雙線進行時間的跨度和人群的跨度。林俊頴小說語言修辭之美，早已自成風格。他的文字細密縝緻，優雅從容，可以想見作者對文字迷戀之深。

張啟疆（一九六一—），是文壇得獎的高手。他擅長寫消失的記憶，尤其是被台灣社會遺忘的眷村。作為外省第二代的族群，他雖然對成長過程有很多感傷，但也知道歷史與事件都會成為過去。然而一個時代之所以會有顏色與氣味，完全是藉由許多沒沒無聞的人物形塑而成。〈消失的球〉與〈失蹤的五二〇〉已經呈現外省族群在地化的現象，因為有他的小說保存下來，那些陳舊的記憶只要被閱讀，就不斷被翻新。「五二〇」指的是一九八〇年代最龐大的農民運動，起於在台北街頭示威的衝突。小說想像的壯烈投入，使人閱

26 七等生，〈誰是曾滿足——阮慶岳小說的真情結構〉，收入阮慶岳，《曾滿足》（台北：台灣商務，一九九八），頁八。

27 阮慶岳，〈後記——聲聲啼杜鵑〉，《秀雲》（台北：聯合文學，二〇〇七），頁二五四。

28 七等生，〈認出純美清流——阮慶岳的文學書寫情態〉，《哭泣哭泣城》（台北：聯合文學，二〇〇二），頁七。

讀時恍如身歷其境。他最值得注意的得獎作品集《導盲者》（一九九七），非常生動寫出心靈與身體的殘缺者，往往能夠看出整個所謂完整社會的欠缺。這本書封面印著「國內六大文學獎首獎作品集」，可以看出當年他獲得普遍承認的地位。如果他堅持書寫下去，整個美學版圖一定非常可觀。可惜的是進入二十一世紀之後，他漸漸與文壇疏離。

林燿德（一九六二—一九九六），原名林耀德。他是台灣文學史的巨大書寫工程，橫跨詩、散文、小說、評論。他散發的生命熱力，都在前後世代的作家之上。在短短十餘年的文學生涯，他寫出的作品是別的作家需要以一生來經營的。他積極參與活動，並訪談前輩與朋輩的作家，留下可觀的歷史文獻。到今天，還不斷受到廣泛挖掘，卻還無法拼湊完整的面貌。他是一個傳說，因為他代表著世代交替，也代表著開創新局。他其實就是一樁未了的工程。就世代交替而言，他最早跟隨神州詩社的溫瑞安，對他抱持近乎崇敬的態度。在同樣時期，他也參加《三三集刊》。有些美學原則，無疑也獲得胡蘭成的點撥。稍後，他又遵循詩人羅青的後現代理論。他所服膺的都市文學論，則又與詩人羅門有密切的血緣關係。可以肯定的說，詩的領域是他最早的藝術疆界。從那裡出發，他朝向其他文體發展。在作品中，可以看到他努力建構中國性、台灣性、現代性、後現代性。他的藝術，就是台灣歷史文化的綜合體。生前受到爭論，死後依然議論不斷。討論一九八〇年代以後的文學盛事，他就是一個座標；既是暗示，也是象徵，更是一個再呈現。

在很多藝術觀點上，他繼承現代主義運動的遺產。

林燿德（林婷提供）

對於在他之前存在的三大詩社，亦即創世紀、藍星與笠詩社，帶有相當程度的不滿。但無可否認，在不滿之餘，他又是現代詩傳統的延伸。他堅持把一九四九年之後出生的世代，作為文學史的一個斷線。這樣的見解，完整表達在他的詩評集《一九四九以後》。他的評論阡陌縱橫，氣象萬千，還包括幾本重要專著，《不安海域：台灣新世代詩人新探》（一九八八）、《羅門論》（一九九一）、《重組的星空》（一九九一）、《期待的視野：林燿德文學短論選》（一九九三）、《世紀末現代詩論集》（一九九五）、《敏感地帶：探索小說的意識真象》（一九九六）。其中有一個主要論點，便是為「新世代」正名、定義、辯護。他對中華民族主義強烈批判，而對所謂的台灣意識論者也表示抗拒。他採取開放的立場，認為中國性與台灣性之間並不必然是需要切割。所謂新世代，就是要擺脫歷史殘留下來的主流價值。一個世代誕生時，傳統會發生裂變，現代性也會發生裂變。正是在斷裂與變革的縫隙之中，新世代的思維與美學生出根芽。新的世代並非為了顛覆而顛覆，而是在建立新的秩序與典範。在他的小說《時間龍》，他寫出這樣的字句：「如果不離開一顆星球，就無法看見它的全貌。／權力之夢，世代傳承永無醒時。／來世的權力，色澤幻麗卻遙不可及。／現實的權力，陰影巨大而本質脆弱。」[29]這是意義豐富的一個自白，等於是脫離傳統，才能看見完整的傳統。

作為都市文學的提倡者，他的散文書寫縱然只結集三冊，卻收穫頗豐。包括《一座城市的身世》（一九八七）、《迷宮零件》（一九九三）、《鋼鐵蝴蝶》（一九九七）。相當準確顯示他的創作技巧，其中既是解構魔幻寫實，也是超現實與後設思維，並且還注入科幻寫實的段落。他的散文有詩的濃縮，也有小說的鋪張；文體的定義本身，就是身世不明。例如在〈地圖〉，他寫台灣的文化藍圖，就是如此描寫他所賴以生存的海島：「台灣的比例被誇張的放大許多，厚實地蜷伏在大陸的東南隅，上面站著忒大一座燈塔，光照

29 林燿德，《時間龍》（台北：時報文化，一九九四），頁七〇—七一。

林燿德，《鋼鐵蝴蝶》

林燿德，《一座城市的身世》

林燿德，《時間龍》

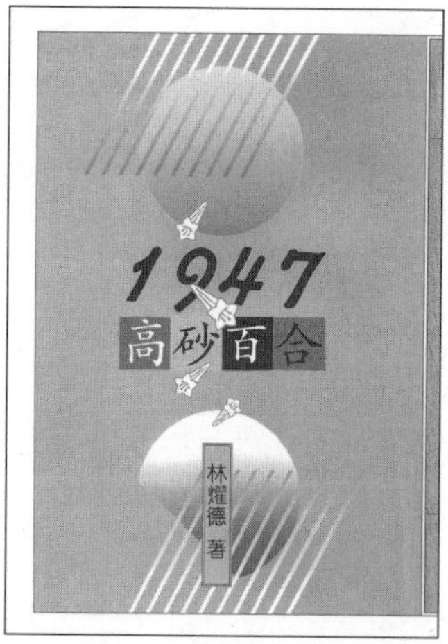

林燿德，《一九四七高砂百合》

林燿德，《銀碗盛雪》

寰宇，東北向的每一根光芒都刺穿塗刷成紅色的大陸。」[30]字句裡暗藏他對台灣的信心，卻又不落庸俗的政治語言。全文跳躍移動，有時利用剪貼、運鏡、拼貼，留下很大的想像空間，可以容許讀者介入。例如他又在《迷宮零件》寫〈魚夢〉：「我是魚。泅泳在魚群之中，左右兩側的眼珠子可以映現三百六十度的世界，這是人類所無法體驗的遼闊視野，周遭的海景以無法言說的逼真立體向我包圍過來。」[31]那種虛實相間的描寫，似幻似真。魚的意象其實是反襯人類喪失很多能力，對於世界的感覺與透視，在高度工業文明不斷擴張後，漸漸失去天賦的本能，而且還要進一步去毀掉海洋世界。在某種意義上，他受到伊塔羅・卡爾維諾（Italo Calvino）的啟發，可以在看不見的城市裡看見一個城市。

以都市感覺為核心，他開拓過去散文書寫未曾觸探的世界。例如他寫情欲的問題，男性不再是主導者，而是由女性來支配。〈W的化妝〉堅持女性自己的主體位置：「但她深深痛恨被壓抑的感覺，所以W會堅持一種特定的、不使她感到屈辱的體位。」「……任憑W的觀念和行為急駛於流行的高熱鐵軌上，一旦時機成熟，她仍舊會以信守的態度釋放一切。」[32]他寫性愛、暴力、死亡，其實是對時間的警覺。在恰當的段落，他會以科技文明的想像來描寫生命的有限與無限。他關心的議題包括戰爭、仇恨，也觸及認同與疏離。在都市人格中，彷彿可以看到人類的未來。但無論都市如何繁華燦爛，最後都要成為廢墟。〈震撼〉這篇散文指向現代建築的龐大：「有兩座連體嬰似的大廈纔剛完工，象徵著文明的龐然大物，如兩枚暗黑色的火箭矗立夜空，沒有燈火，也沒有人煙。埃及的人面獅身不正是如此地坐在沙漠上麼？我張口仰視，彷彿歲月已老，

30　林燿德，〈地圖〉，《迷宮零件》（台北：聯合文學，一九九三），頁一一六。
31　林燿德，〈魚夢〉，《迷宮零件》，頁三九。
32　林燿德，〈W的化妝〉，《中國時報・人間副刊》，一九八六年十月十一日；後收入《一座城市的身世》（台北：時報文化，一九八七）。

而身在千萬年後，垂憐著古老文明的奧妙，卻又震懾於它的強大。」[33]在時間的荒涼中，喧囂的世界終於寂滅，那種感嘆一如張愛玲所說的蒼涼手勢。

林燿德的詩集具有強烈的解構傾向，包括《銀碗盛雪》（一九八七）、《都市終端機》（一九八八）、《妳不瞭解我的哀愁是怎樣一回事》（一九八八）、《都市之甍》（一九八九）、《一九九〇》（一九九〇）、《不要驚動不要喚醒我所親愛》（一九九六）。他拒絕被現代詩的傳統收編，而致力於「後都市詩學」的經營，對於創造新世代的美學頗有信心。從他所編輯的台灣新世代詩人大系與新世代小說大系，都可證明他的雄心。就像他自己在分析都市文學時，刻意分成三個階段，第一是上海的新感覺派，第二是紀弦的現代派與創世紀的後期現代派運動，第三則是林燿德再三強調的八〇年代新世代都市文學[34]。這種自我定位，正好可以看到他所發展出來的新世代詩學：「找到了，苦心的魔王／以溫柔的眼神牠終於／在這座島嶼每一座彈孔般的城市／都市中每一個搖晃的書報攤架／書報攤架每一份報紙頭版找到／同一張無懈可擊的臉／那張臉，同一幅新聞照片：／總統就職典禮」[35]。後都市詩學無疑是後戒嚴的美學，對於權力的蔑視都在這首詩充分表現出來。在日常生活中，權力的游移流動從來是看不見，彷彿在尋常百姓中間，始終存在著隱形的魔王。這首詩對於台灣政治的權力接班，當然是表達高度諷刺。這首詩的出現，遙遙呼應著後來張大春所寫的《撒謊的信徒》。他以終端機隱喻人格的存在，例如《銀碗盛雪》詩集的〈一或零〉：「在這個數字至上的時代／除了ＩＣ缺貨／我們終將對一切真實無動於衷／高解度的畫面替代人類想像與感受／百萬／十億／一場戰爭的全數屍首／一個國家的失業人口／壓縮在扁平的磁碟機中／變得中性／冷漠／以絕對抽象的符號和程式」[36]。簡直把冷酷的電腦時代生動地表現出來，符號已經高過意義，電腦已經取代技藝。在那裡，沒有時間的長度也沒有歷史的深度，更沒有人情的冷暖。當世界變成又扁又虛又荒涼，科幻文明已經統治這個地球。他所看到的未來，似乎一步一步具體實現。

他的小說創作數量更為龐大，短篇小說有《惡地形》（一九八八）、《欲望夾心：雙色小小說》（一九九五，與陳璐茜合著）、《大東區》（一九九五）、《非常的日常》（一九九九）。長篇小說包括《解謎人》（一九八九，與黃凡合著）、《一九四七高砂百合》（一九九〇）、《大日如來》（一九九一）、《時間龍》（一九九四）。投身於後現代小說的創作，他大量發揮無限的想像力，既左右開弓，也左右逢源。凡是前行代與新世代能夠嘗試的手法，他都能夠靈活運用。最精采的小說莫過於《一九四七高砂百合》[37]，他把時間點停格在二二八事件的前夜，相當強悍有力地推出文字表演。在一九九〇年代之初，二二八事件論述是民進黨能夠崛起的歷史武器，從本土派的角度來看，他代表一種政治抗議，也在於糾正偏頗的歷史敘述。而更重要的是，它象徵著一種轉型正義的追求。這個事件是那樣嚴肅，也是那樣崇高，構成台灣意識最穩固的基礎。然而這個歷史記憶的重建，卻又遮蔽了其他族群的歷史記憶。記憶若變形成為文化霸權，等於是在製造另一種歷史的偏頗。林燿德對於這種傾向頗有警覺，他刻意把歷史焦點轉移到原住民的身上，畢竟在事件發生之際，在不同的族群，不同的地點，不一樣的歷史也正在發生。這是新歷史主義的最早實踐，強調歷史不是線性的，也不是連綿不斷。其中有太多的縫隙、缺口與斷裂，正是選擇在恰當的缺口切入，一九四七的意義便全然翻轉。在黯淡的歷史時刻，各個族群都有各自的生活方式與回憶管道。這部小說正在呈現各種可能，這當然是非常敏感的一種實驗，卻可以彰顯林燿德的膽識。所謂後現代小說的解構，他發揮得淋漓盡致。他至

33　林燿德，〈震撼〉，《鋼鐵蝴蝶》（台北：聯合文學，一九九七），頁一一九。
34　林燿德，〈以書寫肯定存有——與簡政珍對話〉，《觀念對話》（台北：漢光，一九八九），頁一八二。
35　林燿德，〈魔王的臉〉，《一九九〇》（台北：尚書，一九九〇），頁一七〇—七一。
36　林燿德，〈一或零〉，《銀碗盛雪》（台北：洪範，一九八七），頁一二五—二六。
37　林燿德，《一九四七高砂百合》（台北：聯合文學，一九九〇）。

少有其用心良苦之處，在歷史書寫中聚光燈往往只投射在特定的人物或族群，彷彿歷史是由少數人創造出來。林燿德刻意把歷史現場所有的聚光燈打開，讓歷史舞台上所有的人物全部現身，放在同樣的平台。他的挑戰縱然引起爭議，卻為新世代小說開啟無窮的版圖。

一九八〇年代回歸台灣的海外文學

台灣社會在一九八〇年代朝向開放之後，許多海外作家，無論是左派或右派、無論是統派或獨派，都選擇回到最初文學啟蒙的土地，發表他們的作品。他們的回歸證明台灣已經從最封閉的時期，跨向最開闊的階段。這小小海島顯示出對文學的寬容態度，凡屬文學或藝術的任何想像都獲得容許。文學創造最基本的歷史條件是政治權力不可輕易干涉，即使是悖離國家政策的一首詩或一篇小說，都是不可輕侮。見證各種性別、階級、族群議題的文學作品以盛放的姿態回到這海島社會，海外作家已經預見放逐與流亡的生活就要宣告結束。這些海外作家是在一九七〇年代釣魚台運動崛起之後，分別懷抱不同的烏托邦，其中最顯著的是左派思維的轉向。由於對國民黨外交政策的軟弱感到失望，同時又因為中華民國於一九七一年被聯合國否決，而使中華人民共和國成為合法代表，遠在異域的知識分子，在精神上受到嚴重打擊，因而開始認同北京政權。從台灣出去的留學生在早年的啟蒙求學階段，都接受大中國的價值觀念。因此，國民政府在國際上節節失利之際，他們積極認同當時在大陸正如火如荼進行的文化大革命。

海外保釣運動遂分裂成三個派別：一是主張認同社會主義的統派，一是支持台灣獨立運動的本土派，另一個是高舉革新保台旗幟，立場不統不獨的國民黨派。三種派別的對立，意味著台灣歷史教育的分崩離析。知識分子一旦離開台灣，內心所形塑的國家觀念便相當分歧。長期接受國民黨教育卻投向共產黨的陣營，恰好可以證明所謂大中國的圖像，完全無法與現實政治銜接起來。當時國民黨的威權體制與思想教育，都受到統獨兩派的強烈抨擊，最值得注意的當推劉大任與郭松棻。

他們對社會主義都有高度嚮往，不僅放棄博士學位的追求，全職投入政治運動，並且也去訪問文革怒潮中的中國社會，也因此正式成為國民黨的黑名單。從文學史的觀點來看，這是一個荒謬、怪誕的思想檢查時期，只要在意識形態方面沒有認同國民黨，便被劃入黑名單的行列。在這些思想犯裡還包括於梨華、陳若曦、李黎和李渝。但是這群漂流海外的作家卻在一九八〇年代之後感受到歷史改流的力量，他們對社會主義祖國全盤幻滅，尤其文化大革命的內幕揭露之後，才發現文革所造成的災難，稍具人道關懷或人權觀念的作家，絕對無法容忍政治權力氾濫所造成的人禍。中國共產黨，如果從社會主義的價值來看，應該是代表人類所尊崇的正義、公平、進步、理性。然而歷史事實證明，那是人類的智慧所能創造出來最黑暗、最墮落、最沉淪的社會體制。相形之下，台灣於一九八〇年代之後，威權體制受到挑戰、資本主義加速前進、中產階級巍然誕生、民主運動篤定開展。一黨獨大的國民黨終於被迫接受民主化與本土化，使思想文化的開放境界，化夢成真。海外作家的文學作品逐步解禁，他們的最新創作也優先選擇在台灣發表。對台灣文學史而言，這是一個漂亮翻轉的時期。海外左派的文化認同，便是以如此具體的行動來印證。

於梨華（一九三一—二〇二〇），原籍浙江，台大歷史系畢業。她年少時期就已發表小說，最早出現於《野風》雜誌。一九五六年發表短篇小說〈揚子江頭幾多愁〉，獲得米高梅公司文藝獎第一名，同年赴美結婚。一九六二年回到台灣，開始展現她羈留美國時所累積起來的文學成績。一九六三年發表第一個長篇《夢回青河》，立即引起文壇的注意。故事圍繞著姑表兄妹之間的三角戀愛，成為當時熱門的話題。於梨華從此奠定她的文壇地位，陸續寫出無數短篇小說，包括《歸》、《也是秋天》、《變》、《雪地上的星星》。在當時苦悶的社會，她可能是唯一的作家，不斷寫出女性受到道德枷鎖的監禁。在女性意識還未全面崛起之前，她在性議題上的反覆求索，變成受到矚目的重要聲音。引起廣泛討論的留學生小說《又見棕櫚．又見棕櫚》，在出版之後，掀起閱讀熱潮。她不是現代主義者，也不是寫實主義者，而只是以敏銳的筆，把一個時代的苦悶描繪出來。由於她的白話文技巧相當靈活，故事特別引人入勝。這本小說寫的是男主角牟天磊自美返台的心情，在親人的簇擁之下，好像是衣錦還鄉，但他的內心卻有失根漂泊的孤獨。在美國與有夫之婦發生戀情，卻無法驅除內心的空虛；回到台灣，他尋找舊情人眉立，希冀找回年少時期的夢想。那種雙重失落，頗能反映留學生前後失據的窘態。

於梨華，《歸》（李志銘提供）

《又見棕櫚．又見棕櫚》是一九六〇年代留學生文學之濫觴，一方面勾勒台灣大學生的崇洋心態，一方面又點出台灣社會的封閉狀態。整個時代的感覺與情緒，都在故事中往返流動。在性議題方面，她的處理方式果敢大膽，遊走在當時檢查制度的邊緣。對女性身體毫無禁忌的觸探，在手法上毫不遜於後來女性作家的技巧。她沒有隻字片語提到女性主義，但是追求身體自主的意願極其強烈。如果視她為女性意識的先聲，並不為過。稍後她寫出的一系列小說《談》（一九六九）、《白駒集》（一九六九）、《會場現形記》（一九七二）、《考驗》（一九七四），大量寫出在美華人的苦悶生活。一九六八年，她在美國大學開設中國現代文學的課程，熟悉美國的學術生涯，因此筆鋒也指向學界的奇怪生態，充分揭露人性的自私與貪婪。《考驗》寫的是一位台灣女性無法忍受教授丈夫的日夜研究，她嘗試脫離枷鎖，又回到學校讀書，追求自己真正的生活。一九七五年她在北京《人民日報》的頭版發表長文，歌頌中國社會的進步，批判美國資本主義的墮落。在文化大革命臻於高潮之際，於梨華的轉向，震撼台灣文壇，也衝擊美國的華人社會。從此她所有的作品在台灣遭到查禁。因此她選擇在香港出版她的作品，包括《傅家的兒女們》（一九七八）、《誰在西雙版納》（一九七八）、《三人行》（一九八〇）、《記得當年來水城》（一九八〇）。一九八〇年之後，她的作品重新在台灣出版，分別有《一個天使的沉淪》（一九九六）、《屏風後的女人》（一九九八）、《在離去與道別之間》（二〇〇二）、《飄零歸何處》（二〇〇八）。

陳若曦（一九三八—），本名陳秀美，參與一九六〇年《現代文學》的創刊。早期的創作毫無例外帶有濃厚的現代主義風格。當時受到討論最多的短篇小說〈灰眼黑貓〉，非常典型地帶有晦暗的色彩，使人看不到救贖的力量。這樣的色調剛好與白先勇、陳映真、王禎和排列在一起，表現了一個悲觀而下降的世界。她的早期作品都收入《陳若曦自選集》（一九七六）。一九六六年，她與丈夫到達北京時，中國文化大革命適時爆發。他們選擇留在歷史現場，以為可以見證中國社會主義的演變，卻因此而迎接她生命中前所未有的風暴。一位現代主義者變成社會主義者，那種跨越無疑造成內心的強烈震盪。她前後七年，親身經歷了文革的造反年代，卻留下永生難忘的災難式流亡。一九七三年，幸運地離開中國回到北美，才開啟她後半生的文學生涯。她在台灣發表的第一部短篇小說集《尹縣長》（一九七六），不僅表現她在文字技巧上的純熟洗鍊，也在題材上勇敢揭開文革的黑幕。這部小說，再也不能使用現代主義或寫實主義的名詞來概括。那是以生命與鮮血換取的文學作品，其中人格的扭曲與人性的變形，比起支離破碎的現代主義還更令人感到驚心動魄，也比嘶聲吶喊的寫實主義還更使人感到痛心疾首。

陳若曦可能是第一位寫出「傷痕文學」的作家，較諸中國作家於一九八〇年代之後才寫出的作品，還要早七年。陳若曦當年在台灣發表時，受到警總單位的注意，甚至還被認為有為匪宣傳之嫌。她寫的小說不再是小說，所謂虛構也不再是虛構，而是句句血淚，完全屬於事實。陳若曦使用白描的手法、透明的白話，絲毫不拖泥帶水。例如，〈值夜〉中的老傅，是典型的中國知識分子。被下放到農場後，他有這樣的告白：「文革初起，破『四舊』，我燒毀了全部的舊版書。後來新作家也一個個倒下來，我清理都來不及，乾脆借了一部拖板車來，自己把他們拉去破爛收購站，當廢紙賣了，每斤四分錢。從那以後，除了《毛選》，我沒買過書。」[38]這種簡潔的口語，其熟練程度幾乎可用精省來形容。沒有任何贅字，也沒有過剩的喟嘆，卻把一位知識分子的沒落與屈服，生動勾勒出來。這篇小說精確地點出，反智的社會主義體制，背叛革命、背叛人民、背叛理想。凡是不服黨的意志的知識分子，便以革命罪名，予以下放、改造、羞辱，終而剝奪人格與生命的尊嚴。

隨後出版的《老人》（一九七八）、《歸》（一九七八），是陳若曦復出文壇後創作臻於巔峰的作品，無論是短篇或長篇，都帶來巨大震撼。她並不是為了反共而從事小說創作，只是要證明，社會主義的理想國，從來沒有在這個世界誕生。進入一九八〇年代之後，她結

陳若曦（《文訊》提供）

陳若曦，《突圍》

束文革主題的經營，把焦點停留在海外華人的生活之上。其中最受議論的作品便是〈路口〉，開始關心台灣的民主運動。不過，她以負面的文字描繪海外的台獨運動，從而在有意無意之間，塑造中國女性優於台灣女性的形象。在字裡行間，可以發現她非常熟悉中國歷史，卻對台灣政治演變感到陌生。每當提到分離主義時，她總是以親日的大男人形象活躍在故事之中。每當台灣女性遇到中國女性時，姿態與身段就顯得格局失常。她在一九九五年回到台灣定居，文學生產力也漸漸消沉下來。

劉大任（一九三九—），也是台灣現代主義運動的健將。參與過《筆匯》、《現代文學》、《文學季刊》的創作活動，最早的一本書《紅土印象》（一九七〇），正是他現代主義時期的結集。一九七〇年保釣運動爆發後，他放棄學位追求，成為左翼信仰者的先鋒。由於信仰社會主義，也開始信仰「真理就在海的那一邊」[39]。然而，隨著訪問大陸之後，開始對文革產生幻滅，他的理想國從此傾塌，化成廢墟。他誠實地表示過：「對我而言，一九七四至一九八〇年，六、七年的時間，是我一生中最痛苦的時間。我想，對於許多參與保釣的人來講，這段時間也是最痛苦的。我後來知道，只有回到文學上去，我要自己救自己，這是唯一的一條路。攪在政治的漩渦裡，不僅改不了這個社會，連自己都會毀滅。」[40]在一九八〇年代以後，劉大任的文學生產力到達爆發狀態，出版系列作品，包括《杜鵑啼血》（一九八四）、《浮游群落》（一九八五）、《走出神話國》（一九八六）、《秋陽似酒》（一九八六）、《晚風習習》（一九九〇）、《神話的破滅》（一九九二）、《走過蛻變的中國》（一九九三）、《強悍而美麗》（一九九五）、《來去尋金邊魚》（一九九六）、《無夢時代》（一九九六）、《赤道歸來》（一九九七）、《落日照大旗》（一九九九）。他的小說與散文，一方面回顧成長啟

38　陳若曦，〈值夜〉，《尹縣長》（台北：遠景，一九七六），頁五七。

39　劉大任，〈不安的山〉，《無夢時代》（台北：皇冠，一九九六），頁七九。

40　平路 vs. 劉大任，〈釣運反思錄〉，收入楊澤主編，《七〇年代：理想繼續燃燒》（台北：時報文化，一九九四），頁一五〇。

蒙的時期，一方面反思海外釣運經驗的階段，成為台灣社會開放以後非常重要的聲音。那是他理想追求之後，沉澱下來的可貴思考。寫下的每一篇文字，都具有歷史質感，不僅可視為知識分子的懺悔錄，也可作為台灣民主政治的一個借鏡。他的小說《晚風習習》[41]是個人心路歷程的鮮明寫照，在國族記憶與家族傳統之間取得和解。這篇小說寫出父親回到大陸故鄉後的幻滅，最後鬱鬱以終。那種幻滅感與劉大任半生的追求，似乎相互映照，獲得一種生命的安頓。

劉大任從二〇〇一年開始在《壹週刊》開闢〈紐約眼〉專欄，寫出一系列的自傳體散文。從早年在台灣參加現代主義運動，以及與作家陳映真的過從，都以相當細膩的文字描寫刻劃，使一九六〇年代的蒼白與荒涼躍然紙上。不僅如此，他的筆也開始干涉台灣政治經濟與社會文化，觀點之犀利，獨樹一幟。縱然身在海外，對於島上生活的幽微變化，觀察得極其透澈。文字裡潛藏著批判的力道，毫不遜於島上知識分子。他的白話文已臻爐火純青的境界，一如他所自承，早年師法魯迅，近期則私淑周作人。其內在的藝術變化，無非是照映人

劉大任（《文訊》提供）

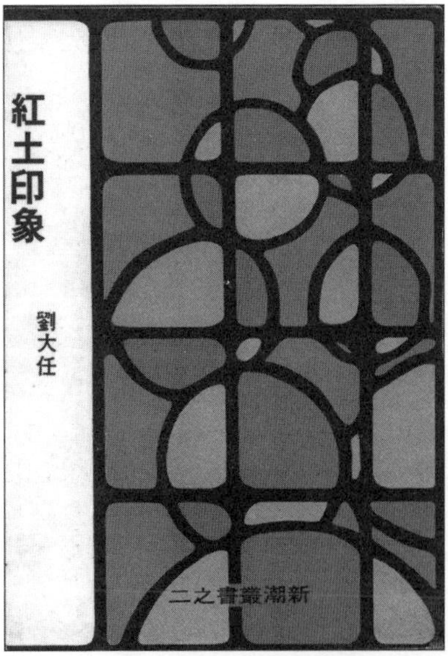

劉大任，《紅土印象》（舊香居提供）

生態度的轉變。他非常關心政治，卻完全不受苦惱羈絆。意識形態淡化之後，天地為之一寬。他可以漫談蒔花養魚，全然不同於從前左派運動的緊張情緒。在台灣文壇中，他可能也是最早經營運動文學的作者之一，為國內讀者介紹美國體壇的生態。超然與悠然的文風，既入世又脫俗，是引人入勝的散文風景。進入新世紀之後，每年定期出版一冊散文，那種穩定的節奏，恰好可以反映其生命力之旺盛。他的作品包括《紐約眼》（二〇〇二）、《空望》（二〇〇三）、《冬之物語》（二〇〇四）、《月印萬川》（二〇〇五）、《園林內外》（二〇〇六）、《晚晴》（二〇〇七）、《果嶺春秋》（二〇〇七）、《憂樂》（二〇〇八）、《閱世如看花》（二〇一一）、《枯山水》（二〇一二）、《當下四重奏》（二〇一五）等，在讀書市場占有一席醒目的位置。

郭松棻（一九三八—二〇〇五），在一九六〇年代也參加過現代主義運動。當時他對於存在主義與沙特哲學思想非常著迷，是一位早慧的作家。一九六六年留學於加州柏克萊大學，專攻比較文學。釣魚台運動於一九七一年爆發後，他懷抱著理想，也涉入這場風起雲湧的愛國運動。當夢想超越現實時，他勇敢放棄博士學位的追求，似乎與劉大任所走的道路非常接近。在海外的保釣運動中，他可能是重要的理論指導者，熟悉馬克思主義的演變，也對文革中的中國大陸抱持高度嚮往。在海外的左派期刊，他撰寫無數的理論文字，也反省台灣文學的優劣得失。他也與劉大任一樣，在造訪社會主義中國之後，終於徹底幻滅。一夜之間，陷入痛苦的文化認同危機。

一位社會主義者，在精神上從馬克思出走，轉而變成現代主義者，其中的過渡其實是一段漫長的歷程。在無以自持之際，他投入小說創作，無非是為了填補空曠的望鄉情緒。離開台灣歷史現場如此長久之後，他無法探測故鄉的現實，心情的動蕩與跌宕，只有訴諸文學才能獲得救贖。當他回到文學，無疑是再度回到他

41　劉大任，《晚風習習》（台北：洪範，一九九〇）。

郭松棻，《雙月記》

郭松棻（舞鶴提供）

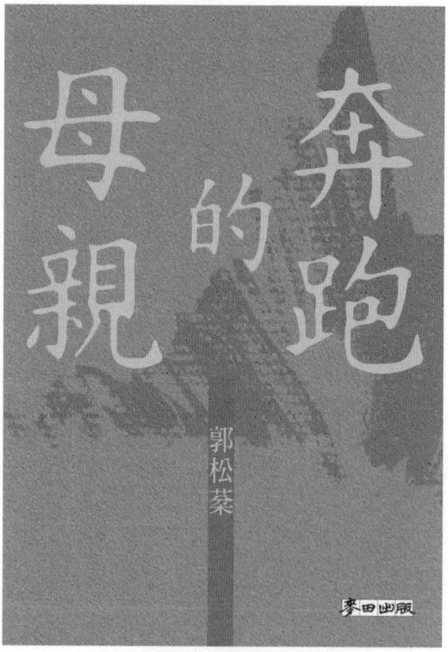

郭松棻，《奔跑的母親》

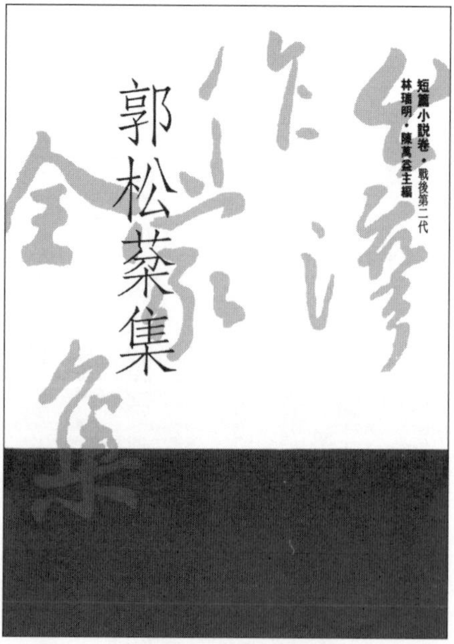

郭松棻，《郭松棻集》

年少時期的夢。一九八三年，他以文學創作重新出發，藉由小說的建構回到夢境，並且不斷進行夢的解析。而這種細緻的解析，竟是在記憶裡從事打撈工作。他不斷回到日據末期與戰後初期，這是台灣歷史正要揭開謎底卻又找不到答案的危疑階段。他反覆求索的是，台灣知識分子如何開啟歷史閘門。這小小的海島成為日本領土，又在一夜之間變成中國版圖。如此一開一闔，從來沒有經過島上住民的同意。彷彿是海洋上漂泊的孤帆，只能順著風的方向破浪前進。郭松棻企圖要尋找的是台灣的歷史方位，外在力量的挑戰是那樣強大，但是台灣知識分子卻具備自我定位的強悍意志。他前後發表的小說不到二十篇，卻引發台灣文壇不盡的議論。直至二〇〇五年他告別人世時，郭松棻已經在文壇建立一個非常穩固而安全的位置。

他筆下呈現的知識分子，可能是一種複雜的人格，既具有日本文化的教養，又有中國想像的嚮往，更有台灣殖民經驗的殘留。有時是跋扈飛揚，有時則是拘謹退卻，或者是自傲而自卑。最能顯現這種性格莫過於他所寫的〈月印〉[42]，在精神上浮現高曠的理想，在肉體上卻無法抵禦病菌的侵蝕。故事中的丈夫，是唯美的理想主義者，妻子則是謹守日本教育留下的美德。當戰爭結束，兩人各自擁抱理想家園的圖像。抱病體，丈夫虛構一個美麗的社會主義遠景。妻子則日夜照料丈夫，希望他健康起來，共同實踐人間最平凡的幸福。為了留住丈夫，妻子卻因莫名的嫉妒，無意間去密報讀書會的活動。丈夫被逮捕、被審判、被槍決，幸福急轉直下，留下一則淒美卻悲傷的故事。在崇高與庸俗之間，在理想與現實之間，或者在生命與死亡之間，總是後者獲得勝利。歷史、政治、愛情彷彿找到了出口，卻往往遭到阻絕，他的小說精確點出台灣社會的宿命。郭松棻生前亟欲回到台灣，卻因中風而中斷返鄉之行，成為永恆的缺憾。他生前留下的作品包括《郭松棻集》（一九九三）、《雙月記》（二〇〇一）、《奔跑的母親》（二〇〇二）。據說他留下豐富的遺稿，如

42 郭松棻，〈月印〉，《中國時報・人間副刊》，一九八四年七月二十一日—三十日；後收入《雙月記》（台北：草根，二〇〇一）。

果可以整理出來，必然再度引發台灣文壇的議論。

李渝（一九四四—二〇一四），台大外文系畢業，與夫婿郭松棻，同在加州柏克萊大學攻讀博士，她對中國藝術與古典文學頗為著迷。但是，在一九七〇年代釣魚台運動爆發之後，與郭松棻相偕投入政治的洪流。在運動中，見證人性的黑暗面，而且在一九七四年訪問中國後，才幡然覺醒。她最徹底的覺悟是文學藝術可以涵蓋政治，但是政治並不能包括文學藝術。這段心路歷程，對於任何有政治運動經驗的知識分子而言，應該是顛仆不破的真理。在她的文學生涯裡，中國小說家沈從文、法國小說家普魯斯特（Marcel Proust）的敘事語言與技巧，最具影響分量。從政治運動抽身之後，她與郭松棻同時回到早年對現代主義的嚮往。左翼運動的群眾其實是一種空洞的存在，歷史事實證明，社會主義所虛構的烏托邦，以及中國共產黨所營造的理想國，無非都是以人民群眾為祭品。現代主義在於彰顯作家的藝術個性與精神特質，也在於伸張無意識的私密世界中所暗藏的真實感覺。文學的情欲比起政治的情義，還要來得強悍有力。

回歸文學世界的李渝，開始對遙遠的海島懷有強烈的鄉愁。她的成長歲月與啟蒙過程，都發生在島上那喧囂的城市。深情的回眸，投注在台北城南的溫州街，那是一種致敬的儀式。正如郭松棻對於自己的文化原鄉大稻埕，也有他魂牽夢縈的感情寄託。她與夫婿同時創作小說時，台北盆地的雙軌記憶從此迤邐展開。溫州街代表台北中上階層知識分子的聚散，大稻埕象徵中下階層庶民生活的起伏。兩種不同的族群文化，彰顯截然不同的生活際遇。民國史與殖民史，是如何產生交會，正好

李渝（《文訊》提供）

可以藉由他們夫婦的小說敘事作為最佳印證。李渝的第一部短篇小說集《溫州街的故事》（一九九一），寫的是顛沛流離的戰爭世代，如何在海島得到安頓。她的小說道盡外省知識分子在台灣的落魄滄桑。李渝正是從漂流的上一代，看到生命的挫敗、振作、延續，而煥然形成她龐沛的文學力量。她的第二部小說《應答的鄉岸》（一九九九），反而是她早期與近期短篇作品的匯集，完成於一九六五至一九九六年。她對古典的憧憬，對上個世代的感懷，對海島台灣的擁抱，相當精確點出一位海外放逐者的望鄉心情。她的文字所形塑出來的圖像，好像是一幀泛黃的照片重新沖洗，看起來非常明亮，卻帶給讀者陳舊與沉重的鄉愁。郭松棻病逝後，她繼續以旺盛的創造力來證明她的再出發。她的作品還包括《夏日踟躇》（二〇〇二）、《賢明時代》（二〇〇五），長篇小說《金絲猿的故事》（二〇〇〇）、《拾花入夢記》（二〇一一），藝術評論包括《族群意識與卓越風格》（二〇〇一）、《行動中的藝術家》（二〇〇九），畫家評傳《任伯年：清末的市民畫家》（一九七八）。

李黎（一九四八—），本名鮑利黎，台大歷史系畢業，赴美在印第安那州普渡大學攻讀政治學。保釣時期，她也介入運動，因而成為政治黑名單，她最早的一本小說是《西江月》（一九八〇），在中國北京出版。她的政治信仰，並沒有像前述幾位作者產生極大震盪。但是，她最後還是選擇在台灣發表小說與散文。從產量與質量來看，她的藝術成就是在散文方面。對於保釣的記憶，寫得最好的一篇是收入《別後》的〈燃燒的年代〉，是為了紀念保釣運動的友伴唐文標。表面上是追悼友情，其實是在紀念自己狂飆的年少。多少夢想，都

李黎，《傾城》

與朋友的骨灰儲存在台北的善導寺。只有嘗過政治的惆悵滋味者，才驚覺生命中最美好的時光：「從善導寺出來，心情固然有悲愁，卻又感到明澈；像洗卸掉了雜亂的煩憂，而換回一心飄忽乾淨的哀思。寺外是台北秋天的黃昏，擾攘的大街上有無數的人，人，人。我忽然覺得活生生的人是這般可親。只因他們與我一樣。也因他們生活在這塊土地上。」[43]

浮盪的命運在外面那世界繞了一圈，她又回到文學的原點。在系列散文中，寫得最悲愴的莫過於《悲懷書簡》（一九九〇），寫的是紀念她早夭的男孩，經過親情的割裂，她才知道人的極限。她的文字技藝近似張愛玲，頗見鍛鑄之功。她出版了幾冊旅遊散文，如《尋找紅氣球》（二〇〇〇）、《浮花飛絮張愛玲》（二〇〇六）、《那朵花，那座橋》（二〇一六）等，都受到矚目。她的小說集包括《最後夜車》（一九八六）、《天堂鳥花》（一九八八）、《白鴿木蘭：烽火中的大愛》（二〇一九）等，也一度受到廣泛議論。

一九八〇年代回歸台灣的海外作家，在精神上都經過政治浪潮的衝擊。他們的文學向台灣回流，意味著開放社會的文化容量超越過去的任何一個時期。上述作家的生命中，或者是對中國文化母體的嚮往，或者是對社會主義的理想有某種憧憬，最後還是選擇台灣作為漂泊生涯的靠岸。在回歸的行列裡，馬森（一九三二—）可能是受到忽視的一位作家。他沒有加入左派運動，也對文化大革命毫無認同。留學歐洲期間，他在一九六五年與當地留學生創辦《歐洲雜誌》，討論文學、藝術、戲劇、文化，於台灣發行，在讀書界影響甚廣。一九八二年回到台灣，曾經擔任《聯合文學》總編輯。近三十年來，可能是產量最為豐富的作家。他橫跨藝術與學術，既從事小說創作，也涉入散文書寫，並且也研究戲劇。他的文學評論獨樹一幟，從不依附意識形態或政治立場，下筆極為超然。馬森的小說與評論空間感勝過時間感，他寫的文學批評包括《東西看》（一九八六）、《繭式文化與文化突破》（一九九〇）、《文學的魅惑》（二〇一〇）等。這是從一個固定空間來論斷文學或文化的價值與優劣，比較沒有歷史的縱深。他的美學觀念還是帶有強烈的社會意識與道德意識，正好可以彰顯他的人格特質與風格真貌。

馬森的文學作品受到議論最多的莫過於長篇小說《夜遊》（一九八四），寫一位台灣女性汪佩琳到加拿大留學的故事。曾經是拘謹、保守的女性，到國外之後遇上英國教授，與他結婚；卻在平靜生活中，遇見一位十九歲的加拿大男孩麥珂，從此展開她從未有過的感情冒險。尤其她被引導打開「熱帶花園」之後，無論在精神上或肉體上，經歷了未曾預見的漫遊。《夜遊》所觸及的經驗，橫跨同性戀與雙性戀，馬森所塑造的這位女性，彷彿是他所形塑出來的靈魂之眼，透視人性的光與影，在昇華與沉淪之間相互拉扯。留學法國的馬森，對於存在主義有相當程度的耽溺。小說的表面好像是在探測愛情的深度，但骨子裡其實在於界定生命的意義。小說中，有太多長篇大論的對白，幾乎溢出原來的故事主軸。由於執著文學的社會功能，反而使故事發展未能獲得突破。他的小說還包括《生活在瓶中》（一九七八）、《孤絕》（一九七九）、《海鷗》（一九八四）、《M的旅

43　李黎，〈燃燒的年代〉，《別後》（台北：允晨文化，一九八九）。

馬森（《文訊》提供）

馬森，《夜遊》

程》（一九九四）、《府城的故事》（二〇〇八）等。馬森在學術上的涉獵亦極廣泛，在大學校園是最早開授當代中國與台灣的文學課程，可謂開風氣之先。

東方白（一九三八—），本名林文德。長期漂泊在加拿大，曾經參與一九六〇年代台灣現代主義運動。曾經與白先勇一起在《現代文學》發表短篇小說，他一向崇拜海明威（Ernest Miller Hemingway）的書寫方式，因此自我要求文字極其簡練，而故事深度往往耐人尋味。他的創作方式與鄭清文的要求非常接近，但是在文字的經營上較為精緻繁複。由於在海外關心過政治運動，曾經被列為黑名單。一九八〇年代以後，開始撰寫大河小說《浪淘沙》，有意追趕鍾肇政的《台灣人三部曲》與李喬的《寒夜三部曲》。根據他的自述，全書大約耗費將近十年的光陰，亦即一九八〇年三月十六日開筆，一九八九年十月二十二日完稿。這中間經歷數度精神崩潰，並且造成頭痛、頸痛、脊椎痛。如果說這本長篇作品，是以精神折磨與生命痛苦所換取，也不是太誇張的形容。

《浪淘沙》寫的是三個家族的故事，而整個起點始於一八九五年日本軍隊開始占領台灣，地點就在台灣北部的鹽寮。台灣近代史的序幕是以戰爭拉開，進入二十世紀以後，在殖民地社會成長起來的知識分子，都面臨國族與文化認同的問題。三個家族穿越的生命經驗，毫無重疊之處。但是，家國命運降臨在他們身上，竟然非常接近。其中最值得注意的是，第一位台灣女性醫師——蔡阿信的故事，小說裡則是以丘雅信為代名。女性的身體，無疑就是台灣土地的象徵，她被邊緣

東方白（《文訊》提供）

化、污名化、狹隘化，卻在充滿挑戰的時代浪濤中，成為受人尊敬的知識分子，也成為懸壺濟世的醫生。其中穿插日據時代台灣民主運動，通過她的眼睛見證抗日陣營的結盟與分裂。那種支離破碎的過程，其實也是台灣女性所遭遇的宿命。即使戰爭結束進入民國時期，台灣仍然迎接另一次的二二八屠殺事件。整部大河小說，始於悲劇也終於悲劇。東方白在書寫過程中，精神與肉體都同時接受考驗，好像經歷真實的歷史試煉。他完成這部巨著後，又繼續撰寫回憶錄《真與美》，前後七冊，從幼年時期，歷經青年、中年、晚年。這可能是台灣作家中，寫得最長的自傳體作品。其中的作家過往、文學體驗、藝術嚮往，以及他閱讀西方文學的心得筆記，完全容納在巨浪滔滔的生命回憶中。如果把他這部作品視為台灣文學史的縮影，也不為過。在寫回憶錄過程中，他又出版《盤古的腳印》（一九八二）、《十三生肖》（一九八三）、《夸父的腳印》（一九九〇）、《OK歪傳》（一九九一）、《台灣文學兩地書》（一九九三）、《父子情》（一九九四）、《芋仔蕃薯》（一九九四）、《神農的腳印》（一九九五）、《雅語雅文》（一九九五）、《迷夜》（一九九五）、《魂轎》（二〇〇二）、《小乖的世界》（二〇〇二）、《真美的百合》（二〇〇四）、《頭：東方白短篇精選集》（二〇一一）等。創作力之旺盛，無人望其項背。他的作品完全回歸台灣，甚至《浪淘沙》的手稿，也捐獻給國家台灣文學館。但是他仍然繼續選擇自我漂泊，他對台灣的望鄉是永恆的象徵。

馬華文學的中國性與台灣性

在台灣文學的領域中，馬華文學一直受到反覆的討論。在台馬華作家所建立的文學藝術與文學論述，是不容忽視的重要聲音。這牽涉到馬華作家本身的文化認同，以及在台灣文壇所據有的文化位置。他們的生產力旺盛，政治嗅覺也非常敏感。從而延伸出來的小說與散文，都帶有強烈的反省與批判意味。從定義來看，馬華文學應該是在馬來西亞華人世界中，所發展出來的華文文學。放在當地社會的脈絡來考察，無疑是具有移民性與遺民性的雙重性格。移民生活在馬來西亞的政治結構中，是一種邊緣性格；而遺民精神又不能直接等同中國文化，是一種單向認同。馬華作家到台灣求學，似乎暗藏對中國文化的嚮往；但是，一旦生活在台灣社會中，卻又與他們所想像的中國性出入甚大。這種二度漂流，構成台灣馬華文學的特質。對於他們所追尋的中國性，或許沒有確切的定義。在精神上，可能是無法企及的理想，也可能是已經消逝的典型。因此，文化的追尋與嚮往，就變成馬華文學內在的永恆張力。其中有些作家自稱是「流亡文學」，當然具有高度的政治意涵。當他們在島上找不到內心預設的中國性，自然而然會流露某種程度的失落與惆悵。不過，這完全是出自作家的自我認同；畢竟，台灣文壇對於馬華文學的登場，並沒有任何排斥，已經視為台灣文學不可分割的一環。

馬華作家如陳大為所說，在台灣已經出現三個世代。第一世代包括陳慧樺、王潤華、淡瑩、林綠、溫瑞安、方娥真；第二世代則有商晚筠、李永平、潘雨桐、張貴興；第三世代包括林幸謙、黃錦樹、鍾怡雯、陳大為、辛金順，以及未留學台灣，但榮獲兩大報文學獎，在台灣出版作品的黎紫書[44]。馬華文學在台灣文壇受到注目，首推溫瑞安、方娥真於一九七五年所成立的神州詩社。由於對中國傳統的嚮往，詩社的組織彷彿是一個練武集團。溫瑞安在《坦蕩神州》書中提到：「神州詩社是個培養浩然正氣，激勵民族正氣，砥礪青年士氣的社團。」[45]他所崇尚的知識分子精神，等

溫瑞安主編，《坦蕩神州》

同於武俠小說中的江湖俠氣。他們的尚武精神，有意與儒家精神結合在一起。特別強調入世的行動，先天下之憂而憂，後天下之樂而樂。但是神州詩社縱然有黃昏星、周清嘯等人參加，基本上還是以溫、方二人為領導者。溫瑞安（一九五四—），本名溫涼玉，出版過《將軍令》（一九七五）、《龍哭千里》（一九七七）、《鑿痕》（一九七七）、《回首暮雲遠》（一九七七）、《山河錄》（一九七九）、《天下人》（一九七九）；方娥真（一九五四—），本名廖湮，則出版一本詩集《娥眉賦》（一九七七）。跟後來馬華作家最大的不同之處是，他們與馬華文壇幾乎切斷關係。神州詩社在一九七〇年代高舉中國的旗幟，以詩或散文的形式表現古典風格，卻又與當時的反共思維暗中契合。一九八〇年卻被指控為匪宣傳，涉嫌叛亂而遭到逮捕。最後他們兩人被驅逐出境，留下的作品到今天已成為傳說。

方娥真，《娥眉賦》

一九八〇年代以後，馬華作家在台灣重要的文學獎中都受到肯定，形成罕有而不可忽視的文學成就。他們的美學與批評，豐富了台灣文學的內容。尤其作家的身分，又兼具學術界的研究者，在大學校園也受到尊崇。他們所擁有的發言權，有時勝過在地的作家。因此，他們自稱的邊緣性格，可能是暗示他們超越、客觀、抽離的立場。在馬華作家的行列中，受到最多討論的莫過於李永平（一九四七—二〇一七）。他生於英

44　陳大為，〈序——鼎立〉，收入陳大為、鍾怡雯、胡金倫主編，《赤道回聲：馬華文學讀本二》（台北：萬卷樓，二〇〇四），頁五—六。

45　溫瑞安，〈跋——十駁〉，收入溫瑞安主編，《坦蕩神州》（台北：長河，一九七八），頁三二〇。

李永平，《海東青》

李永平，《拉子婦》

李永平（李永平提供）

李永平，《大河盡頭》（下卷：山）

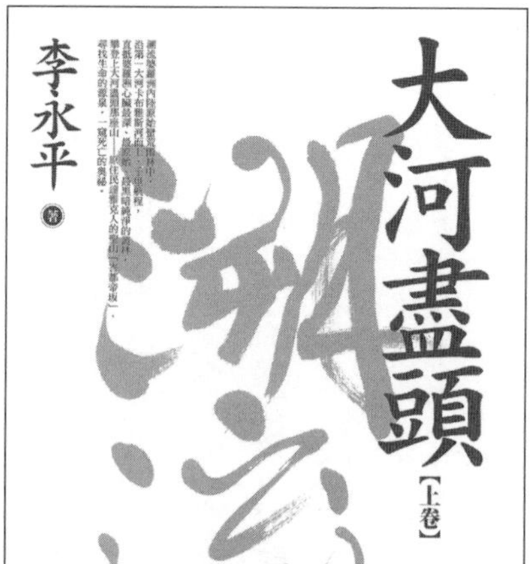

李永平，《大河盡頭》（上卷：溯流）

屬婆羅洲砂勞越邦古晉城，父親是第一代移民。多產的李永平，對於中國性的思考一直存在著緊張關係。由於砂勞越屬於英國殖民地，華僑身分的國家地位無法確立。相對於上國的漢人文化，南洋可能是屬於蠻荒地帶。這種文化位階的落差，使他們對中國文化傳統懷有濃厚的鄉愁。他們對於中國文字相當著迷，投入文學創作具有高度的象徵意義。就好像他們投入文化母胎，在心靈與心理上可以得到安頓。李永平的最早作品《拉子婦》[46]，受到國內學者的肯定。這是他表現文化認同的出發點，小說中的南洋，是沒有母語的土地。在失語與失意的雙重焦慮下，寫出海外華僑是如何在中國文化傳統中獲得救贖。就像他自己說過：「我嚮往的是文化的、精神的中國，它是我的原鄉。」[47]這樣的原鄉，非常抽象，無法與台灣社會等同視之。但是，他在台灣接受大學教育，接觸了在地的現代主義運動，完成中國性與台灣現代主義的完美結合。在台灣文化中所保存的繁體字，恰好提供他恰當的精神出口，使他的戀字癖與戀母情結合二為一。

為了實踐他保存中國文字的純潔和尊嚴，他寫出受到高度評價的《吉陵春秋》[48]。他企圖寫出中國北方的口語，創造他虛構的烏有之鄉。故事中交錯著北方情調與南洋風情，無法在地理上找到確切的鄉鎮。就在這憑空想像的空間裡，他把傳統中國的愛恨情仇全部收納進去。所謂江湖風雲，其實都是紙上風雲，完全由他隻手遮天，向壁虛構。蓄積多年的鄉愁全然迸發出來。他無法饜足的望鄉飢渴症，都藉由這部小說稍獲填滿。緊接著，他又寫出一部更龐大的小說《海東青：台北的一則寓言》[49]。平生的胸懷寄託，半百的情愛記

46　李永平，《拉子婦》（台北：華新，一九七六）。
47　陳瓊如，〈李永平——從一個島到另一個島〉，《誠品好讀》二七二期（二〇〇二年十一月）。
48　李永平，《吉陵春秋》（台北：洪範，一九八六）。
49　李永平，《海東青：台北的一則寓言》（台北：聯合文學，一九九二）。

憶，在故事裡發揮得淋漓盡致。稍後的兩部小說《朱鴒漫遊仙境》[50]與《雨雪霏霏：婆羅洲童年記事》[51]，等於是他成長故事的三部曲。

他無以釋懷的戀母情結，轉而釋出另外一個極端：一個身體未成熟的女孩朱鴒。他的戀字癖搖身變成戀童癖，彷彿面對一個最純潔的靈魂，說出最污穢不堪的情欲，使蓄積在體內無法解脫的壓抑或幻想獲得遁逃。在某種意義上，對母親不能說出的話，反而可以向一位無邪的小孩盡情道出。戀母與戀童之間的辯證關係，於此得到平衡和諧。那可能是對文化原鄉的永恆憧憬，藉由「漫遊所多瑪」的探險，成就他內心世界的挖掘。從他整個創作經驗，可以總結出三個空間，亦即婆羅洲、台北城以及想像裡的中國。由於歷史記憶不完整，他往往在空白斷裂處填補個人的經驗，渲染成為如夢似幻的感情世界。他在新世紀完成的《大河盡頭》上冊與下冊[52]，再度把自己攜回原來的出生地婆羅洲。上冊寫卡布雅斯河，下冊寫峇都帝坂山，重訪他童年的山河。書中主角十五歲的少年永與三十八歲的姑媽克絲婷，幾乎發生極為曖昧的不倫故事。性幻想構成李永平文學心靈的關鍵支柱，他的身體不斷成長，他的知識不停累積，卻總是陷入不滿足的情欲嚮往。不喜歡被歸類為馬華作家的李永平，往往情不自禁再三回歸到南洋的記憶。其中揉和他在台灣安身立命的經驗，無論他如何抗拒對號入座，台灣文學終於還是接納了他，而且置於占有極大分量的重要位置。

另一位多產的馬華作家是張貴興（一九五六—），他的故鄉是亞婆羅洲砂勞越邦羅東鎮。他的小說集中描寫熱帶雨林，字裡行間充滿鬱悶的潮濕空氣。他的記憶不斷回到生命的原鄉，出版的小說集包括《伏虎》（一九八〇）、《賽蓮之歌》（一九九二）、《薛理陽大夫》（一九九四）、《頑皮家族》（一九九六）、《群象》（一九九八）、《猴杯》（二〇〇〇）、《我思念的長眠中的南國公主》（二〇〇一）、《野豬渡河》（二〇一八）等。全部作品都集中於記憶的重建，彷彿原鄉才是他想像的寶庫。《賽蓮之歌》典出希臘神話《奧德賽》中的女妖，她們以曼妙的歌聲迷惑海上航行的水手，使他們樂而忘返。這部小說同時書寫望鄉與忘鄉的雙軌辯證。其中描述兒童的性壓抑，少年雷恩由於不能獲得紓解，而投入「少年時期冗長和黑暗的自我放逐」。那似乎是所有男性的成長故事，既膽怯又充滿嚮往。這種壓抑式的描寫，或許就是殖民地記憶的餘緒。《群象》[53]寫的是森林裡被遺棄的成堆象牙，那是英國殖民地留下來的墳塚，也是華人共產黨革命軍狩獵的記憶。故事中的獵象，也許就是在追尋父親與中國的形象。那種對偉大傳統與龐大文化的崇拜，或許都只能視為一種幻象。身分的不詳、命運的不祥，或許就在高度暗示抑鬱華人的內心焦慮。小說中穿插著共產黨的革命組織，革命解放的故事，彷彿就是性欲解放的過程。這本小說似乎為佛洛依德學派的左翼理論家馬庫色做最好的詮釋，凡是身體原欲受到壓抑，就沒有勇氣訴諸革命的行動。

張貴興擅長以各種動物形象來描寫人性中的獸性，包括虎、狼、猴、象，都潛藏在人性的底層。這是因為在熱帶雨林的生存，是一種拚命的事業。在華人文明與南洋荒野之間，緊綳著一種張力；在殖民與移民之間，也流動著相當程度的抗衡。他的小說充滿太多的掠食者，正是在這種複雜的歷史脈絡下，馬華身分總是存在著不確定、不可靠。《我思念的長眠中的南國公主》[54]，正是揭露人性的七宗罪，包括驕傲、嫉妒、懶惰、貪婪、饕餮、縱欲與憤怒。

陳大為（一九六九—），兼顧詩與散文。在學術上，他專注於文革以後中國新時期文學的研究。尤其是詩方面的探索，極為深入而周延。他對古典中國帶著迷惘與嚮往，寫詩時，有一種俠氣；寫散文時，則流露

50　李永平，《朱鴒漫遊仙境》（台北：聯合文學，一九九八）。
51　李永平，《雨雪霏霏：婆羅洲童年記事》（台北：天下遠見，二〇〇二）。
52　李永平，《大河盡頭》（上卷：溯流）（台北：麥田，二〇〇八）；《大河盡頭》（下卷：山）（台北：麥田，二〇一〇）。
53　張貴興，《群象》（台北：時報文化，一九九八）。
54　張貴興，《我思念的長眠中的南國公主》（台北：麥田，二〇〇一）。

張貴興，《群象》

張貴興（陳文發攝影，張貴興提供）

張貴興，《野豬渡河》

張貴興，《我思念的長眠中的南國公主》

孺慕之情。他的作品屢獲文學獎，很早就被台灣文壇看見。他對漢字非常耽溺，常常從辭典的部首深入觀察文字的結構及其內在美。例如他所寫的〈木部十二劃〉，指的是「樹」，對於筆畫繁複的這個字感到厭煩，但是對於大自然的樹，他非常喜歡。尤其是榕樹，他說：「葉飄如蝶，忽有丈長的鬍鬚穿過記憶，逗醒我怔怔的冥想。」從一個孤單的字，他展開龐雜的聯想，既聯繫他的故鄉，也涉及他的成長。又如他寫〈從鬼〉，也是從字典找到綿密的聯想，他談的是生死問題，卻又發現生動的故事。陳大為出版的散文集包括《流動的身世》（一九九九）、《句號後面》（二〇〇三）、《火鳳燎原的午後》（二〇〇七）以及《木部十二劃》（二〇一一）。

陳大為的詩，一方面回望馬來西亞的原鄉，一方面對中國博大精深的傳統有著強烈的鄉愁。站在最遙遠的邊緣，他的心靈深情地對古典文化頻頻致意。身分上的危機與冒險，衝擊他成為一位不懈的詩人。陳大為擅長寫長詩，頗有史詩的企圖，歷歷可見。例如〈野故事〉：「故事如野馬歧出古板的官道低頭躲過雍正的血滴子　呂氏的劍氣／我們記下從容就義的剪影／

陳大為，《盡是魅影的城國》

陳大為（陳大為提供）

手部和刀部的字　把話本嚼得十足牛筋／我們深信那些從未說過的對白／從未精采形容過的動作／一度活在英雄不曾被提及的少年章回」[55]，在詩行之間，他情不自禁流露對漢字辭典的眷戀，並且從部首建構一個歷史想像，意象非常鮮明。他的詩集包括《治洪前書》（一九九四）、《再鴻門》（一九九七）、《盡是魅影的城國》（二〇〇一）、《靠近　羅摩衍那》（二〇〇五）。

鍾怡雯（一九六九—），是相當多產的散文家。在台灣獲得兩大報的文學獎，是各種重要徵文比賽的常勝軍。她主要的散文作品包括《河宴》（一九九五）、《垂釣睡眠》（一九九八）、《聽說》（二〇〇〇）、《我和我豢養的宇宙》（二〇〇二）、《飄浮書房》（二〇〇五）、《野半島》（二〇〇七）、《陽光如此明媚》（二〇〇八）、《麻雀樹》（二〇一四）等。她勇於開發文字潛藏的想像，句式與語法完全是她人格與個性的擴張。她離開熱帶的南方，從未預見自己會成為台灣文壇的重要寫手。她以野半島來形容自己的原鄉，強烈暗示她放肆奔流的思考。那種敢作敢當的感情，簡直不是既有的規範能夠約束。她擅長描寫熱帶雨林的記憶，她的家族，她的成

鍾怡雯（鍾怡雯提供）

鍾怡雯，《野半島》

長。對於自己的瘋狂身世，毫不忌諱。例如她在〈北緯五度〉說：「瘋狂的基因是鍾家的遺傳，從廣東南來的曾祖母吸鴉片屎，她本來就個性古怪，祖父和父親都得她幾分真傳；我的表叔從青年起便關在『紅毛丹』（瘋人院）關到現在，上回出來後把他老爸鋤死。」[56]她文中也表示三姑住過精神療養院，表弟也一樣是精神病患。二姑在三十歲左右出車禍，五十歲鬱鬱而終。類似這種寫法，對其他作家而言是非常私密的記憶，但她非常從容書寫出來。精神與肉體的雙重折磨，把她鍛鑄成一位傑出的文字鑄造者。

鍾怡雯的散文頗具速度感，在閱讀時有時會被燒起熱情，有時也會被憂鬱傳染。那種起落有致的節奏，似乎不是朋輩作家可以比擬。為了表達她的叛逆、激進、放膽、瘋狂，她所看到的外在事物，都能納入文字的容器，在尺幅有限的散文裡，允許讀者看到她內心世界的情緒流動。長期遠離原鄉，鍾怡雯為自己的寫作立場做了最好的詮釋：「疏離對創作者是好的，疏離是創作的必要條件，從前在馬來西亞視為理所當然的，那語言和人種混雜的世界，此刻都打上層疊的暗影，產生象徵的意義。」[57]這種講法，正如布萊希特（Bertolt Brecht）所說：「流亡就是最好的學校。」然而她並不以邊緣者自居，她融入台灣的主流社會，進入學院殿堂。無論在文學創作或學術研究，都頗有可觀。對故鄉與異鄉的態度，有時充斥著相當麻辣的語言，但在文字背後卻存在一顆溫暖體貼的心。高貴的、卑賤的；道德的、背德的；神聖的、世俗的，都可以同時並置在文脈之中。那種奇異的美感，非常中國性，卻又充滿異國情調，但最後都屬於台灣。

黃錦樹（一九六七—），可能是馬華文學中最具有批判性的作家。他選擇站在邊緣的位置觀察他的原鄉南洋，也瞭望遙遠的中國，並且與台灣社會維持疏離的態度。他的觀點對任何有明確認同的作家，都構成挑

55 陳大為，〈野故事〉，《盡是魅影的城國》（台北：時報文化，二〇〇一），頁二九。

56 鍾怡雯，〈北緯五度〉，《野半島》（台北：聯合文學，二〇〇七），頁一四。

57 同前註。

黃錦樹（《文訊》提供）

黃錦樹，《烏暗暝》

黃錦樹，《夢與豬與黎明》

戰，尤其是強調主體或主流的作家，在黃錦樹的筆下，都受到批判。他最早的一本書《馬華文學與中國性》（一九九八），反覆思索的是馬華文學的定位問題。他以神州詩社的溫瑞安為中心，不斷挖掘所謂中國性的定義與內容。而事實上，在台灣尋找中國性往往有其模稜兩可的意義。古典中國已經消失，現代中國又完全隔絕，因此，對中國的嚮往就變成永恆的、精神上的追求。他所寫的小說往往極盡嘲諷之能事，有時近乎嬉笑怒罵，但基本上為的是尋找他在流動歷史中的定位。就像他在〈傷逝〉所說：「我發覺我越來越不能控制自己。那短篇，在我寫完後還一直不斷的在成長、繁衍、增殖，我對它完全無能為力。」[58]換言之，故事總是在他的想像中不斷浮現，而這樣的想像卻在現實社會裡找不到安頓。他所流露的不安感，恰恰就是各種主流價值無法接受的存在。他不僅不能定義自己，別人也不能定義他，這是最為弔詭之處。那種時地不宜的處境，便是黃錦樹念茲在茲的重要關懷。

黃錦樹一向以邊緣人自居，既是中國的邊緣，也是南洋的邊緣，甚至是台灣的邊緣。採取這樣的位置，他能夠清楚看到各種主流價值的流動，而且從一開始便是對中心論者進行強悍的抵抗。在他的小說《夢與豬與黎明》（一九九四）、《烏暗暝》（一九九七）、《由島至島》（二〇〇一）、《土與火》（二〇〇五）、《南洋人民共和國備忘錄》（二〇一三）、《猶見扶餘》（二〇一四）、《魚》（二〇一五）、《雨》（二〇一六）以及《大象死去的河邊》（二〇二一）等，幾乎有滿腔的抑鬱之言。他重新改寫《聊齋》，也企圖從甲骨尋找寓言。鬼魅之氣四處遊蕩，正好說明他處在現實，又脫離現實，甚至是偏離與疏離。在字裡行間帶著諷刺，也暗藏嘲弄，最後都是為了達到批判的目的。他不像李永平那樣非常遵從中國字，而且要寫得極為漂亮。黃錦樹尊崇的是「破中文」，有時刻意語焉不詳，造成模稜兩可的效果。然而他並不以頑童自居，而是以意志堅強的批

58　黃錦樹，〈傷逝〉，《夢與豬與黎明》（台北：九歌，一九九四），頁一五〇。

評家身分出入於文學與學術。

馬華作家迢迢千里來台灣求學，最初都在追尋精神上的中國性。他們學成後，最後都在台灣社會找到安穩的職業；尤其在學界，受到重視與尊敬。幾位重要的學者如王潤華（一九四一—）、陳鵬翔（一九四二—）、李有成（一九四八—）、張錦忠（一九五六—）、林建國（一九六四—）、黃錦樹、陳大為、鍾怡雯，在學術界的發言具有很大的影響力。他們建立起來的馬華文學論述，已經成為國內學術重鎮。他們的發言與研究，與台灣社會現實緊扣在一起。縱然他們的立場是屬於邊緣聲音，而這樣的話語無庸置疑也同時在建構台灣性。具體而言，馬華文學及其論述如果從一九八〇年代以後的歷史脈絡抽離，台灣文學必然出現巨大的缺口。

第二十三章

台灣女性文學的意義

到達一九八〇年代，整個台灣社會進入高度資本主義發展的階段。其中最大的衝擊，便是台灣女性作家的思維方式與主體意識，獲得顯著提升。伴隨中產階級與都會文化的形成，台灣女性知識分子無論在學術或職場，都得到前所未有的發言權。台灣社會經歷巨大的改造，女性的介入是其中重要一環。因此，以男性中心論所建構起來的黨國體制與民族主義發生動搖之際，長期沉默的女性族群不可能繼續停留在邊緣位置。在公共領域不但可以看到女性活躍的身影，她們不僅參與慈善公益活動，而且也對於充滿歧視的民法親屬篇條文表達不滿。至少到九〇年代下半葉，台灣女性繼承權與職場尊重權，都在女性主義者的爭取下進行修改。女性意識的抬頭，也開始形成一個新的讀書市場。她們不再只是著迷瓊瑤的大眾小說，在文學藝術品味上，也要求女性作家開闢多元的議題。

台灣文學史的重大轉折，便是在這段時期建立。如果一九六〇年代現代主義運動是台灣文學的黃金時期，則一九八〇年代年輕作家的大量出現，女性文學與後現代文學的同時盛放，應該可以視為文學史上的銀色時期。一九八〇年代為台灣社會政治經濟建構偉大的工程，威權體制消失，民主政治降臨，台灣歷史獲得一次漂亮的翻轉。相應於客觀現實的劇烈變動，文學生產帶來前所未有的燦爛景觀。這個時期的作家，橫跨戒嚴與解嚴兩個階段，非常清楚歷史不可能再走回頭路。展開在他們眼前的地平線，是那樣開闊而無垠。這個世代的作家，一方面繼承現代主義運動未完成的志業，一方面也擘造全新文體與技巧的格局。女性文學前仆後繼地推進，後現代思維也毫無懈怠地注入這個世代。

重新回顧一九八〇年代以後的文壇，不容許忽視女性作家的存在。在這段時期的歷史結構，若是抽掉她們的名字，整個文壇必呈傾斜狀態。當然，在這段期間新世代的男性作家，包括舞鶴、張大春、林燿德、黃凡、楊照，也都開創過去作家未能到達的境界。世代交替是歷史不變的法則，從最蒼白的時期到最繁華的年代，能夠持續堅持創作下去的作家，可謂鳳毛麟角。詩人余光中、洛夫、楊牧，散文家張曉風，小說家施叔青，不僅創作泉源從未乾涸，在形式技巧上也持續追求變化。這也是對台灣文學史構成極大挑戰，因為要為這些作家安放一個恰當時期與位置，無疑是非常困難。其中施叔青是一位成熟與再成熟的作家，必須要等到她的大河小說全部完成之後，其藝術格局才能看得明白。

施叔青小說的歷史巨構

施叔青（一九四五—）《台灣三部曲》的最後一部《三世人》[1]，終於在二〇一一年殺青問世。長達六年的營造與構築，終於把她推向另一座藝術高峰。從一九六〇年代出發的鹿港女性，從未預見有一天會成為台灣文學史上的重要作家。她的創作技巧、文字藝術、情欲書寫以及歷史想像，已經構成她文學生涯的重要部分。長期投注在文字經營，確實已為她自己確立引人注目的風格；而這樣的風格，又為台灣文學的發展加持，使得海島上的女性作家受到華文世界的注意，也受到亞洲與世界的矚目。她所代表的，是一種以小搏大的逆向書寫。她抗拒的已不只是男性霸權傳統，她真正抵禦的是四方襲地而來的歷史力量。滔滔洶湧的巨浪，使歷史上女性的身分與地位完全遭到淹沒。沒有命名、沒有位

施叔青（《文訊》提供）

1　施叔青，《三世人》（台北：時報文化，二〇一〇）。

置的弱小女性，從來就是注定要隨波逐流，終至沉入深淵。施叔青挺起一支筆出現在台灣文壇時，使詭譎的歷史方向開始改流。

她的書寫生產力，可能是三、四十年來最為豐富的其中一位。無盡無止的書寫，為她的生命畫出極為寬闊的版圖。她所開闢出來的領域，以海島的故鄉鹿港為起點，延伸到北美洲的紐約港，最後又返身航向東方的香港。所有陌生的港口以及遼夐的水域，也許不曾察覺曾經接納過一位漂泊女性的思維。但是，在迂迴的旅行過程中，施叔青從未忘記在每個港口留下龐大的文字。鹿港時期的施叔青，首先是從現代主義運動出發，她的名字與當時的重要男性作家並列在一起，如白先勇、王文興、陳映真、黃春明、王禎和、七等生。這些卓然成家的男性作者，未曾預料有一位年紀較小的女性居然可以插隊，與他們一字排開。當這些男性作家，成為台灣歷史的重要經典時，她也從來不曾落後，筆下所完成的小說，也被公認是經典之作。

施叔青的文學道路，誠然是從現代主義出發。不過，進入一九八〇年代時，她搖身變成女性主義者。一九九〇年代以後，她又升格成為歷史的書寫者。這樣鮮明的軌跡，正好與其他女性作家有了顯著區隔。她的小說書寫史，正好也契合台灣歷史的發展。當她是現代主義小說家時，在很大程度上是一個模仿者，畢竟現代主義是舶來品，而不是從台灣社會內部釀造而成。施叔青早期的小說，如《約伯的末裔》、《牛鈴聲響》既混合著現代主義技巧，也鎔鑄了女性主義的思維。現代主義美學直接從美國進口，開啟多少台灣作家的想像。通過這種美學的洗禮，台灣作家終於學習了如何挖掘內心被壓抑的感覺與想像，施叔青在這方面正是相當傑出的一位。在她的早期作品中，鹿港小鎮充滿各種死亡意象，不時出現棺木、墳穴、鬼魅的各種幽暗聯想，恍然開啟一位少女內在世界的夢魘。這種手法頗近於現代主義的模仿[2]。

從現代主義的傳播來看，台灣是屬於接受者。因此在島上崛起的現代主義作家，他們不能不扮演著被影響的角色。然而，施叔青頗有可觀之處，在於她並不滿足於被凝視與被詮釋。浮沉在西方美學的漂流之後，她已理解如何使自己的主體獲得翻轉。從現代主義的深處，蔚然浮出女性的抵禦力量。當她深入內心探索時，她赫然發現，體內竟鎖住一個被壓抑的女性。一九七〇年代中期以後，她的自傳性書寫，其實就是有意要讓被囚禁的女性身分釋放出來。她不再是被凝視、被解釋的一個女人，從此以後，她已懂得如何開始自我審視、自我詮解，從而開出一條女性命運的道路。身為女人，在男性掌控權力的社會中，她確切嘗到被邊緣化、被貶抑的滋味。《琉璃瓦》與《常滿姨的一日》同時在一九七六年出版，也許還未脫離現代主義的影響，但一位女性主義者的誕生，已是不可否認的事實。

一九八〇年代的創作都是完成於旅居香港時期，她的小說至少使台灣文學擺脫海島格局，而有了全新的越界與傳播。她在香港完成了三冊短篇小說集：《愫細怨》（一九八四）、《情探》（一九八六）、《韭菜命的人》（一九八八），與四部長篇小說：《維多利亞俱樂部》（一九九三）以及《香港三部曲》系列，包括《她名叫蝴蝶》[3]、《遍山洋紫荊》[4]、《寂寞雲園》[5]。前後十六年的小說建構，終於使施叔青臻於藝術生命的高峰，也使台灣文學發展獲致可觀的成就。對她個人而言，這是一次漂亮的跨越；既經營女性主義小說，但也以同樣一支筆，干涉歷史解釋。前三部短篇小說道盡香港繁華生活裡的女性，在尊貴與放蕩之間升降。對女人身體的描寫，她極盡幽微細膩之能事，容許讀者窺探被壓抑者的身體政治。在情欲上的節制與解放，不再片面由男性來決定，更多的自主逐漸回歸到女性身體。她形塑的故事，無疑釋放了千年來被幽禁在黑暗歷史的魂魄。肉體並不僅僅是血肉之軀的代名詞，在她筆下竟鑄成一個衝撞男性道德高牆的批判力量。她寫的是

2 可參考施淑，〈論施叔青早期小說的禁錮與顛覆意識〉，《兩岸文學論集》（台北：新地文學，一九九七），頁一六六—八〇。
3 施叔青，《她名叫蝴蝶》（台北：洪範，一九九三）。
4 施叔青，《遍山洋紫荊》（台北：洪範，一九九五）。
5 施叔青，《寂寞雲園》（台北：洪範，一九九七）。

施叔青，《她名叫蝴蝶》

施叔青，《寂寞雲園》

施叔青，《遍山洋紫荊》

香港女人，卻也是整個東方女性冤魂的縮影。在歷史上從來不說話的幽靈，不再是沉默的存在，一旦她們發出聲音，簡直是雷霆萬鈞。

《香港三部曲》相當清楚定義了一位台灣女性的史觀。在龐大的傳統脈絡下，歷史發言權與解釋權總是落在男性手上。凡是由男性寫出來的歷史，都負載他們的褒貶評價與審美原則；凡不符男性的尺碼，就沒有機會進入歷史。這是權力的濫用與誤用，並且成為牢不可破的女性誡律。幾千年來，女性從歷史紀錄中憑空消失，甚至被擦拭得乾淨利落，原因就在這裡。歷史為什麼必須只由男性來撰寫？一旦女性頓然覺悟，她們也企望擁有歷史發言權。歷史建構的工作為什麼不能也掌握在女性手上？施叔青從一位自我審視的女性主義者，翻轉成為具有立場與判斷的歷史觀察者。當她沉浸在龐大香港史料的閱讀中，相當清楚地發現，在許多重要的歷史事件與時間關鍵，從來看不到女性的背影。施叔青選擇在空白的地方，注入女性的想像。在悲壯、偉大的歷史舞台上，她為香港創造了一位名叫黃得雲的女子，這位虛構的人物，重新又全程走完香港近代史。她扮演不斷被出賣的角色，讓歷史又重演一次。

香港，是東西文化的交界，是海洋與內陸的關口，是傳統與現代的錯身，是歷史翻轉過程的關鍵點。把一位名不見經傳的女性，放置在這個空間，恰恰反映出歷史背景有多寬大，而女性生命有多渺小。黃得雲被出賣成為社會底層的妓女時，暗示了她的命運已經到達絕境，當黃得雲毫無退路之際，她只能選擇背水一戰。

生命中發生的兩次重大的戀愛經驗，一是洋人幫辦史密斯，一是華人幫傭屈亞炳，兩位男主角分別代表西方與東方的男性文化。頗具高度潔癖的史密斯，固然貪戀黃得雲的美色，縱情於聲色逸樂之際，卻又意識到身為白人的尊貴身分。女人的身體，就像殖民地那樣，只是提供暫時的權力支配而已。為了維護帝國的榮光，史密斯毅然離開黃得雲，並留給她一筆可觀的贍養費。她的第二次戀愛，由史密斯的傭人屈亞炳來接替。他對女性身體的迷戀，與白人毫無兩樣。但是屈亞炳身分縱然低微，卻懷有繼續往上爬的雄心壯志，他無法忘懷黃得雲這位妓女的卑賤身分。屈亞炳在墮落與昇華之間掙扎，最後還是選擇拋棄黃得雲作為代價。殖民地的男人，在接受西方白人的驅使時，畢竟沒有忘記自己的人格。然而，他維護人格的僅有方式，便是把女性的身體作為自我救贖的工具。

肉體的意義，在國族魅影的籠罩下，簡直毫不足取。但是，沒有聲音的女性，就等於是沒有歷史。在男性記憶裡，女性如果是屬於空白的存在，她們就沒有自己的思考嗎？施叔青選擇在第三部《寂寞雲園》給出一個強悍有力的答案，女人的命運絕對不可能依賴男性而獲得解放。如果女人只是在循環、重複過去曾經發生過的悲劇，則這三部曲顯然與過去的話本小說沒有更為高明之處。黃得雲以她個人的生命力與意志力投入自我救贖的艱難挑戰，她終於成功地為自己贖身，經營當鋪事業。她的孫子後來又成為香港社會的法官，整個身世的改觀，正好可以解釋命運並非是一成不變。施叔青筆下的黃得雲，不再只是一位弱小女性的歷史，她也是具體而微的香港史，更是近百年來受盡帝國主義侵略的中國史。一位台灣作家為香港立傳，不免遭到當地批評家的議論。有一說法是，施叔青的香港，不是他們所熟悉的香港。如果這樣來解釋三部曲，顯然窄化了她的創作意圖。香港只是一個場景、一個想像、一個借來的名字，不必然要與具體的香港等高同寬。在香港舞台出沒的黃得雲，她的血肉之軀，所承受的痛苦、羞辱、傷害、貶抑，絕對是屬於歷史上的真實；黃得雲見證過的災難，還不足以道盡人類歷史上女性所遭到的羞辱與污名化。

《香港三部曲》完成時，是在一九九七年，那年香港主權由英國手上交給北京當權者。殖民地的命運，是不是從此就獲得解放？如果只是作為權力交易的籌碼，香港的命運可能與黃得雲沒有兩樣。真正要使解放的命運降臨，也許不能完全依賴權力在握者的慈悲與同情。若是不能建立自己的歷史觀與生命觀，主權回歸之後的香港，真的從此就可享有價值選擇與言論自由的空間嗎？黃得雲故事的微言大義，到今天還是不斷與香港社會展開直接、間接的對話。從這個觀點來看，《香港三部曲》不僅僅是近代史而已，它甚至是當代史的縮影。施叔青在史料的縫隙之間穿梭，對於真正發生過的歷史事實，她避開去挑戰。但是，在事實與事實之間的空白，她勇敢投入，以一個沒有身分地位的女性，俯望舉世滔滔的男性論述。施叔青以小搏大的書寫策略，從此雄辯地建立起來。

憑藉《香港三部曲》所企及的歷史敘述功力，施叔青展開返鄉之旅，為她所賴以生存的土地立傳。她的抗議具體印證在日後次第完成的《台灣三部曲》。新的三部曲包括《行過洛津》[6]、《風前塵埃》[7]、《三世人》。以氣勢磅礡的格局，她重新建構歷史上最受歧視、忽視的族群。台灣這塊土地，在短短三百年內，歷經各種不同強權與帝國的統治，每一位當權者都帶來不同的語言與文化。這個海島也不停地接受各個歷史階段的移民潮，並容納移民者各自帶來的文化傳統。與香港一樣，台灣是一個殖民地；但與香港最大不同之處，便是權力不斷更迭，文化內容不斷變化；歷史累積起來的重量，遠遠超過香港所能承受的。移民者來到台灣，決定在此生根，永遠衍傳下去。只有殖民者在露出疲態時，便毫無遲疑把政權交給下一個殖民者，義無反顧地揚長而去。

《行過洛津》仍然還是以情欲抵抗歷史的方式，開展一個令人驚心動魄的故事，在悲情歷史中另建一個悲劇舞台。沿著台灣民間故事陳三五娘的跡線，她的筆繁殖了豐饒多元的敘述，她寫的是鹿港這個港口，如何從繁華世代趨於沒落，把將近百年的台灣歷史濃縮成一齣戲的演出。她企圖要指出的是，所有的史料真的是可靠的記憶嗎？她的這部小說無疑改寫了台灣的男性史，使以小搏大的書寫策略，再次得到漂亮的演出。

6 施叔青，《行過洛津》（台北：時報文化，二〇〇三）。
7 施叔青，《風前塵埃》（台北：時報文化，二〇〇八）。

施叔青，《行過洛津》

施叔青，《三世人》

施叔青，《風前塵埃》

第二部《風前塵埃》把晚清歷史，轉移到日據時代，把西部的漢人史，轉移到東部的原住民史。時間與族群可能不一樣，但是她有意為歷史上沒有發言權的人物，再次發出聲音。施叔青的歷史想像，橫跨了日本帝國與被殖民者之間的鴻溝，架構起另一個力道十足的歷史敘述，其中容納了殖民史、反抗史、戰爭史，為整個日據時代全然空白的記憶，添加色彩、聲音、情感、溫度。跨界的愛情，永遠無法完成，但是小說裡原住民的血液，流進殖民者女性的身體時，這種翻轉的書寫方式，簡直是把日本帝國的神格地位降為平凡的人，把原住民的反抗精神升格為非凡的人。施叔青要質疑的是，所有的歷史不能取代真實的記憶。如果歷史充滿太多的虛構，則虛構的小說為什麼不能介入？當虛構與虛構混融在一起，批判的力量便儼然存在。

第三部《三世人》則是以台北為場景，係以一位日據時期的漢詩遺民施寄生為中心。既暗示現代與傳統的衝突，也彰顯殖民者與被殖民者的摩擦；既描寫男性與女性的分合，也敘述高雅文化與低俗文化的相遇。施叔青刻意以斷裂、跳躍的技巧，來拼貼日據時代至二二八事件歷史的光與影。她要憑弔的是，曾經有過古典優雅的漢詩傳統，是如何在現代化浪潮下被沖刷淨盡。她也要追祭台灣歷史人物的人格，在權力誘惑下，是如何自我出賣並墮落。這部小說要指出的是，一種扭曲歷史的形成，也許不能只片面責怪殖民者，被殖民者恐怕也是必須承擔責任的共犯。

當她完成《台灣三部曲》時，施叔青的史觀已是清晰可見。她對女性懷有理想的寄託，她對男性則有無限的期待。歷史的擘造，絕對不可能是單一性別或單一族群所建構，她注意到歷史的全面性與整體性。但對於權力在握者，她從不放棄諷刺批判；對於歷史受害者，她賦予更多的發言權。歷史上被貶抑的各種女性、原住民、同性戀與被殖民者，她寬容而慷慨地讓他們重登舞台，再度演出他們既定的角色。使長期被邊緣化的台灣，終於在她的小說裡發出聲音。把《香港三部曲》與《台灣三部曲》並置在一起，施叔青的邊緣戰鬥，開啟了一場史無前例的場面，歷史解釋至此獲得翻轉。

兩個三部曲的經營，耗盡她前後二十年的生命。從四十歲進入六十歲，從黑髮寫到白髮，她為香港史與台灣史立傳所付出的代價，簡直無法估算。但是她換取的歷史記憶與文學藝術，將無法輕易動搖。施叔青文學散發的氣勢與魄力，已經成為台灣文學史的重要證詞。

台灣女性小說的崛起及其特色

在台灣文學生態的改變上，屬於兩大報的〈聯合副刊〉與〈人間副刊〉，也開啟新的風氣，容許女性作家大量發表小說與散文。處在解嚴後的最初十年，台灣政治經濟各層面正在經歷重大變革，副刊所領導的性別議題也吸引女性作家的積極參與。台灣女性文學的出現，帶來多重層面的影響。首先對於原來的男性文化霸權，不辭辛勞地展開挑戰，進而對於國族議題也開始表現高度懷疑。在龐大的體制壓力下，許多女性作家都從自己的身體出發。唯有女性外在喜怒哀樂的情緒，與內在洶湧浮動的情欲獲得解放，才能建立自主的感覺。以身體去衝撞國體，似乎是從一九八〇年代跨越到九〇年代，令人難忘的女性風景。無可否認，這段時期登場的女性作家，有不少人與《三三集刊》有密切的關係。王德威指出，台灣文壇出現的所謂張派作家，包括蔣曉雲、蕭麗紅、蘇偉貞、袁瓊瓊，都在風格上與張愛玲有極其細緻的聯繫[8]。她們都是在兩大報副刊得獎，把潛伏已久的女性欲望與嚮往釋放出來。她們在文字上的經營，絕對不會輸給早期現代主義中的女性作家。在想像上，果敢大膽；在產量上，源源不絕。整個讀書市場的推波助瀾，更使女性作家的能見度大大提升。尤其是暢銷排行榜的建立，連鎖書店的星羅棋布，造成文化工業與消費文化不斷崛起，終而促成書籍的流通，也擴大讀者群的誕生。不僅如此，台灣女性作家作品大量改編成電影，使她們的藝術成就擴大影響層面。廖輝英的《油麻菜籽》、《不歸路》；朱天文的《童年往事》、《小畢的故事》、《冬冬的假期》；蕭麗紅的《桂花巷》；李昂的《殺夫》；蕭颯的《小鎮醫生的愛情》、《我兒漢生》、《我這樣過了一生》，都是從小說改編成電影，從而在觀眾裡開發更多的讀者。小說與電影的結合，也使文學批評與研究擴展新的版圖。這是一種循環連鎖的關係，作品、影像、批評形成讀書市場的重要支柱。正是在這種文化生態環境裡，台灣女性文學的地位更形穩固。

台灣女性作家如星群一般浮現，她們各具特殊的風格，也充滿個人色彩的技巧，使整個文學景觀變得深邃而開闊。在她們崛起之際，曾經被男性批評家如呂正惠，形容為「閨秀作家」[9]，認為她們只是以浪漫抒情的方式來描寫少女對愛情的懷想。這樣的評價，完全不符合女性作家所發揮出來的批判精神，也完全低估歷史正在改寫時釋放出來的能量。因為這群女性作家的創作，並不止於一九八〇年代，進入世紀末的十年，她們的筆已經可以干涉政治與歷史，絕對不是「閨秀」一詞就可概括。一九九〇年代，民進黨的得票率持續成長，國民黨得到的支持度則急遽下降。那是一個終結的開始，女性知識分子在公共領域所占有的位置，已經超越歷史上的任何一個時期。與此現象相互呼應的，便是女性作家所關心的議題，再也不是愛情或情欲所能限制。她們以小說填補歷史解釋，以故事重建文化認同。那種凜然的姿態，已經與男性作家無分軒輊。

在《三三集刊》時期，胡蘭成點撥無數傑出的作家，但他本人不必然是一流的書寫者。他的歷史觀與文學觀，並不足以開創一個新的時代。在沒有定義的定義中，反而使新世代作家獲得廣闊的想像空間。他的美學並不執著於文字的既有意義，而是讓文字變成巨大的容器，可以不斷填補無窮無盡的想像。在他的子弟行列中，朱天文是擘建胡蘭成學派的第一人，她的文學風格於一九七六年有了重大迴旋。在此之前，她的小說

8　請參考王德威，〈從「海派」到「張派」——張愛玲小說的淵源與傳承〉，《如何現代，怎樣文學？：十九、二十世紀中文小說新論》，頁三一九—三三五。

9　呂正惠，〈分裂的鄉土，虛浮的文化——八〇年代的台灣文學〉，《戰後台灣文學經驗》（台北：新地文學，一九九二），頁八六。

頗具張腔，甚至大膽把張愛玲小說中的對話移植到自己的小說中。那種貼近張愛玲靈魂的書寫策略，是一種奪胎換骨的襲用，也是一種抽梁換柱的變調。在此之後，她開始慢慢偏離張愛玲的影響，轉而以胡腔文字重建她的青春美感。從《淡江記》（一九七九）開始，胡蘭成的措辭用字便不斷在她的小說裡隱然浮現。兩種文體，亦即老靈魂與青春少女，在敘事過程中交融出現。胡蘭成的語彙就像靈魂附身，毫不間斷地出沒在朱天文的小說中。如果有所謂的互文書寫，朱天文恐怕是八〇年代最值得注意的作家。當女性意識逐漸蔚為風氣時，朱天文選擇的是背道而馳的方向，胡蘭成美學已經成為她唯一的繆思。《今生今世》中的文字技巧，總是受到朱天文的大膽襲用。有時只是更動一些字句，剪貼在她的故事裡。戰爭時期的胡蘭成與一九八〇年代的朱天文，中間橫隔半世紀，竟產生奇妙的精神會盟。

從《炎夏之都》[10]到《世紀末的華麗》[11]，其中營造出來的愛情，似乎過濾了人間煙火，在字裡行間充滿氣味與顏色，彷彿故事發生在另一個遙遠的時間與空間。她筆下描繪的都市，是那樣的吵雜喧囂，而青春生命卻隔絕在另一層次的情愛意念之中。那種疏離與陌生化的美學，似乎非常接近現代主義技巧，但是她所耽溺的不在技巧本身，而在於她所嚮往的一個崇高世界。就在那裡，她與胡蘭成進行無窮盡的對話。或許她的文字表演，誠如黃錦樹所說，是一種「神姬之舞」[12]。她念茲在茲，正是在於建構胡蘭成所嚮往的「禮樂文明」。超越世俗的情愛肉欲，超越庸俗的倫理道德，而到達一個無性生殖的色情烏托邦。朱天文的《荒人手記》[13]，以同志為議題，寫出的歡愛是那樣

朱天文，《世紀末的華麗》

繁華與浮華，卻都只是在描述胡蘭成反覆強調的「無名的至親」。小說中的人名，有老有少，其實都是指向胡蘭成本人。這種書寫技巧，可以說是襲自胡蘭成的《禪是一枝花》[14]。那本書提到的哥哥嫂嫂，其實都是胡蘭成本人的化身。朱天文便是刻意使用這種策略，她筆下的桃樹人家、炎夏之都、伊甸不再、花憶前身，顯然都意有所指，卻無法有確切的定義。她所完成的《荒人手記》，從來都被視為同志文學。事實上，同志是胡蘭成所說的「無名的大志」。朱天文借用「同志」一詞，來傳播他們的志同道合，同志書寫只是一種負載理念的工具而已。這本小說的文類很難歸檔，既像偽百科全書，又像同志書寫，卻都與現實的台灣社會很難銜接。其中傳達的意旨，其實是向胡蘭成頻頻致意。師徒之間的黃金誓盟，見證於書中不同身分的同志行動。無怪乎這本小說完成時，朱天文公開宣稱「悲願已了」[15]。

朱天文，《荒人手記》

有關她受胡蘭成影響的師生過從，描述最為清楚的莫過於她在《花憶前身》（一九九六）書前所寫的

10 朱天文，《炎夏之都》（台北：時報文化，一九八七）。
11 朱天文，《世紀末的華麗》（台北：三三書坊，一九九〇）。
12 黃錦樹，〈神姬之舞：後四十回？（後）現代啟示錄？——論朱天文〉，《中外文學》二四卷一〇期（一九九六年三月）。
13 朱天文，《荒人手記》（台北：時報文化，一九九四）。
14 李磬〈胡蘭成〉，《禪是一枝花：碧巖錄》（台北：三三書坊，一九七九）。
15 朱天文，〈自序——花憶前身〉，《花憶前身》（台北：麥田，一九九六），頁九六。

〈記胡蘭成八書〉。五萬餘字的自述，既交代張愛玲如何與朱西甯斷絕書信往來，同時也清楚解釋朱家如何與胡蘭成訂交。朱家父女整個文風的改變，以及對中國文化信仰的重新建立，在長文中有非常清楚的說明。從《世紀末的華麗》、《荒人手記》一直到《巫言》[16]，無疑是連綿不斷的三部曲。所謂「巫」，是介於神與人之間的身分，她所傳達的信息，都是要給天上看。整部小說雖然出現世俗的現實，但隱約中死亡之神流竄於文字之間。正是她勇敢面對死亡，小說釀造的生之欲（lust for life）反而更形強烈。正如她在〈如何叛逃張愛玲〉一文所承認，胡蘭成的影響與日俱增。

朱天心（一九五八—），崛起於《三三集刊》的一枚健將，對台灣政治社會文化的敏感，比朱天文還要強烈。她勇於表達自己的政治傾向，也對自己的身分認同顯露高度焦慮。她的文學作品，其實就是外省世代的一個時代縮影。從優越感到危機感，表現得極為鮮明。由於曾經被質疑過是否認同台灣，這個問題就成為她日後文學永恆的主題。她的作品包括《擊壤歌》（一九七七）、《方舟上的日子》（一九七七）、《昨日當我年輕時》（一九八〇）、《未了》（一九八二）、《台大學生關琳的日記》（後改為《時移事往》）（一九八四）、《我記得……》（一九八九）、《想我眷村的兄弟們》（一九九二）、《小說家的政治周記》（一九九四）、《學飛的盟盟》（一九九四）、《古都》（一九九七）、《漫遊者》（二〇〇〇）、《二十二歲之前》（二〇〇一）、《獵人們》（二〇〇五）、《初夏荷花時期的愛情》（二〇一〇）、《三十三年夢》（二〇一五）、《那貓那人那城》（二〇二〇）等。從年輕到進入中年，她全程走完台灣從最封閉

朱天心（朱天心提供）

的年代，到最開放的階段。她見證黨外運動如何從社會底層轉型成為執政黨，親眼看到台灣意識如何升格成為本土主流價值。瞬息萬變的政治場域，使她深深感受作為邊緣人物的苦惱。她的書寫策略都朝向認同與記憶雙軌進行，成為台灣社會特定族群中的代言人，更成為對權力誤用與濫用的強悍批判者。

早期她寫《擊壤歌》與《方舟上的日子》，文字中流動的永恆而堅貞的情感，一如童話與神話那般純潔無比。校園的圍牆，眷村的籬笆，隔絕了外界所有的混亂與煩惱。進入一九八〇年代以後，台灣社會發生巨大變化。全球化浪潮席捲而來，資本主義改造降臨台灣；中產階級蔚然崛起，反對運動也方興未艾。整個世界秩序不再依照她個人的主觀願望發展，失落與幻滅相繼衝擊她的心房。《我記得……》結集於台灣解嚴之後，正是威權體制徹底翻轉的時刻，她的創作風格也就在這個階段確立。上升的台灣意識逐漸取代式微的中國意識，主流論述也開始轉換挪移。台灣歷史與台灣文學漸漸形成顯學之際，懷念「那時天空特別藍」的朱天心，不免在內心凝聚深層的焦慮。她清楚地站在當時反對運動的反對立場，幾乎寫出的每篇小說都令人大開眼界。短篇小說〈我記得……〉，生動描繪社會運動中知識分子的立場反覆與價值崩潰；〈十日談〉刻意揭露政治漩渦，摘下有著正義嘴臉的知識分子的光環；〈新黨十九日〉則是描寫股票市場的菜籃族，如何被捲入反對運動的浪潮，家庭主婦一夜之間升格成為政治批判者，造成強烈的嘲弄；〈佛滅〉浮現一位政治理想即將消失的社會運動者，在報社電梯裡與情人發生瘋狂的性愛。好像只有男女的激情，取代了反對運動的激情。整本小說集所形塑的記憶，其實是要拆穿神聖、正義、理想的假面。街頭上的熱鬧場面，不是真正的記憶；小說裡所留下的場景，才是令人難忘的記憶。

稍後她所完成的所謂「眷村三部曲」，亦即《想我眷村的兄弟們》、《古都》與《漫遊者》。朱天心不再

16　朱天文，《巫言》（台北縣：印刻文學，二〇〇七）。

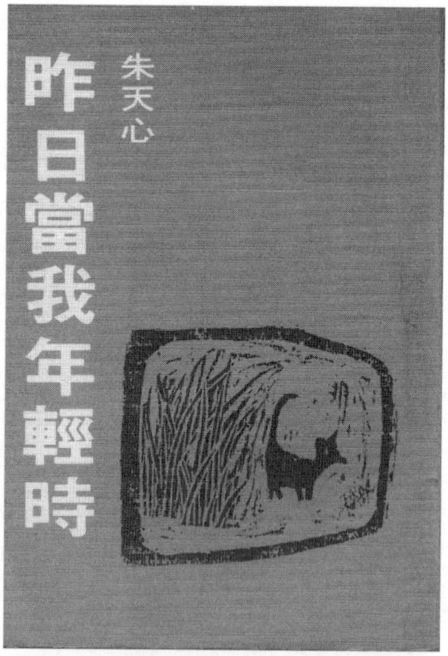

朱天心，《昨日當我年輕時》（舊香居提供）

朱天心，《擊壤歌》（舊香居提供）

朱天心，《想我眷村的兄弟們》

朱天心，《方舟上的日子》（舊香居提供）

滿足於記憶的重建，而是進一步去面對文化認同的挑戰。在她的文學世界，父親一如父王，無論他叫做「天父」或「國父」，形象神聖而崇高。她的認同永遠跟隨著父親，然而，父親去世時，歷史也跟著消亡。對於「外省第二代」的稱呼，她從來不會接受。在大陸，他們被放逐；在台灣，也同樣被放逐。就像她自己所說的困境：「國民黨莫名其妙把他們騙到這個島上一騙四十年，得以返鄉探親的那一刻，才發現在僅存的親族眼中，原來自己是台胞、是台灣人，而回到活了四十年的島上，又動輒被指為『你們外省人』……」[17]要理解她的文學思維，這段話是最好的詮釋。在國民黨、民進黨、共產黨的史觀裡，他們彷彿是不存在的歷史人物。這說明為什麼朱天心最美好的記憶，永恆地停留在一九八七年解嚴之前。她對父親朱西甯的崇拜，猶如朱天文對胡蘭成的頻頻致敬。兩種父親形象主導了她們的寫作方向，她在《漫遊者》是這樣追悼她的父親：「因為父親的不在，我才發現與父親相處的四十年，無時無刻無年無月我不再以言語行動挑戰他的信仰、情感、價值觀、待人處事、甚至生活瑣碎。」[18]她展開與父親的對話，也就像朱天文與胡蘭成無盡止的對話。那才是她們的真實感覺，而外面那世界存在的本土政權、本土文化、本土文學，都不屬於真實的歷史。她最美好的時間，在童年，如〈銀河鐵道〉所寫；在夢中，如〈夢一途〉的記載；在國外，一如〈五月的藍色月亮〉之幻想；在古代，一如〈出航〉產生的錯覺。此時此刻的台灣，沒有真實幸福的發生。

文學作為復仇的武器，朱天心確實發揮得淋漓盡致。她的思考與觀點，可能非常苛刻，卻可以使台灣社會的主流價值不斷受到修正與填補。她的作品可以使讀者產生警覺，任何一種政治論述，在對抗威權體制時，有其階段性的任務，但不能氾濫成為毫無約束的洪流，淹沒島上不同族群、性別、階級的具體存在。把

17 朱天心，《想我眷村的兄弟們》（台北：麥田，一九九二），頁九三—九四。

18 朱天心，《漫遊者》（台北：聯合文學，二〇〇〇），頁二六。

朱天心的文學當作一種提防，為的是提防政治論述又變相地換成另一種威權。從這個觀點來看，朱天心文學的歷史意義，應該在民主社會得到接受。

在《三三集刊》登場的女性作家，其中受到議論最多的，當推蕭麗紅（一九五〇—）。她出生於嘉義，並在嘉義女中畢業。她加入《三三集刊》的陣營，正好可以說明台灣文學的族群交融。她一方面接受張愛玲文學的影響，一方面也服膺胡蘭成、朱西甯中國禮樂的理念。她最早受到注意的是中篇小說〈冷金箋〉（一九七五），是頗受《紅樓夢》影響的一篇作品，強調男女婚姻是上天注定的安排。就像書中所說：「光有情，沒有緣，最後也只會落得『多情空有餘恨』的下場。」如果情場如戰場，女性最後都是落入傷痕累累的宿命。參加《三三集刊》以後，她的筆鋒為之一變。她開始受到文壇的矚目，始於《桂花巷》[19]。在鄉土文學運動高潮迭起之際，這部小說的出現，似乎使鄉土的概念填補具體的內容。以女主角高剔紅為主軸的一生故事，其實正是近代台灣歷史變遷的一個縮影。

故事始於晚清，止於一九五九，正好跨越清代移民時期、日據殖民時期、戰後民國時期。這段歷史過程，台灣社會還未經歷高度資本主義的經驗，而現代化工程還正處於奠基階段。具體而言，這正是女性意識還未全然成熟的時期。以女人的一生來解釋台灣歷史，正是這部作品的最大企圖，也是台灣女性作家行列中，第一位以小說干涉歷史的代表者。蕭麗紅能夠成為暢銷作家，就在於她成功融合了中國傳統與台灣鄉土的兩種價值。處在一九七〇年代國族認同轉型之際，這部小說既

蕭麗紅，《桂花巷》

吸引中國認同的讀者，也吸引了台灣意識的讀者。其中的迷人之處在於她對民俗生活的細節，描寫得相當真切。在故事的渲染過程，她會恰當插入台語的對白，與她流暢的中國白話文構成鮮明對比和平衡。高剔紅的命運，相生相剋，她擁有一雙大紅硃砂掌，暗示屬於貴格；但又出現斷掌，暗示命中喪夫。這種女性的宿命觀，在台灣社會風氣欲開未開的階段，顯然是一種國族寓言。

《桂花巷》對傳統父權體制充滿批判，縱然沒有像後來女性作家的強烈立場，卻足夠暗示小說中女性身體的掙扎與出走。獲得聯合報小說獎首獎的《千江有水千江月》[20]，對台灣傳統社會的民俗節慶，描寫得更加細緻。在相當程度上，顯然反映了胡蘭成中國禮樂的思維。民間社會的禮尚往來，成為深沉文化的高度默契。那是一種寬容力量，也是一種祥和境界。這部小說使鄉土文學運動臻於極致，但更重要的是，女性的主體意識在小說中確立起來。女主角貞觀仍然堅守傳統婚戀的觀念，那種小說形象，無非是把傳統與現代連結起來。一方面在鄉土文學陣營中，獲得肯定；另一方面在台灣女性文學的風潮裡，又獨樹一幟。在苦難裡如何委曲求全，在某種程度上又是傳統女性的翻版。《千江有水千江月》又回到中國的文化傳統，如何在儒釋道三教之間獲得和諧共存，追求寧靜而合理的生活。《白水湖春夢》[21]則是以二二八事件為遙遠的背景，與坊間本土

蕭麗紅，《千江有水千江月》

19　蕭麗紅，《桂花巷》（台北：聯經，一九七七）。
20　蕭麗紅，《千江有水千江月》（台北：聯經，一九八一）。
21　蕭麗紅，《白水湖春夢》（台北：聯經，一九九六）。

運動所談的歷史事件背道而馳，完全不談苦難或者政治責任，卻只是追求如何獲得頓悟，掙脫苦難。這種書寫策略，意味著歷史意識已經不再那麼強烈。那不是去中心的想法，卻具有些微後現代的意味。

袁瓊瓊（一九五〇—），最早發表散文時，遣詞用字頗多張派陰影。但是她最大的不同是對現實社會積極投入，而不像張愛玲那樣保持冷靜旁觀的態度。受到議論的短篇小說〈自己的天空〉，超脫一般外遇故事的庸俗公式，在挫敗之餘，那位受傷的女性徹底整理內心感覺，走出自己的道路。她的文字頗受歡迎，雖不能視為暢銷作家，卻獲得高度肯定。作品包括《春水船》（一九七九）、《自己的天空》（一九八一）、《兩個人的事》（一九八三）、《滄桑》（一九八五）、《今生緣》（一九八八）、《蘋果會微笑》（一九八九）、《情愛風塵》（一九九〇）、《萬人情婦》（一九九七）、《恐怖時代》（一九九八）、《或許，與愛無關》（二〇〇九）、《看》（二〇一四）、《滄桑備忘錄》（二〇一五）等。她的風格偏離傳統女性的受難姿態，大量挖掘女性內在的瘋狂、黑暗、死亡、衰老。在故事中，總是不斷走向放逐的道路，頗有現代主義的意味。她從來不談人生哲學，在聖女與神女之間界線極為模糊。袁瓊瓊擅長布局，釀造氣氛，完全不依照坊間的想像來寫故事。把人物情境置放在理性的範圍之外，使故事的發展超越倫理道德之上，而形成一個作者可以為所欲為的天地。脆弱的女性面對巨大的迫害或欺壓時，可能變得更為堅強，或更為瘋狂。從眷村出來的這位作家，寫到《恐怖時代》的階段，已經完全投入台灣社會。她所虛構出來的故事，完全與家國認同的路數全然不同。

李昂，本名施淑端，可能是最受爭議的一位作家。她往往能夠從新聞事件敏感地製造精采故事，新聞本身本就引起議論，變成小說後更加放大現實中的

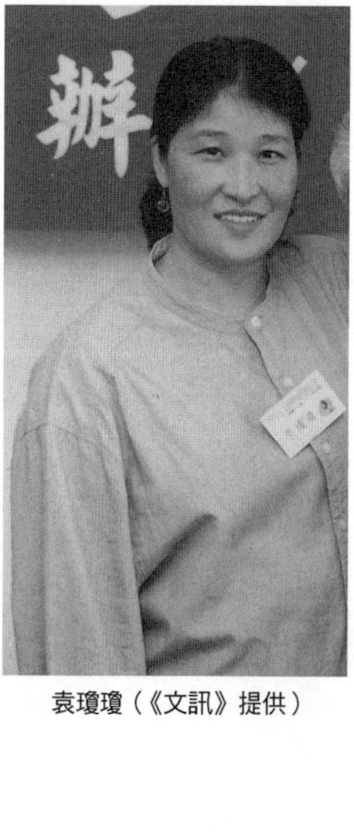

袁瓊瓊（《文訊》提供）

衝突。從十六歲就出發的李昂，很早就表現她的天分；而真正奠定她在文壇的地位，應該是一九八三年所發表的《殺夫》。她勇於突破，投入實驗，完成《迷園》之後，地位就非常穩固。她的作品包括《混聲合唱》（一九七五）、《群像》（一九七六）、《人間世》（一九七七）、《愛情試驗》（一九八二）、《殺夫：鹿城故事》（一九八三）、《愛與罪：大學校園內的愛與性》（一九八四）、《她們的眼淚》（一九八四）、《暗夜》（一九八五）、《花季》（一九八五）、《一封未寄的情書》（一九八六）、《外遇》（一九八五）、《貓咪與情人》（一九八七）、《年華》（一九八八）、《甜美生活》（一九九一）、《迷園》（一九九一）、《禁色的暗夜：李昂情色小說集》（一九九九）、《北港香爐人人插》（一九九七）、《愛吃鬼》（二〇〇二）、《看得見的鬼》（二〇〇四）、《花間迷情》（二〇〇五）、《鴛鴦春膳》（二〇〇七）、《七世姻緣之台灣／中國情人》（二〇〇九）、《附身》（二〇一一）、《路邊甘蔗眾人啃》（二〇一四）、《睡美男》（二〇一七）等。在女性作家中，對於台灣歷史的關注，當以李昂最為熱切。從《迷園》開始，一直到《自傳の小說》，都緊貼著近代海島的曲折命運。其中引發最大討論的是《北港香爐人人插》[22]，這本書事實上包含「戴貞操帶的魔鬼」系列故事，明顯是針對當時風起雲湧的民主運動。她所要強調的是台灣社會獲得民主，女性的命運得到改造了嗎？然而，讀者的焦點卻針對「北港香爐」進行特定人物的影射，使一篇並不出色的故事遮蔽了作者原有的企圖。

她緊接著撰寫的謝雪紅故事，反而並不在意歷史是怎樣發展，把焦點投射在一位左派革命運動的領袖，再三考察性與政治的緊張關係。自傳與小說是一種矛盾語法，自傳屬於歷史，小說屬於虛構。當歷史人物從事實脈絡抽離出來，就變成小說家筆下有血有肉的女性。她自己在《漂流之旅》強調：「書寫又能記錄下

22　李昂，《北港香爐人人插：戴貞操帶的魔鬼系列》（台北：麥田，一九九七）。

多少真實？特別在一個女人、一個作者手中？」[23]空間的感覺恐怕比時間的意識還重要，通過作者個人的莫斯科之旅，她聯想到在歷史上漂泊的謝雪紅。隔著巨大時空的對話，更加能夠彰顯，女性作家對於既有歷史書寫的惆悵。她的小說往往出現兩種聲音，一是故事主角，一是作者本人。她企圖要逃離男性歷史書寫的掌握，從而也可以逃避被收編、被扭曲、被醜化的陷阱。當她寫女性政治人物投身民主運動時，似乎也在複製著歷史上女性的命運。所謂民主運動，其實也充滿驚心動魄的權力鬥爭。她要質疑男性投入運動，究竟是追求民主，還是覬覦權力？人性的殘酷與慘烈，在她筆下暴露無遺。如果台灣社會就要進入翻身階段，作為女人，也可以翻身嗎？在現實社會，女性無法找到棲身之地，李昂刻意創造另一個鬼神的烏托邦。無論是水鬼、愛吃鬼、魔神仔、狐狸精，都在意旨的空間飄盪游離。她酷嗜在小說中帶進神祇、民俗、節氣，完全不受現代時間的羈押，可以獲得無窮盡的想像。不管是女神、女妖、女鬼的化身，顯然都在擺脫國族神話。情欲比情操還來得高尚，肉體比國體還要高貴。其書寫策略如此，歷史都必須重新定義。

平路（一九五三—），本名路平，勇於書寫歷史，又顛覆歷史。如果傳統的歷史書寫都出自男性史家，則延伸出來的價值觀念或道德典範，完全都是依照男性權力量身訂做。平路對於這種偏頗的書寫方式，早有警覺。透過虛構的策略，挑戰所謂的事實，是她長久以來所堅持的立場。對於權力在握的男性，她總是表示高度懷疑。她的作品有《玉米田之死》（一九八五）、《椿哥》（一九八六）、《五印封緘》（一九八八）、《紅塵五注》（一九八九）、《捕諜人》（與張系國合著）

平路（陳至凡攝影，平路提供）

（一九九二）、《行道天涯》（一九九五）、《禁書啟示錄》（一九九七）、《百齡箋》（一九九八）、《凝脂溫泉》（二○○○）、《何日君再來》（二○○二）、《東方之東》（二○一一）、《婆娑之島》（二○一二）、《黑水》（二○一五）、《間隙：寫給受折磨的你》（二○二○）等。平路最早出發時，並未有女性自覺，例如她寫的《玉米田之死》，描寫的是男性的歸鄉故事，似乎在影射陳文成事件。《捕諜人》則有意經營科幻小說。直到她寫《行道天涯》[24]時，女性身分正式登場。以孫中山與宋慶齡的愛情故事為主軸，刻意改寫中國近代史的發展脈絡。小說以雙軌敘述的方式進行，一邊是堂皇的男性國史論述，一邊是隱晦的女性身體感覺。如果辛亥革命可以改變中國沒落的命運，孫中山卻對女性命運的改造全然束手無策。在大人物身上看到細微的情欲，是這本小說最令人驚心動魄之處。在國族論述下，一個小女人無端升格成為國母。在一夜之間，整個民族情操都降落在她肉

23 李昂，《漂流之旅》（台北：皇冠，二○○○），頁一六。

24 平路，《行道天涯》（台北：聯合文學，一九九五）。

平路，《玉米田之死》

平路，《行道天涯》

體上。她必須為民國守節，後來也必須為共產黨守節。但是，她的肉體欲望早就從門禁森嚴的道德枷鎖逃逸出去。故事中女性的柔弱，竟然釋出雷霆萬鈞的力量，正是平路小說最為動人之處。

她的另一篇小說《椿哥》[25]，描寫一位在一九四九年逃亡到台灣的青年，他的一生，幾乎是與台灣從經濟蕭條到資本主義發達的過程中同步成長。值得注意的是，椿哥從頭到尾完全不發一語，他變成一個沉默的攝影機，注視著外界變化。平路成功地刻劃謹守本分的外省人，是如何投身於整個社會的改造，但是歷史並沒有為他留下任何紀錄。他的親朋好友，致富的致富，出國的出國，簡直就是台灣戰後史的一個縮影。在沒有聲音的地方，所發出的聲音抗議，是如此震耳欲聾。她的小說《東方之東》[26]，寫一位台灣女性到中國尋找台商丈夫的曲折過程。丈夫失蹤了，卻在旅館裡無意收留一位異議青年。這對男女在失落中相互取暖，卻陷入命運未卜的天涯。平路擅長塑造大氣魄、大場面的歷史小說，她好像是一位窺探者，往往可以看到歷史的祕密，放膽予以揭開，卻不必然有確切答案。懸宕而不確定的結局，是她擅長的手法。

蕭颯（一九五三—），原名蕭慶餘，可能是朋輩中以筆干涉現實最多的女性作家。她的文字對感情的收與放極其精準，對人物性格的刻劃也絲絲入扣。由於經過婚變，前後期風格差異甚大。停筆之前，或許是產量最豐富的一位。她的作品包括《二度蜜月》（一九七八）、《我兒漢生》（一九八一）、《霞飛之家》（一九八一）、《如夢令》（一九八一）、《愛情的季節》（一九八三）、《死了一個國中女生之後》（一九八四）、《少年阿辛》（一九八四）、《小鎮醫生的愛情》（一九八四）、《唯良的愛》（一九八六）、《走過從前》（一九八七）、《如何擺脫丈夫的方法》（一九八九）、《單身薏惠》（一九九三）、《皆大歡喜》（一九九六）、《逆光的台北》（二〇一五）等。她小說中的男人都是挫敗者，而這種挫敗也同時傷害了女人。正如張系國所指出的：「壞男人的異化，或許可解釋為作者仍有心開脫男人。沒有變成野獸的男人，或許仍是有救的？往深一層看，男人的異化，也是資本主義社會裡普遍存在的人的疏離現象：人不再是人，成了異化的怪物。」[27]

她擅長構築成長的故事，例如《我兒漢生》、《死了一個國中女生之後》、《少年阿辛》，都是在寫青少年的啟蒙過程，或者是性啟蒙，或者是知識啟蒙，都意味著不同年齡的跨越儀式。由於與現實產生巨大落差，總是在生命裡留下無可磨滅的刻痕。她的現實感特別強烈，可以看到資本主義如何改造台灣社會，從而也改造了台灣人的純樸性格。在她的小說，可以看到同時期青年人成長經驗的縮影。《小鎮醫生的愛情》[28]嘗試從男性的觀點反寫女性心理，她殘酷地戳破幸福家庭的假象，在小鎮裡看到一個大社會。後期的作品似乎都在治療她婚變的傷痛，無論是人物演出或文字技巧，似乎出現一定程度的疲態。相較於蕭麗紅的那種貞潔，蕭颯筆下的女性可謂無比滄桑。

蔣曉雲（一九五四—），是在一九八〇年初期獲得夏志清教授的賞識，而得到文學獎。初登文壇，就受到關注。第一本小說《隨緣》（一九七七）出版時，被文壇認為是張愛玲文體的復現。但是她沒有張腔的冷酷蒼涼，反而是對人間世故帶有某種調侃與嘲弄。她無法寫出張愛玲對白中的內心幽微的轉變，有張派腔調卻沒有張派神韻。《姻緣路》（一九八〇）寫的是一群胸無大志的女性，以追逐婚姻為人生最高目標。就像范銘如所指出，她筆下的女性總是在找符合婚配條件的男人，可以隨時投入、隨時抽身：「這種『人盡可夫』務實而庸俗的態度，自然與五四浪漫一代的理念大異其趣。」[29]沉寂二十年後，她出版小說《桃花井》[30]，以

25　平路，《椿哥》（台北：聯經，一九八六）。
26　平路，《東方之東》（台北：聯合文學，二〇一一）。
27　張系國，〈序〉，收入蕭颯，《死了一個國中女生之後》（台北：洪範，一九八四），頁三。
28　蕭颯，《小鎮醫生的愛情》（台北：洪範，一九八四）。
29　范銘如，〈由愛出走——八、九〇年代女性小說〉，《眾裡尋她：台灣女性小說縱論》，頁一五七。
30　蔣曉雲，《桃花井》（台北縣：印刻文學，二〇一一）。

台灣外省男人的處境為主軸，在歷經匪諜嫌疑長期坐牢之後，興起返鄉的念頭。那種歸鄉的過程，彷彿是歷史的孤兒與棄兒，整個故鄉已經與記憶的感覺全然兩樣。回到故鄉，再度結婚，那是他一生最後的救贖。歷史的滋味是那樣苦澀且無可奈何。

蘇偉貞（一九五四－），她是研究張派文學最深入的作家之一。但是，她從早期受到影響之後，便慢慢開出自己的格局，從而擺脫張腔的語法。她的作品產量極豐，代表從一九八〇年代至新世紀的重要女性聲音。包括《紅顏已老》（一九八一）、《陪他一段》（一九八三）、《世間女子》（一九八三）、《有緣千里》（一九八四）、《舊愛》（一九八五）、《陌路》（一九八六）、《離家出走》（一九八七）、《流離》（一九八九）、《我們之間》（一九九〇）、《離開同方》（一九九〇）、《過站不停》（一九九一）、《熱的絕滅》（一九九二）、《沉默之島》（一九九四）、《魔術時刻》（二〇〇二）、《時光隊伍》（二〇〇六）、《旋轉門》（二〇一六）、《云與樵：獵影伊比利半島》（二〇二〇）等。由於她具有軍人身分，早期撰寫小說時，筆下的女性維持高度的封閉與孤獨。她擅長描寫內心的自我對話，彷彿是一種療癒的過程。她的身分不斷出走，不斷離開。與其說那是一種空間感，不如說她與現實保持特定的疏離。早期的散文如《歲月的聲音》（一九八四），頗有張腔意味，但不像張愛玲那麼涉入現實；如果把她歸類在張派作家，恐怕是一種誤解。她雖然是張派專家，但小說風格完全屬於她自己。大量滲透自白或獨白，應該是屬於現代主義挖掘內心世界的一種策略，但是有時過於客觀理性，反而不能把內心最深處的幽微與黑暗暴露出來。

蘇偉貞（《文訊》提供）

一九八〇年代以後的台灣女性作家，都出現烏托邦書寫的傾向，便是在現實之外另闢一個空間，容許自我可以遊走。蘇偉貞也不例外。她構築一個封閉的世界，不管她稱為沉默之島、夢書，或是魔術時刻，或竟如她所說的「離開即放棄」。離開並沒有獲得釋放，反而是囚禁在另外一個空間。她的風格與袁瓊瓊迥然不同，從來不涉入殘酷的現實，而是帶著冷靜之眼，靜觀自我。她的《沉默之島》[31]寫的是兩個孿生的晨勉，一個是真實的自我，一個是她內心的鏡像。雖然都活生生的面對愛情，而且也經過不同的男人，最後一個選擇生下小孩，一個選擇墮胎。兩種選擇，正好透露相互矛盾又相互共存的拉扯。這種烏托邦的書寫，表面上是勇於面對現實，而事實上，她選擇保持距離。相形之下，她的散文就沒有像她的小說那樣充滿對立與疏離。兩本散文作品《時光隊伍》[32]與《租書店的女兒》[33]，都是屬於祭悼書，寫的是她生命中最重要的兩個男人：前者是面對丈夫的傷逝，後者是面對父親的遠去。丈夫是她生活最忠實的保護者，父親是她成長最好的監護者。她表達出來的真情，飽滿而內斂，瑣碎而真實。只有在遠離之後，真實的記憶才會浮現。尤其她寫台南成長的歲月，時間的光澤，夢想的選擇，在阡陌縱橫的岔路與歧路，她找到自己，卻失去全部。

蘇偉貞，《沉默之島》

陳玉慧（一九五七－），最早的散文《失火》（一九八七）是由三三書坊出版。她的最早文學淵源，是

31　蘇偉貞，《沉默之島》（台北：時報文化，一九九四）。
32　蘇偉貞，《時光隊伍》（台北縣：印刻文學，二〇〇六）。
33　蘇偉貞，《租書店的女兒》（台北縣：印刻文學，二〇一〇）。

從《三三集刊》出發。最受矚目的一本小說似的散文《徵婚啟事》（一九九二），透過女性的徵婚看見現代社會男性的各種人格，幾乎每個應徵的對象，都可單獨成為短篇小說。她的勇於實驗，頗受肯定。這本作品曾經被中國導演改編成電影《非誠勿擾》，賣座甚佳。她的另一本散文《巴伐利亞的藍光》（二〇〇二），深刻寫出漂流在歐洲大陸的台灣女性感覺。其中最動容的一篇散文當推〈給台灣的一封信〉，雖然是以附錄的形式收在書裡，她反覆提出的質疑是，台灣的名字叫什麼？她所來自的海島，最早稱為福爾摩莎，然後又叫做埋冤，繼而被稱為中華民國，卻擁有中華台北與台澎金馬的命名。在信的最後，她決定稱之為台灣。她的小說作品包括《深夜走過藍色的城市》（一九九四）、《獵雷：一個追蹤尹清楓案女記者的故事》（二〇〇〇）、《你今天到底怎麼了》（二〇〇四）、《海神家族》（二〇〇四）、《CHINA》（二〇〇九）、《幸福之葉》（二〇一四）、《我們（還在初戀的島上）》（二〇二一）等。

受到最多議論的小說是《海神家族》[34]，海神就是媽祖，是庇護台灣命運的無上之神，成為這部小說的隱喻。無論台灣人漂流到多遠的邊境，那保佑之神都緊緊跟隨。整個故事是以一個從琉球來台灣尋找丈夫的日本女性為開端，卻因她的警察丈夫陣亡於霧社事件，遂流落台灣。對她伸以援手的是台灣男子林正男，兩人結婚後，男人被徵調去南洋作戰，她受到弟弟林秩男的愛慕，複雜的故事從此開啟。殖民史與被殖民史的交錯，被邊緣化的女性與男性不期而遇，似乎強烈暗示台灣歷史始於女性的命運。亂倫與不倫是傳統史家所不容，陳玉慧卻使用了高度的隱喻與轉喻，勾勒了愛情的不可抗

陳玉慧（陳玉慧提供）

拒。歷史從來都是由一連串錯誤累積起來，不寬容的道德，不寬容的社會，釀造一個無法挽回的悲劇。父親缺席的家族，總是由寬厚的母親來主導。范銘如曾以〈從強種到雜種〉來解釋中國與台灣的近代史[35]，這部作品似乎也印證了她的文學詮釋。陳玉慧寫出台灣歷史的錯綜複雜，上個世代的誤解，在下個世代獲得和解。千絲萬縷的故事，她相當成功地一一收線。屬於天涯海角的兩條陌生男性血緣，卻經由母系的繩索而結合在一起。歷史往往是無意創造出來，那神祕的手竟是屬於女性。她的《CHINA》[36]一書，描寫西方神父到中國探索瓷器技藝的祕密。China是雙關語，既喻中國，又喻瓷器。兩種文化的相互誤解，構成這部小說的主軸。她所展現出來的歷史知識與藝術知識，龐博而豐富。這部小說預告陳玉慧未來的企圖深不可測。

陳燁（一九五九—二〇一二），本名陳春秀，出身台南陳氏家族，父母的婚姻生活深深影響她的文學。對於台南的民俗、歷史、地方文化，極為耽溺著迷。出生之後，因患有小臉症，使她在小說中不斷追求完美。她勇於面對殘酷的現實，也勇於挑戰既有的社會體制。她從邊緣角度觀察真實人生。如果她的文字構築了藝術成就，那一定是以生命所換取的。她的作品包括《藍色多瑙河》（後改名《飛天》）（一九八八）、《燃燒的天》（一九九一）、《半臉女兒》（二〇〇一）、《姑娘小夜夜》（二〇〇六）、《玫瑰船長》（二〇〇七）、《有影》（二〇〇七）。從最早的書寫出發點，便有意要建構一部家族史「赤崁編年」。開枝散葉的家族，歷經三個世代，充滿恩怨情仇。她筆下的人物性格剛烈，都是敢愛敢恨。經過二二八事件之後，整個家族全然崩潰。她不僅僅是追溯家族記憶，其實也在嘗試建構台灣歷史。在同世代的作家中，她的歷史意識最為旺盛。稍後寫

34 陳玉慧，《海神家族》（台北縣：印刻文學，二〇〇四）。

35 范銘如，〈從強種到雜種——女性小說一世紀〉，《眾裡尋她：台灣女性小說縱論》，頁二一一—三八。

36 陳玉慧，《CHINA》（台北縣：印刻文學，二〇〇九）。

出的《半臉女兒》，是一部自傳性的小說，她誠實面對自我生命，赤裸裸表達曾經有過的傷害，以及如何克服現實挑戰。字字血淚的記憶，反襯一位堅強女性是如何誕生。她的家族史猶在建構之中。

蔡素芬（一九六三—），是鄉土文學運動式微之後崛起的女性作家。站在世紀末，她回望純樸的鹽田，投以深情的回眸。她與鄉土文學作家不同的地方，就在於從都會生活回望記憶中的原鄉，而不是在地書寫。鹽田是她生命的原點，縱然在現代化過程中，漸漸昇華成為精神的原鄉，也成為她生命相互辯證的一個空間。當故鄉荒廢時，反而在情感中更為鮮明。她的作品包括《鹽田兒女》（一九九四）、《橄欖樹》（一九九八）、《燭光盛宴》（二〇〇九）、《星星都在說話》（二〇一四）、《藍屋子》（二〇二一）等。其中《鹽田兒女》[37]、《橄欖樹》[38]與《星星都在說話》[39]是三部曲，前者寫母親明月，次者寫女兒祥浩，最後則從祥浩的戀人晉思寫起。兩個世代有截然不同的際遇，宿命的母親與開創命運的女兒，其實是與台灣社會的變化同步發展。她的作品《燭光盛宴》，受到文壇矚目。其中的故事無非是在描寫台灣族群歷史，如何分別雙軌進行，最後又如何在海島上磨合。外省女性的離亂經驗，本省女性的殖民經驗，竟然是在男人的外遇過程中銜接起來。蔡素芬用心良苦，嘗試建立戰後台灣如何從最蕭條的狀態，進入最繁華階段。整本小說強烈暗示歷史是由女性創造出來的，而台灣命運也是由女性來決定。她的企圖，昭然可見。

宇文正（一九六四—），本名鄭瑜雯，東海大學中文系畢業、美國南加大東亞所碩士。曾任《風尚》雜誌主編、《中國時報》文化版記者、漢光文化編輯部主任、主持電台「民族樂風」節目，現為《聯合報》副刊

蔡素芬（九歌出版公司提供）

組主任。著有短篇小說集《貓的年代》（一九九五）、《台北下雪了》（一九九七）、《幽室裡的愛情》（二〇〇二）、《台北卡農》（二〇〇八）、《微鹽年代．微糖年代》（二〇一七），長篇小說《在月光下飛翔》（二〇〇〇），散文集《我將如何記憶你》（二〇〇八）、《丁香一樣的顏色》（二〇一一）、《那些人住在我心中》（二〇一六）等，以及為名作家琦君做傳記《永遠的童話：琦君傳》（二〇〇六）。她的文筆非常乾淨利落，不拖泥帶水，不突發奇想，敘事節奏帶著一股淡淡悲哀的氣味。都市裡的每一個空間，就是一則短篇小說；所有的空間銜接起來時，正好可以構成一部長篇小說。每一個故事，既是開端，也是尾端；甚至只是敘事過程中間的一個橋段。她大膽地以近乎詩意的散文體經營小說，顯然還有更大的氣魄，嘗試一種開放式的敘事技巧。在現代都會裡，一位女子面對的是一個可疑的世界。宇文正緊緊扣住「可疑」的不確定與不安全。從少女成長到少婦的過程中，究竟要迎接多少危機與挑戰。每一個危機，每一個挑戰，在她筆下都可以形塑成一則迷人的小說。

宇文正（宇文正提供）

賴香吟（一九六九—），台南人。台大經濟系畢業，東京大學總合文化研究科碩士，一九九五年以中篇小說〈翻譯者〉獲聯合文學小說新人獎中篇首獎，引起文壇矚目，後來她的作品連續獲得吳濁流文學獎、

37 蔡素芬，《鹽田兒女》（台北：聯經，一九九四）。

38 蔡素芬，《橄欖樹》（台北：聯經，一九九八）。

39 蔡素芬，《星星都在說話》（台北：聯經，二〇一四）。

台灣文學獎等，成為當時文壇最亮眼的新星。賴香吟的作品產量雖不豐富，但每部作品總能在文風及題材上嘗試不同風格和題材的試探，尤其在處理知識分子的知識實踐，讓讀者在閱讀她的作品時總能充滿探險般的期待，她也擅長描繪抽象的人的心靈風景，凝視自我內在。作品包括《散步到他方》（一九九七）、《霧中風景》（二〇〇七）、《文青之死》（二〇一六）、《天亮之前的戀愛：日治台灣小說風景》（二〇一九）等。

一九八〇年代台灣女性詩的特質

台灣詩壇在一九八〇年代之後，再度經歷一次語言的變革。在現代主義之前，詩人從來就是相信語言等於真理或事實。無論是反共詩、懷鄉詩或鄉土詩，詩人都相信詩可以具體反映現實。必須經歷現代主義運動之後，詩人才發現語言與社會或者歷史，並不能等同起來。他們開始挖掘無意識世界的記憶、欲望、情緒、感覺，這些屬於精神層面的流動，前所未有地呈現在讀者面前。內心世界存在著邪惡與背德的思考，是過去文學未曾觸及的天地；而那些感覺過於抽象與虛幻，但確確實實在詩人的體內產生衝擊波動。因此自一九六〇年代以後的現代詩運動，許多詩人致力於這種感覺的掌握，整個時代的美學也跟著改變。寫實詩都有一個客觀現實可以參照，但是現代詩參照的對象卻是看不見的內心。語言開始變形、濃縮、膨脹、飛揚，完全是遵照作者情緒的起伏震盪而形塑出來。具體而言，寫實詩是以外在世界為根據，而現代詩則以內心世界為基礎，因此在語言上出現革命性的顛覆。進入一九八〇年代以後，威權體制受到社會運動的挑戰而動搖，從而依附這種體制而存在的各種語言，包括民族主義、儒家思想與黨國體制，都開始受到強烈懷疑。如果戒嚴文化是一種男性語言或父權語言，女性詩人的大量崛起，無疑是要從舊有的語言傳統中解放出來。她們在現代主義既有的藝術成就上，繼續走出更遠的道路。

席慕蓉（一九四三—），十三歲就開始寫詩，受到詩壇注目的時候已是一九八〇年代。詩行之間充滿古典意象，也有塞外風情，卻又與現代婉約的抒情結合在一起。她的詩句簡短，意象濃縮，以音樂性取勝。她被詩評家鍾玲稱為爛漫而纏綿[40]，主要在於她大量使用第二人稱「你」，造成一種親密的對話關係，使讀者拉近距離。她擅長洩露幽微的私密情感，容許閱讀時獲得偷窺的快感。詩的意義並不隱晦，可以開門見山，反映出讀者的內在風景。她出版的詩集包括《畫詩》（一九七九）、《七里香》（一九八一）、《無怨的青春》（一九八三）、《時光九篇》（一九八七）、《邊緣光影》（一九九九）、《迷途詩冊》（二〇〇二）、《以詩之名》（二〇一一）、《英雄時代》（二〇二〇）等。她的詩集暢銷，與余光中、鄭愁予並列排名。對於讀詩風氣的推廣，貢獻甚巨。前後三十年的志業，使她的作品常常被看見。席慕蓉的抒情有時是〈銅版畫〉這樣的詩句：「若我早知就此無法把你忘記／我將不再大意　我要盡力鏤刻／那個初識的古老夏日／深沉而緩慢　刻出一張／繁複精緻的銅板／每一劃刻痕我都將珍惜／若我早知道就此終生都無法忘記」[41]。在形式上比詩還鬆散，比散文還緊湊，自有她迷人的節奏，尤其是對擁有少女情懷的讀者。她的另一首詩〈樓蘭新娘〉，全詩以「我」的姿態獻身，樓蘭女屍被考古學家挖掘發現，千

席慕蓉，《世紀詩選》

40 鍾玲，《現代中國繆司：台灣女詩人作品細論》（台北：聯經），頁三四一。

41 席慕蓉，〈銅版畫〉，《七里香》（台北：大地，一九八三）。

古時間已然飄逝：「而我絕不能饒恕你們／這樣魯莽地把我驚醒／曝我於不再相識的／荒涼之上／敲碎我／曾那樣溫柔的心」[42]。主詞位格的翻轉，似乎幽幽傳出逝者的抗議。席慕蓉的生產力未嘗稍止，她從不服膺詩潮流派，既不是現代主義者，也不是女性主義者，以其超越的風格自成一家。

在女性詩人的行列裡，最受注意的詩人莫過於夏宇（一九五六—），本名黃慶綺。她最早警覺到習以為常的語言，無非都是男性的語言。她的第一本詩集《備忘錄》（一九八四），開始展現女性特有的機智與敏感。她不想再襲用過去現代主義詩人的抽象語言，而是以具象的描寫帶出女性思維的深度。當她對男性表達不信任時，竟是寫出這樣的詩句：「我只對你的鼻子不放心／即使說謊／它也不會變長」[43]。鼻子本身就有高度的性暗示，它既是生理結構的描述，也是對男性人格的懷疑。又如她寫愛情，竟是以蛀牙來形容：「拔掉了還／疼　一種／空／洞的疼」[44]。擁有與失去是同等分量，令人痛徹心肺。又如她形容鼻子上的痘痘說：「開了／迅即凋落／在鼻子上／比曇花短／比愛情長」[45]。這是在形容接吻過後發生的事情，她把三種不相干的意象並置在一起，接吻、鼻痘、曇花，使讀者感到非常錯愕，卻又把愛情形容得那樣合情合理。比起傳統文學中的山盟海誓，還更來得強悍有力。她稍後的詩集《腹語術》（一九九一），顛覆了所有的父權思想。如果不在語言上有所覺悟，則女性詩人寫出來的句法，可能就是父語的腹語。她開始不受傳統表述方式的拘束，越寫越乾淨利落：「就走了／丟下髒話：『我愛你們。』」[46]簡直就是一篇短小精悍的小說，完全沒有主

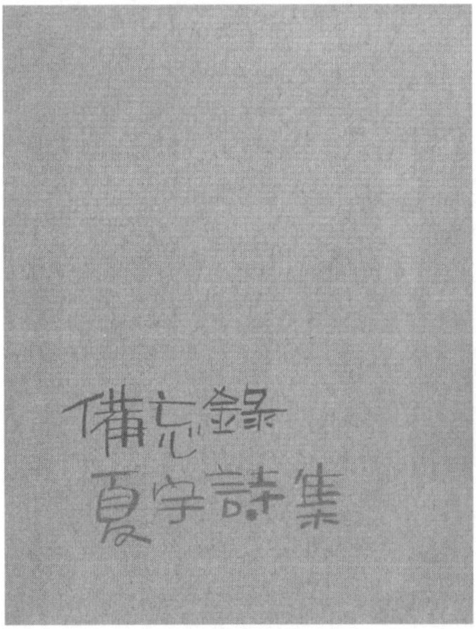

夏宇，《備忘錄》

詞，離開的那個人可能是父親或丈夫，也可能是母親或妻子。說出我愛你們是何等神聖，但是在詩裡卻變成髒話。多少怨懟與仇恨，全然表現出來。

語言開始變成一種遊戲，符號與符號之間是一種仲介，而不是起點或終點。她使用很多日常生活的通俗語言作為詩題，如「印刷術」、「墓誌銘」、「魚罐頭」、「開罐器」、「鋸子」，往往從現實情境中抽離出來，成為一個旁觀者。她的策略就在於不受規矩的限制，也不受傳統的壓制；所有灼熱的感情到了她詩裡，就變得冰涼。所有的愛情信仰完全失去意義，所謂的永恆、崇高，都被視為陳腔濫調。她變成了一九八〇年代以後年輕世代讀者的偶像，許多人議論她，卻很難模仿她。如果有所謂女性主義的詩人，夏宇正是最好的典範。她後來的詩集《摩擦・無以名狀》（一九九五）、《Salsa》

夏宇，《腹語術》

42　席慕蓉，〈樓蘭新娘〉，《無怨的青春》（台北：大地，一九八三）。
43　夏宇，〈愚人的特有事業〉，《備忘錄》（台北：自費出版，一九八四），頁三七。
44　夏宇，〈愛情〉，《備忘錄》，頁一七。
45　夏宇，〈疲於抒情後的抒情方式〉，《備忘錄》，頁三八。
46　夏宇，〈就〉，《備忘錄》，頁一三三。

（一九九九），不斷被引用傳誦，無疑是台灣文學中的經典。詩集《粉紅色噪音》（二〇〇七）、《這隻斑馬》（二〇一〇）、《那隻斑馬》（二〇一〇）、《脊椎之軸》（二〇二〇），完全脫離語言的法則，容許讀者注入他們各自的想像。夏宇的詩成為一個開放的空間，任人自由出入，但是她的藝術與技巧，也引起爭論。

零雨（一九五二—），本名王美琴，是一位晚熟的詩人。但是在詩壇登場時，就立即受到注意。她寫故鄉與家族，似乎就是生命寄託的所在。詩的主題有很多是圍繞著旅行，把不同的風景與內心的心情重疊在一起，彷彿擁有一顆漂泊的心，卻又有故鄉的終極關懷。在時光與歷史的里程上，女性的追尋與漂泊都化成她的詩句。不斷旅行，是因為不願意輕易被定位。她曾經宣稱「要把字寫橫一點」，自然帶有剛烈的意味。甚至還進一步表示，既有的遊戲規則「是要重新排練的時候嗎？」那種顛覆性的思維，較諸夏宇有過之而無不及。對於人類的文明，她有強烈的懷疑，她早期寫出的野地系列，重新思考兩性之間的關係。當她說「神遠道而來／動了感情」，等於是給造物者賦予尋常的人格。有人格的神，若是重新演練一次創世紀，世界的秩序就不是現在這樣了。或者她說「讓蛇慈悲」，等於在改寫《聖經》裡的故事，使邪惡與誘惑獲得昇華。她擅長以母性來對抗父權，在短短詩行之間，翻轉腐朽的價值。零雨也酷嗜描寫空間的不停變動，暗示女體的持續漂流。她說：「我很想回家／但火車站每個人更像親人」，生命旅途的驛站其實就是她的歸宿。這種想法與英國小說家吳爾芙（Virginia Woolf）的念頭可以疊合：「我的國家就是全世界。」她的詩作適合細讀，且非常耐讀，包括《城的連作》（一九九〇）、《消失在地圖上的

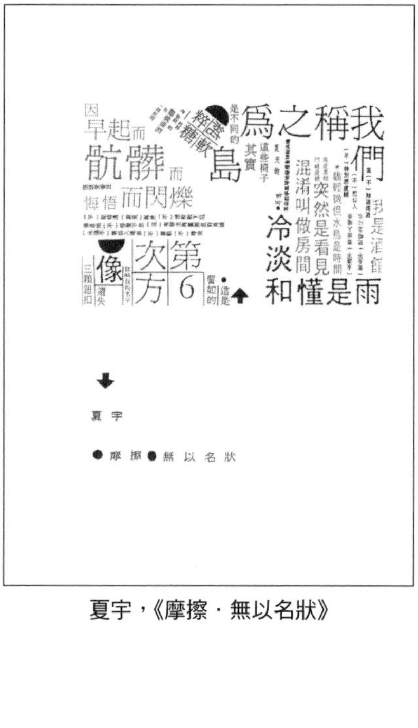

夏宇，《摩擦・無以名狀》

名字》（一九九二）、《木冬詠歌集》（一九九九）、《我正前往你》（二〇一〇）、《膚色的時光》（二〇一八）等。

另外一位頗受注意的女性詩人是馮青（一九五〇—），她本名馮靖魯，著有詩集《天河的水聲》（一九八三）、《雪原奔火》（一九八九）、《快樂或不快樂的魚》（一九九〇）。縱然她也從事散文創作，但是在詩藝成就反而受到更多討論。她是開啟一九八〇年代女性詩學的重要支柱，常常以強烈意象觸探女體。她的詩行往往以冷冽的意象描述灼熱的欲望，無怪乎林燿德曾經說她是對素樸的寫實主義的反動[47]。正如她在詩集所說：「各種的願望、恐懼、羞愧，都在她赤裸的背脊上鑿個洞。」甦醒的女性意識往往散布在瑣碎的生活中，例如她寫〈一婦人〉：「她一下班就該回家了／她睡一覺就該上班了／反正洗過碗筷之後還有衣服／洗過衣服之後還有孩子們待削的鉛筆／鉛筆之後呢／萬一床上左邊的人兒伸過來一隻手」，極其生動地描繪女性上班族疲累的、重複的生活；但是在筋疲力竭之餘，還要應付男性的性需求。現代人的倦怠感，只有女性才能體會得刻骨銘心。又例如〈交棒者〉：「交棒者／我要你交出整批的靈魂／以及你我／數世紀以來不停的爭吵／不是嗎？／你從未厭倦這星宿／一如你從未厭倦這／貪婪著晴空底黎明」，這是女性發出最強悍的質問。從來就壟斷權力的男性，永遠霸占著白天，把漆黑的夜晚留給沒有聲音的女性。如果女人開始發出

零雨，《木冬詠歌集》

47　林燿德，〈馮青論〉，收入簡政珍、林燿德主編，《台灣新世代詩人大系》（上）（台北：書林，一九九〇），頁一〇〇。

抗議，如果男性必須讓出權力，是不是也應該讓身體與靈魂不再那麼傲慢？馮青的語言，可能沒有革命性的改造，但對這個世界充滿懷疑。她從未放棄抒情的溫婉，卻反而更能彰顯生生不息的意志。

陳育虹（一九五二—）出道甚遲，在一九九〇年代卻受到廣泛的矚目，非常注意作為主體的女性感覺，可能是節奏感最為強烈的詩人之一。她擅長上下句的連綿不絕，以及跨句式的聲音承接，造成無窮迴旋的效果。她的詩行欲斷未斷，到達詩句的盡頭餘音裊裊，又立即開啟下一個意象。她的句式如下：「我告訴過你我的額頭我的髮想你／因為雲在天上相互梳理我的頸我的耳垂想你」[48]，由於句子拉長，聲音的節奏也跟著加快。如果由詩人來朗誦，幾乎可以表現出意象的綿密連鎖。當她說「我的髮想你」，就立即連接下一句的「雲在天上相互梳理」。想念如髮那麼長那麼亂，她的相思卻又有天空那麼高。雲的相互梳理，暗示著情人為彼此相互整理長髮。生活的每一天都是切割的，如牆那麼高的隔離，卻因為相思而銜接起來。她應該是屬於聲音的抒情詩人，每首作品都適合朗誦。起落有致的節

馮青，《雪原奔火》

陳育虹（寶瓶文化提供）

奏，使體內的感情產生微波漣漪，她應該是屬於九○年代最好的抒情詩人。出版的詩集包括《關於詩》（一九九六）、《其實，海》（一九九九）、《河流進你深層靜脈》（二○○二）、《索隱》（二○○四）、《魅》（二○○七）、《閃神》（二○一六）等。

同屬一九五○世代的利玉芳（一九五二—），出版詩集《活的滋味》（一九八六）、《貓》（一九九一）、《放生》（二○一八），客語詩集《向日葵》（一九九六）、《淡飲洛神花茶的早晨》（二○○○）。對於女性身體頗富自覺。她的〈古蹟修護〉描述中年女性被遺忘的身體，如何再次被開發欲望：「驚喜你那疏離我的／遺忘我的／手／在我瘦了的乳房／索求」，那貪婪的手似乎使沉寂的生命復活過來，而詩人卻用古蹟修護來自我調侃。帶著些微幽默，卻流露淡淡的悲哀。她有一首更精采的詩〈貓〉，刻意暗示體內還徘徊著流盪的春情：「當我和野貓都給自己機會／在靜靜的時空凝視／相互感應對方的呼

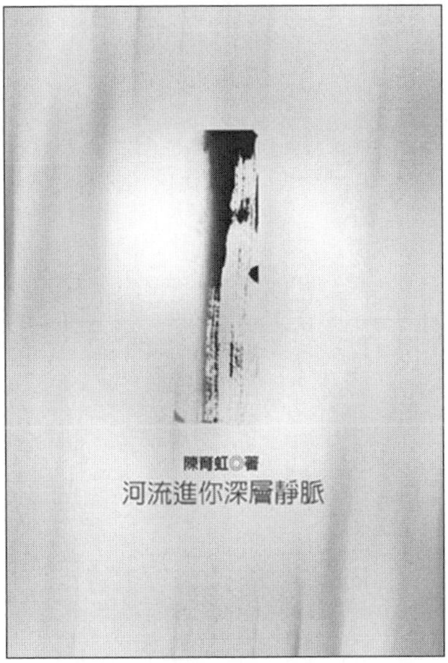

陳育虹，《河流進你深層靜脈》（寶瓶文化提供）

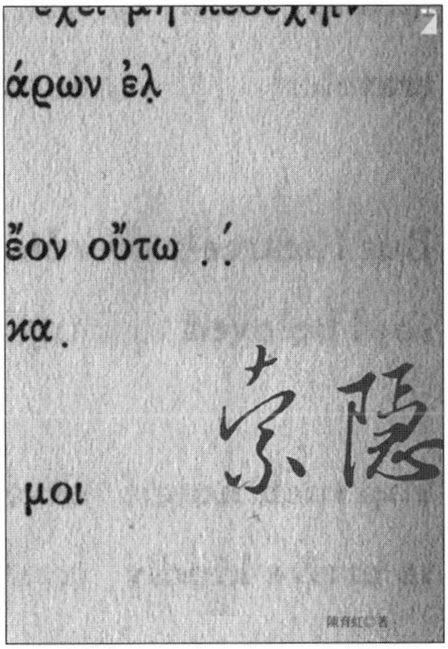

陳育虹，《索隱》（寶瓶文化提供）

48　陳育虹，〈我告訴過你〉，《魅》（台北：寶瓶文化，二○○七），頁六八。

吸／我看野貓已不是野貓」。其實是進入中年以後，欲望在身體的內部其實還持續燃燒。借用外面的野貓鳴叫，來對應詩人的浮躁情緒。欲望無分善惡，也不分老少。野貓的眼睛，其實就是詩人的眼睛。他們看到同樣的世界，也看見自己的身體。敢於觸探情欲的主題，是一九八〇年代台灣女性詩人的重要關注[49]。

江文瑜（一九六一—）是一位晚起的詩人，在詩壇登場後，卻立即引起騷動。她勇於表現女性身體，抗拒男性的凝視與詮釋。她在一九九八年成立「女鯨詩社」，參加的成員包括王麗華、李元貞、利玉芳、沈花末、杜潘芳格、海瑩（張瓊文）、陳玉玲、張芳慈、劉毓秀、蕭泰、顏艾琳。她們合出同人詩集《詩在女鯨躍身擊浪時》（一九九八），是極為鮮明的旗幟。結合不同的詩風，意味著女性詩觀的建立，一個新的時代已然開啟。江文瑜出版詩集《男人的乳頭》（一九九八）、《阿媽的料理》（二〇〇一），改變過去世俗的觀看方式。角度移動之後，世界的樣貌也全然兩樣。江文瑜證明，世界本來就不是長這個樣子，那是由男性觀點的主流價值所解釋出來。她有意站在另外一個立場，重新觀察性別與情欲。從作品的命名，到詩行的表現，她一出手就頗為不凡。頗惹人議論的〈妳要驚異與精液〉正是最好的代表：「身為女人的妳對做愛總是無比驚異／率將鼓舞歡送衝鋒陷陣的兵隊精液」[50]。詩人利用文字的同音異義，使尋常的想像轉化成突兀的聯想。如果說這是一種文字遊戲，她的切入點誠然恰到好處。文字是空白的符號，若是遵守傳統的規則，則所有符號的意義完全是由男性所塑造。只有把固有的意義抽離之後，新的想像與思考才能填補進入。江文瑜利用羅蘭‧巴特（Roland Barthes）的符號學原理，對漢字進行徹底的顛覆。她所創造的藝術效果，帶來無比震撼。不僅如此，歷史上的女性都是被男性解釋出來，如果翻轉立場，輪到女性來解釋男性，整個世界觀也跟著全盤修正。她的另一首詩〈男人的乳頭〉：「從A罩杯至D罩杯找不著你的尺寸／原來你的只有小寫／躺在鋪上眠床的專櫃裡／abcd」[51]。這種女性觀點，一夜之間矮化所有的男性。在天下為公的主流歷史中，男人恆以大寫的姿態壟斷一切文化詮釋。她刻意以生理結構，來對照男女的性別差異，長期被觀看的女性，以同樣的眼光回望男性，竟然發現雄性陽剛的軀體也有猥瑣與萎縮的一面。女性詩人的機智幽默，把文字玩弄於股掌之間，當文學的遊戲規則重新修訂之後，男女位置重新對調過來，既有的符號自然就產生歧義。從美學來看，詩人完全不遵照男性觀點，因而開發出來的境界，或許不被認定為詩；然而詩的定義，不就是由男性霸權來確立的嗎？如果江文瑜繼續創作下去，台灣詩壇可能會發生一次詩的革命。

曾淑美（一九六二－），首部詩集創作為《墜入花叢的女子》（一九八七），另有報導文學《青春殘酷物語》（一九九二）。對於女性身體的成長帶著惆悵與落寞，卻有她私密獨特的感覺。新世代的現代感，往往不是從都會的景物或消費品呈現出來。曾淑美擅長以感官或生理結構的反應，來表達她的疏離。受到議論的〈一九七八年：十三歲的挪威木與十六歲的我〉，創造一種新的形式，讓兩首詩合體成為完整的作品。從已經成年的自己，回望十三歲與十六歲的「我」：「**我曾經擁有一個女孩**／16歲／**或者該說**／從未單獨旅行／**她曾經擁有我**／胸罩仍然由媽媽購買／**她讓我看她的房間**／第一封情書還沒有出現」，兩種字體暗示兩種年齡，／更暗示兩種情境。把不同的字體切開，就成為兩首詩。在閱讀時，一氣呵成。讀者的感覺隨著字體的變化，而有所不同。女性細膩的思維，敏銳的感情，竟然簡單的語言可以勝任，這正是她動人之處。另一首詩〈記憶〉，描述歡愛中的男女，卻因感情變質，感受也全然走味：「你走進房間／覺得我還在那裡」，房間可以是一個容器，也可以是肉體的一部分。兩人貼合在一起，感情早已互不相屬：「……然後你抽離／彷彿一片遠去的波浪／我被留下像一片荒涼的沙灘」。激情過後，感情是退潮後的海岸，寧靜而空虛，

49　陳義芝，第三章〈從半裸到全開——台灣戰後世代女詩人的情慾表現〉，《從半裸到全開：台灣戰後世代女詩人的性別意識》（台北：台灣學生，一九九九），頁三七－六四。

50　江文瑜，〈妳要驚異與精液〉，《男人的乳頭》（台北：元尊文化，一九九八），頁二四－二五。

51　江文瑜，〈男人的乳頭〉，《男人的乳頭》，頁二〇。

再也無法回到洶湧澎湃的歲月。曾淑美是典型的意象詩人（Imagist），景物與景物的銜接，無非都在烘托無以言說的感覺。當她說出，一切都變成回憶。她的詩作不多，卻禁得起閱讀與再閱讀。

羅任玲（一九六三—），詩集有《密碼》（一九九〇）、《初生的白》（二〇一七），散文集有《穿越銀夜的靈魂》（二〇二〇）等。她擅長細節的描寫，她的散文詩〈記憶之初〉便是在支離破碎的記憶裡，尋找女性身體是如何被建構起來：「女人喜歡燉湯，加入艷紅的玫瑰。在冬天的夜晚用爐火烘焙各種形狀的小餅乾。／精靈通常在這時候化身雪花，浮貼在小餅的表面，吃起來像鬆脆的薄荷。」精靈就是女性的魂魄，透過廚房、家務，點點滴滴變成女人夢的一部分。一切是那樣平靜無事，生活好像很穩定，卻可窺見女性的命運就是如此慢慢形成。瑣碎的意象形成羅任玲的抒情文學，她的細微描寫，無疑是在觀察女人的一生。總是以最尋常的句法，刻劃女性生命的崎嶇與轉折。

羅任玲，《密碼》

顏艾琳（一九六八—），詩集有《骨皮肉》（一九九七）、《她方》（二〇〇四）、《微美》（二〇一〇）、《吃時間》（二〇一九）等。在一九九〇年代以後，成為重要的女性聲音。敢於表達對情欲的看法，堅持站在女性主體的立場，對於男性主流社會冷嘲熱諷，卻又不失於殘酷。意象使用非常準確，擅長象徵與暗示的手法，頗多出人意料的表演：「黑暗中的底層／是我在等待。／為了誘引你的到來／我將空氣搓揉——／成秋天森林的乾爽氣味／適合助燃／我們燃點很低的肉體」（〈黑暗溫泉〉）。女性不再是被凝視，被燃燒的客體。她可以扮演主動的角色，點燃情欲的人不再是男性。這種表現方式在一九六〇、七〇年代現代詩中，很難發現如此自主的意願。這一代女性詩人不僅重新定義詩的美學，也重新定義兩性之間的互動關係。

一九八〇年代中期以後的女性詩壇，釋放許多長期被壓抑的聲音。每位詩人都有她特殊的風格，卻都指向一個事實，那就是從未見過陽光的身體感覺，終於走出歷史囚牢。有的是勇於批判，有的則只是幽幽說出深層的心情。在詩人的行列中，如葉紅（一九五三—二〇〇四）、蔡秀菊（一九五三—）、王麗華（一九五四—）、劉毓秀（一九五四—）、蕭秀芳（一九五五—）、洪淑苓（一九六二—）、陳斐雯（一九六三—）、丘緩（一九六四—）、張芳慈（一九六四—）、吳瑩（一九六九—）、隱匿（本名許桂芳，一九六九—），建立前所未有的審美原則。如果兩性關係不依照原有男性秩序的規範，則整個世界的解釋就必須重新來過一次。其中有本土立場鮮明的作品，對政治的批判與干涉完全不後於男性。這些事實意謂一場寧靜的革命，很早就已經在進行。潛移默化的改變，有時勝過轟轟烈烈的批判行動。伴隨著民主運動的改革開放，從前被視為禁忌或禁區的領域，也從此必須開放。男性的民主主義、黨國體制、儒家思想，不可能再居於主導地位。隨著政治環境的鬆動與調整，過去的鐵窗高牆終於宣告崩塌。女性的想像從此能夠自由進出。

顏艾琳（《文訊》提供）

從漂泊旅行到自我定位的台灣女性散文

台灣女性作家對文字的掌握，在進入一九八〇年代之後有明顯轉變。這與社會的資本主義發達，以及政治條件的轉換極具密切關係。正如台灣女性詩人對於語言的敏感，台灣女性散文家在描寫視象與形象時，比起過去傳統男性創作者的感覺還要敏銳。如果有所謂「張腔小說」一詞的出現，那麼在八〇年代以後的張腔散文，似乎也是有跡可循。許多散文寫手似乎有意否認與張愛玲的血緣關係，但事實顯示，文字鍊金術的營造或多或少不免與張派風格接近。例如李黎、周芬伶、張讓、戴文采都曾經對張派小說與散文非常著迷，但最後都擺脫幽暗意識與蒼涼風格，開出自己的文學氣象。有人反對文學不應該從性別來區分，但是貼近詩與散文來閱讀時，性別差異確實區隔了八〇年代台灣女性作家與之前的男性文學傳統。在描寫感覺與情緒時，牽涉太多內心的細膩波動，這是男性在描寫日常生活時往往會忽視的領域。相形之下，女性對於情感的成長，家庭生活的影響，或旅遊見聞的感受，都帶有強烈的流動感。她們對於時間與空間特別敏感，旅行文學與環保文學在藝術上的成就，都是由女性作家支撐起來。

一九八〇年代初期，黃碧端（一九四五—）開始在文壇登場。她與其他作家不一樣的地方，便是從未寫過青春的惆悵與苦惱。初入中年，發表第一部散文《有風初起》（一九八八），表現出女性的穩健與洞見。文字不卑不亢，進退有度，是知性散文的典範。她敢於批評社會與政治，也勇於論斷文學的得失，完全實踐她自己所說的「寫情要不落入濫情，寫事要不流於歧蔓」。整篇文字結構嚴謹，在節制中帶著奔放。由於她一直主持教育行政的工作，對於自己所寫的文字頗有自覺而自省。在報紙專欄中發表時，特別引人注目。她的作品還包括《記取還是忘卻》（一九八九）、《在現實中驚夢》

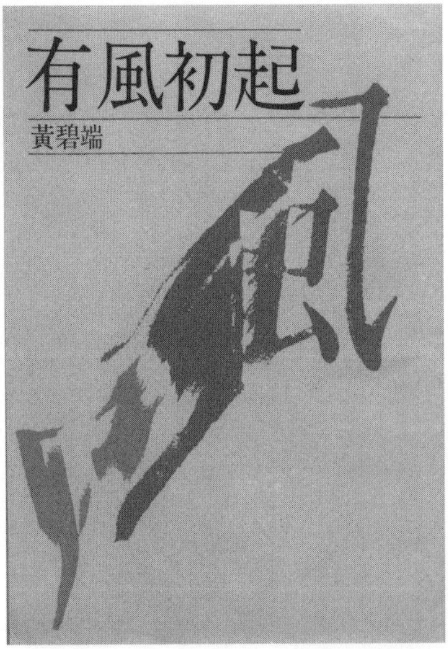

黃碧端，《有風初起》（李志銘提供）

（一九九一）、《沒有了英雄》（一九九三）、《書鄉長短調》（一九九三）、《期待一個城市》（一九九六）、《下一步就是現在》（二〇〇八）、《當真實的世界模擬虛構的世界》（二〇〇八）。

愛亞（一九四五—），本名李丌，是廣播電台的主播。因此她的散文頗有節奏感，似乎與她的語言表達有密切關係。她的重要散文作品包括《喜歡》（一九八四）、《曾經》（一九八五）、《夢的繞行》（一九九五）、《走看法蘭西》（一九九六）、《秋涼出走》（二〇〇〇）、《想念》（二〇〇〇）、《暖調子》（二〇〇二）等。愛亞在新竹湖口長大，從小與客家族群相互往來，那已是她生命成長的原鄉。散文中帶著樸實無華的風格，卻能抓住準確的幽微情緒。她對於鄉下人事景物的描寫，毫不遜於本土作家。由於感情非常充沛，往往可以使靜態人物凸顯出來。她非常抒情，卻毫不浪漫。有時在閱讀之間，一種落寞寂寥的感覺不期然湧出。她的漫遊與旅行，往往是她心情的出走與移動。對於感情的表達非常內斂，卻讓讀者無端煨起一股溫暖。

愛亞（《文訊》提供）

一九四五年這個世代的散文家還有喻麗清、方瑜。喻麗清是虔誠的基督教徒，在文學生涯中曾經受到張秀亞散文的啟發與點撥。由於長期旅居美國加州，她擅長描寫國外的漂泊心情。文字透明簡潔，是她長期遵守的美學。自稱是新吉普賽人，但異鄉最後還是成為故鄉。重要作品包括《千山之外》（一九六七）、《闌干拍遍》（一九八〇）、《帶隻杯子出門》（一九九四）、《後院有兩棵蘋果樹》（二〇一五）等。同樣受張秀亞影響的另外一位女作家呂大明（一九四七—），最早的一本散文是《這一代的弦音》（一九六九），明顯帶有溫婉抒情的風味，無疑是承襲張秀亞的技巧，在一九九〇年代後獲得台灣文壇的矚目，散文集包括《來我家喝杯茶》（一九九一）、《尋找希望的星空》（一九九四）、《冬天黃昏的風笛》（一九九六）。節奏緊湊，結構完整，在異鄉生活中寫出人生的浪漫態度。透過散文，寫出世紀的流動。對於自然的嚮往，極為深情。方瑜（一九四五—）是台大中文系教授，散文產量不豐，卻有迷人的風格。古典與現代的交融，知性與感性的互動，是她文字的魅力。長期在學院裡，她的文學泉源都來自閱讀與教學。對於文字特別敏感，有時專注於華麗而精緻的意象。她對里爾克相當著迷，翻譯過他的作品；對日本小說家如太宰治、川端康成、芥川龍之介也頗為嚮往。但她並非是耽美的作家，帶給讀者是澄明而昇華的境界。重要作品有《昨夜微霜》（一九八〇）、《回首》（一九八五）、《陶杯秋色》（一九九二）。

喻麗清，《千山之外》（李志銘提供）

洪素麗（一九四七—），台大中文系畢業，長期旅居紐約，但最精采的作品都在台灣發表。她是高雄人，具有強烈的鄉土意識，但又不受到意識形態的羈絆。她的老師臺靜農對她頗多啟發，使她在寫散文時特別偏愛簡約精緻的語言，既樸實又高雅，自成一種「素麗體」的散文。由於從事木刻創作，她的畫作依賴著木紋與顏料的交織，形成難以言喻的美感。如果木紋代表一種自然，顏料代表她的選擇，她的散文大概也是由這兩種素材組合而成。她最早的一本作品《十年散記》（一九八一），出手便令人驚豔。鄉愁游動在文字之間，但是面對世界時，卻又極其勇敢。她擅長描寫人物，特別是紐約大都會的不同人種，形象特別鮮明，反而能夠對照出她的主體位置。她喜歡慢鏡頭的描寫，猶如小津安二郎的電影，非常庶民，也非常市民。當她寫到故鄉時，文字中浮現的顏色與聲音往往使人情不自禁受到感染。散文集如《浮草》（一九八三）、《昔人的臉》（一九八四）、《守望的魚》（一九八六）、《港都夜雨》（一九八六），都是出自深厚的感情，牽動著讀者的脈搏。帶著淒涼與感傷，她深情回望故鄉。但是她也有強烈的焦慮感，尤其見證台灣環境的污染，流露出無可壓抑的關懷。在台灣自然寫作裡，洪素麗的聲音特別嘹亮，相關作品包括《海岸線》（一九八八）、《海、風、雨》（一九八九）、《旅愁大地》（一九八九）、《尋找一隻鳥的名字》（一九九四）。

洪素麗（《文訊》提供）

自然書寫中女性散文家扮演重要角色，包括心岱（一九四九—）、凌拂（一九五二—），都是重要的文學指標。心岱，本名李碧慧，來自鹿港，很早就意識到環保議題。她寫過無數報導文學，包括《一把風采》（一九七八）、《大地反撲》（一九八三）、《千種風情說蓮荷》（一九八三）、《回首大地》（一九八九）、《夢土成淨土》（一九九〇），彰顯她對社會的密切觀察，在女性作家中獨樹一幟。對生態文化的關注，是她散文中的重要議題。對土地的永續發展，懷抱著比任何人還更急切的心情。凌拂，本名凌俊嫻，特別注重文字的鍛鑄，在關心自然生態之餘，仍執著於文字的顏色與氣味，比起洪素麗有過之而無不及。她的第一本散文集《世人只有一隻眼》（一九九〇）還未強烈表達生態的關懷，但後來的作品如《食野之苹：台灣野菜圖譜》（一九九五）、《與荒野相遇》（一九九九），並非為了對生態表達關切，而是因為她生活在與大自然相容的鄉間，一方面關心植物四季，一方面觀察蟲魚鳥獸，時間的移動在散文裡歷歷可見。她以自然對照人生，以荒野反觀文明，其美學經營是台灣散文中的絕品。她並不多產，卻不容讀者忽視。

在一九五〇年出生以後的女性散文家，如星群那樣羅列在夜空，照亮了一九九〇年代台灣文壇。廖玉蕙（一九五〇—），是勇於走入市井生活，也大膽觀察庸俗人生的一位女性作家，從來不隱藏家庭中的瑣碎。那種自我調侃，自我解嘲的身段，沒有任何朋輩或前後輩作家可以望其項背。在男性散文家中，最能夠調侃自己的莫過於吳魯芹，但廖玉蕙遠遠超過了他。她寫母親，寫婆婆，生動地躍然紙上。在困窘中表現出個人的閒適，在局促中也展現過人的豁達。作為中文系的教授，完全不受學院風氣的約束。由於能夠以自由開放，兼容並蓄的思考看待學生，在散文中表達的教育觀念總是能夠突破傳統。她務實卻不功利，她沉穩卻不壓抑。她嘗試讓現實社會中的各種聲音呈現出來，通過靜態文字表現出動人心弦的力道。她可以從菜市場寫到文學院，包羅人生萬象，把這個時代，這個社會的真實感覺完整保留在她的文字裡。作品包括《閒情》（一九八六）、《今生緣會》（一九八七）、《嫵媚》（一九九七）、《五十歲的公主》（二〇〇二）、《後來》（二〇一一）、《老花眼公主的青春花園》（二〇一五）等。

廖玉蕙（《文訊》提供）

龍應台（一九五二—），在一九八〇年代以《野火集》（一九八五）一書崛起於文壇。她的言論，由於刊登在主流媒體，頗受注意。事實上在當時的黨外雜誌，她已經有極為辛辣的文字出現，但那些邊緣雜誌屢屢受到查禁。龍應台對台灣社會、台灣文化的觀察，往往能夠點出墨守成規的價值觀念。當時黨國體制已開始發生動搖，她的文字可以說觸到當權者的痛處。一九八四年十一月，她發表第一篇文字〈中國人，你為什麼不生氣〉，立即在校園、在學界引發連鎖反應。後來她所寫的〈生了梅毒的母親〉、〈美國不是我們的家〉、〈幼稚園大學〉都被學生貼在布告欄傳播，從此她以批判者的姿態出現。長期住在德國的龍應台，一方面擔任報紙的特派員，一方面則不斷撰寫文字，針砭台灣社會的弊病，而建立具有批判視野的發言權。當時她也從事文學批評，說真話，不怕得罪人，正是她典型的風格，後來蒐集成為《龍應台評小說》（一九八五）。此書之後，她似乎從文學批評退場，而專注於文化批評與社會批評。她有一支流暢的筆，基本上屬於報導文學。文字中常帶感情，犀利的態度從不收斂。她的言論版圖後來擴張到香港，而引起中國文人的注意。二〇〇六年她發表一篇〈請用文明來說服我——給胡錦濤先生的公開信〉，指責北京查封《中國青年報》與《冰點》的錯誤，並且對《南方周末》編輯的走馬換將表示極大不滿。這篇文字震撼了中國言論界，甚至也使台灣統派極度反彈。

龍應台的文字其實並未經過藝術處理，而是以最淺顯的白話文揭露深層的思考。她的筆鋒又快又狠又準，並且立刻與即時發生的時事密切聯繫，這正是她受到歡迎的原因。純粹從文字藝術的角度來看，她並沒有任何濃縮或提煉的技巧，但實話實說，這變成她特有的風格。如果把龍應台的作品視為台灣在民主化、自由化、本土化過程中的典型產物，並不為過。她所展現的氣度與氣勢，無疑是近三十年來的最佳反映。二〇〇九年，她出版《大江大海一九四九》，在這本書的封底，她說：「如果，有人說，他們是戰爭的『失敗者』，那麼，所有被時代踐踏、污辱、傷害的人都是。正是他們，以『失敗』教導了我們，什麼才是真正值得追求的價值。」而所謂「失敗者」指的是一九四九渡海來台的新移民，其實也是殖民時代的台灣住民。就歷史的深度來看，當然是停留在報導的層面，但是從心靈結構來看，她確實寫出了一個時代的傷與痛。龍應台不是女性主義者，其實她從來不信奉任何主義。恰恰就是沒有主義，才使得她的發言特別寬闊，超越、昇華。她的暢銷作品還包括《寫給台灣的信》（一九九二）、《看世紀末向你走來》（一九九四）、《百年思索》（一九九九）、《親愛的安德烈》（二〇〇七）、《目送》（二〇〇八）、《大武山下》（二〇二〇）等。

另外一位中文系作家陳幸蕙（一九五三—），是典型受傳統文學影響的現代作家。第一本散文集《群樹之歌》（一九七九），對於植物、果物的描述很多取自古典文學的記載。那種引經據典的手法，即使到了第二本散文《把愛還諸天地》（一九八二），仍然還是施展不開。直到她完成《黎明心情》（一九八八）時，才充分表現她的現代感，而且受到余光中的肯定。她的文字天分至此找到揮灑的空間，也可能是她散文歷程的極致。她後來出版的系列散文，如《現代女性的四個大夢》兩冊（一九九二）與《青少年的四個大夢》四冊（一九九二—一九九五），是她最多產的一段時期。《與你深情相遇》（一九九二），以象徵與隱喻的手法暗示情感的波動，頗多引人入勝之處。她的句法乾淨簡約，開闔自如，拉出一條全新的抒情路線。她後來撰寫評論，寫出系列的《悅讀余光中》，包括詩卷（二〇〇二）與散文卷（二〇〇八），展現出新批評的細讀功力。

陳幸蕙（《文訊》提供）

一九八〇年代以後的重要作家無疑是周芬伶（一九五五—），產量之豐，題材之富，文字技巧之多變，是台灣女性散文家中的翹楚。一九八五年出版《絕美》時，帶著張愛玲文字鍊金術的風格，「絕美」一詞幾乎就是張愛玲所說的「艷異」。但是進入《花房之歌》（一九八九）與《閣樓上的女子》（一九九二），她已經找到自己的調性。充滿明朗的音樂性，洗去蒼涼與陰暗的色澤。一九九六年她出版兩本書，《熱夜》與

《妹妹向左轉》，意味著散文風格的轉變。曾經是永恆的信仰，例如愛情，如今是那樣不堪，又是那樣無可置信。縱然在文字中夾帶諷刺與幽默，卻有一股壓抑不住的悲傷汩汩湧出。她的文體無疑就是她的身體，受到婚姻的凌遲，她轉而訴諸最真實的感覺。人生是如此驚濤駭浪，席捲而來的痛苦幾乎無法承受。直到她寫出《汝色》（二〇〇二）與《世界是薔薇的》（二〇〇二），開始公開對父權文化的批判。縱然她與自己父親的感情相當密切，她頗能點出男性是極端文明的保守者。她大膽表達女性情誼才是最可靠，有多少失眠之夜，她服用藥物，開始與女性友人討論愛戀、金錢、食物與各自的故鄉。她不再遵循賢妻良母的典範，無論是模仿男性，學習男性，或競逐男性，最後都落入男性的遊戲規則。她決定走出自己的道路，成為自己肉體的主人。她不再在乎文字修辭，所有的藝術都是從生命深處湧出來。從此以後，她已經打開靈魂的閘門，凡是可以成為文字的，都完全是她創造出來。她的多產可以從下列的作品獲得證明：《母系銀河》（二〇〇五）、《紫蓮之歌》（二〇〇六）、《蘭花辭：物與詞的狂想》（二〇一〇）、《花東婦好》（二〇一七）、《雨客與花客》（二〇二〇）、《情典的生成：張學與紅學》（二〇二二）等。

周芬伶（《文訊》提供）

張讓（一九五六—），本名盧慧貞，長期旅居美國，一九九七年長篇小說《迴旋》獲得聯合報文學獎長篇小說推薦獎，以雙軌的敘述，描述同一個外遇的故事。以他者與自我的辯證對話，形塑愛情的禁忌與競技。她的第一本散文《當風吹過想像的平原》（一九九一），也是無法擺脫張愛玲的陰影。正如她自己承認，張愛玲是有毒的，因此她相當自覺掙脫張腔系譜。真正使她的風格建立起來，始於《時光幾何》

（一九九八）、《剎那之眼》（二〇〇〇）、《空間流》（二〇〇一）、《急凍的瞬間》（二〇〇二）。富有中年的成熟，看待世事漸呈透澈。她可能是女性散文家中空間感最為強烈的。她寫旅行，寫光與影，在在帶給讀者立體的感覺。能夠把顏色的對比寫得那樣成功，正好可以印證她用字之準確。在女性與母性之間，找到安頓的位置。她後來的散文《飛馬的翅膀》（二〇〇三）、《和閱讀跳探戈》（二〇〇三）、《當世界越老越年輕》（二〇〇四）、《一天零一天》（二〇一一），都在顯示如何超越個人的生命與生活，以較高的姿態看待人類文明，並且回首批判美國文化，充滿哲理思維。在不斷幻滅變動的世界裡，文字成為她的據點。

黃寶蓮（一九五六—）可能是最早開啟旅行書寫的作家。她的《流氓治國》（一九八九）震撼台灣文壇，書中描寫的是改革開放初期的中國，她以女性觀點看到一個毫無秩序的社會，敏銳的眼光，帶給讀者怵目驚心的衝擊。在此之前她寫過《渡河無船》（一九八一）、《我們是民歌手》（一九八二）。長期在異國的旅居，大多只能探索內在細膩的情緒。《未竟之藍》（二〇〇一）

張讓（張讓提供）

黃寶蓮（黃寶蓮提供）

寫的是女性單身隻影橫跨亞洲大陸，經過西伯利亞，到達歐陸的長途跋涉。必須具備傲慢的意志，才可能克服茫茫天涯。這部散文集不是用文字寫出來，而是以漂泊的生命所換取。《仰天四十五度角：一個女子的生活史》（二〇〇二）又展開另一場精神的旅行，開始面對自己的生活與記憶：「活著是為了尋找密碼，解開一道完美的方程式。」如果密碼就是基因，那只有在回不去的童年、回不去的原鄉才能尋回。那種動人心弦的描述，顯示其文字藝術又更上層樓。她的散文還包括《愛情帳單》（一九九一）、《簡單的地址》（一九九五）、《無國境世代》（二〇〇四）、《芝麻米粒說》（二〇〇五）、《五十六種看世界的方法》（二〇〇七）。

簡媜（一九六一—），本名簡敏媜，是早慧的作家，她在就讀台大中文系時就已出版書籍。從第一本散文《水問》（一九八五），就轟動文壇。被視為經典散文家的她，長期致力於文字的鍛鍊，遣詞用字似乎都經過深思熟慮。她的態度是，一個字一個字找到安放的位置。帶著佛學的慈悲，她以寬厚面對人間俗事，隨後完成的作品《只緣身在此山中》（一九八六）、《月娘照眠

簡媜，《天涯海角：福爾摩沙抒情誌》

簡媜（簡媜提供）

床》（一九八七），可能是她對年少青春的最後回眸。之後她完成的散文集《七個季節》（一九八七）、《私房書》（一九八八）、《空靈》（一九九一），從古典文學中汲取詩情，卻又與外在現實極為貼近。使她的文字技巧開始轉變，當推《女兒紅》（一九九六）與《紅嬰仔：一個女人與她的育嬰史》（一九九九）。那是她跨入婚姻生活的人生轉捩點，她寫出一部育嬰完全手冊，把作為人母的喜悅與痛苦揉雜在字裡行間。最令人驚心動魄的莫過於在段落之間插入「密語」，清楚吐露初為人母的內在心情。她顛覆慈母的形象，完整寫出女體變為母體時的折磨煎熬。《天涯海角：福爾摩沙抒情誌》（二〇〇二）是她介入歷史書寫的里程碑，唐山過台灣的移民史，往往是由男性來撰寫。她以溫婉的筆，觸及台灣的族群議題，強烈暗示這個海島才是所有移民的終極關懷。父系記憶具有母性情感，使移民史讀來纏綿悱惻，完全擺脫乘風破浪的陽剛性格。《老師的十二樣見面禮》（二〇〇七）是罕見的一本暢銷書，寫出旅居美國的見聞，幾乎中學老師人手一冊。全書始於牙籤與橡皮筋，止於銅板與救生員。從細微的生活零件看到巨大的教育價值，文字可能有些瑣碎，卻能夠畫龍點睛對比出台灣教育的盲點。她的文字功力持續燃燒，那種熱情在台灣散文家中頗為希罕。

蔡珠兒（一九六一—）是一九九〇年代崛起的散文家。她的文筆令人驚豔，凡屬文字都充滿色香氣味，幾乎有躍動的生命藏在其中。第一本散文集《花叢腹語》（一九九五），就已經展現特殊的魅力。記者出身的她，對於表達方式完全脫離報導的語氣，反而比同輩散文家還更注重意象的經營。在簡短文字中，濃縮龐大的意義，較諸張派散文還更具伸縮彈性。這部作品引起文壇讚嘆，雖然是描寫自然植物，卻以非凡的想像力，連結宇宙的各種現象。意象與意象之間的跳躍，甚至還超越太多詩人，有些句法如果以分行來排列，簡直就是一首生動靈活的現代詩。《南方絳雪》（二〇〇二）的藝術造詣，逼迫讀者必須承認，文字已近乎出神入化。她完全不把文學當作文學，而是交錯著歷史、文化、社會的種種知識，不落痕跡地融入段落之間。穿越街頭巷尾，竟是出入千古歷史，明明寫的是草木，卻讓人看到人類植物學。但她並不以此為滿足，在移居香港之後，出版《雲吞城市》（二〇〇三）。書名就充滿高度隱喻，既影射香港人的餛飩，也象徵被風雲吞噬的城市。她的在地化速度非常驚人，在最短時間內，就認識了香港的草木蟲魚。對台灣讀者而言，那是一個看不見的城市；對蔡珠兒來說，她摸得一清二楚。最能夠展現她活靈活現的文字，莫過於《紅爛廚娘》（二〇〇五）。她逼真的文字彷彿就是一具攝影機，把蒸、熬、燜、烤、煮、炒的廚藝動作，全部攝入文字裡。在鍋裡蹦跳的食材，簡直歷歷在目。文字在進行時，富有音樂性。在抑揚頓挫的節奏裡，好像聞到酸甜苦辣的滋味。文字的張力發揮到極致，沒有一位散文家能望其項背。

與蔡珠兒同年出生的張曼娟，是典型的學院散文創作者。文字的感覺非常敏銳，生活中的細節都可引發情緒波動。在女性散文家行列中，她最受歡迎。她的文體比較偏向大眾讀物與流行文化，是罕有的現象。文字藝術平易近人，風格清純，可以博取一般讀者的共鳴，對於文學的推廣功不可沒。她的作品包括《緣起不滅》（一九八八）、《百年相思》（一九九〇）、《青春》（二〇〇一）、《黃魚聽雷》（二〇〇四）、《不說話，只作伴》（二〇〇五）、《你是我生命的缺口》（二〇〇七）、《那些美好時光》（二〇一〇）、《愛一個人》（二〇一五）、《我輩中人：寫給中年人的情書》（二〇一八）、《以我之名：寫給獨一無二的自己》（二〇二〇）等。

鍾文音（一九六六—）的小說與散文頗受議論，主要原因在於擅長從事時間與空間的旅行。女性身體的漂流，很難找到自我定位，她的文字出現後，為台灣文壇展現女性的視野。她的凝視，一方面朝向過去的歷史，一方面放眼遙遠的異國。眼光所及之處，都注入她的觀

鍾文音（鍾文音提供）

點與詮釋。她的第一本散文集《昨日重現》（二〇〇一），以女性觀點重新建構家族系譜，可以看見男性史家看不見的盲點。如果有所謂的母系書寫，應該是周芬伶開其端，而鍾文音更深刻延續這個路數。在她筆下，母性的強悍生命力猶如在山坡平原蔓延滋長的野草，在四季循環中，從不枯萎。有血有肉才是女性，從不輕易訴諸悲情。她的旅行散文是一種女體的出走，她隻身單影去承受異國的風情，簡直就是在反身叩問作為女島的命運。《遠逝的芳香》（二〇〇一）、《奢華的時光》（二〇〇二）、《情人的城市》（二〇〇三）是造訪異國城市的三部曲。第三本完全集中描寫巴黎，曾經住在城市裡的三位女性藝術家莒哈絲（Marguerite Duras）、西蒙・波娃（Simon de Beauvoir）、卡蜜兒（Camille Claudel）。這是東方與西方的文學對話，卻又是女性與女性之間的私密交談。在女性的幽暗精神世界，充斥著瘋狂愛欲。在隔空隔世的會晤中，儼然建立一種強烈的女性意識。由於不斷旅行，不斷閱讀，鍾文音彷彿是一座取之不竭、用之不盡的礦山。而且通過時間與空間的不斷移動，造成她的風格也不停變化。文字的魅力，即使經過大量生產，仍然持續不竭。還有長篇小說如《在河左岸》（二〇〇三）、《愛別離》（二〇〇四）、《豔歌行》（二〇〇六）、《溝：故事未了，黃昏已來》（二〇二〇）、《別送》（二〇二一）等，以及情書體小說《中途情書》（二〇〇五）。

柯裕棻（一九六八—）的第一本散文集《青春無法歸類》（二〇〇三），是對歲月回眸的心情。身為城市的單身女子，生活橫跨在學院與流行文化之間，行文之際不免挾帶學術批評的意味。但由於文字簡潔乾淨，流露一種灑脫的身段。她是後戒嚴時期的後現代散文家，

柯裕棻（柯裕棻提供）

既有在地的感覺，又有全球的視野。在城市中，她的感情頗為疏離；在朋友中，她的語言又很溫暖。她的作品還包括《恍惚的慢板》（二〇〇四）、《洪荒三疊》（二〇一三）與短篇小說集《冰箱》（二〇〇五）等，卸下學術姿態，完全融入都會生活。某些文字表現，帶著一點張腔，她懂得自己調侃，也知道自我解嘲。描寫親情與友情，雍容有度，極為節制。常常被相提並論的另一位作家張惠菁（一九七一—）發表作品較早，她的小說《惡寒》（一九九九）獲獎之後，奠定在文壇的位置。她是後現代風格極為強烈的散文家，頗受村上春樹、米蘭・昆德拉（Milan Kundera）、伊塔羅・卡爾維諾敘述風格的影響。縱然有混血的氣質，卻能夠表現冷靜的文字運行。她的存在感很強烈，固然擅長隱喻或轉喻的技巧，卻往往把不同的意象直接等同起來，例如：「嫉妒是火，想念是水。」或是「言語是福馬林。動作是福馬林。」這種武斷的轉換，使得平面的語言忽然立體起來。她有冷酷的眼睛，可以從城市或現實抽離出來，靜觀外在世界的變化。彷彿融入其中，卻又自我拆散。她的散文集有《流浪在海綿城市》（一九九八）、《閉上眼睛數到十》（二〇〇一）、《活得像一句廢話》（二〇〇一）、《楊牧》（二〇〇一）、《你不相信的事》（二〇〇五）、《給冥王星》（二〇〇八）、《步行書》（二〇〇八）、《比霧更深的地方》（二〇一九）等。

張惠菁（《文訊》提供）

郝譽翔（一九六九—），在文壇登場以小說《洗》（一九九八）受到廣泛評價，可謂一鳴驚人。經過偷窺而引發出來的肉體想像，是這本書產生致命吸引力的關鍵。她的作品包括《逆旅》（二〇〇〇）、《衣櫃裡的祕密旅行》（二〇〇〇）、《初戀安妮》（二〇〇三）、《那年夏天，最寧靜的海》（二〇〇五）、《幽冥物語》

（二〇〇七）、《溫泉洗去我們的憂傷：追憶逝水空間》（二〇一一）、《回來以後》（二〇一三）等。她的藝術成就仍然還是由散文書寫建立起來，尤其是對父親的長期缺席，揉雜著愛恨交織的情感。《逆旅》是橫跨散文與小說之間的模糊文體，滲透許多虛構，但真實的成分居多。她的文字之所以迷人，是她敢於揭露最私密的家族生活。她的正面凝視，其實是要治療從童年以來所造成的傷口。她所受到的傷害，潰爛至今，最後逼迫她寫出《溫泉洗去我們的憂傷》，她以最細膩的文字寫出最危險的尋父過程，她一方面尋父，一方面弒父；對著茫茫天地喊出最深層的痛，卻反而使生命得到安頓。整個成長歲月的扭曲、混亂、挫敗，就像燒陶那樣加溫加熱，使變形的記憶燒出一份傑出的作品。這本散文不能視為個人紀錄，而是離亂時代的痛苦縮影。

一九八〇年代出現的台灣女性作家不計其數，其中不乏橫跨散文與詩，或散文與小說之間，分散了特殊文類的密集經營。稍早的曹又方、荊棘（本名朱立立，一九四二—）、席慕容、馮青、曾麗華（一九五三—），質量格局頗受限制，未能形成風氣。沈花末（一九

郝譽翔（《文訊》提供）

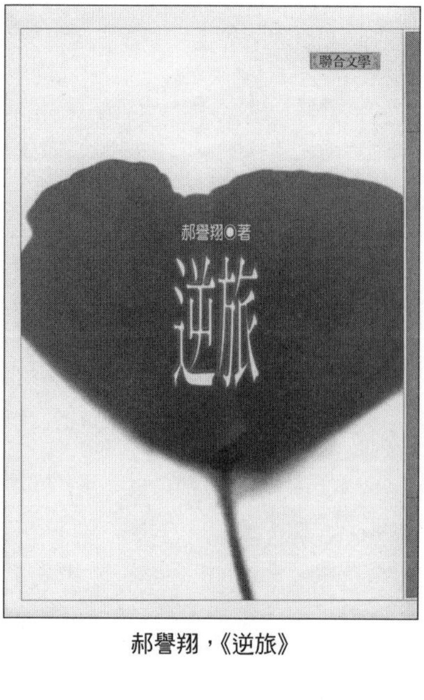

郝譽翔，《逆旅》

五三—）擅長小品文，未曾嘗試較大氣象的書寫。另外一位重要的作者胡晴舫（一九六九—），在新世紀的文壇崛起，筆下出現的盡是都會女性的處境，但頗多作品也探討文化變遷中的價值轉換。她的特色是，在不同的異國城市旅行，但往往從陌生土地的視角，看見台灣社會的盲點。她的產量豐富，持續寫作下去，將是一個重要的作者。成英姝（一九六八—），國立清華大學化學工程學系畢業。她是九〇年代中期萌芽的新生代作家，由於曾經擔任電視節目的編劇，對於通俗的現代時尚文化有著比一般作家更深入的認識與掌握。在她筆下的角色與世界看似荒誕不經，卻讓人能夠看見現代社會角落裡的不合理本質，而這是透過傳統的寫實書寫方法所看不見的。作品有小說集《公主徹夜未眠》（一九九四）、《人類不宜飛行》（一九九七）、《好女孩不做》（一九九八）、《恐怖偶像劇》（二〇〇二）、《究極無賴》（二〇〇三）、《再放浪一點》（二〇一〇）等，散文集《私人放映室》（一九九七）、《女流之輩》（一九九九）與《戀愛無用論》（二〇〇三）等。

第二十四章

下一輪台灣文學的盛世備忘錄

齊邦媛與王德威的文學工程

戰後六十年台灣文學的發展，是從最蒼白肅殺的年代，慢慢邁進繁花盛放的時期。文學史的特色與政治史全然兩樣，對文化而言，是兩種不同的取向。在政治場域，強調的是對峙與對抗，也是輸贏與輪替；即使進入改革開放的階段，意識形態之間的對決、政治立場之間的消長，總是與時俱進，並沒有任何鬆弛的跡象。但是在文學領域強調的是消化與轉化，也是累積與繼承。在審美的原則下，不同藝術思潮與文學想像，都積極追求互通與會盟。政治史顯示出來是興亡史，文學史的特色則完全是傳承史。不同世代的作家，或者朋輩之間的寫手，可能彼此有競逐技巧的企圖，最後卻都構築起一個時代、一個社會的文學特色。縱然有過論戰的爆發，個別作家與文學社團，可能在美學主張方面有所出入，但在煙火消失之後，劍拔弩張的兩種美學最後都沉澱下來，而被整個時代家國所吸收。六十年足以形成一個雄厚的傳統，戰後台灣作家一方面繼承雙軌的傳統，一方面也開啟未來無盡止的文學延伸。

所謂雙軌傳統，一個是台灣殖民時期的文學思維，一個是五四以降的中國新文學發展。這種歷史格局，自然而然影響島上作家的文學品味與藝術情調。面對如此龐大的文學遺產，很少有人能夠從事會通（comprehensive understanding）的工作，畢竟那是相當艱苦的挑戰。然而，台灣文壇的幸運，就在於有人願意承擔艱鉅的任務。肩起這項任務者，無疑當推王德威。沒有他的出現，可能台灣文學史觀將停留在海島的視野；由於他的

王德威

介入，使台灣文學的理解與詮釋，不僅置放在華文文學的脈絡，而且也提升到國際學術場域。他的研究、他的發言、他的解釋，使台灣文學的意義獲得刷新。

王德威（一九五四—），台大外文系畢業，美國威斯康辛大學麥迪遜校區文學博士。曾任美國哥倫比亞大學東亞學系及比較文學研究所教授，現任哈佛大學東亞語言及文明系講座教授。他最早的博士論文是寫《茅盾，老舍，沈從文：寫實主義與現代中國小說》（*Fictional Realism in Twentieth-Century China: Moa Dun, Lao She, Shen Congwen*），這是一部頗具氣勢的學術研究。全書定位在一九三〇年代中國寫實主義小說，他們在中國左翼作家聯盟成立之後，成為革命文學的指標。所謂寫實主義，指的是作家觀察社會現實，企圖以文字描繪他真實的感受。文學能不能反映現實？在結構主義的思考出現之後，已經證明小說裡不可能存在現實。但是在所謂的「民主革命時期」，作家負起的社會責任，都使小說故事不再是鄉閭俗言，而升格成為國族寓言。這種寫實傳統在中華人民共和國建立之後，更加發揚光大。而這些傳統的奠基者，反而在政治上受到貶抑或鬥爭；必須等到改革開放之後，新寫實主義又開始與一九三〇年代隔空承接起來。王德威指出，八〇年代以後的中國小說家如戴厚英、馮驥才、劉賓雁、張辛欣、阿城、韓少功、余華，都納入寫實主義的系譜。王德威更進一步指出，台灣有五位作家：王文興、王禎和、黃凡、林雙不、李喬，都寫出比老舍還誇張的喜劇與鬧劇。他的解釋使讀者更開闊地看到文學上的血緣關係，並不是來自歷史的基礎，而可能是作家從事創作時，都有類似的現實想像。

王德威，《茅盾，老舍，沈從文：寫實主義與現代中國小說》

王德威研究的重要議題，對台灣學界產生的衝擊可謂至大且鉅。他所揭示的幾個名詞如「眾聲喧譁」、「後遺民寫作」、「張腔作家」，都一再被國內研究者引述。即使是「抒情傳統」一詞，不是他所創造，卻在他發表論文之後又廣泛蔚為風氣。他對台灣文學研究的重要影響極為深遠，其專書《被壓抑的現代性：晚清小說新論》（*Fin-de-Siècle Splendor: Repressed Modernities of Late Qing Fiction, 1849-1911*）（二〇〇三），使國內學界開始對晚清時期的文學現象頻頻回顧，簡直要成為另一種顯學。最主要原因，晚清是中國傳統文化的最後回眸，也是接受現代文化的全新視野。這本書的重要性在於：「近代的超克」成為東方知識分子的焦慮時，他獨闢蹊徑，挖掘被遮蔽、被掩蓋的現代追求；而這樣的欲望始於晚清階段，等於是改寫了所有的文學史。他嚴謹的治學態度，豐富的閱讀能量，使他站在相當特殊的位置，可以兼顧東方與西方的文學差異，也可以看到現代與傳統的鍛接，並且更可以發現海島與大陸文學的斷裂與縫合。這種會通的理解，其實相當符合薩依德（Edward W. Said）所說的「對位式的閱讀」（contrapuntal reading）。他的另一本書《如何現代，怎樣文學？：十九、二十世紀中文小說新論》（一九九八），以並置（juxtaposition）的方法同時觀照中國、台灣、香港的文學作品，開啟王氏比較文學的書寫計畫。其中非常重要的論文是〈沒有晚清，何來五四？〉，這篇文字其實是前述專著的濃縮版，但更重要的是，他推翻台灣文學史的教條解釋，重新評估遭到貶抑的反共文學。其中兩篇文章〈一種逝去的文學？——反共小說新論〉與〈國族論

王德威，《如何現代，怎樣文學？：十九、二十世紀中文小說新論》

述與鄉土修辭〉，等於是翻轉了二十年來的僵化觀點。王德威當然不是第一位嘗試去做的人，在他之前，夏志清的《中國現代小說史》就已經肯定姜貴文學的重要意義。不過，王德威以較為突破大膽的筆法，改變文學史的方向。

論及反共文學時，有一位學者也不能忽視，那就是齊邦媛教授（一九二四—）。她曾經是中興大學外文系系主任，後轉任台大外文系。她可能是台灣學界最早強調台灣文學重要意義的人，遠在一九七〇年代，便從事台灣小說、散文與詩的翻譯，推介到國際文壇，也是最早介紹台灣作家的小說進入教科書。她出版的兩本評論集《千年之淚》（一九九〇）與《霧漸漸散的時候：台灣文學五十年》（一九九八），也是使用並置的方式，讓本省與外省作家同時並列在台灣文學史的脈絡。她看到的不是族群差異，而是藝術高度。身為自由主義者的後裔，她的美學觀念兼容並蓄，對現代主義作家有一種寬厚，對鄉土寫實作家也極為肯定。當她寫出〈千年之淚〉，重新解釋陳紀瀅、姜貴、張愛玲在五〇年代的政治小說，她認為這是最早的傷痕文學，比起中國新時期的傷痕文學，還要提早三十年。她認為朱西甯、司馬中原、段彩華、紀剛可以與吳濁流、李喬、陳千武的小說相提並論。她下筆慎重，卻分外有一種自在與自信。齊邦媛在二〇〇九年撰寫回憶錄《巨流河》，從中國東北寫到台灣屏東。浩浩蕩蕩七十餘年的過程，等於是整部中國近代史的縮影，也是整個台灣戰後史的剪影。以外省身分融入台灣社會的艱辛經驗，都化成動人的文字，刻劃一個世代的痛楚與喜悅。她對台灣文學的肯定，並不停留在文字的表現，在各種公開場合，她可以雄辯地為台灣作家發言，點出他們的特色、他們的處境與他們的成就。可以篤定地說，齊邦媛立下的典範，後來都被王德威所繼承。

王德威的文學觀點，總是可以看見一般批評家所未發現的美感。他的兩本專書《歷史與怪獸》（二〇〇四）、《後遺民寫作》（二〇〇七），既探討小說中的革命與暴力，並且以長篇論文重新解釋姜貴的《旋風》，從小說延伸出歷史就是怪獸的見解，所謂歷史無非是擾亂社會、屠害生民，在最細緻處挖掘小說家的微言

齊邦媛（《文訊》提供）

齊邦媛，《霧漸漸散的時候：台灣文學五十年》（《文訊》提供）

齊邦媛，《千年之淚》（《文訊》提供）

大義。而《後遺民寫作》拈出時間與記憶的政治學，重新詮釋朱天心、舞鶴、陳映真、李永平、朱西甯、阮慶岳、郭松棻、駱以軍、蘇偉貞，如何在過去的時間看到現在的位置。現在，是過去的未來，也是未來的過去，而這正是小說家思之再三，也無法解脫或解惑的命題。王德威的詮釋格局極為龐大，他以台灣文學作為主調，而不斷向外演繹並延異，兼及中國、香港、馬華以及海外華人的文學。台灣作為整個華人讀書市場的中心，所有傑出的作品都選擇在這小小海島出版，因此，新世代台灣作家的成長過程，絕對不可能片面或單一受到本地美學的影響。當他們接觸到不同的文字表現技巧，或多或少都會烙印在書寫的痕跡。具體而言，一位台灣作家的誕生，並不只是受到島上歷史傳統與政經背景的影響，在一九八〇年代開放之後，他們同時都接受所有最好華文作品的洗禮，因此表現出來的中文書寫，已不再停留於五四運動的範疇，也不再只是滿足於台灣的國文教育。多元的文字技巧與藝術思潮，都衝擊著台灣作家的心靈。王德威的批評工程，其實就是重新開啟文學史觀，以一種開放的態度看待每一位作家的寫作格局。他的研究與解釋，超越庸俗的藝術形態與政治立場，而是以宏觀的歷史角度，重新解釋台灣文學；而且也必須借用他的觀點，才更加能夠點出台灣文學的氣象。

王德威，《後遺民寫作》

一九九〇年代至新世紀的文學造詣

「文學之死」的謠言在二十世紀的不同階段，一直盛傳不已。但是文學從來沒有死過，只要經過形式的轉變，美學的提升，文字的鍛鍊，就獲得生氣勃勃的動力。進入一九九〇年代以後，台灣文學出現幾個重要現象：第一，新世代作家的崛起勢不可擋，他們是在解嚴後，才在文壇登場。而所謂後解嚴，幾乎是意味著後現代與後殖民相關的同義詞，也意味著全球化浪潮全面襲來的階段。這個世代從未經歷威權時期的思想檢查與身體控制，從而他們的世界觀也與上個世代截然不同。他們的文學沒有那麼緊張，在對應權力或社會之際，容許各自的想像力縱橫馳騁。第二，「文學反映社會」或「文學是國族寓言」的說法，並不必然可以套用在新世代作家身上。對於這個世代而言，文學作品無非就是一種「不在場證明」。在文字藝術之後，延伸另一種文字表演；在故事虛構之上，建築另一個虛構。無論他們生活在都市或鄉村，他們不必然需要承擔社會責任，也不必然必須高舉道德的旗幟。這種美學原則，與過去發生的現代主義或現實主義，保持一段距離。第三，漢字的運用與提煉，到達這階段已經非常成熟。如果從傳統文學過渡到白話文運動，是第一次文學革命；則現代主義文字鍊金術表現出來的濃縮與鬆綁，應該可以視為第二次文學革命。新世代作家開始與網路資訊結合，他們可以大量納入各種知識於書寫過程中。文學空間與網路空間（cyberspace）的結合，使想像世界變得無遠弗屆，這應該是第三次文學革命。想像不死，就不可能有文學之死，新世代作家在使用漢字時，簡直就是握有一把陶泥，可以玩弄於股掌之間。使漢字變得生動有趣，活靈活現，出神入化，應該是台灣文學最感驕傲之處。

駱以軍（一九六七—）是第三次文學革命的中介者，他上承現代主義與後現代主義的傳統，吸收王文興與七等生的精華，又接續張大春挑戰謊言與真理的文字技巧，開啟往後浮華、繁瑣、跳躍、斷裂的敘事方式。這種文學表現方法相當可疑，其血緣關係可能與翻譯小說如卡爾維諾、馬奎斯（Gabriel García Márquez）、村上春樹有相當程度的牽扯。但是寫出來的故事，完全是屬於他個人。他的文字結構，無論如何盤根錯節，卻都有高度的內在邏輯連結起來。故事的主軸與旁支，隨時可以放出去又收回來。伸縮自如的敘述技巧，在現實社會中沒有具體的參照，而完全由作者本人自編自導自演。他的小說之所以迷人，就暗藏在喋喋不休的反覆敘述，也嵌入顛三倒四的文字藝術裡。他的文字難懂，故事更難懂，但如果找到特定的開關，叩門進去，便可看到華麗、開闊、無限的世界。駱以軍小說曾經被新世代讀者命名為「新國民浮世繪」[1]，這是一個極富活潑、貼切的形容詞。「新國民」正代表台灣社會的全新定義，尤其是經過總統大選之後，已經散發強烈國家定位的暗示。在新時期所寫出來的文學作品，絕對是屬於新國民的文學。而「浮世繪」則是象徵民間文化的眾生相，以細緻的工筆畫描繪出來。駱以軍可以為一樁小小事件無微不至地呈現出來，也可以為一個小小人物翻來覆去精心刻劃。

駱以軍（駱以軍提供）

駱以軍的腔調在一九九〇年代就已經確立，沿著家族的故事脈絡，從上一代的顛沛流離，到這一代的尋找身分，念茲在茲，為的是使生命得到安頓。他的小說就是環環相扣的家族鎖鏈，父親、母親、妻子、兒子、親戚朋友都無法躲開被故事化、文本化。故事中不斷注入電玩、歷史、城市、死亡。他的作品包

1 陳惠菁，《新國民浮世繪——以駱以軍為中心的台灣新世代小說研究》（台北：國立政治大學中國文學系碩士論文，二〇〇一）。

駱以軍，《遺悲懷》

駱以軍，《妻夢狗》

駱以軍，《西夏旅館》

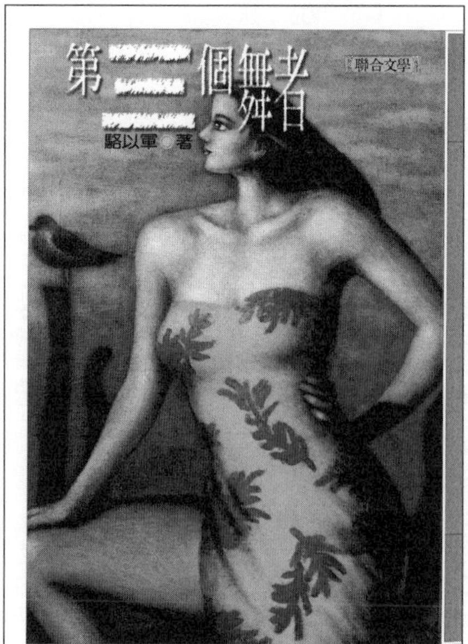

駱以軍，《第三個舞者》

括《紅字團》（一九九三）、《我們自夜闇的酒館離開》（後改名《降生十二星座》）（一九九三）、《妻夢狗》（一九九八）、《第三個舞者》（一九九九）、《遺悲懷》（二〇〇一）、《我愛羅》（二〇〇六）、《經驗匱乏者筆記》（二〇〇六）、《西夏旅館》（二〇〇八）、《經濟大蕭條時期的夢遊街》（二〇〇九）、《小兒子》（二〇一四）、《胡人說書》（二〇一七）、《計程車司機》（二〇一八）、《也許你不是特別的孩子》（二〇一九）等。他的想像總是以誇飾法，表達內在的意念與欲望，例如在《遺悲懷》寫到兒子想要返回母親子宮的欲望，竟是如此描寫：「他的手荒誕至極深深地插在她的下體中拔不出來。他們母子兩個黯著滿頭大汗地想把她大腿間他的那隻錨鉤般的手拔出。她光著身子擺換著各種奇怪姿勢，但他的手指無論如何皆彎折曲拗不起。」[2]在怪誕的小說《西夏旅館》出現了兩個魔術師，便是影射李登輝與陳水扁，現代政治與歷史事件的交錯演出，使小說既貼近現實又疏離現實。他從來不會奢談正義、公平、道德，他的責任在於使文字超越淋漓盡致的極限。在現實社會，他從未遺忘作為「外省第二代」的身分，這種自我邊緣化的位置，使他永遠冷眼旁觀台灣社會光怪陸離的現象。他的小說就是小說，故事就是故事，不多也不少。

相對於駱以軍的文字表演，另外有一群年輕作家也展開另類的烏托邦書寫。如果駱以軍的烏托邦是純屬虛構，那麼這群作家的世界卻有現實上的具體對應。他們被稱為新鄉土小說，或是後鄉土文學。這群作家的陣容極為堅強，包括呂則之（本名呂俊德，一九五五—）的《憨神的秋天》（一九九七），林宜澐（一九五六—）的《耳朵游泳》（二〇〇二），廖鴻基的《山海小城》（二〇〇〇）、《尋找一座島嶼》（二〇〇五），莊華堂（一九五七—）的《土地公廟》（一九九〇）、《大水柴》（二〇〇七）、《巴賽風雲》（二〇〇七）、《慾望草原》（二〇〇八），賀景濱（一九五八—）的《速度的故事》（二〇〇六）、《去年在阿魯吧》

2　駱以軍，《遺悲懷》（台北：麥田，二〇〇一），頁四八。

（二〇一一），袁哲生（一九六六—二〇〇四）的《秀才的手錶》（二〇〇〇），蔡逸君（一九六六—）的《鯨少年》（二〇〇〇）、《我城》（二〇〇四），陳淑瑤（一九六七—）的《海事》（一九九九）、《地老》（二〇〇四）、《瑤草》（二〇〇六）、《流水帳》（二〇〇九），張萬康（一九六七—）的《道濟群生錄》（二〇一一）、《摳我》（二〇一一），吳鈞堯（一九六七—）的《火殤世紀：傾訴金門的史家之作》（二〇一〇），賴香吟的《霧中風景》（二〇〇七），吳明益的《虎爺》（二〇〇三），黃國峻（一九七一—二〇〇三）的《麥克風試音》（二〇〇二）、《水門的洞口》（二〇〇三），甘耀明（一九七二—）的《神祕列車》（二〇〇三）、《水鬼學校和失去媽媽的水獺》（二〇〇五）、《殺鬼》（二〇〇九），王聰威（一九七二—）的《複島》（二〇〇八）、《濱線女兒》（二〇〇八），高翊峰（一九七三—）的《幻艙》（二〇一一），許榮哲（一九七四—）的《ㄩˋ ㄧㄢˊ》（二〇〇四），張耀仁（一九七五—）的《親愛練習》（二〇一〇），張耀升（一九七五—）的《縫》（二〇〇三），童偉格（一九七七—）的《王考》（二〇〇二）、《無傷時代》（二〇〇五）、《西北雨》（二〇一〇），伊格言（本名鄭千慈，一九七七—）的《甕中人》（二〇〇四）。他們都受過現代主義與鄉土文學的洗禮，在精神上對於原鄉具有永恆的嚮往，但是在技巧上，會嘗試魔幻、後設、解構的手法；在文字上，講求淺白順暢，卻又極其精確。他們不像現代主義者那樣進入無意識世界的挖掘，但是不會排斥意識流的書寫方式。他們也不像舊式的鄉土文學作家，刻意要求高度的文化認同，並且也不只是描寫特殊的族群。後鄉土的「後」，具有多元、開放、差異的意義在其中，小說裡可以聽見台灣社會各個族群的聲音，而且並不停留在抗議或批判的階段。他們具有歷史意識，卻並不遵循時間的線性發展。他們是新歷史主義的實踐者，容許多軸的故事同時並置。不僅如此，不像過去鄉土文學那麼男性，那麼閩南，文化認同呈現流動的狀態。小說中所謂的外省人已不再那麼外省，而原住民也不再那麼邊緣化。每個族群都擁有在地而且草根的性格，這種思維顛覆了過去鄉土文學運動的政治內涵。後鄉土文學也不再扮演特定政黨的輔翼。

王聰威（王聰威提供）

甘耀明（甘耀明提供）

伊格言（《文訊》提供）

他們從政治脈絡中抽離出來，而不免對政治展開嘲弄。

在這一群作家共同營造之下，鄉土不再是殖民地受害的象徵，也不再是帝國主義掠奪的對象，他們所見證的鄉土，是島上住民因為貪婪與自私，而破壞土地倫理，危害生態。除了莊華堂所寫的歷史小說之外，所有的作家都回到現場，仔細觀察鄉土人物的真實感情。他們的作品不再把歷史責任歸咎於外來的權力，而必須從自己的生命反省，徹底承擔起來。他們的故事很魔幻、很誇張、很扭曲，卻都在追尋一個共同的關懷。如果台灣人不能自我覺醒，卻只是歸咎於過去的悲慘命運，則鄉土必將繼續沉淪下去。

迎接新世紀的文學盛世

二十世紀的台灣文學發展，穿越戰前的日本殖民時期，也走過戰後的戒嚴時期。文學若是一個家國、一個時代最佳心靈的縮影，那麼從一九二〇至二〇〇〇年，整整八十年的歷史過程中，確實見證台灣作家從最封閉狀態朝向開放境界，完成一個罕見的文學盛世。從日語到漢語的轉折過程，受到政治權力的干涉，幾乎造成文學傳承的斷裂。憑藉微細一線香的信心，終於使文學命脈不絕如縷。在龐大的文化結構裡，文學表現可能相當微弱。尤其純粹是依賴靜態文字的保存，不可能使庸俗的世界具體發生什麼。但是在權力更迭之際，殖民者消失，壓迫者消失，文學家所謳歌的四季節氣、愛情酸甜、人情冷暖、鄉土盛衰，卻都完整保留下來。或者如詹明信所說，文學是一個社會共同記憶的表徵，它是一種國族寓言，即使只是短短的一行詩，卻壓縮了多少悲歡離合在其中。經過時間掩埋，在長久的世代重新出土之後，產生的強烈文化召喚，竟然不是塵世中的權力在握者所能抵禦。最鮮明的證據，莫過於日據時代作家賴和與楊逵作品的重見天日。相對於浩浩蕩蕩的壓迫體制，兩位台灣先人所留下的藝術，簡直無法形成氣候。但是，他們的斷簡殘篇於一九七〇年代再度被挖掘出來後，竟然對歷史轉型期的戰後知識分子釋出無窮無盡的暗示。沒有人清楚記得當年這些作家在世時的統治者姓名，當然也無法釐清作品中的故事情節吸引多少讀者。他們的精神一旦復活過來，便開始與新世紀的青年展開對話。

文學的意義不宜誇張，不可能出現隔代遺傳，也不可能造成隔空抓藥。靜態的文字能夠產生意義，是因為經過不同時代讀者的閱讀。日據時代文學在戰後初期完全不能進入讀書市場，一方面是由於高壓政治權力下反日風潮的干涉，一方面是前輩日語作家的作品原典未經翻譯。他們被棄擲在荒涼的歷史墓園，從未接受過追悼或致敬的儀式。二、三十年過去之後，記憶變得零落之際，文學作品一夜之間降臨台灣社會，已呈失落與斷裂的歷史傳統，又再度鍛接起來。日據時期作家的幽靈重訪海島的鄉土時，喚醒多少湮滅的記憶。文字中隱藏的抵抗意志，也燃燒起更多的批判力量。賴和與楊逵在短短十年的傳播中，升格成為經典。他們的接受史，正好可以印證文學從來不會過時。他們在讀書市場據有一席之地，閱讀一旦展開，無止盡的對話也從此就延續下去。殖民地文學所散發的意義，無疑對戰後的戒嚴體制形成高度影射。抵抗與再抵抗的精神，不只是存在於文學本身而已，必須受到具有同樣歷史條件的讀者細心捧讀，從經典中看到自己的時代，並且在對話中進一步產生結盟。文學史觀的建立，就是在如此迂迴的經驗中緩緩構築起來。

台灣戰後時期所形成的漢語文學，固然造成閱讀上的障礙，使殖民地文學無法順利受到解讀。在漫長的歲月中，翻譯工程逐一使日語原典轉化成中文書籍，而終於與戰後文學匯流。漢語時代的到來，使島上住民的不同族群獲得相互溝通的平台。從反共文學到現代主義運動，文學生產力持續成長，而不同世代的作家也陸續加入陣容。一種美學，一種思潮，即使是從外地旅行到台灣，往往必須受到排擠與抗拒，而慢慢被收編成為本地的審美原則。從一九五〇至七〇年代，威權體制確實干擾了每個作家的身體與思考。但是強勢的權力，最後並沒有成功地侵入個人的無意識世界。壓制與受害，確實普遍發生過；卻因為沒有經過集體的政治鬥爭，也沒有經過細緻的思想改造，作家在內心底層還是能夠維持具有個人特色的私密語言。經由那私密空間，豐富的文學想像終於大量釋放出來。現代主義運動縱然在權力干涉的陰影下，仍然維繫勃勃生機，不分族群、不分世代、不分性別，使這個運動開創波瀾壯闊的格局。現代主義無論被污名化為帝國主義的文化支配，或被妖魔化成為脫離台灣現實的逃逸管道，卻都無法否認它已成為戰後台灣文學的一個重要遺產。

從文學史的長流來看，台灣文學有太多異質的成分不斷滲透進來。沒有殖民地文學，沒有反共文學，沒有現代主義文學，沒有鄉土文學，就不會有一九八〇年代的後現代文學。衝突而共存的現象，在後現代文學中表現得最為鮮明。當全球化資本主義席捲海島時，也正是島上代表中國的威權體制開始式微之際。歷史是如此嘲弄，當年把台灣社會關閉起來，是因為有戒嚴文化的存在。當台灣社會開放時，威權體制也不得不走向崩解的命運。台灣的開放，是因為全球冷戰體制的解凍，澎湃的時代潮流，不是島上小小的權力結構就可抵禦。相應於全球經濟形式的改造，台灣民主運動也順勢崛起。沒有開放的社會，命名為後殖民或後現代的台灣文學，就不可能誕生。那是累積多少族群的智慧，匯集多少世代的結晶，才使得世紀末的文學生態進入前所未有的盛況。文字是靜態的，藝術是流動的，歷史閘門打開之後，各種記憶與技藝紛然陳現。「台灣文學」一詞，已經不是特定的意識形態或特定的族群所能規範。所謂後殖民，不能誤解成窄化的受害意義，而應該昇華成寬闊的對話空間。真正的後殖民精神，一方面嚴肅反省過去的受傷記憶，一方面則生動接受歷史所遺留的痛苦與甜美。

整個二十世紀文學史以進兩步退一步的節奏在發展，民主改革的過程可能很緩慢，但是全部加起來，畢竟還是屬於進步。造成二十世紀台灣文學的盛世，不能只從個別事件或個別因素來觀察，而必須把最幽暗與最燦爛的並置起來合觀，才能看清楚真正的藝術果實。在幅員有限的土地上，竟然可以容納多種多元的歷史進程，從而可以接受來自全球各地華文作家的藝術成就。香港作家、馬華作家、美華作家、旅居日本、韓國、歐洲的作家，甚至來自中國大陸的作家，都選擇在台灣發表他們最好的作品。就島上的文化生態來看，女性作家、原住民作家、同志作家，都在一九八〇年代以後放膽綻開華麗的文學想像。文學盛世在世紀末已然到來。曾經被排拒或被壓抑的思維，竟然隨著世紀末的降臨而獲得盛放的空間。沒有太平盛世，就不會有文學盛世。苦難可以折磨成文學，但並不能永遠停留在苦難。抱持超越與飛躍的積極態度，才能使文學盛世可長可久地延續下去。

跨入新世紀後，年輕世代作家已然登場。他們都是一九八〇年代以後出生的作家，出道甚早，見識甚豐；勇於嘗試，敢於發表。他們純粹是網路世代，台灣社會早已進入晚期資本主義的階段，而民主文化也臻於成熟。尤其他們又是屬於少子化的時代，家族情感的包袱已經沒有像過去那樣重大。如果說他們是輕文學的一代，亦不為過。無論是歷史意識或政治意識，都沒有像從前的經驗那樣沉重壓在他們的生命。透過豐富的資訊網絡，他們可以接收全球的資訊，從而他們的想像力也處在爆發階段。每個時代的文學都是由客觀環境的影響形塑而成，在他們的思考中，並不把統獨對立、藍綠對決視為生活的重心。消費文化是他們日常生活的一部分，過去威權時代所提倡的新速實簡必須要到這個世代才真正實現。坐在終端機的前面就可看到全世界的都市文化，宅男宅女的生活方式普遍流行。因為看不到苦難，精神上所承擔的使命感也相對縮減。他們所表現出來的文學形式，就是他們的人生觀與世界觀。時代背景既是如此，文學形式自然就不能用過去的美學原則予以要求。網路詩或網路小說正在形成風氣，他們不必然選擇在報紙副刊或文學雜誌發表作品，而直接在他們所經營的部落格或臉書大量發表。由於沒有編輯的把關，使他們更積極在自己的版圖建立文學王國。最早釋出光芒的作家，在九〇年代就被看見，包括凌性傑（一九七四—）、吳岱穎（一九七六—二〇二二）、鯨向海（本名林志光，一九七六—）、何雅雯（一九七六—）、陳柏伶（一九七七—）、林婉瑜（本名林佳諭，一九七七—）、楊佳嫻（一九七八—），這群作者都是以詩取勝，並兼營散文。他們屬於新人類，卻不斷向上個世代的現代主義者頻頻致敬。由於有他們的出現，扮演相當重要的仲介角色，而帶出下個世紀的創作者。張輝誠（一九七三—）則是受到矚目的散文家，由於父親是外省籍，母親是本省籍，他的文字往往會夾雜台語在字裡行間，充滿反諷，也帶著幽默，前景無可限量。

在藝術上，新世代作家表現最為亮眼的當屬詩的形式。開始慢慢受到注意的詩人，如葉覓覓（本名林巧鄉，一九八〇—）、曾琮琇（一九八一—）、何俊穆（一九八一—）、林達陽（一九八二—）、廖宏霖（一九八二—）、廖啟余（一九八三—）、孫于軒（一九八四—）、羅毓嘉（一九八五—）、崔舜華（一九八五—）、蔣闊宇（一九八六—）、郭哲佑（一九八七—）、林禹瑄（一九八九—）。他們對於文字的掌握，已具備信心。在感情上能夠以穩定而內斂的節奏，渲染他們的生命態度。其中羅毓嘉與林禹瑄意象鮮明，彈性十足，容許讀者閱讀時融入他們的孤獨與痛苦。在散文方面，受到矚目的作家有唐捐（本名劉正忠，一九六八—）、王盛弘（一九七〇—）、徐國能（一九七三—）、孫梓評（一九七六—）、房慧真（一九七六—）、張維中（一九七六—）、黃信恩（一九八二—）、黃文鉅（一九八二—）、言叔夏（本名劉淑貞，一九八二—）、江凌青（一九八三—二〇一五）、李時雍（一九八三—）、甘炤文（一九八五—）、張以昕（一九八五—）、周紘立（一九八五—）、湯舒雯（一九八六—）、蔡文騫（一九八七—）。發表第一篇文章的時候，氣象不凡。他們的感覺特別敏銳，幾乎可以用精確的文字承載情緒的衝擊與迴盪。在小說方面，開始受到議論的作家如徐譽誠（一九七七—）、

羅毓嘉（羅毓嘉提供）

徐嘉澤（一九七七—）、賴志穎（一九八一—）、陳育萱（一九八二—）、陳栢青（一九八三—）、神小風（本名許俐葳，一九八四—）、楊富閔（一九八七—）、林佑軒（一九八七—）、朱宥勳（一九八八—）、盛浩偉（一九八八—），對於家族故事或人情世故都有成熟的觀察。他們接續後鄉土小說家所開拓出來的領域，迂迴延伸，自成格局。這個世代有其共同特色，都是從文學獎的角逐中開啟文學的閘門。也許在生活的質感上，或生命的重量上，無法與上個世紀比並。不過他們還站在起跑點，還未散發熾熱的能量。十年後、二十年後，較為穩定的評價才會誕生。

檢驗一個時代的最佳心靈，都不能避開文學與藝術不談。走過八十年漫長的歷程，台灣文學所累積起來的高度，完全不會輸給任何一個亞洲的國家。在作家數量方面，或在讀書市場幅員方面，小小的海島也許不能與其他國家相互比並，但是從內容與技巧方面來觀察，文學的內在張力、想像的富於彈性、技巧的反覆求變，那種質感毫不遜於任何時空的作家。在國際上，台灣文學還未受到恰當的重視，這是因為政治上沒有受到承認，而使作家的藝術成就被遮蔽。如果從漢語的傳統來看，或是從華文文學的版圖來衡量，台灣文學已慢慢從邊緣位置向中心移動。近百年的歷史苦難，終於沒有摧毀海島的文化信心。文學藝術的縱深，使整個台灣社會的精神層面加寬加大。在特定的歷史階段，人的尊嚴被壓縮到最小的程度，卻仍然沒有使作家的創造能量萎頓。島上住民沒有政治發言權之際，整個歷史命運還是充滿迴轉的契機。民主改革開放的時代到來之後，儲存在社會底層的民間力量，便適時迸發出來。歷史從來不會走回頭路，只有向前繼續發展下去。如果在最壓抑的年代可以盛放現代主義的花朵，那麼在毫無枷鎖、毫無囚牢的新世紀，飽滿的果實更可預期纍纍豐收。最好的漢語文學，並未發生在人口眾多的大陸中國，而是產生於規模有限的海島台灣。全世界最好的華文作家，都選擇台灣的讀書市場作為最佳檢驗。從歷史角度來看，戰後台灣六十年可以把白話文寫得那麼漂亮，那麼精緻，那麼深邃，這是不容易的文化成就。白話文是一種生活語言，是各個族群相互溝通的一個平台，卻不能成為藝術的語言。必須經過提煉、改造、重鑄、濃縮，才有可能昇華成為文學語言。這種語言變革的過程極其緩慢，透過寬容的競逐與持續的實驗，才漸漸為不同世代、不同性別、不同族群的作家所接受。如果把台灣文壇視為華文文學的重鎮，也不是誇大之詞。畢竟，有那麼多的傑出作家與上乘作品都優先在島上出現。能夠使台灣的文學容量變得那麼寬厚，無疑是拜賜於族群的參差多元與藝術的龐雜豐饒；而且每位創作者都願意接受一個開放的、公平的民主社會。這部文學史，一言以蔽之，正是台灣文化信心的一個註腳。上一輪的文學盛世，奼紫嫣紅，繁花爭豔，都容納在這本千迴百轉的文學史；下個世紀的豐收盛況，必將醞釀更開闊高遠的史觀，為未來的世代留下見證。

論王文興作品的篇章，台大出版中心出版。

二〇一四年（民國一百零三年）

一月　創辦於一九八四年的《聯合文學》，宣布轉型為文學生活類型雜誌。

三月　創辦於一九五四年的《幼獅文藝》宣布改版，盼以「類型文學」打造發表空間。

五月　台北市市定古蹟紀州庵離屋修復完畢，舉辦開館揭幕。

六月　《聯合文學》主辦的「聯合文學小說新人獎」停辦。

六月　《聯合報》第一屆「聯合報文學大獎」揭曉。

二〇一五年（民國一百零四年）

四月　向台灣文學作家致敬的系列影集《閱讀時光》，在台灣文學館播映。

十二月　《他們在島嶼寫作2》上映，記錄白先勇、林文月、洛夫、瘂弦、也斯、西西、劉以鬯七位作家的身影。

二〇一六年（民國一百零五年）

六月　《中國時報》「開卷好書獎」停辦。

二〇一七年（民國一百零六年）

二月　「Openbook閱讀誌」上線，並策辦Openbook好書獎。

四月　以全版權開發為訴求的「鏡文學」開站，將代理其簽約作者之影視版權等衍生權利，並涉及實體出版與影視投資。

二〇一八年（民國一百零七年）

一月　「台中作家典藏館」開幕，為「台中文學館」的延伸，規劃八大展區，收藏六十位作家之書籍、手稿、照片、文物、剪報與影音資料。

三月　《鹽分地帶文學》雙月刊策劃、評選的「當代台灣十大散文家」揭曉，獲選作家為：陳列、簡媜、楊牧、夏曼・藍波安、林文月、吳明益、陳芳明、劉克襄、林文義、廖鴻基。

二〇二〇年（民國一百零九年）

一月　胡淑雯、童偉格主編《讓過去成為此刻：台灣白色恐怖小說選》四卷，選錄郭松棻、吳濁流、朱天心、李昂、楊照、李喬、舞鶴、宋澤萊、黃春明等三十位作者的作品。

四月　文化部邀請民間共同推出結合行走與閱讀的線上和實體活動「走讀台灣」。

十月　位於台中的中央書局重新開幕，以「浪漫的力量——台灣文化的青春年代」為主題，致敬台灣百年前的文藝浪潮。

十一月　台灣文學館推出展期十年的台灣文學主題常設展「文學力——書寫LÁN台灣」，以六大展區呈現百年來的台灣文學。

（二〇一一年前大事年表：李文卿、黃淑祺、陳允元整理；
二〇一二年後大事年表：九歌出版社資料提供，邱怡瑄、杜秀卿整理。）

體制。

六月 「詩路：台灣現代詩網路聯盟」正式啟用。

八月 國立文化資產保存研究中心籌備處成立，負責籌劃「國立文化資產保存中心」與「國家台灣文學館」。

一九九九年（民國八十八年）

九月 台灣凌晨一時四十七分發生規模七．三的全台大地震。

二〇〇一年（民國九十年）

六月 行政院客家委員會成立。

二〇〇三年（民國九十二年）

十月 國家台灣文學館正式開館。

十月 《INK印刻文學生活誌》創刊。

二〇〇四年（民國九十三年）

二月 《全台詩》前五冊出版，收錄明鄭至清咸豐元年以來五百零八家詩作，全計畫的蒐集延續至一九四五年。

二〇〇五年（民國九十四年）

十一月 《自由時報》第一屆「林榮三文學獎」揭曉。

十一月 台南縣政府文化局《鹽分地帶文學》雙月刊雜誌創刊。

二〇〇六年（民國九十五年）

十月 台文館出版《日治時期台灣文藝評論集（雜誌篇）》。

二〇〇七年（民國九十六年）

十月 「國立台灣歷史博物館」正式揭牌。

二〇〇九年（民國九十八年）

七月 「台灣原住民文學作家筆會」成立。

十月 日本諾貝爾文學獎得主大江健三郎首次訪台。

二〇一一年（民國一百年）

四月 目宿媒體《他們在島嶼寫作》文學紀錄片正式上映。紀錄片作家計有楊牧、王文興、鄭愁予、余光中、周夢蝶、林海音六位。

九月 台文館舉辦「私文學年代：七年級作家新典律論壇」，首次為七年級作家的文學脈絡進行定位。

二〇一二年（民國一百零一年）

六月 《短篇小說》雙月刊創刊，發行人詹偉雄，主編傅月庵。

八月 全球第一顆以華人當代文學家命名的行星「鍾理和」，於台灣文學館舉辦慶祝儀式。

二〇一三年（民國一百零二年）

十二月 康來新、洪珊慧、黃恕寧主編「慢讀王文興」叢書七冊，集結一九六〇年代以來評

一九八七年（民國七十六年）

二月　葉石濤著《台灣文學史綱》由文學界雜誌社出版。

七月　戒嚴令解除。

十一月　開放大陸探親。

一九八八年（民國七十七年）

一月　報禁解除，開放報紙登記，大部分報紙增為六大張，許多報紙成立類似第二副刊的版面，連載小說大量上場。

一月　蔣經國逝世，李登輝繼任總統。

一九八九年（民國七十八年）

五月　黃凡、林燿德主編《新世代小說大系》，收錄一九四九年以後出生之作家作品。

六月　北京「天安門事件」。

九月　《人間》雜誌停刊，共四十七期。

十二月　解嚴後首次選舉，民進黨獲立委二十一席，縣長六席。

一九九〇年（民國七十九年）

五月　李登輝就任第八任總統，頒特赦令，特赦黃信介、施明德、許信良等人。

八月　「二二八事件」正式編入高中課本。

十月　《台灣新世代詩人大系》由簡政珍、林燿德主編，書林出版。

一九九一年（民國八十年）

一月　陸委會成立。

四月　台灣文學史專著彭瑞金《台灣新文學運動四十年》出版。

五月　立法院通過廢止檢肅匪諜條例，沿用四十一年的「匪諜」一詞成為歷史。

六月　原住民代表遊行請願，要求設立原住民委員會。

十二月　《文學台灣》創刊。

十二月　第一屆資深民意代表全部退職。

一九九三年（民國八十二年）

四月　海峽兩岸間的歷史性會議「辜汪會談」在新加坡揭幕。

一九九五年（民國八十四年）

二月　二二八紀念碑落成，李登輝代表政府向二二八罹難者道歉。

一九九六年（民國八十五年）

二月　《中國時報》和《山海》雜誌合辦的「第一屆山海文學獎」頒獎。

三月　首次總統直接民選，由李登輝當選。

十二月　《台灣新聞報·西子灣副刊》刊出葉石濤〈黃得時未完成的《台灣文學史》〉一文，並陸續刊出葉石濤所譯《台灣文學史》。

一九九七年（民國八十六年）

三月　淡江工商管理學院設立第一所在大學設置的「台灣文學系」，台灣文學正式進入學院福、郭水潭、黃得時、陳火泉、葉石濤、楊逵、廖漢臣等人。

一九七九年（民國六十八年）

一月　美國宣布與中共正式建交，並與中華民國斷交。

三月　李南衡主編《日據下台灣新文學》五冊選集，明潭出版社出版。

三月　國內雜誌開放自由登記。

七月　葉石濤、鍾肇政主編《光復前台灣文學全集》，遠景出版。

八月　第一屆鹽分地帶文藝營在台南鯤身廟揭幕。

八月　黃信介等人創辦《美麗島》雜誌。

十一月　「陽光小集」詩社成立，成員包括陌上塵、向陽等，創辦季刊共出十三期。

十二月　高雄美麗島事件。

一九八〇年（民國六十九年）

三月　美麗島涉嫌叛亂七名被告於警總軍法處公開審理。

十二月　詹宏志於《書評書目》九十三期發表〈兩種文學心靈〉，其中引用東年的「邊疆文學」一詞，引起「台灣文學地位論」爭辯。

一九八一年（民國七十年）

九月　《書評書目》出版第一百期，停刊。

十月　〈聯副〉主編《寶刀集：光復前台灣作家作品集》，聯經出版，多是這些作家光復後第一篇中文作品。

一九八二年（民國七十一年）

一月　《文學界》季刊在高雄市創刊。

六月　《現代詩》季刊復刊。

八月　林錫嘉主編《七十年散文學》由九歌出版，此為第一種年度散文選，往後逐年出版。

一九八三年（民國七十二年）

七月　《文訊》月刊創刊，由國民黨中央文化工作會支持。

十月　田雅各以〈拓拔斯・塔瑪匹瑪〉一文崛起文壇。

一九八四年（民國七十三年）

一月　宋冬陽於《台灣文藝》發表〈現階段台灣文學本土化的問題〉，三月號《夏潮論壇》推出「台灣結的大解剖」專題加以反駁，引起一場關涉意識形態的台灣文學論戰。

十一月　《聯合文學》創刊，總編輯瘂弦。

一九八五年（民國七十四年）

十一月　《文學家》雜誌創刊。

十一月　《人間》雜誌創刊，發行人陳映真。

一九八六年（民國七十五年）

五月　《當代》月刊創刊。

九月　民進黨成立。

八月　《文季》季刊創刊，召集人何欣、尉天驄。前身為《文學季刊》。

八月　唐文標陸續發表〈什麼時代什麼地方什麼人〉、〈僵斃的現代詩〉、〈詩的沒落〉指名批評《文學雜誌》、《藍星》、《創世紀》等社團刊物，以及洛夫、周夢蝶、余光中等人詩作，引發現代詩論戰，此所謂「唐文標事件」。

九月　《現代文學》停刊，共出五十一期。

一九七四年（民國六十三年）

三月　「遠景出版社」成立。

五月　「聯經出版事業公司」成立。

十一月　陳若曦離開大陸的第一篇小說〈尹縣長〉發表。

一九七五年（民國六十四年）

一月　「國家文藝獎」成立。

四月　蔣介石逝世。

五月　《文學評論》創刊。

五月　楊逵作品第一次中文結集出版。

七月　「爾雅出版社」成立，發行人隱地。

八月　「神州詩社」的《天狼星》詩刊創刊，黃昏星、周清嘯主編。

十月　陳映真以筆名許南村發表〈試論陳映真〉一文，自我剖析。並由遠景出版《第一件差事》、《將軍族》二書，復出文壇。

十一月　〈人間副刊〉報導文學專欄，〈現實的邊緣：本土篇〉開始刊出。

一九七六年（民國六十五年）

三月　《夏潮》創刊。

八月　「洪範書店」於台北成立，創辦人楊牧等，以出版現代文學創作為主。

九月　朱天文、朱天心、七等生等，獲第一屆聯合報小說獎。

一九七七年（民國六十六年）

三月　《仙人掌雜誌》創刊。

四月　《仙人掌雜誌》第一卷第二號：「鄉土與現實」出版，其中「鄉土文化往何處去」專論收錄多篇討論鄉土文學的篇章。

五月　陳少廷《台灣新文學運動簡史》，聯經出版。

五月　葉石濤於〈夏潮〉發表〈台灣鄉土文學史導論〉。

八月　余光中發表〈狼來了〉一文於〈聯副〉，認為鄉土文學作家即在提倡「工農兵文藝」，點名批判陳映真、尉天驄、王拓等人，掀起「鄉土文學論戰」。

九月　王拓〈擁抱健康的大地——讀彭歌先生「不談人性、何有文學」的感想〉，首先反擊對鄉土文學的批判，刊於〈聯副〉。

一九七八年（民國六十七年）

十月　《中國時報》第一屆「時報文學獎」揭曉。

十月　《聯合報》舉辦「光復前的台灣文學座談會」，出席作家有：王詩琅、王昶雄、巫永

五月　陳映真因涉嫌「民主台灣同盟」案被捕，七年後釋放。

十一月　「中華民國新詩學會」成立，其前身為「中國詩人聯誼會」。

一九六八年（民國五十七年）

一月　《大學雜誌》月刊創刊。

九月　《徵信新聞報》改名《中國時報》創刊。

九月　全省九年國教準備就緒開始實施。

十二月　「純文學出版社」於北市成立，林海音主持。

一九六九年（民國五十八年）

一月　《創世紀》停刊。

三月　《幼師文藝》自一八三期起，由瘂弦主編。

三月　隱地主編《五十七年短篇小說選》，仙人掌出版社出版，此為第一本年度小說選。

七月　「吳濁流文學獎基金會」成立，鍾肇政任主任管理委員。

一九七〇年（民國五十九年）

一月　台灣獨立聯盟成立。

四月　第一屆吳濁流文學獎頒獎，首獎：黃靈芝〈蟹〉。

八月　日本將釣魚台列入領土範圍，引起國府抗議。

一九七一年（民國六十年）

一月　「龍族詩社」正式成立，由辛牧、施善繼、蕭蕭、林煥彰、陳芳明、喬林、景翔、高信疆、蘇紹連、林佛兒等組成，同年三月，《龍族》詩刊季刊創刊。

一月　旅美學生為維護釣魚台主權舉行示威，爾後國內響應，是為「保釣」事件。

三月　《龍族》詩刊創刊，共出刊十六期。

三月　洛夫主編《一九七〇年詩選》，仙人掌出版社出版，是台灣詩壇第一部年度詩選，共收錄三十六家詩人詩作，約百首。

四月　白先勇出版短篇小說集《台北人》。開始書寫同志文學長篇小說《孽子》。

十月　台灣退出聯合國。

一九七二年（民國六十一年）

二月　關傑明於〈人間副刊〉發表〈中國現代詩的幻境〉以及〈中國現代詩人的困境〉批評葉維廉《中國現代詩選》、張默主編《中國現代詩論選》、洛夫主編《中國現代文學大系》等三書缺乏現實意識，隨後引發現代詩論戰。

六月　《中外文學》創刊，發行人朱立民。

九月　《書評書目》雙月刊創刊。主編隱地。

九月　日本與中共建交，我與日本斷交。

十二月　《中國筆會季刊》創刊，主要譯介現代文學作品。

一九七三年（民國六十二年）

七月　「十大建設」開始。

一九六〇年(民國四十九年)

三月 《現代文學》雙月刊創刊。發行人白先勇,主編歐陽子等。

八月 《文學雜誌》停刊。共發行四十八期。

九月 《自由中國》發行人雷震涉叛亂被捕,提起公訴。《自由中國》半月刊停刊。共出版三十三卷五期。

一九六一年(民國五十年)

三月 王禎和以〈鬼・北風・人〉(《現代文學》第七期)進入文壇。

六月 《藍星》季刊創刊,主編覃子豪。五十一年十一月十五日停刊,六十三年十二月復刊。

七月 《現代文學》第九期洛夫發表〈天狼星論〉,余光中亦於《藍星詩頁》三七期發表〈再見,虛無〉駁之。

十一月 《筆匯》月刊停刊。

一九六二年(民國五十一年)

四月 七等生首次發表小說〈失業、撲克、炸魷魚〉於〈聯副〉。

六月 《傳記文學》月刊於北市創刊,發行人劉紹唐。

一九六四年(民國五十三年)

一月 日本電影停止放映。

三月 「笠詩社」成立。成員有林亨泰、白萩、杜國清、葉笛、錦連、李魁賢、陳秀喜等人。

四月 《台灣文藝》月刊創刊,由吳濁流獨資創辦。鍾肇政等協助編務。

六月 《笠》詩刊雙月刊創刊。這是一份台籍詩人為跨越從日文過渡到中文的語言障礙而創辦的刊物。

一九六五年(民國五十四年)

四月 成立「台灣文學獎」。

六月 《藍星詩頁》停刊。六十三期。

十月 鍾肇政主編《本省籍作家作品選集》十冊,文壇社出版。

十二月 《文星》雜誌停刊,共九十八期。

一九六六年(民國五十五年)

三月 中共文化大革命開始。

七月 葉石濤開始於《台灣文藝》發表台灣作家論,首論吳濁流、鍾肇政。

九月 何凡、林海音等人構思成立《純文學》月刊。

十月 《文學季刊》創刊,主編尉天驄。

十月 陳若曦進入中國大陸。

一九六七年(民國五十六年)

一月 《純文學》創刊,發行人兼主編林海音。共發行六十二期,民國六十一年二月停刊。

八月　王詩琅主編《台北文物》新文學、新劇專號。

八月　黃得時〈台灣新文學運動概觀〉，發表於《台北文物》第三卷第二期、三期；第四卷第二期。

十月　《創世紀》詩刊於左營創刊，張默、洛夫主編。

一九五五年（民國四十四年）

一月　蔣介石昭示「戰鬥文藝」。

五月　「台灣省婦女寫作協會」成立，主持人蘇雪林。

九月　〈人間副刊〉於《徵信新聞報》創刊。

一九五六年（民國四十五年）

一月　由紀弦創導之「現代派」在台北成立。口號「領導新詩的再革命，推行新詩的現代化」。

九月　《文學雜誌》月刊於北市創刊，夏濟安主編。

十一月　鍾理和《笠山農場》獲中華文藝獎金委員會長篇小說第二獎。（一獎從缺）

十二月　中華文藝獎金結束。

一九五七年（民國四十六年）

一月　國民黨政府開始批判《自由中國》雜誌。

一月　鍾肇政與文友發起編印《文友通訊》，每月油印出版一期。共發行十六期。

六月　「中華民國筆會」在台復會，會長張道藩。

六月　夏志清〈張愛玲的短篇小說〉一文刊於《文學雜誌》第二卷第四期。介紹張愛玲小說。

十一月　《文星》雜誌月刊於北市創刊，何凡主編。

一九五八年（民國四十七年）

二月　《藍星詩頁》在台北創刊，夏菁主編。

五月　胡適以「中國文藝復興運動」為題，在文協發表演說，主張「人的文學」、「自由的文學」，以恢復五四文學革命的精神。

五月　台灣警備總司令部成立。

八月　八二三砲戰。

一九五九年（民國四十八年）

五月　《筆匯》月刊創刊，尉天驄主編。

七月　蘇雪林在《自由青年》發表〈新詩壇象徵派創始者李金髮〉，對當前新詩有所批評。覃子豪回應〈論象徵派與中國新詩〉一文。

九月　陳映真第一篇小說〈麵攤〉發表於《筆匯》一卷五期，署名陳善。

十一月　言曦在〈中央副刊〉一連四天發表〈新詩閑話〉，引起余光中等人在《文學雜誌》、《文星》上撰文答辯，展開了「新詩論戰」。

十一月　紀弦交出《現代詩》編務，「現代派」至此遂告瓦解。

五月　「中國文藝協會」成立。
五月　中華文藝獎金委員會首度公布「五四」獎金得獎名單。
六月　《軍中文摘》半月刊於台北創刊。
十月　《徵信新聞》創刊，副刊〈徵信週刊〉。
十一月　《自立晚報》推出〈新詩週刊〉，紀弦編。
十二月　中國文藝協會以「文藝到軍中」口號推展軍中寫作。

一九五一年（民國四十年）

五月　《文藝創作》月刊創刊，社長張道藩。
六月　葉石濤受牽連入獄。鍾肇政發表第一篇文章〈婚後〉於《自由談》，展開寫作生涯。
八月　《全民日報》、《民族報》、《經濟時報》合併，四十六年六月二十日改名《聯合報》。
八月　台灣省新聞刊物禁刊日文版。
十一月　《台灣風物》季刊創刊，楊雲萍主編。

一九五二年（民國四十一年）

四月　總統明令修正公布「出版法」，同日施行。
八月　紀弦主辦《詩誌》創刊，為遷台後第一本現代詩雜誌，僅一期。
十月　《青年戰士報》創刊。
十月　「中國青年反共救國團」成立。
十一月　中國文藝獎金委員會發表國父誕辰紀念獎金，長篇小說前二名分別為潘人木《蓮漪表妹》、廖清秀《恩仇血淚記》。

一九五三年（民國四十二年）

一月　聶華苓接編《自由中國》文藝欄。
二月　《現代詩》季刊於北市創刊，主編兼發行人紀弦。共出版四十五期，民國五十三年二月停刊。
八月　「中國青年寫作協會」成立。
九月　「中華文藝函授學校」於北市創立，主持人李辰冬。
十一月　林海音接編〈聯副〉。於五十二年四月二十日卸任。任內將〈聯副〉從綜藝性轉變為文藝性，並發掘眾多青年作家。

一九五四年（民國四十三年）

一月　《軍中文藝》於北市創刊。
二月　《皇冠》雜誌月刊於高雄市創刊，主編平鑫濤（現為發行人），設址台北市。
三月　《幼獅文藝》於北市創刊。
三月　「藍星詩社」於北市成立，發起人覃子豪等。
五月　《中華文藝》月刊於北市創刊，為中華文藝函授學校代表刊物。
六月　《公論報》的〈藍星週刊〉創刊。
七月　中國文藝協會發起「文化清潔運動」，陳紀瀅等在《中央日報》發表文章，要求清除「赤色的毒、黃色的害，黑色的罪」。

十月 行政長官公署通令全面廢止報刊雜誌之日文版。
十一月 《中華日報》副刊〈新文藝〉創刊，蘇任予主編，共出三十六期。

一九四七年（民國三十六年）

一月 「中國文藝叢書」第一輯出版，有魯迅《阿Q正傳》、郁達夫《微笑的早晨》、茅盾《大鼻子的故事》、楊逵《送報伕》。
二月 菸酒公賣局取締私煙，於大稻埕引起騷動。
二月 警備總司令部發布台北區臨時戒嚴令。
三月 台北《大明報》、《民報》、《人民導報》、《中外日報》、《重建日報》，台中《和平日報》、《自由日報》等報，因二二八事件被當局查封，多位報人、知識分子先後被捕或槍決。
五月 何欣擔任《台灣新生報・文藝周刊》主編。
八月 《台灣新生報・橋副刊》由歌雷（史習枚）主編。
十月 《自立晚報》、《公論報》、《更生日報》創刊。

一九四八年（民國三十七年）

五月 「銀鈴會」發行中日文混和油印詩刊《潮流》，共二十餘期。
六月 〈橋〉文藝副刊叢書《台灣作家選集》出版。
八月 《台灣文學叢刊》創刊，楊逵主編。
十月 《台灣新生報・橋副刊》提倡「現實主義的大眾文學」。
十二月 《國語日報》創刊。

一九四九年（民國三十八年）

三月 〈橋副刊〉停刊，計二百二十三期。
三月 《中央日報》「婦女與家庭」版副刊，每週日出刊，武月卿主編。
四月 「銀鈴會」解散。
四月 台大、師院發生「四六學生運動」。
四月 楊逵因〈和平宣言〉一文被捕，判刑十二年。於五十年十月七日釋放。
五月 警備總司令部發布全省戒嚴令。
六月 彭歌接任《台灣新生報・新生副刊》主編。
八月 美國國務院發表《中美關係白皮書》。
九月 何欣擔任《公論報》中的《文藝》週刊主編。內容偏重文藝理論以及世界名家與作品的介紹，並大量介紹本省作家作品。
十月 〈新生副刊〉展開「戰鬥文藝」的討論。
十一月 《自由中國》半月刊於北市創刊，發行人胡適，社長雷震，主編毛子水，後改為雷震。

一九五〇年（民國三十九年）

三月 中華文藝獎金委員會成立，主委張道藩。每年於五月四日、十一月十二日各舉辦一次對外公開徵稿，至四十五年十二月結束，獲獎作家約在一千人以上。

二月　張文環獲頒台灣文化賞。
四月　「台灣文學奉公會」、「台灣美術奉公會」設立。「日本文學報國會」台灣支部成立。
八月　長崎浩、齋藤勇、楊雲萍、周金波等四人參加第二回「大東亞文學者大會」。
八月　朝鮮、台灣實施海軍特別志願兵制度。
九月　厚生演劇研究會於台北永樂座演出張文環〈閹雞〉。
十月　《文藝台灣》、《台灣文學》停刊，合併成《台灣文藝》發刊。
十一月　「台灣決戰文學會議」於台北公會堂召開，日台作家六十餘人參加。西川滿提議將文學雜誌納入「戰鬥配置」。
十二月　呂赫若〈財子壽〉獲「台灣文學賞」，周金波〈志願兵〉獲「文藝台灣賞」。

一九四四年（昭和十九年）

四月　台灣全島六家日報：台北《日日新報》、《興南新聞》，台南《台灣日報》，高雄《高雄新報》，台中《台灣新聞》，花蓮《東台灣新聞》，合併為《台灣新報》。
五月　台灣文學奉公會主辦之《台灣文藝》創刊。
七月　台灣文學奉公會選派作家分赴台中州下謝慶農場、台灣船渠工場、太平山、高雄海兵團、台灣纖維工場、台灣鐵道、石底炭礦、金瓜石礦山、油田地帶、台南州斗六國民道場等處撰寫報告文學，在《台灣新報》上刊載作家之現地心得。
八月　龍瑛宗出任《台灣新報》附屬雜誌《旬刊台新》編輯。
十二月　由台灣總督府情報課編選之《決戰台灣小說集》（乾卷）出版。

一九四五年（昭和二十年．民國三十四年）

五月　吳濁流《亞細亞的孤兒》原稿完成。
八月　日本投降。
八月　楊逵闢立一陽農園，成立「新生活促進隊」、「民生會」。楊雲萍任《民報》主筆。
九月　《一陽週報》創刊。
十月　吳濁流任《台灣新生報》記者。
十月　《政經報》創刊，蘇新主編。
十月　《台灣新生報》創刊。
十月　台灣行政長官公署正式成立，陳儀擔任首任行政長官。
十月　《民報》創刊。

一九四六年（民國三十五年）

二月　《中華日報》創刊，創刊之初中日文合刊。
三月　龍瑛宗擔任《中華日報》日文版文藝欄主編。
四月　國語推行委員會在北市成立。
七月　許壽裳受命為即將成立的台灣省編譯館館長。
八月　台灣省編譯館成立。
九月　中等學校禁止使用日語。
九月　吳濁流日文長篇小說《胡志明》（亞細亞的孤兒）第一篇，由台北國華書局出版。

五月　實施「國家總動員令」。
八月　內閣情報部的菊池寬、久米正雄號召「筆」的戰士，到漢口最前線。
十月　張文環回國任「台灣映畫株式會社」支配人代理，兼任《風月報》日文編輯。
十一月　近衛首相發表建設東亞新秩序之聲明。

一九三九年（昭和十四年）

五月　台灣總督小林躋造對記者稱：治台重點為「皇民化」、「工業化」、「南進化」。
九月　西川滿發起台灣詩人協會，龍瑛宗任文化部委員。
九月　「應社」成立，陳虛谷、賴和、楊守愚、蘅萩等人同為會員。
十二月　台灣詩人協會發刊《華麗島》詩誌。

一九四〇年（昭和十五年）

一月　西川滿等人籌組「台灣文藝家協會」，發行《文藝台灣》。
二月　在台灣推行改姓名運動、寺廟整理。
三月　台灣藝術社發刊《台灣藝術》，黃宗葵編。
七月　「台灣文藝家協會」進行內部改組。
十月　「大政翼贊會」發會式。

一九四一年（昭和十六年）

一月　吳濁流赴南京任《大陸新報》記者。
二月　《台灣新民報》改稱《興南新聞》。由情報部策動之「台灣文藝家協會」成立，舊協會解散。《文藝台灣》另組「文藝台灣社」作為對外機關。
三月　公布修正台灣教育令，廢止小學、公學校，一律改為國民學校。
四月　總督府成立「台灣皇民奉公會」，發行宣傳雜誌《新建設》，應戰爭之需要，在台推行皇民化運動。
五月　由張文環、黃得時、王井泉組成「啟文社」。《台灣文學》創刊。
六月　閣議決定明年度實施志願兵制度。
七月　《風月報》改稱《南方》半月刊。
七月　東都書籍株式會社發行《民俗台灣》，由金關丈夫、池田敏雄主導。
十二月　日軍偷襲珍珠港，太平洋戰爭爆發。

一九四二年（昭和十七年）

四月　台灣特別志願兵制度實施，強迫台籍青年參軍到南洋戰場。
四月　張彥勳、朱實等人組織詩團體「銀鈴會」。
五月　日本文藝家協會解散，「日本文學報國會」在情報局策動下成立。
十一月　西川滿、濱田隼雄、龍瑛宗、張文環等赴東京參加第一屆「大東亞文學者大會」。
十二月　大東亞文學者大會在台灣召開「大東亞文藝講演會」，由台灣文藝家協會主辦。

一九四三年（昭和十八年）

二月　皇民奉公會文學獎頒予西川滿〈赤嵌記〉、濱田隼雄〈南方移民村〉、張文環〈夜猿〉。

十月　楊逵〈送報伕〉刊於《文學評論》一卷二號，獲二獎（一獎從缺）。

十一月　召開第一屆全島文藝大會。

十一月　台灣文藝聯盟機關誌《台灣文藝》創刊。

十一月　「台灣美術協會」成立。

一九三五年（昭和十年）

一月　台灣文藝協會發行《第一線》（全一號）。

一月　呂赫若《牛車》刊載於日本《文學評論》二卷一號。

一月　張文環〈父親的容顏〉入選《中央公論》小說徵文選佳作，未刊登。

二月　台灣文藝聯盟與台灣藝術研究會合作，在東京成立「台灣文藝聯盟東京支部」。

六月　台灣文藝聯盟佳里支部成立，成員有：吳新榮、郭水潭、王登山、莊培初、林芳年等十五人。楊逵與張星健因撰稿理念不和，退出文藝聯盟。

九月　《三六九小報》停刊。

十月　始政四十週年台灣博覽會開幕，為期五十天。

十二月　台灣新文學社發刊《台灣新文學》，楊逵主編。

一九三六年（昭和十一年）

一月　藤田正次編，台北帝大文科發刊《台大文學》。

四月　楊逵〈送報伕〉、呂赫若〈牛車〉、楊華〈薄命〉收入胡風譯《山靈：朝鮮台灣短篇集》。

五月　「台灣文藝聯盟」台北支部成立。

五月　楊逵〈送報伕〉收於上海世界知識社編《弱小民族小說選》。

六月　日政府積極獎勵來台移民，成立秋津移民村。

九月　海軍大將小林躋造繼任總督，此後總督一職又恢復由武官出任。

十月　郁達夫訪台。

十月　魯迅歿。

一九三七年（昭和十二年）

四月　《台灣日日新報》、《台灣新聞》、《台南新報》三報停止漢文欄，《台灣新民報》漢文欄則縮減一半，並限於六月一日全面廢止。

四月　龍瑛宗〈植有木瓜樹的小鎮〉，入選日本《改造》徵文佳作。

六月　楊逵主辦之《台灣新文學》停刊。

七月　盧溝橋事變（北支事變）後，小說家火野葦平應徵召擔任新聞、雜誌特派員，並有吉川英治、吉屋信子、尾崎士郎、林房雄、岸田國士、石川達三等人從軍記錄戰事。

七月　大眾雜誌《風月報》創刊，成為日本政府禁用漢文之後唯一的漢文雜誌。

八月　台灣軍司令宣布進入戰時體制。

九月　設置「國民精神總動員本部」，開始強召台灣青年往大陸戰地充當軍夫。

一九三八年（昭和十三年）

一月　台灣總督小林躋造發表關於台灣人民志願兵制度之實施。

六月　別所孝二、井手勳、藤原十三郎等與台人王詩琅、張維賢等人合組「台灣文藝作家協會」。
六月　張維賢於台北成立「民烽演劇研究所」。
七月　郭秋生等人掀起台灣話文論戰。
八月　台灣文藝作家協會機關誌《台灣文學》創刊，遭禁。
九月　九一八事變（滿洲事變）。
九月　蘇新於彰化和美被捕。至此，島內之台共黨員已悉數被捕。
十一月　日本普羅列塔利亞文化聯盟（KOPF，コップ）成立。
十二月　台灣文化協會部分黨員決定解散文化協會，組織大眾黨。

一九三二年（昭和七年）

一月　一二八事變（上海事變）。
一月　葉榮鐘等編《南音》創刊（十一月停刊）。
三月　滿洲國成立。
四月　《台灣新民報》由週刊改為日刊。
四月　賴和、陳虛谷、林攀龍、謝星樓等負責《台灣新民報》日刊學藝部門。
五月　葉榮鐘提倡第三文學。
八月　東京台灣藝術研究會機關誌《台灣文藝》創刊。
十一月　台灣總督府下令禁止開設漢文書房，台人不能再公開學習中國語文。

一九三三年（昭和八年）

三月　留日學生吳坤煌、張文環、蘇維熊、王白淵等組織「台灣藝術研究會」。
三月　實施「內台共婚法」。
四月　林輝焜著《命運難違》。
六月　台灣愛書會，西川滿編《愛書》發刊。
七月　東京台灣藝術研究會《福爾摩沙》創刊。
十月　郭秋生、廖漢臣、黃得時等人組成「台灣文藝協會」，郭秋生為幹事長。
十二月　水蔭萍編《風車》詩刊發刊。
十二月　鎮壓日本共產黨。

一九三四年（昭和九年）

二月　日本普羅列塔利亞作家同盟解散。
五月　台灣文藝聯盟成立。
五月　楊逵加入文藝聯盟任日文欄編輯。
七月　北原白秋訪台。
七月　台灣文藝協會《先發部隊》創刊（全一號）。
八月　張維賢等人組織台北劇團協會，舉行「新劇祭」。
九月　台灣議會設置請願活動決定停止。
十月　西川滿編，媽祖書房發行《媽祖》。

一九二七年（昭和二年）

一月　台中俱樂部開設中央書局。
一月　台灣文化協會分裂為左、右兩派。
一月　蔡培火提倡羅馬字。
二月　王詩琅等人因台灣黑色青年聯盟事件被捕。
二月　楊華因違反治安維持法被捕入獄，寫成《黑潮集》。
三月　矢內原忠雄來台考察。
四月　楊逵應文化協會之召回台。
四月　鄭坤五編《台灣藝苑》創刊。
七月　《台灣民報》允許在島內發行，移至台灣發刊。
七月　林獻堂等於台中舉行台灣民眾黨成立大會。

一九二八年（昭和三年）

三月　設立台北帝國大學。
三月　全日本無產者藝術聯盟（NAPF，ナップ）創立。
四月　台灣共產黨於上海成立。
五月　大眾時報社創刊《台灣大眾時報》，王敏川主編。

一九二九年（昭和四年）

二月　日本普羅列塔利亞作家同盟（NALP，ナルプ）成立。
十月　矢內原忠雄著《帝國主義下之台灣》刊行，台灣禁賣。
十月　多田利郎編《南溟樂園》創刊。

一九三〇年（昭和五年）

二月　日本全國大檢舉共產黨。
三月　《台灣民報》改稱《台灣新民報》。
六月　王萬德主導《伍人報》發刊，一五期後改稱《工農先鋒》後與《台灣戰線》合併為《新台灣戰線》。
八月　黃石輝發表〈怎樣不提倡鄉土文學〉，引發鄉土文學論戰。
八月　謝春木、白成枝等編《洪水報》發刊。
九月　趙雅福發行《三六九小報》發刊。
十月　林秋梧、莊松林、趙啟明等編《赤道報》創刊。
十月　許乃昌、賴和、黃呈聰等編《現代生活》創刊。
十月　霧社事件。

一九三一年（昭和六年）

一月　台灣共產黨部分黨員組成「改革同盟」與黨中央謝雪紅形成對立。
二月　台灣民眾黨被命解散。
三月　總督府發動台灣共產黨第二次大檢舉。
六月　王白淵日文詩集《荊棘之道》由日本久寶庄書店出版。

一九二二年（大正十一年）

一月 陳端明〈日用文鼓吹論〉掀起台灣白話運動的序幕。
一月 北京留學生創立「北京台灣青年會」。
四月 《台灣青年》改名為《台灣》。
七月 日本共產黨創立。
七月 追風（謝春木）發表日文小說〈她往何處去？〉。

一九二三年（大正十二年）

一月 蔣渭水等人在台中請成立「台灣議會期成同盟會」遭到禁止。
一月 黃呈聰、黃朝琴在《台灣》發表〈論普及白話文之新使命〉、〈漢文改革論〉，開啟台灣白話文論戰的戰火。
四月 台灣白話文研究會成立。
四月 黃呈聰發行，林呈祿主編台灣雜誌社發刊之《台灣民報》創刊。
十月 留滬台灣留學生許乃昌等創立「上海台灣青年會」。
十一月 台灣公益會成立，以辜顯榮為會長，目的在於對抗「文化協會」。
十二月 治警事件。賴和因治警事件第一次入獄。

一九二四年（大正十三年）

二月 連雅堂《台灣詩薈》創刊。
五月 《台灣》雜誌廢刊。
八月 南溟俱樂部刊行《南溟》創刊。
十一月 張我軍發表〈糟糕的台灣文學界〉，第一次新舊文學論爭。
十二月 台政新報社刊行《台政新報》創刊。

一九二五年（大正十四年）

三月 楊雲萍、江夢筆創刊《人人》。
七月 《台灣民報》改為週刊。
八月 台灣雜誌社改稱台灣民報社。
十月 彰化蔗農發生二林事件。
十一月 王詩琅、王萬德組成台灣黑色青年聯盟。
十二月 張我軍詩集《亂都之戀》。

一九二六年（大正十五年．昭和元年）

一月 賴和發表白話小說〈鬥鬧熱〉。
三月 台北高等學校文藝部創刊《翔風》。
六月 台灣農民組合設立。
八月 張我軍拜訪魯迅。
十二月 大正天皇歿，裕仁繼位，改元昭和。
十二月 賴和主持《台灣民報》文藝欄。

十二月 板垣退助伯爵來台組成「台灣同化會」。

一九一五年（大正四年）

八月 余清芳、羅俊、江定三人主導之「西來庵事件」爆發。

一九一六年（大正五年）

十月 《東台灣新報》於花蓮創刊。

一九一七年（大正六年）

一月 胡適於《新青年》雜誌一月號發表〈文學改良芻議〉，陳獨秀繼之於二月號同誌上發表〈文學革命論〉，文學革命運動自此展開。

一九一八年（大正七年）

十月 台中櫟社社員林幼春、蔡惠如設立台灣文社，計畫出版《台灣文藝叢誌》。

一九一九年（大正八年）

一月 公布「台灣教育令」。

三月 朝鮮「三一獨立運動」展開。

五月 北京學生展開「五四運動」。

七月 台灣總督府刊行《台灣時報》。

十月 田健治郎為台灣總督，是首任文官總督。

十月 蔡惠如等組織「應聲會」。

一九二〇年（大正九年）

一月 東京台灣留學生將應聲會改組，成立「新民會」，林獻堂為會長。

七—十月 佐藤春夫訪台四個月。

七月 台灣青年雜誌社在東京成立。創刊《台灣青年》。

七月 陳炘於《台灣青年》創刊號發表〈文學與職務〉。

十一月 連雅堂著《台灣通史》上冊、中冊刊行。

十二月 林獻堂、蔡惠如等籌設台灣議會。

一九二一年（大正十年）

一月 台灣議會設置請願書由林獻堂為首共一七三人連署，以江原素六擔任介紹人，於日本帝國議會提出。

三月 「法律第三號」（法三號）公布，限制台灣總督府命令發布權，大正十一年一月一日實施。

七月 中國共產黨於上海舉行創立大會。

九月 甘文芳於《台灣青年》發表〈實社會與文學〉。

十月 台灣文化協會成立，林獻堂擔任總理。

十月 賴和加入台灣文化協會，當選理事。

十一月 台灣文化協會會報《台灣文化協會》創刊。

一九〇一年（明治三十四年）

四月 《台灣新聞》於台中創刊。

十月 台灣神社創建。

一九〇二年（明治三十五年）

二月 《台灣民報》刊行。

三月 「六三法」延期至一九〇五年。

四月 公布「台灣小學校規則」。

一九〇三年（明治三十六年）

一月 《南溟文學》於台南發刊。

三月 林癡仙與林幼春於台中霧峰成立「櫟社」。

一九〇四年（明治三十七年）

二月 日俄戰爭爆發。

一九〇六年（明治三十九年）

三月 「法律第三十一號」（三一法）公布，維持台灣總督府命令發布權，但不得與日本帝國議會為台灣專設的法律相牴觸。

三月 南社成立。

四月 佐久間久馬太繼任台灣總督。

一九〇九年（明治四十二年）

一月 《台灣時報》發刊。

四月 台灣北部文人創立「瀛社」

一九一〇年（明治四十三年）

四月 西川滿三歲，隨家人來台，居於基隆。

八月 簽署合併韓國之「日韓併合條約」。

十一月 台灣雜誌社創刊《台灣》。

一九一一年（明治四十四年）

三月 梁啟超由日本訪問台灣。

十月 辛亥革命成功。

十月 開始採用本島人為巡警。

一九一二年（明治四十五年．大正元年）

一月 中華民國成立。

二月 清廷宣統退位，清朝亡。

七月 明治天皇崩。七月三十日起為大正元年。

一九一四年（大正三年）

七月 第一次世界大戰爆發。

十二月 新台灣社創刊《新台灣》。

台灣新文學史大事年表

一八九五年（明治二十八年）

四月　清廷與日本簽署「馬關條約」，割讓台灣。

五月　台灣民主國成立，巡撫唐景崧為總統，建元永清。丘逢甲等人號召義民抗日。

六月　日軍於台北舉行「始政」儀式。

七月　日人於芝山巖設立第一所國語（日語）傳習所。

一八九六年（明治二十九年）

一月　芝山巖事件。

三月　日本政府公布「法律第六三號」：即台灣總督府於轄區內公布之命令（律令）具有法律同等之效力，期限三年，俗稱「六三法」。

六月　台灣第一份日文報紙《台灣新報》，於台北創刊。

十月　《台灣新報》改為日刊，於台北發刊。

一八九七年（明治三十年）

一月　民政局置臨時調查組，調查台灣文物風俗習慣。

五月　《台灣日報》日刊於台北創刊。

五月　國語學校設置女子部，為台灣女子教育之開始。

一八九八年（明治三十一年）

五月　《台灣新報》與《台灣日報》合併，改名《台灣日日新報》，以政府刊物之名義重新刊行。

七月　台灣總督府制訂台灣公學校令。

八月　台灣總督府制訂保甲條例。

十一月　台灣總督府制訂匪徒刑罰令，抗日志士一律處以極刑。

十二月　章太炎來台，為《台灣日日新報》漢文欄主編。

一八九九年（明治三十二年）

三月　台灣總督府公布師範學校官制，設立醫學校。

六月　《台南新報》於台南創刊。

七月　台灣銀行創立。

八月　啟用本地人民為巡察補。

一九〇〇年（明治三十三年）

三月　兒玉源太郎主持、舉辦「揚文會」。

三月　公布「治安警察法」。

四月　台灣民報社成立。

十二月　台灣製糖會社創立，為台灣新式製糖之開始。

十九畫

二十畫

二十一畫

二十四畫

十四畫

十五畫

十六畫

十七畫

十八畫

十二畫

十三畫

十畫

十一畫

七畫

八畫

九畫

六畫

五畫

歷史事件與專有名詞索引

一畫

二畫

三畫

四畫

十七畫

十八畫

十九畫

二十畫

二十一畫

二十二畫

二十三畫

二十五畫

二十七畫

二十八畫

十五畫

十六畫

十三畫

十四畫

十二畫

十一畫

九畫

十畫

七畫

八畫

六畫

五畫

作品與文獻索引

英文

C

W

中文

一畫

二畫

三畫

十六畫

十七畫

十八畫

十九畫

二十畫

十四畫

十五畫

十二畫

十三畫

九畫

十畫

十一畫

七畫

八畫

人名索引

二畫

三畫

四畫

五畫

六畫

台灣新文學史（下） 十週年紀念新版

2021年12月二版 定價：新臺幣480元

著　　者　陳芳明
叢書主編　蔡忠穎
編輯協力　李玉霜
　　　　　林怡馨
內文排版　黃秋玲
封面設計　張瑜卿

出版者　聯經出版事業股份有限公司
地址　新北市汐止區大同路一段369號1樓
叢書編輯電話　(02)86925588轉5319
台北聯經書房　台北市新生南路三段94號
電話　(02)23620308
台中分公司　台中市北區崇德路一段198號
暨門市電話　(04)22312023
台中電子信箱　e-mail：linking2@ms42.hinet.net
郵政劃撥帳戶第0100559-3號
郵撥電話　(02)23620308
印刷者　世和印製企業有限公司
總經銷　聯合發行股份有限公司
發行所　新北市新店區寶橋路235巷6弄6號2樓
電話　(02)29178022

副總編輯　陳逸華
總編輯　涂豐恩
總經理　陳芝宇
社長　羅國俊
發行人　林載爵

行政院新聞局出版事業登記證局版臺業字第0130號

本書如有缺頁，破損，倒裝請寄回台北聯經書房更換。　ISBN 978-957-08-6056-6 (平裝)
聯經網址：www.linkingbooks.com.tw
電子信箱：linking@udngroup.com

本書圖片感謝文訊雜誌社、舊香居、各位作家、作家家屬以及原作攝影者鼎力相助，
如有未盡善者，尚祈鑑諒。

國家圖書館出版品預行編目資料

台灣新文學史（下）　十週年紀念新版/陳芳明著．
二版．新北市．聯經．2021年12月．416面．17×23公分
ISBN　978-957-08-6056-6（下冊：平裝）

1.台灣文學史　2.文學評論

863.09　　110017566